尾崎翠の詩と病理

Miyo Ishihara
石原深予

BNP
ビイング・ネット・プレス

尾崎翠の詩と病理

目次

論文編

序章

第一章　「第七官」をめぐって
――明治期から昭和初期における「第七官」の語誌と尾崎翠の宗教的・思想的背景――

第二章　「第七官界彷徨」論
——「喪失感」と「かなしみ」、「回想」のありかた——

第四章　「こほろぎ嬢」論
――神経病、反逆、頭を打たれること――

資料編

凡例

- 尾崎翠作品の引用は『定本尾崎翠全集』（筑摩書房　一九九八）によるが、全集未収録作品の引用は本書「資料編」による。
- 尾崎翠作品や引用資料中の漢字の字体は、適宜通行の字体に改め、歴史的仮名遣いは残した。原文のルビ、傍点・圏点は適宜省略している。また読みやすさを考慮し、引用資料に最小限の句読点を補っている場合がある。
- 作品や引用資料に現在では問題を含む表現が使用されている場合があるが、原文の歴史性を考慮してそのままとした。

◉論文編

序章

一　研究の背景と目的

尾崎翠（おさき・みどり）は一八九六（明治二十九）年、鳥取県岩美郡に生まれ、一九七一（昭和四十六）年、肺炎のため満七十四歳で死去した。長生した作家であるが、その文学活動は前半生に限られ、後半生は市井の生活者として生きた。一九三一年に代表作「第七官界彷徨」で独自の境地をひらいて好評を博し、次々に作品を発表しはじめたところで翌一九三二年病を得て帰郷した。この帰郷によって結果的に文学活動から遠ざかり「黄金の沈黙」（「大田洋子と私」『日本海新聞』一九四一・七・五）をつらぬいた。それにも関わらず戦後一九五〇年代後半から再評価が始まり、死後ますます読者を得て現在に至る。その再評価の流れの異例さは、他方では作家や作品が「神話化」されることにも繋がった。「神話化」とは「尾崎翠のテキストを文芸史の文脈から切り離すこと、あたかも孤立した傑作であるかのように囲い込むロマン主義的傾向」を指す。[*1] 本研究は言うまでもなく、尾崎翠やその作品を「脱神話化」することを目指す立場にある。

尾崎翠の実質的なデビュー作は「無風帯から」（『新潮』一九二〇（大正九）・一）であるが、これは尾崎の作家活動への足がかりとはならなかった。尾崎は少女・少年向け小説を多く発表し、模索のあと一九三一年に発表した「第七官界彷徨」で文名をあげ、一九三三年には啓松堂から単行本『第七官界彷徨』が刊行された。同時代では文学仲間であった文芸評論家の板垣直子（一八九六—一九七七）、作家・

教育者の白川正美（一九〇七―一九八六）によって懇切な評論が執筆されている。[*2]板垣は「無欲な、澄んだ、朗らかなユーモア文学」「気分のすなほさ、ナンセンスの朗らかさ、会話と構図の構成技術の確実さ、文章の上のこまかい注意とその円熟さ」と賛辞を送った。白川は「一切の自然主義的な観方から離脱しようとする作者の態度」を賞賛し、「この作品の世界ではあらゆる感傷的なものは一つの純粋なものにまで揚棄されて、宛も音をたてぬ風の如く全篇をながれてゐるのである。この賢明な揚棄力と言ふのがこの作家の主観に許されたる個性的なものである」と論じ、作品に「詩がある」ことを高く評価した。二人によって指摘されている「ユーモア」「ナンセンス」、そして「あらゆる感傷的なもの」が「一つの純粋なものにまで揚棄され」ていることや「詩がある」こととは、尾崎翠作品を特徴づける両輪として以後も言及され続けている。

戦後の尾崎翠への再評価は巖谷大四（一九一五―二〇〇六）、花田清輝（一九〇九―一九七四）、平野謙（一九〇七―一九七八）らによって始まり、主に男性評論家や編集者によって進められてきた。また学芸書林より一九六九年に刊行された『全集・現代文学の発見』第六巻「黒いユーモア」に「第七官界彷徨」が収録され、次に一九七九年創樹社より『尾崎翠全集』刊行、そして一九九一年にはちくま日本文学全集第二十巻『尾崎翠』が刊行された。約十年おきに刊行されたこれらの書籍は、それぞれの時代の読者に尾崎翠を印象づけた。そして予期されなかったことであろうが「第七官界彷徨」をはじめとする尾崎翠の作品は、大島弓子（一九四七―）作品をはじめとする少女マンガにも通じる作品であると、現代のポップカルチャーやサブカルチャー作品の受容とともに、文学作品を読み慣れた読書人に限らず、若い読者や多くの女性読者によって、また勿論男性読者によっても受容されている。そのような受容動向とも関係して、尾崎の作品はそのモダニズム表現の可能性を問われるのみならず、ジェンダー・セクシュアリティに関わる先鋭的な問題をはらむテキストとしてもしばしば論じられている。尾崎が名高い映画評「映画漫想」（『女人芸術』一九三〇年連載）を残していることや、浜野佐知監督・山崎邦紀脚本によって一九九八年に映画化された『第七官界彷徨　尾崎翠を探して』（旦々舎）の影響もあり、尾崎翠作品と映像表現との関わりについても論じられてきた。

また尾崎翠の郷里である鳥取県では、市民有志によって尾崎翠の命日である七月八日に近い日程で「尾崎翠フォーラム」が二〇〇一年以来毎年開催されている。このフォーラムでは研究者や芸術家による講演、尾崎に関わる映画上映等の催し、そして尾崎翠文学散歩ツアーが実施されている。毎年刊行される『尾崎翠フォーラム報告集』（尾崎翠フォーラム実行委員会）では、フォーラム内容の報告のみならず、最新の論考や尾崎翠のご遺族による寄稿、尾崎翠の全集未収録作品はじめ様々な資料も掲載されており、二〇〇〇年代における尾崎翠の再評価へ寄与している。

このような尾崎翠作品の受容・研究動向をふまえ、本研究においては尾崎翠作品における「詩と病理」について論じたい。なぜ「詩と病理」なのか。

まず「詩」については、尾崎翠は後年みずからを「散文家」と称したけれども、[*3] 先にあげた白川正美による同時代評、詩人の岩田宏（一九三二―）、[*4] 詩人の福田知子（一九五五―）[*5] をはじめ尾崎翠作品の詩精神を高く評価する読者がしばしば存在するにもかかわらず、尾崎翠作品に描かれた「詩」についてのまとまった研究はいまだなされていなかった。本研究は白川、岩田、福田らの先行論に連なって、尾崎翠作品において追究された「詩」について研究を深めることを目的とする。

尾崎翠は「女流詩人・作家座談会」(『詩神』一九三〇・五)で有島武郎(一八七八—一九二三)が晩年に発表した「詩への逸脱」(『泉』一九二三・四)への強い共感を語っている。有島は「凡ての芸術は表現だ。表現の焦点は象徴に於て極まる」と論じ、魂は自己を表現しようと悶え、それを「詩に於て象徴する」とする。そして「説明的であり理知的である小説や戯曲によつて自分を表現する」ことが物足りず、「私を詩の形に鋳込まう」と述べる。尾崎翠は座談会にて「自然主義時代の一から十まで諄々説明するといふやうな手法」に飽き、「形は散文でも非常に言葉を惜んで、而もテンポを速くする」「もうすこし新鮮な立体的な文章を欲しい」と表現手法について述べるが、これは有島の「説明的であり(後略)」という主張と通じるものと思われる。そのうえで「沢山はまだ読まないのですけれども、この頃非常に詩といふものに興味が動いて来た」こと、散文作家であっても「いつか詩人の時代があつたとか、又は現在詩をやつて居るかた」に心惹かれているという、「詩」や「詩人」そのものへの好意や関心を述べている。この座談会のあとに発表された「第七官界彷徨」以降の作品では、尾崎翠は「詩」や「詩人」について、より自覚的に表現したと思われる。

次に「病理」についてであるが、尾崎翠の代表作群において「詩」は「病理」とともに描かれている。しかし「病理」の側面について十分に検討されてきたとは言い難い。そこで本研究では「詩」について論ずるにあたって、それを「病理」に関わる側面からも考察したい。

尾崎翠は一九三二年七月末から八月にかけて統合失調症急性期の状態にあったと考えられるが、[*6]早くは多田道太郎(一九二四—二〇〇七)から「この人はやはり分裂症的」と指摘があり、[*7]精神科医の渡辺由紀子も「臨床的には基底にある分裂病圏の病に薬物中毒が絡み合った病像を呈し、作品表現にも病理性が顕在化している」と論じた。[*8] 近藤裕子は統合失調症者の研究を通じて定式化された述語的同一化の論理を援用して、「山村氏の鼻」「木犀」「こほろぎ嬢」等の尾崎翠作品を「匂い」の観点から論じた。[*9]

また尾崎翠自身も「「第七官界彷徨」の構図その他」(『新興芸術研究2』一九三一・六)においてフロイト(Sigmund Freud, 1856-1939)に惹かれていることや「正常心理を取扱つた文学にはもはや読者として飽きてゐますので、非正常心理の世界に踏み入つてみたいと希望した」ことを述べており、「第七官界彷徨」において明確な意図をもって「非正常心理の世界」を描こうとしたことが分かる。その後の作品においても作者の意図のもとにそのような世界が描かれたと考えられる。

尾崎翠は心惹かれた「詩」、そして「非正常心理の世界」を描くことを通して、どういうことを表現したのだろうか。

本研究では尾崎翠の代表作「第七官界彷徨」、そして「第七官界彷徨」と「詩」を書く登場人物を共有する「歩行」「こほろぎ嬢」「地下室アントンの一夜」の四作品を論じることを通して、尾崎翠作品における「詩と病理」について考察する。「病理」とともに論じることによって、尾崎翠作品における「詩」について、新たに明らかになることがあるだろう。

注

＊1 川崎賢子『尾崎翠 砂丘の彼方へ』(岩波書店 二〇一〇)

＊2　板垣直子「現今日本の女流文壇」（『文学』岩波講座日本文学（第四回配本）附録　岩波書店　一九三一・九）、白川正美「現実に関する二三の反省――尾崎翠女史の文学に関心しつつ」（『日暦』一巻二号　一九三三・十二）

＊3　尾崎翠「もくれん」（『情脈』一九三四・四）、「杉森留三氏のこと」（杉森留三遺稿詩集『白魂』序文　一九三四・九）

＊4　岩田宏「感情との戦い――『尾崎翠全集』を読んで――」（『本と批評』一九八〇年七・八月合併号）なお岩田宏は本名の小笠原豊樹名義で、第五章で論じるチェーホフ『決闘』の翻訳も発表している。

＊5　福田知子『微熱の花びら――林芙美子・尾崎翠・左川ちか』（蜘蛛出版社　一九九〇）

＊6　翠の友人であった林芙美子の日記（『林芙美子　巴里の恋』今川英子編　中央公論新社　二〇〇一）、翠の親しい文学仲間であった高橋丈雄による、当時の事情をもとに書かれた小説「月光詩篇――黒川早太の心境記録――」（『エクリバン』第二巻第四号　一九三六・四）、回想記「恋びとなるもの」（『尾崎翠全集』月報　創樹社一九七九）に詳しい。

＊7　「日本小説をよむ会　会報一五四　討論」（一九七三・十一）（荒井とみよ、山田稔編集『日本小説を読む　日本小説を読む会　会報抄録』上巻　日本小説を読む会　一九九六　所収）

＊8　渡辺由紀子「尾崎翠の病跡」（『横浜医学』第五十号　横浜医学会　一九九九）

＊9　近藤裕子「匂いとしての〈わたし〉――尾崎翠の述語的世界――」（初出『日本近代文学』第五十七集　一九九七・十　近藤裕子『臨床文学論』彩流社　二〇〇三・二　所収）

二　研究方法

本研究の研究方法は次に示す通りである。

1　尾崎翠が活動した時期の雑誌等を調査することにより、これまでに知られていなかった尾崎翠作品、尾崎翠に関する同時代評など資料を発掘する。また適宜作品解釈に援用する。

2　尾崎翠の活動した同時代の作品や文献、また古典文学も含めて先行作品からの尾崎翠作品への影響関係を調査し、作品解釈に援用する。

3　本研究で論じる作品は「第七官界彷徨」「歩行」「こほろぎ嬢」「地下室アントンの一夜」の四作品である。これらの作品について尾崎翠本人が「あの駄作に次ぐ幾つかの聯作」(「大田洋子と私」)と回想しており、登場人物を共有することからも、連作として論じられることがしばしばあった。しかし本研究においては、まずそれぞれの作品を独立した一作品として、それぞれの作品に応じた資料や理論を援用して作品解釈に臨む。

三　論文の構成

本研究は、次に示すように、論文編・資料編の二部から成る。

論文編

序章

第一章　「第七官」をめぐって
　　　　――明治期から昭和初期における「第七官」の語誌と尾崎翠の宗教的・思想的背景――

第二章　「第七官界彷徨」論
　　　　――「喪失感」と「かなしみ」、「回想」のありかた――

第三章　「歩行」論
　　　　――おもかげを吹く風、耳の底に聴いた淋しさ――

第四章　「こほろぎ嬢」論
　　　　――神経病、反逆、頭を打たれること――

第五章　「地下室アントンの一夜」論
　　　　――ロシア文学受容、統合失調症の精神病理を補助線として――

終章

資料編

一　新たに確認できた尾崎翠自身による書簡・作品
　　A　書簡
　　B　作品

作品についての注記

二　新たに確認できた同時代評および同時代人との関係を示す資料

Ａ　同時代評

Ｂ　写真

Ｃ　尾崎翠に関係する作品・作者

第一章　「第七官」をめぐって

――明治期から昭和初期における「第七官」の語誌と尾崎翠の宗教的・思想的背景――

はじめに

一九三一（昭和六）年に発表された尾崎翠の代表作「第七官界彷徨」[*1]では、語り手小野町子が少女時代に「私はひとつ、人間の第七官にひびくやうな詩を書いてやりませう」という勉強の目的を持っていたことが物語の導入部分で語られている。「第七官」とはこの作品において「詩」と関わって語られる言葉であるが、「第七官」という言葉は、従来尾崎の造語とされてきた。[*2]また仏教の唯識論に由来するのではないかとも近年論じられた。[*3]これは尾崎の母方の実家が浄土真宗本願寺派の寺院であったこと、また鳥取市の養源寺に養子に入り仏教大学（現・龍谷大学）を卒業した次兄哲郎（一八九二―一九二九）と尾崎が親しかったという影響が考慮されてのことである。しかし唯識論には「第七識」という語は見えても「第七官」という語は見えない。

筆者の調査では「第七官界彷徨」に先行する「第七官」または「第七感」という語の用例は多数見つかった。また「七官」「七感」という用例も確認した。なお本書では以後「第七官」「第七感」「七官」「七感」を合わせて「第七官（感）」と表記し、「第六官」「第六感」「六官」を合わせて「第六官（感）」と表記する。

本章では、まず「第七官界彷徨」に先行する「第七官（感）」という語の用例を紹介しつつ、尾崎における宗教的・思想的背景を確認する。次に「第六官（感）」という語の用例を紹介し、その変遷をたどる。

以上を踏まえて「第七官（感）」という語の変遷をたどり、この語における明治期から大正期にかけての用法と、「第七官界彷徨」が執筆・発表された一九三〇年前後における用法とが異なっていたと考えられることを論じる。最後に、尾崎翠が接したと考えられる「第七官（感）」という語の用例について検討する。

一　「第七官界彷徨」発表以前の「第七官（感）」1——井上円了

井上円了（一八五八—一九一九）の『妖怪学講義』第六・宗教学部門（井上円了講述・境野哲筆記　哲学館　一八九四）で、「第一講　幽霊篇」の「第三節　感情論の批評」「第一二節　幽霊の説」において「七官」という言葉が用いられている。「第七官」ではなく「七官」であり、「第」は付かないが、のちの「第七官（感）」の用例に影響を及ぼしたと考えられるので、この用例を紹介する。（引用に際して『井上円了選集』第一八巻（東洋大学　一九九九）を参照し、適宜濁点を付した）。

「第三節　感情論の批評」より

思ふに有形とは我が五官に感触する所のものにして、五官に感触せざる是れ無形なり、然るに死後の世界即ち未来世界の類は、我が精神が肉体を離れたるときの世界なり、既に肉体を離れたる世界にして、五官の感触すべき世界と異なるが故に、之れを無形世界或は精神世界といふなり。然らば此の世界に於て、たとひ形象を見ることありとするも、そは決して現在世界に於て我が現感覚の覚知する所とは固より同一なりとなすべからず

（略）（筆者注：宗教思想は無限、不可思議であり、それを有限である今日の言語、文字では十分に言い表すことができない、という説明に続いて）抑も宗教の思想は之を覚了したる教祖の心中にありては、実に大海の水の如く深くして且つ大なるも言語文字の上に現はれたる宗教の形象は瑣々たる一杯の水なり

（略）此に五官の内一官を欠きたる生物ありと仮定せよ、試みに視官なしとせん歟、此の場合に於て如何にして色なる観念を此の生類に与ふべきか、或は綿を以て示さんか、或は雪を以て示さんか、盲者手を出して綿に触るゝときは白色とは軟らかなるものなりといはん、雪に触るゝときは、白色とは冷かなるものなりと思はん、然れども冷も軟も共も（ママ）に白色なるにはあらず、されば色の感覚も視官なきものゝためには、已むを得ず視官以外の聴触等の諸官によりて其の観念を与ふるより外なし、之れと同一理にして、今日の人類は五官を有すれども、更に五官以上の感覚ありて、之れを有するものは神仏に限ると想像せんか、其の五官以上の状態、六官七官の有様は、如何にして吾人に知らしむべきかといふに、亦五官によりて之れを示すの外方法あるべからず、吾人も亦五官以内にて之れを臆度するより詮方なし、然れども之を以て確かに六官七官を知り得たりとなさば大誤にあらずや。

（略）（筆者注：地獄極楽や死後の世界のことも同様で、五官以上の感覚のない人類には神仏の妙力でもってしても、やむを得ず五官以内で示して人類に了解させなければならない）然るに感情派の人の如きは、五

官相応の文面のみに注意して其の文裏に無限の真味あるを感見すること能はざるは、恰も無風流の人が、花の愛すべきを知らずして、団子をもって自ら足れりとするの類なり（略）若し宗教の真味は文字の外にあるを知るものあらば、須く文字の裏面を穿ち来りて、高遠玄妙なる道理を開き出すべし

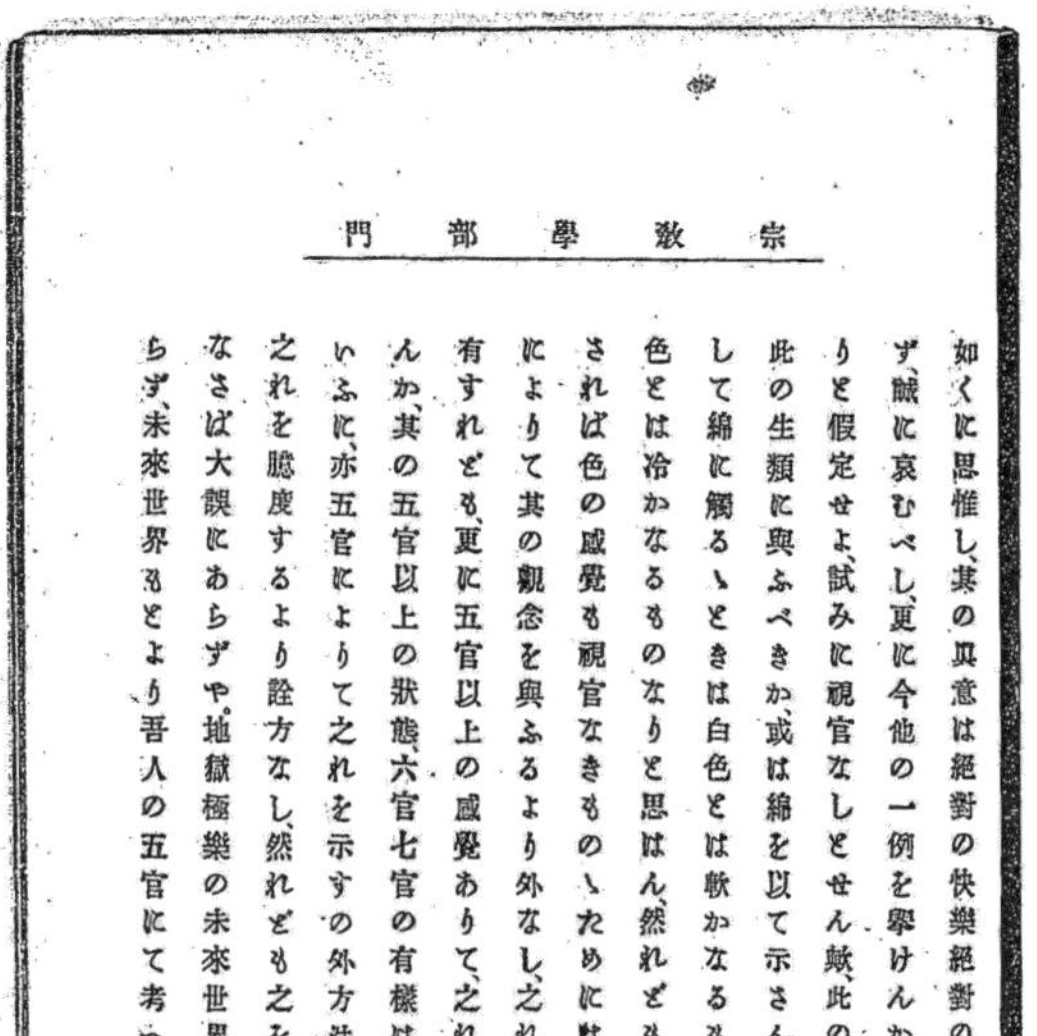
宗教學部門

如くに思惟し、其の眞意は絶對の快樂絶對の苦痛を述べたるものあることを知らず、誠に哀むべし、更に今他の一例を擧げんか、此に五官の内一官を缺きたる生物ありと假定せよ、試みに視官なしとせん歟、此の場合に於て如何にして色なる觀念を此の生類に與ふべきか、或は綿を以て示さんか、或は雪を以て示さんか、盲者手を出して綿に觸るゝときは白色とは軟かなるものなりといはん、雪に觸るゝときは、白色とは冷かなるものなりと思はん、然れども冷も軟も共もに白色なるにはあらず、されば色の感覺も視官なきものゝためには、已むを得ず視官以外の聽觸等の諸官によりて其の觀念を與ふるより外なし、之れと同一理にして、今日の人類は五官を有すれども、更に五官以上の感覺ありて、之れを有するものは神佛に限ると想像せんか、其の五官以上の狀態、六官七官の有樣は如何にして吾人に知らしむべきかといふに、亦五官によりて之れを示すの外方法あるべからず、吾人も亦五官以內にて之れを臆度するより詮方なし、然れども之を以て、確かに六官七官を知り得たりとなさば大誤にあらずや。地獄極樂の未來世界の事も亦此例に準して知らざるべからず、未來世界もとより吾人の五官にて考へ得べきものにあらざれども、既に五官

（一五）

『妖怪学講義 巻之六上　宗教学部門』（哲学館　1894年）
（国立国会図書館蔵）

「第一二節　幽霊の説」より

（筆者注：「三大」「四大」「五大」がそれぞれ「三次元」「四次元」「五次元」を意味していると思われる）

今日の人類は、五官によりて三大までを知ると雖も、若し此上に六官七官を有しなば、なほ四大五大の知るべきものあるやも測るべからず、而して幽霊の如き妖怪は即ち此の四大以上の性を有して、人間の五官にては知り得べからざるものと想像するものもあれども、これ却て臆説空想の甚きものなり、或は又人間にも五官以上の官能具備したらんには、幽霊も亦弁じ得べきものなりと考ふるものあるも、これ亦一の想像にして固より取るに足らざるべし

井上円了は仏教哲学者。[*4] 浄土真宗大谷派の寺院に出生、一八八五（明治十八）年東京大学哲学科卒業。哲学館（のちの東洋大学）創立、哲学の普及、『仏教活論序論』などによる仏教の近代化、哲学堂の創立、国民道徳の向上を目的とした全国巡回講演、妖怪学の提唱などが主な業績として知られている。円了の「妖怪学」は、文献考証と実地調査によって集められた、幽霊から諸精神病まで広範囲にわたる多くの不思議な話を、科学的合理主義にもとづいて批判検討したものである。これには迷信や迷妄を取り払うという啓蒙的な目的があった。『妖怪学講義』は当初哲学館の講義録として一八九三年から翌年にかけて発行され、総計二六〇〇頁に達したが、一八九六年再版に際して六冊本に合本された。『妖怪学講義』は円了の学術的業績としては評価されていなかったが、一般社会では人気を博した。また引用部分は一九一六（大正五）年に刊行された井上円了『迷信と宗教』（至誠堂書店）にも収録されている。したがってこれらの用例は明治後期から大正期にかけて多くの人目に触れたものと思われる。

円了における「七官」についての議論には要点が二つあり、まず「死後の世界」や「四大以上」の世界など「五官の感触すべき世界と異なる」世界については、五感しか有していない人類には確実に知り得ないとしていることである。もし神仏が「五官以上の状態、六官七官の有様」を人類に示すとしても、それがどのような世界であるかは五感で感じられる範囲内において想像するよりほかなく、それを「確かに六官七官を知り得たりとなさば大誤にあらずや」という。次に、宗教思想は無限、不可思議であり、神仏の妙力でもってしてもこれを人類に了解させるには五感の範囲内で示すしかなく、これは有限である今日の言語、文字では十分に言い表すことができず、「宗教の真味は文字の外にある」「文裏に無限の真味ある」ということである。

これら二つの要点は、その後の「第七官（感）」の用例とも関連すると思われる。また五感以上の感覚を表現して「六官七官」と、「六官」と「七官」を同時に用いるところもその後の用例と共通する。

二 「第七官界彷徨」発表以前の「第七官（感）」2——綱島梁川・内村鑑三

次に、キリスト教の信仰を持っていた綱島梁川（一八七三—一九〇七）と内村鑑三（一八六一—一九三〇）による明治末期の用例を確認する。これらは「七感」「第七感」という表記の用例である。まず綱島梁川であるが、一九〇五年七月、当時本郷教会での説教で人気のあった海老名弾正によるキリスト教雑誌『新人』に、「予が見神の実験」を発表した。これは、神を見た、また神と合一したという自らの神秘的な宗教体験を告白した回心談である。「予が見神の実験」は同年九月『病間録』（金尾文淵堂）に収録され、大きな反響を引き起こした。のちに梁川は「霊的見神の意義及び方法」を『新人』一九〇七年四月号に発表し、同年『回光録』（金尾文淵堂）に収録され、ここに「七感」という語が用いられている。「霊的見神の意義及び方法」はのちに『世界の宗教』（大日本文明協会　一九一〇）に収録されている石橋湛山「宗教の起源及び其本質」でも引用されている。（引用は『回光録』により、圏点は省いた）。

予はこの一場の光耀的実験を根拠として、我等人類には、普通謂ふ所の五官もしくは七感以外に見神感とも名づけつ《ママ》べき一種の霊感直覚の存在するると《ママ》を自証し得たるが如くに思ふなり。

「普通謂ふ所の五官もしくは七感」という表現より、「七感」とは普通に人間に存在する感覚として考えられている。少し時代は下るものの日本の心理学の祖として知られる元良勇次郎（一八五八―一九一二）の遺著『心理学概論』（丁未出版社　一九一五）第一章に次の記載がある。

吾人の知識は、先づ耳、目、鼻、口なる四個の特殊感覚及び触覚、温覚、圧覚なる三個の一般感覚に依りて始まるものなることは、既に世人の熟知する所なり。仏教にては、之を耳識、眼識、鼻識、舌識、身識の五識とし、加ふるに意識を以てして、之を第六識と称す。第七及び第八識の事は爰に挙げず。西洋の心理学に於ては、上述の七感覚を以て、外部に対する知識の根源を盡すものとし（略）

予は要するに此等の七感覚に加ふるに内観的直覚を以てするを可とす。例へば反省の如き、或は快、不快の感情の如き、或はまた努力感覚の如きは、必ずしも前の感覚に由るにあらざるが故に、内部に起る直覚なりとして、之を別種の知識の根源と認む。

あるいは梁川は、このような心理学書による言説を参照して、人間の通常の感覚を「五官もしくは七感」と記述した可能性があるだろう。

次に内村鑑三「父の一周期に際して」（『所感』のうち一篇『聖書之研究』九十八号 一九〇八・四）に見える用例を確認する。（傍線は筆者による。本節における内村の文章の引用はすべて『内村鑑三全集』（岩波書店 一九八〇―一九八四）によるが、振り仮名と傍点は適宜省いた）。

父の一周期は周来《めぐりきた》れり、我に涙なき能はず。
彼れ今何処に在る乎、彼は消滅せし乎、我は爾か信ずる能はず、彼は彼の墓に眠る乎、我は爾か信ずる能はず、然らば彼れ今何処に在る乎。
彼は我と共に在り、我が側に在り、我が衷に在り、我は我が五感を以て彼を感ずる能はざる而巳、我に第六感、又は第七感の供せられん時、我は明かに再たび彼を感ずるを得ん、彼は今尚ほ我と共に在り、我を励まし、我を慰め、我と苦楽を頒ちつゝあり。想望す、復活の曙《あけぼの》、此壊つる者壊ちざる者を衣《き》、死ぬる者死なざる者を衣ん時、我等は面と面とを合はして人生の苦闘と勝利とを語らん。
我れ天より声ありて我に言ふを聞けり、曰く、今より後、主に在りて死ぬる人は福いなりと（黙示録十四章十三節）。

内村鑑三は『余は如何にして基督信徒となりし乎』（フレミング・H・レベル社　一八九五　邦訳は一九三五年、岩波書店）等の著作で知られる日本を代表するキリスト教思想家・伝道者であり、社会評論家としても活躍した。『聖書之研究』は内村によって刊行されていた日本で最初の聖書雑誌である。

この文章では、死んだ父は自分と一緒にいる、「我が衷に在」るが、身体感覚である五感では感じることはできない、しかし「第六感、又は第七感」が供せられたら死んだ父を感じることが出来るだろうと述べている。また時期は下るが内村鑑三日記一九二三年四月七日に次の記述がある。「二三日来生けるキリストの実在に就て考へ大なる慰めと力とを得つゝある。彼は今たゞ我等に見えないまでゞある。（略）或は彼の霊体の物体化に由るか、或は我等に第六感が賦与せられてか、其途は明白ならずと雖も、何れにしろ今は見えざるキリストが見えるに至るは確かであると思ふ。霊界は決して遠き世界でないに相違ない。見る眼を以て見ればキリストと天使と霊化されたる我が愛する者とは我が周囲に居るに相違ない」。ここでは「第七感」という言葉は用いられていないが、「第六感」が与えられたら「キリストと天使と霊化されたる我が愛する者」が見えることを述べており、「第六感」を死者の存在を感じることのできる感覚として捉えている。

「父の一周期に際して」も、日記での記述も、キリスト教の信仰における魂の永生という文脈で、自分に「第六感」あるいは「第六感、又は第七感」が与えられた場合に死者の存在を感じること、死者と相まみえることが可能であるとしている。ほかに内村は『求安録』（福音社　一八九三）に収録された「贖罪の哲理」でも、時期早く「第六感」を用いており、次の通りである。「神は直感を以て感じ得べきものにして推理的思考の結果として得らるべきものにあらず、一見百聞に若かず、宗教を了得するには「第六感」の作用と発達とを要す」。ここでの「第六感」は、宗教（キリスト教）を了得するのに必要な感覚とされている。

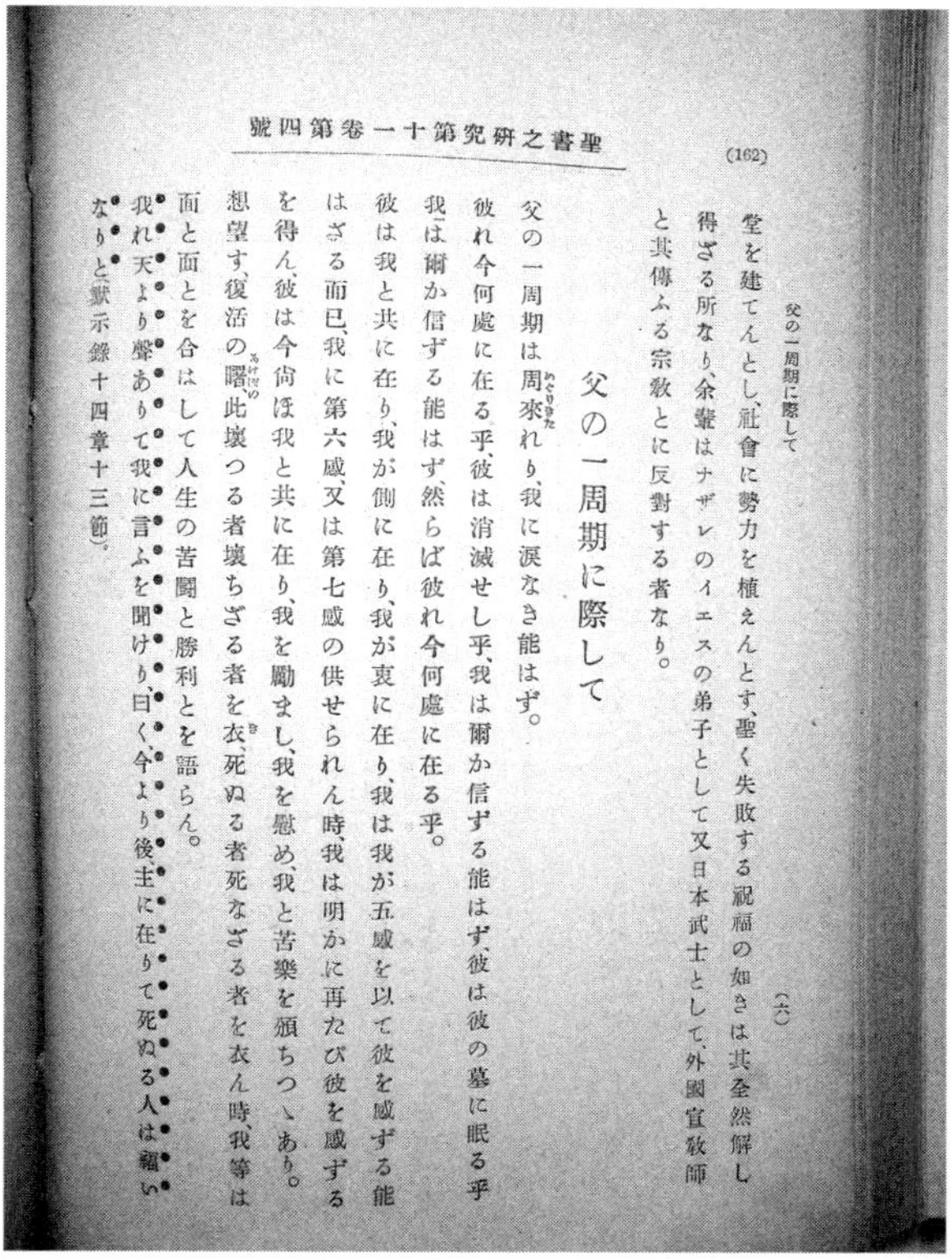
聖書之研究第十一巻第四號　(162)

父の一周期に際して　（六）

堂を建てんとし、社會に勢力を植えんとす、聖く失敗する祝福の如きは其全然解し得ざる所なり、余輩はナザレのイエスの弟子として又日本武士として、外國宣教師と其傳ふる宗教とに反對する者なり。

父の一周期に際して

父の一周期は周來《めぐりきた》れり、我に涙なき能はず。

彼れ今何處に在る乎、彼は消滅せし乎、我は爾か信ずる能はず、彼は彼の墓に眠る乎我は爾か信ずる能はず、然らば彼れ今何處に在る乎。

彼は我と共に在り、我が側に在り、我が衷に在り、我は我が五感を以て彼を感ずる能はざる而已、我に第六感、又は第七感の供せられん時、我は明かに再たび彼を感ずるを得ん、彼は今尚ほ我と共に在り、我を勵まし、我を慰め、我と苦樂を頒ちつゝあり。

想望す、復活の曙《あけぼの》、此壊つる者壊ちざる者を衣《き》、死ぬる者死なざる者を衣ん時、我等は面と面とを合はして人生の苦闘と勝利とを語らん。

我れ天より聲ありて我に言ふを聞けり、曰く、今より後主に在りて死ぬる人は福いなりと（默示錄十四章十三節）。

『聖書之研究』98号　1908年4月（同志社大学図書館蔵）

いずれにしても内村において、日常のいわゆる五感とは異なった感覚として「第六感」「第七感」という語がキリスト教の信仰と関わって用いられ、またそれが死者の魂との交流を可能とする感覚としても述べられていることを確認しておきたい。

なお科学者であり神秘思想家スウェーデンボルグ（Emanuel Swedenborg, 1688-1772）の著作に内村は若い日に感銘を受けていた。スウェーデンボルグの影響がこのような文章に表れているとも考えられる。スウェーデンボルグが残した霊界や天界についての記録は、近代におけるスピリチュアリズム（心霊主義）、いわゆる心霊学の源流となった。[*5] 一般的に心霊学は、一八四八年アメリカのハイズヴィル事件、ポルターガイスト現象を契機として始まったとされる。心霊学は死後の個性の存続を認め、霊の実在と、現世と霊界との交信可能という二点を事実として認める立場である。またその上でいわゆる心霊現象の科学的解明、現世と霊界とを統括する形而上的法則の解明を目的とし、さらに現世と霊界とをおさめる神を信仰する。心霊学は十九世紀後半の欧米で大きな影響力を持ち、日本でも高橋五郎（一八五六―一九三五）や渋江保（易軒　一八五七―一九三〇）らの著作、本章の次節にも関わるいわゆる「千里眼事件」の影響によって、一九一〇年前後から影響力を持ちはじめた。

尾崎翠はストリンドベリ（Johan August Strindberg, 1849-1912）を愛読していたが、ストリンドベリはスウェーデンボルグに傾倒し、神秘思想に関心を寄せた。尾崎における神秘思想への関心がうかがえる。また尾崎は芥川龍之介（一八九二―一九二七）も愛読していたが、芥川の遺作「歯車」（一九二七）にもストリンドベリの名前が印象的に現れる。

さて内村は黒岩涙香（一八六二―一九二〇）に招かれて、一八九七年に『万朝報』英文欄主筆となり、同紙記者であった幸徳秋水（一八七一―一九一一）、堺利彦（一八七〇―一九三三）らとともに社会評論家としても知られた。しかし日露戦争を機に「非戦論」を展開し、幸徳・堺らとともに『万朝報』から離れた。幸徳・堺らの周辺には、本書「資料編」でも紹介する画家・民俗学者の橋浦泰雄（一八八八―一九七九）やその弟である橋浦時雄（一八九一―一九六九）らがいた。橋浦一族は尾崎翠と同郷で鳥取、東京どちらでも交流があった。また橋浦兄弟は内村に師事した有島武郎（一八七八―一九二三）と親交があった。*6

先述したように尾崎家の宗旨は浄土真宗本願寺派で、『定本尾崎翠全集』の年譜等によると、尾崎は僧侶となった次兄哲郎の影響で十代の頃から仏教書や宗教雑誌も読んでいたという。また尾崎の親友であった松下文子（一九〇一・六―一九八六・三・九）も日本大学で浄土真宗の研究をしていた。*7 しかし尾崎の小説「途上にて」（『作品』作品社　一九三二・四）には、尾崎と松下を彷彿とさせる登場人物たちが、過去に「賛美歌の曲のいいのばかり抜き出してうたつてゐ」たことも語られており、尾崎や松下が大正期の様々な思潮や宗教に接し、吸収していた様子がうかがわれる。

本書「資料編」でも触れるが、*8 尾崎の母方の従弟である田村熊蔵（一九〇三―一九六二）は、一九二一年に東京音楽学校ピアノ科卒業後、横浜のカトリック系インターナショナルスクール、セント・ジョセフ・カレッジのピアノ科講師を経て一九二九年武蔵野音楽大学に赴任した。尾崎は一九一九年に日本女子大学へ進学するが、以後尾崎は東京在住時には田村と親しく往来した。尾崎や松下の作家仲間である城夏子（一九〇二―一九九五）は、尾崎の家に遊びに行ったら、松下文子作詞、尾崎の従兄（と書かれているが、実際は「従弟」であろう）の作曲した歌を尾崎が歌っていたことを回想している。なお田村は従来「第七官界彷徨」で音楽学校受験のために浪人生活をおくり、ピアノを弾き鳴らしては発声練習をしている佐田三五郎のモデルと言われてきた。

また日下部武男「尾崎翠のエピソード」（『日本海新聞』一九九三・六・二十九）では、尾崎翠の従弟で上京中の尾崎の下宿に予備校通いのために同居した佐々木定道氏の回想『くるまと共に』（私家版一九九二）より、佐々木氏が尾崎を時々たずねてきた客として林芙美子と共に福田董という人物を思い出されているという指摘がある。日下部氏によると福田董は熱心なクリスチャンでカトリック教会に属していたという人物で、鳥取商業から日本大学へ進学し、一九三一、二年頃には上智大学で経済学の研究をしていた。日下部氏は福田董を名前からの連想で幸田当八のモデルに比されているが、熱心なクリスチャンというところからは「途上にて」の登場人物「中世紀氏」も連想される。

尾崎や松下が「賛美歌の曲のいいのばかり抜き出してうたつてゐ」たらしいのは、カトリック系の学校でピアノ科講師をしていた田村熊蔵や、熱心なクリスチャンだった福田董の影響とも考えられる。

三 「第七官界彷徨」発表以前の「第七官（感）」3――骨相学関係

雑誌『性相』№16（一九一〇・一）に掲載された論説文の題「第六官および第七官」が、管見の限りでは「第七官」という表記の最初の用例である。論説文の中でも「第七官」という語が用いられている。この記事には署名がないが、河西善治氏によると隈本有尚《くまもとありたか》（一八六一―一九四三）の執筆という。[*9]
隈本有尚は久留米出身の天文学者・数学者・占星術家である。一八七八年東京大学理学部数学物理星学（天文学）科に進学、理学部星学教場補助を経て、星学科助教授となる。その後福岡県尋常中学修猷館初代館長、朝鮮総督府中学校初代校長などを歴任した。一九〇二年に起こった哲学館事件には隈本が大きく関わっている。一九〇三年から翌年にかけて東京高等商業学校教授として、長崎高等商業学校設立準備のためにイギリス、ドイツ、フランス、ベルギー、アメリカに約二年間洋行する。その

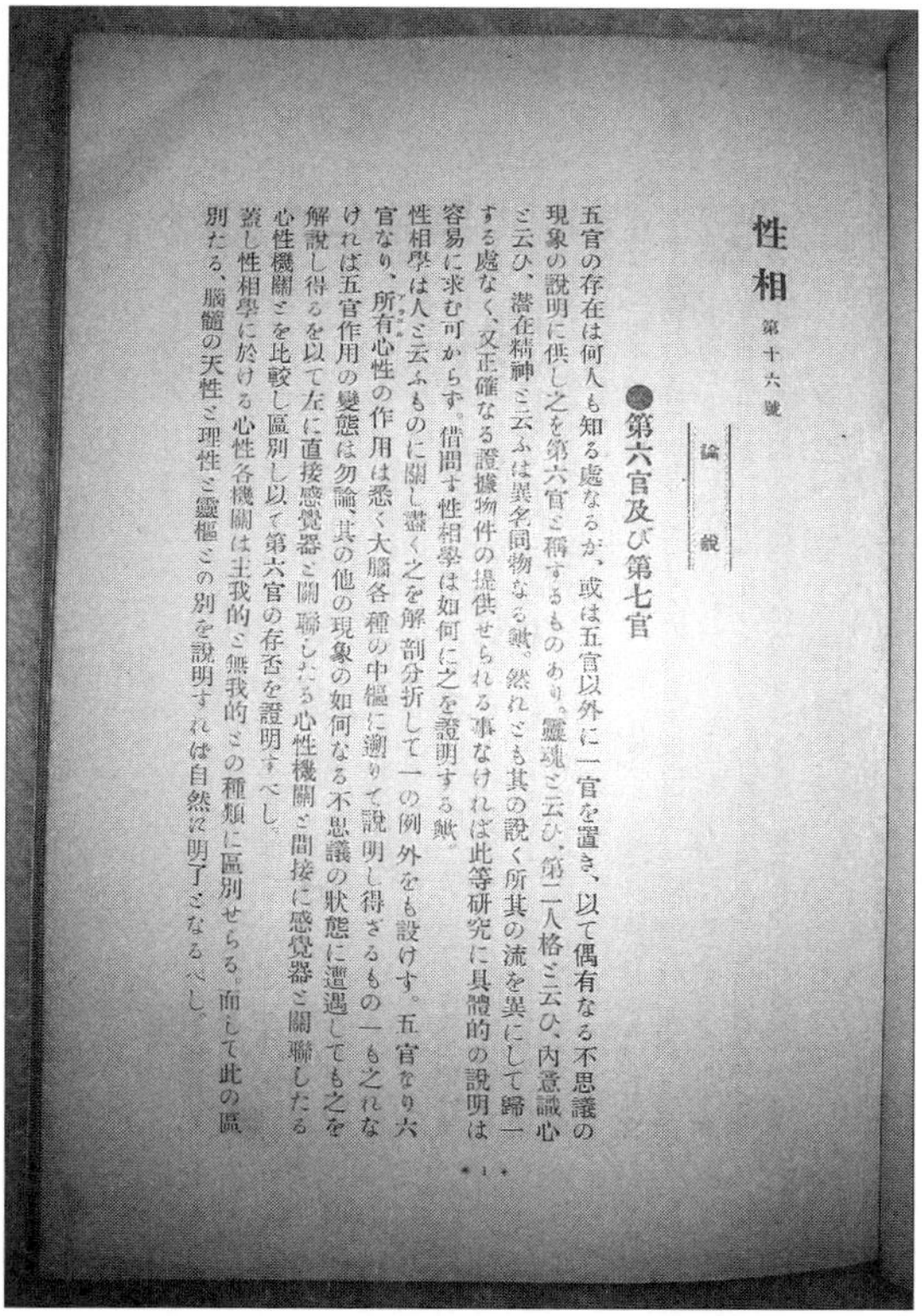
性相　第十六號

論説

●第六官及び第七官

五官の存在は何人も知る處なるが、或は五官以外に一官を置き、以て偶有なる不思議の現象の説明に供し之を第六官と稱するものあり。靈魂と云ひ、第二人格と云ひ、内意識心と云ひ、潜在精神と云ふは異名同物なる歟。然れども其の説く所其の流を異にして歸一する處なく、又正確なる證據物件の提供せらるる事なければ此等研究に具體的の説明は容易に求む可からず。借問す性相學は如何に之を證明する歟。

性相學は人と云ふものに關し盡く之を解剖分折して一の例外をも設けず。五官なり六官なり、所有心性の作用は悉く大腦各種の中樞に遡りて説明し得ざるもの一も之れなければ五官作用の變態は勿論、其の他の現象の如何なる不思議の狀態に遭遇しても之を解説し得るを以て左に直接感覺器と關聯したる心性機關と間接に感覺器と關聯したる心性機關とを比較し區別し以て第六官の存否を證明すべし。

蓋し性相學に於ける心性各機關は主我的と無我的との種類に區別せらる。而して此の區別たる、腦髓の天性と理性と靈樞との別を説明すれば自然に明了となるべし。

・1・

『性相』No.16（1910.1）「第六官および第七官」（個人蔵）

間、オーストリア人の神秘学者で、神智学協会から分かれて人智学協会を設立したルドルフ・シュタイナー（Rudolf Steiner, 1861-1925）や[*10]、イギリス人占星術家で神智学協会にも入会していたアラン・レオ（Alan Leo, 1860-1917）らと出会う。帰国後はシュタイナーや西洋占星術を紹介した。若い学生たちにもよく読まれた、姉崎正治

（一八七三―一九四九）や岸本能武太（一八六五―一九二八）らが設立した丁酉倫理会の雑誌『丁酉倫理会倫理講演集』では西洋占星術による予言をも公表した。大正末期の『高野山時報』や『密教研究』（高野山大学密教研究会）などでもシュタイナーを紹介し、シュタイナーの影響から仏教とキリスト教の比較論やその統合をはかる論説を発表した。

なお隈本家の墓石の書は新井石禅（一八六四―一九二七）によるもので、隈本の戒名「謙徳院篤実有尚居士」は権田雷斧《らいふ》（一八四六―一九三四）が付けたものである。隈本は彼等と親交があり、書や戒名を彼等の生前に受けていた。

新井石禅は曹洞宗第十一代管長、大本山総持寺第五代貫首をつとめた僧侶で、生き仏と仰がれた人物であった。権田雷斧は長谷寺に学び一時曹洞宗に転じたが豊山大学学長、大正大学学長を歴任し、真言宗豊山派二代目管長をつとめた学僧であり、近代の密教・性相学の権威である。*11 その晩年にあたる一九三三年十二月十八日「曼陀羅におさめるキリストの像　仏教界の一大革命！　真言宗の大長老権田雷斧師の英断」と題された記事が『報知新聞』に掲載される。記事には「弘法大師の説かれた精神によれば、曼陀羅は一切世界の理想の姿を現したもので、右の各聖者の如きも当然これに含まれねばならない」という主張が権田雷斧によって唱えられていたが、彼は「先ずキリストを曼陀羅中の一員に加えることを決意し、十字架上のキリストの画像製作を同師の仏弟子で日本画壇の雄、帝展審査員島田墨仙画伯に今春委嘱した」。また「今後おいおいに孔子やその他の聖者もこれに加える方針で、曼陀羅に対する新解釈であると共に、大日如来を中心とする、いわゆる本地垂跡説の現代的再進出とも見られ宗教史上の一大革命」であり、全宗教界の注目すべき問題であるとセンセーショナルに書かれている。

権田はその著書『信仰に至るの道』（実業之日本社　一九一八）ではキリスト教に批判的であるが、前年の著書『雷斧毒語』（良書刊行会　一九一七）では「本地垂跡の説」中で、「如来種々の神変不思議力を以て、衆生の機類に従つて、種々の法を説いて、一切衆生を引入するに当つては、其の垂跡の相や、一定しないのである」と述べる。それが時に他宗教の神や、あるいは「キリスト教のゴッドの形も現じ、十字架の形も現ずるのである。両部耶蘇は、決して新しき説ではない」と、たしかに仏教とキリスト教の融合を発想している。

権田の主張は隈本と関係があるのかもしれないが、権田の身近なところでは明治末期に両部耶蘇論を主張した豊山大学教授釈慶淳（一八六九―一九一九）や、釈が密教の詳細を教授したエリザベス・アンナ・ゴルドン夫人（Elizabeth Anna Gordon, 1851-1925）の提唱した仏耶一元論がその背後にあるようにも思われる。むしろ先に彼らの存在があったから隈本の論考も高野山関係の雑誌に掲載されたのかもしれない。

日本の近代において仏教とキリスト教の教義の一致を説く論説の紹介・主張、またゴルドン夫人については安藤礼二氏の論考に詳しく、[*12]以下安藤氏の論考に負う。仏教とキリスト教の一致を説く論説としては、早く一八九四年には鈴木大拙（一八七〇―一九六六）によってポール・ケーラス（Paul Carus, 1852-1912）『仏陀の福音』（佐藤茂信）および翌年には「仏教と基督教」、一八九六年には杉村楚人冠（一八七二―一九四五）による比較宗教学者マックス・ミュラー（Friedrich Max Müller, 1823-1900）の「仏耶両教の一致点」、続いて忽滑谷快天《ぬかりやかいてん》（一八六七―一九三四）によるケーラス『基督教徒と仏教』（鴻盟社　一八九九）が翻訳・紹介されている。また折口信夫（一八八七―一九五三）に大きな影響を与えたと推定される藤無染《ふじむぜん》（一八七八―一九〇九）による『二聖の福音』（新公論社　一九〇六）は「おそらく日本人ではじめて「仏耶一元論」を正面切って主張した」ものと安藤氏は論じられている。なお後述するが忽滑谷は大正初期に「第七官」という語をその著書で用いている。戦後になってからであるが鈴木大拙も対談や講演の場であるが、次のように「七官」「七感」という語を用いている。「五官があるから五官の延長は顕微鏡でも、望遠鏡でも、音を聞く器械でもあるが、それはそれとして、もし五官以外なにかあつたとしたらどんなものが見えるか分らん」「五官の上に更に六官、七官、八官、とあつたらどういうものか」(『宗教の根本疑点について』鈴木大拙・岩野真雄　東成出版社　一九五二)、「近頃このテレパシイ(telepathy)とかクレアボイアンス(clairvoyance)とか云ふのも、皆何かこの一種の六感ですね。さういふやうな、さういふ六感ではなくしてだ、(略)未だ我々が持つてゐないから話が出来んが、さういふ六感があつたり七感があつたりね、八感があつたり、乃至十・二十・三十感とあつたらですね、そしたらこの世界は全く違つた世界になつて見えると思ふですね」(「禅と哲学」『FAS』第四十七・四十八・四十九合併号　一九六二・二)。

ゴルドン夫人は一八九一年に家族との世界周遊旅行の途上で初めて来日し、その後約一〇万冊の洋書「日英文庫」を携えて一九〇七年に再来日、以後一九二五年の死去まで第一次大戦後の一時帰国をはさんで日本に居住した。ゴルドン夫人の重要な論考「物言う石　教ふる石」は『新佛教』第七巻第八号(一九〇九・八)に掲載された。これは夫人がオックスフォード大学時代にマックス・ミュラーの元で共に学んだ仏教学者高楠順次郎(一八六六―一九四五)がすでに英文で発表していた報告にもとづいている。この論考は『新佛教』掲載の同年、小冊子として高楠の訳で『弘法大師と景教』(丙午出版社)として刊行された。

ゴルドン夫人は高楠の発見を受けて次のように論じた。弘法大師空海が長安留学中、唐代の中国で景教と呼ばれた異端のキリスト教ネストリウス派が流行しており、大師もこれに接した。大師の帰国後この教えは仏教（真言密教）と習合した。そして夫人はキリスト教と仏教とはもともと同根であったとする仏耶一元論を提唱するに至った。さらに古代の日本には渡来人の秦氏として大勢のユダヤ人が移民していたという日猶同祖論を展開し、東西の信仰を一つにつなぐ新たな救世主として弥勒を位置づけた。なお秦氏の氏寺であった京都の太秦広隆寺は真言宗系の寺院で、創建当初の本尊を弥勒菩薩としていた。日猶同祖論の嚆矢となったのは景教研究で国際的に名高い佐伯好郎（一八七一―一九六五）で、ゴルドン夫人の論考発表前年一九〇八年に「太秦（禹豆麻佐）を論ず」を発表して秦氏をユダヤ民族であると主張した。

ゴルドン夫人は高野山奥の院に大秦景教流行中国碑のレプリカを一九一一年に建立、その傍らの墓所に眠っている。ゴルドン夫人の蔵書は生前に早稲田大学図書館および高野山大学図書館に寄贈されている。そのうちの洋書類約一五〇〇冊には、十九世紀英語圏で刊行された東西の宗教学、神秘思想に関する重要な文献、また神智学関係の書籍も多い。さらに鈴木大拙の妻となったビアトリス・アースキン・レーン（Beatrice Erskine Lene, 1878-1939）とゴルドン夫人の思想や生涯の類似――神智学や真言密教に主体的に関わり、東西の信仰を一つにつなぐことを目指した外国人女性であること――についても安藤氏は論じられている。

さてビアトリスは松村みね子（一八七八―一九五七）へアイルランド文学に親しむことを勧めたが、[13]これは日本文学に対する大きな貢献であった。松村によるアイルランド文学の翻訳は広範囲に影響を及ぼしたが、第四章で論じる尾崎翠「こほろぎ嬢」に登場するスコットランドの作家フィオナ・マクラウド（Fiona Macleod, 1855-1905）の翻訳もあり、尾崎もこの翻訳を読んだと思われる。また尾崎の親友松下文子は一九二八年の結婚以前には京大哲学科の学生と恋愛関係にあった。一説にはその関係で尾崎や松下は京都でビアトリスに会ったことがあるというが、筆者は資料を確認出来ていない。

雑誌『性相』は河西氏によると、一九〇八年十月、観相家の五代目石龍子（本名は中山時三郎　一八六〇―一九二七）の主宰する性相学会によって、月刊誌として発刊された。筆者の調査では一九一八年十二月発行の一一九号まで刊行が確認できた。隈本有尚はこの会の有力会員だった。掲載内容は、性相学（骨相学）をベースにして考星学（西洋占星学）、神智学、千里眼、人相学、手相、オーラなど、当時の神秘思想をほぼ網羅していた。

五代目石龍子と隈本とは同郷同年で竹馬の友だった。隈本の『性相』への寄稿のほとんどは匿名であるが、これは隈本が朝鮮総督府京城中学校長という公職にあったためであるという。五代目石龍子は慶應義塾に学んだ人物で、明治末期から大正末期にかけて、全国に石龍子ブームが起こり、各地での講演会に多数の聴衆が集まるほど名声を得た人物であった。[*14] たとえば夏目漱石（一八六七―一九一六）「それから」（『朝日新聞』連載　一九〇九）の「三」には、代助の嫂が「易断《うらない》に非常な興味をもつて」おり、「石龍子と尾島某を大いに崇拝する」という記述がある。

『性相』の表紙には「THE PHRENOLOGY」とある。phrenology（フレノロジー、骨相学）とは、[*15] 頭蓋骨の形や隆起の特徴から、その人物の性格や素質など気質的・能力的特質を判定できるとする理論である。十八世紀末のウィーンの医師ガル（Franz Joseph Gall, 1758-1828）によって提唱された学説で、当時は新興の「科学」であり、生理学的・科学的「観相学」として十九世紀前半の欧米で大流行するが、反キリスト教的な宿命論・唯物論とみなされ非難の的となり、賛否の激論を巻き起こしながら十九世紀末には終息していく。精神医学史上では精神機能局在論の源流として位置づけられ、また新たな気質や才能を植え付けたり生み出すのは不可能であっても、それらは環境や外的な働きかけによって発達・成熟するものであると、骨相学を応用することによる教育の可能性が主張されていく。石龍子も各地の刑務所に赴いて、刑務官らの立ち会いのもとで収容者の鑑定を行ったという。

骨相学の日本への流入については、[*16]ガルの思想が幕末に紹介されて以降、明治・大正期にかけて骨相学が通俗的なものを多く交じえながらも正統的な学問として認知されていたこと、またPhrenologyは一八七六年の文部省の『百科全書　骨相学』では〈骨相学〉と訳されたが、〈心の学〉という語源にもとづいてこれを難じた石龍子が〈性相学〉と称したことを坪井秀人氏が紹介されている。また小林康正氏は「日本の産業革命が本格化する20世紀初頭、吉凶禍福を予知予言する易断、九星術、姓名判断、観相・骨相学などのいわゆる「運命説」が、社会の表舞台に登場」し、日清戦争前後に易者の高島嘉右衛門（一八三二―一九一四）の活動が盛んに報道されたこと、明治三十年代半ばには姓名判断の最初の流行が起こり、骨相学の大衆への浸透が始まったのもほぼ同時期であったことを紹介されている。

なお法相宗・倶舎宗の学問を性相あるいは性相学というが、[*17]この意味では「しょうそう」あるいは「しょうぞうがく」と訓むのが通例である。法相宗は「唯識宗」「慈恩宗」とも呼ばれ、唯識系経典を重んじている。法相宗の法隆寺では明治期以来、管主佐伯定胤（一八六七―一九五二）が他宗派の僧侶にも門戸をあけて唯識学を講義し、多数の僧侶が聴講した。石龍子がPhrenologyを「性相学」と称したのは、唯識学をふまえてのことと考えられる。

骨相学者の様子については、たとえばドイツ文学者の成瀬無極（一八八五—一九五八）が「骨相学者」（『孤蝶馬場勝弥氏立候補後援現代文集』実業之日本社　一九一五）において、骨相学者が「頭蓋骨の形や隆起の特徴」を計測することにもとづいて、人間の内面を判別するさまが描かれているが、人相見のような描かれ方である。

> 私は三十銭で未来の運命を極められるのが厭さに隅の方に黙つて座つてゐた。然しとうとう人の悪い馬場さんに引張り出された。
> 『大した骨相ぢやありませんな』
> まづこんな事を云つて、安物の陶器でも弾いてみる様な調子で頭や頸筋なぞを雑に押へてゐたが後脳のところに触れてみて『これは恋慕心が大分発達してゐる』と云つた。『おや』と思つてきいてゐると『然し慎みが深いから宜しい』と云つた。

雑誌『性相』や石龍子による『性相』関連書籍による「フレノロジー」（骨相学・性相学）では、暫定的に脳の構成を大きく七つに区分し、その七つの下に四十二の「心性機関」を細別している。その「心性機関」のなかに「鑒識性（機関）」「霊妙性（機関）」という機関がある。隈本は「第六官および第七官」において、「五官」以外の作用によると思われる不思議な現象について、「鑒識性」「霊妙性」、「第六官」

「第七官」という言葉を用いて次のように記述している。「第七官」また「第六官」という語、表記の最も早い用例であろう。なお「第六官」という語については第十節にて検討する。（傍線は筆者による。引用に際して適宜濁点を付し、段落が変わる箇所では一字下げた）。

（「第六官および第七官」より）

引用1　心性機関の中に鑑識性なるものあり。（略）観察、推理、比較の複雑法を籍る（ママ）ことなく瞥見、直視以て其の周囲に存在するものを感識す。「余は貴下の思想を知る。余は貴下の心内に於ける意思を予知す」と云ふが如きは此の性の作用にして性相学に於ては之を第六官と称す。人生鑒識の源泉は之に在て存す。

人間に於て尚ほ一層高き感覚ありとすれば即ち霊妙性機関と連結したるならん歟。性相学に依れば即ち霊妙性の発達大なるものは見る可からざるを見、聴く可からざるを聴、時間空間を超越して所謂不可思議、怪異の事実を談して錯る処なく、千里の外も十年百年の後をも予言して誤ることなし。而して其の作用たる、到底他六官の及ぶ所にあらず。吾人は此を第七官と云ふ。此れぞ真に霊覚と称すべきものなり。

世に霊魂と云ひ天眼通と称するは即ち此の霊覚なり。

引用2　現時代は此れ理性の絶頂に達し五官の其の全力を尽しつゝある時代にして、方に直覚期に入らんとするの秋なる歟。（略）

当代の五官期に一階を昇れば斯に前記第六官の直覚に入り、更に一階を昇る時は第七官の霊覚期に入るものとす。而して此の霊覚期は霊妙性の作用に属して直覚に連続し来るものたらば則ち世界に新紀元の接近しつゝ来るは空想にあらざるなり。吾人は信ず、物質界に於ける光線収蔵と液体空気の研究が満足に成功し自在に使用せられる暁は此れ心性界の霊覚期に入るの時日なるべし。

新紀元は接近せり。世界の進歩は日を逐て急劇なり。今の世に際し残る隈なく心性力を検討し此が改良発展を計り、以て直覚と霊覚との開発を促し、以て物質界の進歩に伍するは性相学を捨て何くに求めん。

この記事の『性相』掲載以後、『性相』誌面や『性相』関連書籍では、石龍子によって、性相学でいう「霊妙性機関」は「第七官」または「第七感」「第七感官」という語を用いて解説される。*18–19 その際「時間空間を超越」することを「天眼通」あるいは「千里眼」と結びつけて解説される場合もある。「千里眼」と結びつけて解説されるようになったのは、ちょうど隈本のこの記事が『性相』に掲載された同年、一九一〇年に話題がピークとなった、いわゆる「千里眼事件」と無関係ではないだろう。*20

また、引用記事「2」では、時代が「五官期」「直覚期」「霊覚期」と七つの区分で進歩していくことと、「性相学」とを関連させて論じている。すでに『性相』第三号（一九〇八・十二）に掲載された、隈本の執筆によると思われる論説文「脳髄に於ける七大部別」でも「脳髄の七大部別は歴史の七大区分と恰も符節を合するが如きを見る」として性相学と人類の歴史の区分とを関連させて論じている。一般的に骨相学ではこのようなことは論じないので、これは隈本独自の発想と思われる。『性相』に掲載された記事にはレムリアやアトランティス等、神智学や人智学で言われる先史文明への言及もあるが、神智学や人智学では人類の進化の過程を七つに区分し、現在は五番目の段階にあたるとしている。したがって「第六官および第七官」での引用記事「2」の論述は、隈本の受容していたシュタイナーからの影響かと考えられる。

四　「第七官界彷徨」発表以前の「第七官（感）」4——大正期の仏教関係

本節では大正期の仏教関係における「第七官（感）」の用例を確認したい。まず忽滑谷快天『養気錬心乃実験』（東亜堂書房　一九一三）が早い例である。忽滑谷の『錬心術』（忠誠堂　一九二五）は書名は異なるがその改版と思われ、『錬心術』にも同じ記載がある。「第七官」という語が現れるのは「第十三章瑜伽の人生論一　浮世」である。

『ジナーナ瑜伽』の著者はいふ。

浮世は人心と相対的に存するのみ、心あるが故に浮世あり。吾等五官を以て浮世を見つゝあり、若し吾等にして第六官を得たらんには浮世は別世界ならざるべからず。況や第七官、第八官を以てするをや。

なお『ジナーナ瑜伽』の原文は次の通りであり、忽滑谷が「第七官」と訳したのは“still another sense”という箇所であると考えられる。

It exists only as relative to my mind, to yours, and to the minds of everybody else. We see this world with the five senses. If we had another sense, we would see in it something else. If we had still another sense, it would appear as something yet different.
(Swami Vivekananda, *Lectures by the Swâmi Vivekânanda on jnâna yoga,* New York, The Vedânta society,1902.)

忽滑谷快天は駒沢大学の初代学長をつとめた曹洞宗の学僧である。[*21] 英語に堪能で、一九一二年から三年間宗命により欧米に留学した。本書の他にも心霊学研究のアッディントン・ブルース（Henry Addington Bayley Bruce, 1874-1959）『心霊の謎』（森江本店　一九一一）を門脇探玄と共訳している。『ジナーナ瑜伽』はスワミ・ヴィヴェーカナンダ（Swami Vivekananda, 1863-1902）のアメリカとヨーロッパでの講演録で、広く読まれてきた本である。スワミ・ヴィヴェーカナンダはインドの宗教家で、ラームモハーン・ロイ（Ram Mohan Roy, 1772-1833）やラビーンドラナート・タゴール（Sir Rabindranath Tagore, 1861-1941）と並んで、「ベンガル・ルネサンス」を代表する人物である。一八九三年シカゴで開かれた世界宗教会議にヒンドゥー教代表として参加、信仰形態は多元であっても真理はひとつであると万教帰一の主張をして人気を博した。ヴィヴェーカナンダは会議後もアメリカで布教活動を続け、一八九五年にはニューヨークに最初のヴェーダンタ協会を開設、次第に全米各地に支部を増やし、イギリスにも協会を開設した。一八九七年インドに帰国後ラーマクリシュナ・ミッションを創始し、アドヴァイタ・ヴェーダンタ（不二一元論）の普及につとめた。

吉永進一氏は忽滑谷のこの著書について、忽滑谷の著作の中では異色の一冊で、近代日本でのヨガの紹介としてもかなり初期のものであり、この本の背景には、世紀末から広まった東洋宗教と心理的宗教の流行があると紹介されている。ヴィヴェーカナンダの宗教会議での成功・布教活動がきっかけとなってアメリカでもヨガやインド宗教が広まり始めたが、これは同時にマインド・キュア（あるいはニューソート）と呼ばれるアメリカの民間精神療法の流行とも重なっていた。マインド・キュア運動は唯心論という原理から東洋思想と親和性が高く、両者が相まってニューエイジの原風景とも言うべき状況を構成しており、そうした風潮の端的な例が、後述するヨギ・ラマチャラカ（Yogi Ramacharaka, 1862-1932）であったという。この本の最後には「附録」として「参考書」が列記されているが、「バガヴァッド・ギーター」や「ウパニシャッド」といったインドの古典、詩人・社会主義思想家のエドワード・カーペンター（Edward Carpenter, 1844-1929）、神智学徒のメイベル・コリンズ（Mabel Collins, 1851-1927）、ヨガ教師のA.P.Mukerjiの著作の他、ヴィヴェーカナンダとヨギ・ラマチャラカの著作が多く紹介されており、この本ではヴィヴェーカナンダとラマチャラカのヨガが混在している。ラマチャラカとはインド風の名前であるが、アメリカの白人ウィリアム・ウォーカー・アトキンソン（William Walker Atkinson）のペンネームである。

ラマチャラカの著書の翻訳『研心録』（二宮峯男訳　実業之日本社　一九二四）の第六章「知覚力涵養」

にも「第七官」という語が現れる。

教授Masson曰く「人が普通の官能以外に第六官第七官を加ふるとせば、新感覚の出現と与に此現象界は驚天の変化を勃発するであらう」

二宮の「解題」によると、この本はヨギ・ラマチャラカの *Raja yoga*（一九〇六）の翻訳である。該当部分の原文は次の通りである。二宮が「第六官第七官」と訳したのは「a new sense or two」の箇所であると考えられる。また教授Massonとは、スコットランドの批評家David Masson (1822-1907)を指し、該当箇所はMassonの *Recent British Philosophy: a review, with criticisms; including some comments on Mr. Mill's answer to Sir W. Hamilton* (1865)からの引用と思われる。*22

Another writer, Prof. Masson, has said: “If a new sense or two were added to the present normal number, in man, that which is now the phenomenal world for all of us might, for all that we know, burst into something amazingly different and wider, in consequence of the additional revelations of these new senses.”

（Yogi Ramacharaka, *A series of lessons in Raja yoga*, The Yogi Publication Society, 1906.）

徳富蘇峰（一八六三—一九五七）の序文「研心録に題す」によると、二宮峰男は蘇峰の「同窓にして三十年来の親友である。君は学窓を出てより、身を実業界に投じ、今や已に有力なる銀行の重役として、其の方面に於ける成功者の一人である」という人物である。吉永進一氏によるとラマチャラカはビジネスマンであったが健康を害し、医者も見放した病気がニューソートによって癒えてから、ニューソート運動に挺身するようになったという。ヴィヴェーカーナンダをはじめとするインド哲学やヨガに刺激を受け、ニューソート本の執筆と並行してラマチャラカ名義で何冊ものインド思想の本を出版して評判となり、現在も発行されている。なお『研心録』は「I　AM（我あり）」というニューソートのキーワードに関するアメリカ修養論であり、あまりヨガ的ではないとも吉永氏は論じられている。

さてラマチャラカ関係本での用例では「第七官」のみならず「第八官」という語も用いられているが、これには仏教の唯識の教学では、人間の心が八識の構造によっているとすることに影響された発想ではないかと考えられる。ここで「官」という語は「sense」の訳語として用いられているが、「感」ではなく「官」の表記を用いているのは、「眼耳鼻舌身」について「五官」という語が仏教で用いられてきた影響ではないだろうか。また「五官」以上の感覚があれば、現在の世界は全く違ったものとして感じられるだろうと発想し、それがどのような感覚であるかは明言していないところが二つの用例に共通している。これらは、円了の用例に類するだろう。

昭和に入ってから西村卜堂『生の源泉プラナ』（龍吟社　一九二八）でも「第七官」という語が見える。この書籍には「ヨギ、ラマチャカ《（ママ）》氏の著書ラヂャ、ヨ《（ママ）》ガについて研究されたい」とあり、「第六官」「第七官」「第八官」という語を用いた記述がある。

西村卜堂（知本）は民間療法で病気治しをしていた人物であるらしく、『生の源泉プラナ』には敬天閣という連絡先が掲載されている。また西村の著書『簡易性相学　頭と顔の研究』（玄々書院　一九一二）の表紙には「フレノロジスト西村卜堂」・性相学研究会とある。他に『精神能率増進法』『健康能率増進法』（ともに人品雑誌社　一九一五）、『天然養生法』（葛岡宗吉と共著　隆文館　一九一八）等の著書がある。「フレノロジスト」と名乗っていた西村は石龍子や隈本に影響を受けたと見られ、『生の源泉プラナ』でも「第六官」について「直覚力」という表現で解説し、「第七官」についても「直覚の上に位する霊妙なる能力である。感覚外の存在に対する認識で、自己の経験や推理や直覚以外に超越して、肉眼の観察し得ざるものを想像し承認する、即ち神霊の交通とか天啓黙示の類でこれを第七官と名ける」と記述している。西村はさらに「第八官」を立て、「第八官は絶対である、絶対は宇宙の最高霊智であつて（略）ラヂヤヨガでは之を我と呼んで居る」と等と記述している。こちらにはラマチャラカの影響が見られようか。

一九二二年に発表された正宗白鳥（一八七九―一九六二）の小説「迷妄」（『解放』大鐙閣　一九二二・五のち『光と影』（摩雲巓書房　一九二三）に収録）にも「第七官」という語が用いられている。「第八官」という語もともに用いられることから、忽滑谷快天『養気錬心乃実験』が影響した可能性がある。なお『解放』のこの号の創作欄にはエロシェンコ「夜の狂人」、秋田雨雀の戯曲「扉を開け」などのほか、のちに詩集『火星』を刊行する中山啓や佐藤惣之助の詩なども掲載されていた。『解放』は『改造』や『我等』とともに一九一九年に創刊された総合雑誌である。（引用は『光と影』から）。

「お前たち凡人は五官を具へてゐるだけではないか。古来の傑れた宗教家や詩人や、美術家や音楽家や、あるひは科学者であつても、傑れた人は、みな第六官といふ者を持つてゐたのだ。その並みの人間の持つてゐない感覚の働きで、宇宙の秘密をも人間の魂の底をも見徹したのだ。（略）」

「第六官を天才の特徴として教へてゐる批評家のあることは僕だつて知つてゐる。視覚を具へてゐる者には盲人の知らない者が知られてゐるのと同じやうに、仮りに第六官を具へてる者があるとしたなら、その人には通常人の感じないことが感じられてゐるのだらう。（略）しかし、五官を備へてゐても、分らないことだらけの人間が、もう一つ異つた感覚を持つて見たつて、全能の神にはなれまい。痴者脅しくらゐが出来るくらゐなものだらう。第六官どころか、第七官をも第八官をも備へた人間がこれから現はれたとしても、僕はさして尊崇する気にもなれないのだ。（略）」

「第六官を天才の特徴として教へてゐる批評家」とは具体的に誰が想定されるか断定はできないが、管見の限りでは辻潤（一八八四―一九四四）の縁戚であった津田光造（一八八九―？）による『二宮尊徳の人格と現代――附・青年教師の懐疑』（大同館書店　一九一九）「第十二章　第六官の所有者」に次のようにある。「人間が外形に捉はれずして、物の真相を見透す力、霊感、直覚乃至統覚、さう云つたものを称して、仮りに第六官と云つて置く。さうしたならば、吾々は茲に、天才とは優れて発達した第六官の所有者であると云ふ定義を下す事が出来ると思ふ。（筆者注：改行）次の挿話は如何に翁が優れた第六官の所有者であるかの一例であると思ふ」。続いて具体例を挙げ人間に対する洞察力を「第六官」という語で説明する。これが「迷妄」の典拠として考えられる可能性がある。また視覚に関する話題からは、円了の用例の影響も見受けられようか。

なおこの小説の冒頭では古池に蛙の卵がたくさん産みつけられ「黒い粒は寒天見たいな膜で包まれてゐる」とあるが、第五章で論じる「地下室アントンの一夜」においても蛙の卵について「雲とつづいた寒天の住ゐの中に、黒子のごとく点在してゐる」とあり、「寒天」のたとえが共通する。尾崎翠は「現文壇の中心勢力について」（『若草』一九二七・九）で自然主義文学を批判しているが、白鳥のような自然主義出身の作家にも「第七官」の用例があったことを確認しておきたい。

加藤一夫（一八八七―一九五一）の講演録「宗教と芸術」（『科学と文芸』交響社　一九一七年九月号）には「第六官七官」という表現が見られる。（引用に際して圏点を省き句点を補い、明らかな誤植を訂正した）。

宗教とは、私にとつては自分の本当に生きると云ふことに外ならないのです。（略）或る心理学者は私達の感覚の発達を叙して、それは全く信仰の上に成立するものであると云ふことを証明して居ます。（略）

即ち私達はお互に自分の知らないうちにも常に何かより高い若しくはより本当なものを求めて居るのです。そしてそれは私達の感覚の信仰によつて得られたのです。そして私達は今や、五官以上の或る新しい感覚をもつて感覚界以上のものを求めて居ないでせうか。仏教では五官の上に末那識だとか阿頼耶識だとか云ふ第六官七官をたてゝ居ます。そして此の感覚によつて見えざる世界を知ることが出来ると云つて居ます。それは兎も角も、私達は私達の五官の世界そのままの者の上に、私達の最高の要求を見出さないと云ふのは事実であります。
然らば私達は五官の世界だけでは満足の出来ないある者であります。五官の世界以上の何かの要求をもつて居る故に、それに相当する世界がなければならぬ筈であります。私達の信仰は茲にも作用《はたら》かなければならぬ筈です。

「仏教では五官の上に末那識だとか阿頼耶識だとか云ふ第六官七官をたてゝ居ます。そして此の感覚によつて見えざる世界を知ることが出来ると云つて居ます」というところには仏教について誤解があるようにも見える。しかし一九一〇年千里眼の実験が話題になっていた頃、その当事者の一人である心理学者福来友吉（一八六九—一九五二）による「センチメンタル、ポシビリチー」という講演があり、宗教文化専門紙『中外日報』に記者が「面白い所だけを取つて」講演録を「面白い心」と題して五回に分けて掲載していた。その最終回一九一〇年六月一日付の記事には次のようにある。（引用に際して圏点は省いた）。

◎千里眼　仏教でいふ根本識、自分は識原と名ける。吾々の五官はなくとも、識原にかへればちやんと見えもし、聞えもするのである。近頃熊本の女が来てゐるのを実験してゐるのであるが、彼の女はハンカチフを四枚も五枚も重ねて包んだ名刺を上からだん〳〵読むことが出来る——トいつた《ママ》ところで此の眼で見るのではない。彼の女は先づこれを読まんとする前に、深呼吸をやつて、無我の状態になつて、瞑目しながらこれを読みあてるのである。ヒヨツトすると確然読みあてることが出来ない時もある。時によつて明不明があるのは止むを得ぬ。
◎無我の必要　真の無我になるといふことは必要なことである。平生の習慣に依る所の五官の力を仮りずに、真の無我に入れば、或る一種の能力を得ることが出来る。真の無我即ち純無我になることは大いに必要である。
（略）芸術の蘊奥を極めるには精神の落ちつきが必要、精神の落ちつきとは何か。即ち真の無我になることである。純無我になることである。吾々が此の六尺の身体を全く忘れてしまひ、全く妄念を払ひ尽くした暁には、五官の力で見えなかつたものも見えるし、聞えなかつたものも聞えるのである。

福来の「仏教でいふ根本識、自分は識原と名ける。吾々の五官はなくとも、識原にかへればちやんと見えもし、聞えもする」と言い、「真の無我」「純無我」になり「全く妄念を払ひ尽くした暁には、五官の力で見えなかつたものも見えるし、聞えなかつたものも聞える」という論述と[*23]、先の加藤の論述とは通じ合う。どちらも仏教のアラヤ識（根本識）と、五感では見えない、感知できないものが見える能力とを結びつけている。また加藤が宗教について「自分の本当に生きる」ことと述べ、「或る心理学者」の説をひき「感覚の発達」が「信仰の上に成立する」とも述べていることは、福来が「真の無我」「純無我」になれば「五官の力で見えなかつたものも見える」と主張していることと通じる。どちらも信仰心や悟りの境地と、感覚の発達や五感以上の能力とを結びつけている。
加藤の記事に福来の影響があったかどうか、また「或る心理学者」が誰を指すのかは分からないが、感覚の発達、あるいは千里眼のような超能力を、仏教や信仰と結びつけて論じていることに注意しておきたい。なお「熊本の女」の次に現れた丸亀の「千里眼」能力者長尾郁子は、その能力を信仰のおかげと述べていた。大きな話題となった千里眼事件を介して、このような言説が広まったとも考えられよう。

加藤一夫[*24]は明治学院神学部卒業後、キリスト教信仰に懐疑的ながら東京基督教会、転じてユニテリアン教会で副牧師となり『六合雑誌』に執筆していた。「第一義は神ではない。自我である。自我の生きんことである。自我の真実が満足し得る様に生きることである。（略）自分自身の真実の生命は即ち本然そのものでならぬ筈である」（「創造の悲哀」一九一三・十二）と自我主義、生命主義的主張をした加藤は副牧師を辞し、『六合雑誌』時代の創作以外の論文などを収めた『本然生活』（洛陽堂　一九一五・一〇）を刊行、『科学と芸術』をほぼ同時期の同年九月に西村伊作（一八八四―一九六三）と創刊した。『科学と芸術』は西村が退いた一九一六年九月号以後、民衆芸術運動の指導的雑誌となる。西村は加藤と同郷で和歌山出身、建築家、また文化学院を創立したことで知られる。大逆事件で処刑された大石誠之助（一八六七―一九一一）は西村の叔父である。

高楠順次郎・木村泰賢（一八八一―一九三〇）『印度哲学宗教史』（丙午出版社　一九一四）で、古代インドの宗教哲学書ウパニシャッドを解説した「第三篇　奥義書　第三章　現象論　第二節　現象生起の次第及びその種類」に、「七官」という表現が用いられる。

（筆者注：アイタレーヤ・ウパニシャッドの宇宙観に従えば）アートマン（Ātman）の創造した宇宙界

は上下両辺水に囲まれ、中央の上部に光界あり、その下部に地界あり、その守護神として日、月、火、風、木、方、死の七神あり、更に此七神の要求によりて我が個人界を作りたるに七神之に安住して眼、耳、鼻、舌、身、意、臍の七官となり、アートマン自らはこの七官を総括する為めに自ら頂門を通じて個人界に入りて安住するに至つた云々と。即ち明白に小宇宙(microcosms)大宇宙(macrocosms)の考を以て個人界を小宇宙とし世界を大宇宙として、両者を貫くに一我の遣《(ママ)》ひ分を以てせんとした宇宙観である。

ここでは「眼、耳、鼻、舌、身、意、臍」が「七官」とされているが、このような用例は管見の限りでは戦前期の文献で他に確認していない。

五　「第七官界彷徨」発表以前の「第七官(感)」5——薄田泣菫・与謝野晶子

明治期に文名を挙げた薄田泣菫(一八七七—一九四五)と与謝野晶子(一八七八—一九四二)による大正初期の用例を確認したい。

まず一九一四年五月二十六日付『読売新聞』に発表された晶子の詩「駆け出しながら」に「七感」という表現がある。

いいえ、いいえ、現代の
生活と芸術に、
どうして肉ばかりでゐられよう、
単純な、盲目な、
そしてヒステリックな、
肉ばかりでゐられよう。
五感が七感に殖える、
いや、五十感、百感にも殖える。
理性と、本能と、
真と、夢と、徳とが手を繋ぐ

（略）

この詩では新しい時代の生活と芸術に相対しての感覚の変化が歌われているが、「五感が七感に殖える」という表現には、これまで見てきた「第六官（感）」や「第七官（感）」の用例の影響している可能性もあるだろう。

次に泣菫の用例であるが、随想「中性」に「第七感」という語が用いられる。「中性」は『象牙の塔』（春陽堂　一九一四・八）に収録されているが、同じく『象牙の塔』に収録されている「内部両性の葛藤」では「こほろぎ嬢」に登場するウィリアム・シャープ（William Sharp, 1855-1905. マクラウドは同一人物）とフィオナ・マクラウドの逸話が紹介されており、これを尾崎翠が読んでいた可能性があることを森澤夕子氏が指摘されている。[*25] したがって尾崎翠は「中性」をも読んでいた可能性があると考えられる。

縦な心をもつて、あらゆる歓楽の盃を飲み干さうとする現代人の感覚は、いつも張りつめた鋼鉄のやうに光つてゐる。彼等は眼に見えるものを見、耳で聞えるものを聴いたのでは満足出来ない。どうかすると眼に見えないものを見、耳で聞えないものを聴かうとして、絶えず恍惚の状態を取らうとする。そしてマアテルリンクの言つたやうに皮一重向うに飛び込んで、従来嗅げなかった雨の匂、曙の光の匂、露の匂、星の瞬きの匂といつたやうなものまで嗅ぎ分けようとする。さうするのになんの不思議もない。自然に存在してゐる物は、皆香気をもつてゐるのだが、唯人間の嗅覚がまだ嗅ぎわけ得ないばかりなのだから。（略）

（筆者注：聞香やヘレン・ケラーの例をあげ、感覚が訓練次第で発達することを述べて）いや、ひとり五感の発達ばかりではない、お互ひの努力次第では、私達は自然の内部生命や、宇宙の神秘を感知する第六感（気持ちが善いとか悪いとかいふ有機感覚を第六感、冷いとか暖いとかを感ずる感覚を第七感とすれば、第八感と言つても差支がない。）をも発達し得る事が出来ようと思ふのだ。

『生物の世界』の著者、アルフレッド・ラッセル・ワレエスは、どんな器官でも、感覚でも、その個体の生存を持続し、発達せしめるのに必要な限りは存在すると言つたが、私達は現在神秘と運命とのなかに呼吸し、遊泳してゐるのだ。（略）この神秘を嗅ぎわけ、運命の足音を聴きわける第六感は、是非とも発達しなければならないのだ。水のなかに泳いでゐる魚は、種族蕃殖の必要上水流れを認識しなければならないので、他の動物には無い第六感ともいふべき側線が発達してゐるのを思ふと、私の想像は決して根拠のないものではないといふ事が解るだらう。もしも私達の第六感が発達して、ちやうどあのエピキユラスの輩が、鋭い味覚でうまい食物を味はう事に、この上もない歓楽を見出だしたやうに、神秘を嗅ぎわけ運命を聴きわけて、その色合を娯しむことが出来たら、私達の生活はどれだけ内容の豊なものになるか解らない。

近代人の官能は、少なくともかういふ辺まで進まうとしてゐる。で、かうした感覚を通して心に現れるある特殊な気分は、私達の生涯にそれ相応な特殊な形式を残さずには置かない。（略）従来の人間がつひぞ経て来なかつたやうな、矛盾に充ちた心の経験は、やがて私達の肉にも何等かの影響を止めずにはおかない。

ここで言及されている「気持ちが善いとか悪いとかいふ有機感覚を第六感、冷いとか暖いとかを感ずる感覚を第七感とすれば」とは、第二節で紹介した元良のような心理学の影響かと考えられる。また魚の第六感については、『太陽』一九〇八年十二月一日号に掲載されている岡村金太郎「魚類の第六官」等によるものと思われる。この感覚は「近頃漸く魚類にあることを発見した」と紹介されている。五官ではない感覚が人類にもあるのではないか、「自然の内部生命や、宇宙の神秘を感知する」新しい感覚を人類は発達させることが出来るのではないかという発想は、第三節で紹介した骨相学の文脈で「人間に於て尚ほ一層高き感覚ありとすれば即ち霊妙性機関と連結したるならん歟」と論じられ、「霊妙性」の発達によって千里眼のような能力を発揮するという感覚「第七官」が想定されることとも共通する。これらの発想には、科学における新発見の影響や進化論の影響が見られるだろう。

泣菫も言及している「アルフレッド・ラッセル・ワレエス」、ウォーレス（Alfred Russel Wallace, 1823-1913）は、ダーウィン（Charles Robert Darwin, 1809-1882）とともに進化論の提唱者として知られるが、ウォーレスは心霊学的な進化論を主張し、肉体レベルにとどまらない精神レベルの進化を人間にのみ認めることで、人間の他の種に対する特権性を保証した。[*26] 前節で紹介した加藤や福来らのような、五官以外の感覚の発達を仏教や信仰と結びつけている発想にも、科学における新発見や心霊学的な進化論からの影響が考えられるだろう。

科学における新発見には動物の不思議な感覚のみならず、千里眼事件にも関わってくる物理学での発見も含まれる。すなわちX線の発見（一八九五）、放射能の発見（一八九六）、ポロジウム、ラジウムの発見（一八九八）、アルファ線、ベータ線の発見（一八九九）、ガンマ線の発見（一九〇〇）などである。一柳廣孝氏は[*27]「物理学レヴェルで巨大なパラダイム・チェンジが進行しつつある時、一方ではＳＰＲなどによってテレパシー、千里眼などの超常能力の存在が主張されつつあった。欧米の物理学界は、一連の放射線と同様の、未知の光線が発見される可能性を、これらの超常能力のなかに見いだしていたのである」と論じられているが、隈本有尚が「第六官および第七官」において「物質界に於ける光線収蔵と液体空気の研究が満足に成功し自在に使用せらるる暁は此れ心性界の霊覚期に入るの時日なるべし」と論じていたことも、この文脈においては奇異な発想ではなく理解される。

六　「第七官界彷徨」発表以前の「第七官（感）」6――オリバー・ロッジ『死後の生存』

オリバー・ロッジ『死後の生存』（Sir Oliver Joseph Lodge, 1851-1940, *The survival of man : a study in unrecognized human faculty*, 1909. 高橋五郎訳　玄黄社　一九一七・五）の「第二編　遠感法、伝心術、読心術の実験　第六章　応用遠感術」において、現在いわゆるテレパシーに関わる器官を想定して「第七官」という語が用いられる。該当部分の引用の前に「伝心」「遠感術」等についての論述を引用しておく。

先づ字義を再び論定せんに、伝心とは精神と精神とが毫も覚官（五官）といふ熟路を経ずして妙に能く相交通するを表するのである。是ぞ余が所謂る精神間の同情的連係である、精神といふ文字は斯る場合に於てや只漠然と通俗の意味に用ひられた者である。

（筆者注：二つの音叉について）其二物相離れて、空に懸つてゐるとしても、其一を鳴せば、亦他の一が饗応する、即ち同一の音調を発するのである。是は音楽上で「同情的饗応」と称するのである。

遠感術とは精神と精神との間に存する交感の突発（自然発作）である（略）突発的な遠感印象は亦人為的に、且実験的に模倣し得られる者で、故意に凝思すれば、斯る印象が他へ伝へられる事は、上に於て既に余が実験して証明した如くである。既に幾多の男女は己が意志の努力に由て遠方に於ける知人の頭脳を刺激し得たれば、其人は百里或は千里の遠地に在つて前者の喚声を聞き、或は前者の顔を見たのである。（略）

偖精神と精神との間に存する此種以外の同情的饗応（交感）は、果して如何なる意味ある者であるか。是は新覚官の萌芽であるか、即ち人類が其の進化の発展上遂に天より賦与せらるべくある新覚官（第六官或は第七官）の今茲に萌し始めたのであるか或は又是は人類の祖先が其尚言語を有せざる時代に具へてゐた一種の能力の遺物であるか。

「新覚官（第六官或は第七官）の萌芽」は次に示すように"the germ of a new sense"という箇所の訳で、「第六官或は第七官」とは訳者高橋五郎の注記であった。

Is it conceivably the germ of a new sense, as it were, —— something which the human race is, in the progress of evolution, destined to receive in fuller measure? or is it the relic of a faculty possessed by our animal ancestry before speech was ?

The survival of man は高橋の訳で一九一七年五月に出版された後、同年九月に『心霊生活』（藤井白雲訳　大日本文明協会）の題で「紙数に限ある為めに余り重要ならざる事例の一二を省略」された上で出版され、ベストセラーとなっている。こちらでの同箇所は「新しい感覚の種子」と訳され、「第六官

或は第七官」という注記はない。『心霊生活』がよく読まれたことから、『死後の生存』もまたよく読まれたものと考えられる。

なお『死後の生存』の巻末には高橋によってウォーレスの論考「客観的霊怪の実在」が付されている。オリバー・ロッジ[*28]は十九世紀イギリスを代表する物理学者であり、一八八二年に成立した英国心霊研究協会（Society for Psychical Research 略称SPR）のメンバーである。ウォーレスやウィリアム・ジェームズ（William James, 1842-1910）、アンリ・ベルクソン（Henri-Louis Bergson, 1859-1941）らもSPRのメンバーだった。SPRは科学的実証主義の立場から、テレパシーや催眠術をはじめ心霊現象を研究対象とした。明治半ばの催眠術流行を経て、明治四十年代には欧米における心霊学流行の影響が日本にも及び、アカデミズム系の雑誌にも心霊学関係の記事が掲載され、高橋や渋江保らが次々と心霊学関係の書籍を出版する。明治末期の「千里眼」事件の際に新聞報道はSPRをはじめとする心霊学との関連を強調したが、書籍においてもSPRの動向が紹介され、「科学」による霊の存在証明や、霊的エネルギーの研究が進められていることを紹介した。横山茂雄氏は一九一〇年に出版された高橋の『新哲学の曙光』（前川文栄閣）について、その題名が示すように「心霊研究は精神界と物質界を統合し従来の世界観を根本的に変革する新思想として喧伝されたのであって、それがゆえにかなりの数の知識人が真摯な関心を寄せた事実は強調しておかねばならない」と論じられている。高橋五郎はキリスト教系の著述家、英学者として明治中期より活躍し、多くの著書・翻訳書がある。一九〇三年には著書『神秘哲学』ですでに欧米の心霊研究の動向を紹介し、大正期を通じて心霊学関係書を出版している。

『死後の生存』ではテレパシーを「人類が其の進化の発展上」萌した新しい感覚か、人類の祖先が言語を持たない時代に具備していた能力の遺物かと論じるが、SPRの会員でもあったコナン・ドイル「バスカヴィル家の犬」（Sir Arthur Ignatius Conan Doyle, 1859-1930, *The hound of the Baskervilles*, 1901）では、先祖の忌まわしい性質が蘇るという恐怖とともに先祖返りが描かれる。廣野由美子氏は『ミステリーの人間学――英国古典探偵小説を読む』（岩波新書　二〇〇九）において、大英帝国繁栄の一方で「人間の原始的特性」の再発が「先祖返り」と恐れられたこと、また文明が進歩しても「あるとき突然、暴力的な本能が蘇り野蛮人へと逆戻りするのではないかという不安」が人間につきまとうことを指摘されている。それに対して「第七官界彷徨」では蘚の恋愛や性情が人類に遺伝されていると登場人物が会話するが、進化論をパロディ化したようなユーモラスな会話となっている。

人間が恋愛をする以上は、蘚が恋愛をしないはずはないね。人類の恋愛は蘚苔類からの遺伝だといつていいくらゐだ。（略）蘚苔類が人類のとほい祖先だらうといふことは進化論が想像してゐるだらう。（略）人類は夢の世界に於てのみ、幾千万年かむかしの祖先の心理に還ることができるんだ。

「（筆者注：沈黙する精神病患者について）よほど多分に太古の蘚苔類の性情を遺伝されてゐるにちがひない。典型的な蘚の子孫にちがひない」

「平気だよ。種がへりしたんだ。（略　筆者注：狐の尻尾を備えた人間を）進化論のコオスを逆にいつたんだといふ。（略）人間が狐に種がへる以上は、人間の心理が蘚に種がへるのも平気だよ」

七 「第七官界彷徨」発表以前の「第七官（感）」7——橋本五作『岡田式静坐の力』

『死後の生存』と同年一九一七年一月に刊行された橋本五作（一八七六？——一九三二）『岡田式静坐の力』（松邑三松堂）の第六章「第一義の知識と第二義の知識」にも「第七官」という語が用いられている。[*29] 橋本は通常の感覚を「視聴以下六官」としており、そのうえに「第七官」をおく。大正生命主義思潮の流れにあったエマソン（Ralph Waldo Emerson, 1803-1882）、オイケン（Rudolf Christoph Eucken, 1846-1926）、タゴール、筧克彦（一八七二—一九六一）の思想について、[*30] それらを筧のいう「自由観念論」また「汎神論」であるとし、これらは橋本のいう「第七官」に根拠をおいていて「其基は一である」とする。

実證論は、人間の六官に依れる知識を基礎とするに対し、観念論は、七官に依る知識を基礎とする様なものである。而も実證論に缺く所の、其第七官に依りて得たるものが、最根底に達して居つて、且其包含性の頗る大なるものである。直覚と云ひ、或は自覚と云ひ、或は又オイケンの、所謂直接経験など、云ふも、皆此第七官に依り得たものである。六官丈しか有たない頭脳で、七官に依り得た知識の解し難きは、明かな事であらう。

第七官に依れる知識は、極めて高大なる包含性を有つて居る故に、其包含物の種類に依りて、稍其

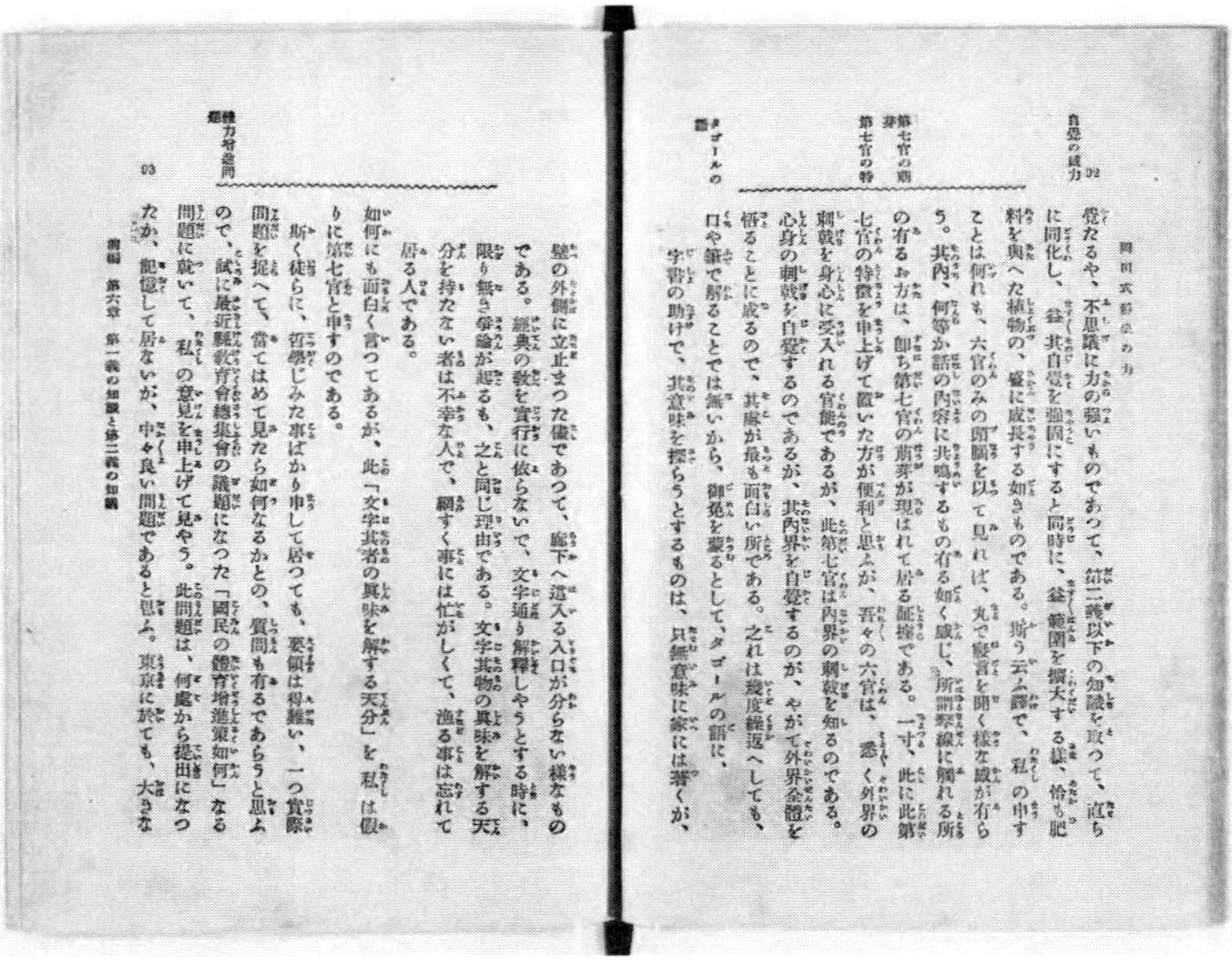
岡田式靜坐の力

自覺の威力 92

第七官の萌芽

第七官の特

タゴールの語

覺たるや、不思議に力の强いものであつて、第二義以下の知識を取つて、直ちに同化し、益々其自覺を强固にすると同時に、益々範圍を擴大する樣、恰も肥料を與へた植物の、盛に成長する如きものである。斯う云ふ譯で、私の申すことは何れも、六官のみの頭腦を以て見れば、丸で寢言を聞く樣な感が有らう。其內、何等か話の內容に共鳴するもの有る如く感じ、所謂琴線に觸れる所の有るお方は、卽ち第七官の萌芽が現はれて居る證據である。一寸、此に此第七官の特徵を申上げて置いた方が便利と思ふが、吾々の六官は、悉く外界の刺戟を身心に受入れる官能であるが、此第七官は內界の刺戟を知るのである。心身の刺戟を自覺するのであるが、其內界を自覺するのが、やがて外界全體を悟ることに成るので、其處が最も面白い所である。之れは幾度繰返へしても、口や筆で解ることでは無いから、御免を蒙るとして、タゴールの語に、字書の助けで、其意味を探らうとするものは、只無意味に家には着くが、

體力增進問題

93

壁の外側に立止まつた儘であつて、廊下へ這入る入口が分らない樣なものである。經典の教を實行に依らないで、文字通り解釋しやうとする時に、限り無き爭論が起るも、之と同じ理由である。文字其物の興味を解する天分を持たない者は不幸な人で、綴すく事には忙がしくて、漁る事は忘れて居る人である。

如何にも面白く言つてあるが、此「文字其者の興味を解する天分」を私は假りに第七官と申すのである。

斯く徒らに、哲學じみた事ばかり申して居つても、要領は得難い、一つ實際問題を捉へて、當てはめて見たら如何なるかとの、質問も有るであらうと思ふので、試に最近體教育會總集會の議題になつた「國民の體育增進策如何」なる問題に就いて、私の意見を申上げて見やう。此問題は、何處から提出になつたか、記憶して居ないが、中々良い問題であると思ふ。東京に於ても、大きな

前編　第六章　第一義の知識と第二義の知識

橋本五作『岡田式静坐の力』（松邑三松堂　1917年1月）（国立国会図書館蔵）

色彩を異にするに至るので、或は道徳的となり、或は宗教的となり、又或は文学的となつて現はれるに過ぎないのである。

私は、此第七官より得たる知識を第一義の知識と呼び、視聴以下六官より得たる知識を、第二義の知識と呼び、而して私は、此第一義の知識をこそ「真の知識」と呼びたいのである。真の知識は、生活経験を通ほしたものでなければならない。長かれ短かれ、人生の経験に触れた自覚、所謂観心自強のものでなければならない。

私の申すことは何れも、六官のみの頭脳を以て見れば、丸で寝言を聞く様な感が有らう。其内、何等か話の内容に

共鳴するもの有る如く感じ、所謂琴線に触れる所の有るお方は、即ち第七官の萌芽が現はれて居る証據である。一寸、此に第七官の特徴を申上げて置いた方が便利と思ふが、吾々の六官は、悉く外界の刺戟を身心に受入れる官能であるが、此第七官は内界の刺戟を知るのである。心身の刺戟を自覚するのであるが、其内界を自覚するのが、やがて外界全体を悟ることに成るので、其処が最も面白い所である。(略)タゴールの語に、

字書の助けで、其意味を探らうとするものは、只無意味に家には著くが、壁の外側に立止まつた儘であつて、廊下へ這入る入口が分らない様なものである。経典の教を実行に依らないで、文字通り解釈しやうとする時に、限り無き争論が起るも、之と同じ理由である。文字其物《ママ》の真味を解する天分を持たない者は不幸な人で、網すく事には忙がしくて、漁る事は忘れて居る人である。

如何にも面白く言つてあるが、此「文字其者《ママ》の真味を解する天分」を私は仮りに第七官と申すのである。

岡田式静坐法は、岡田虎二郎(一八七二—一九二〇)によって考案され、大正時代に大ブームとなった心身修養法である。[*31] 定められた呼吸と姿勢を保持して丹田に力を込め、ただ坐るだけという簡便なものであったが、知識人・教育者・学生を中心に多くの実践者を生んだ。一九二〇年の岡田の病死以降ブームは沈静する。静坐を実践した有名人には木下尚江(一八六九—一九三七)、田中正造(一八四一—一九一三)、相馬黒光(一八七六—一九五五)、中村彝(一八八八—一九二四)、高田早苗(一八六〇—一九三八)、坪内逍遙(一八五九—一九三五)、岸本能武太などがいた。「骨相学者」を発表した成瀬無極

も静坐を実践した。『心身修養　岡田式静坐法』（実業之日本社　一九一二　執筆者は記者であり岡田ではない）はベストセラーとなり、静坐法は一躍全国に波及した。岡田は鳥取へも一九一六年に静坐の指導に来ている。

橋本五作の『岡田式静坐の力』は岡田式静坐法の体験記録であり、内省的、求道的な著作である。この本は『図書館雑誌』第三十三号（日本図書館協会　一九一八）によると、一九一七年の東京市の図書館での閲覧件数は一位であり、よく読まれた本であった。この年尾崎翠は東京大学に在学していた三兄史郎を頼って一月・七月に上京しており、東京でこの本のブームに触れた可能性もあるだろう。また橋本は鳥取師範学校（のち旅順工科大学）の教員であった。「第一義の知識と第二義の知識」の初出は『因伯教育』一九一五年十月号である。『岡田式静坐の力』にも鳥取県の教員らによる静坐の体験談が掲載されている。一九一五年の尾崎は鳥取県岩美郡大岩尋常小学校に代用教員として勤務していた。あるいは尾崎が『因伯教育』で「第一義の知識と第二義の知識」を目にした可能性も考えられる。

橋本の引用しているタゴールの文章の出典は、タゴール『森林哲学――生の実現』（三浦関造訳　玄黄社　一九一五・二）に収録されている評論「自我の問題」である。三浦関造（一八八三―一九六〇）は翻訳家でキリスト教徒であるが、翌一九一六年に『埋れし世界――神秘主義』（更新文学社）という著書を刊行して神智学を紹介しており、エドワード・カーペンターも翻訳している。大正期の親鸞ブームのなか一九二二年には創作『親鸞』（京文社）も著し、戦後にはヨガの研究・実践も行った。タゴールは一九一三年にノーベル文学賞を受賞し、日本でも翻訳・紹介がさかんに行われ、明治末期から大正初期にかけて、精神的なものを見直しその優位を説く新理想主義の思潮を代表するオイケンやベルクソンとともに流行していた。なお超絶主義の代表者である詩人・思想家のエマソンは明治期における北村透谷（一八六八―一八九四）らの紹介以来、大正期にも引き続き読まれた。筧克彦は東京帝国大学の憲法学の教授で、国家神道系の生命主義思想を代表する人物であり、また岡田虎二郎のもとで三年ほど参坐していた。

さて、橋本は「第七官」によって得た「第一義の知識」を「真の知識」と書いているが、橋本はまたこの著作の第三章では「第一義の知識」を「静坐に依つて得た」と書いている。しかし橋本がなぜ人間の「外界の刺戟を身心に受入れる官能」を「五官」ではなく「六官」としたのか、また橋本がどこで「第七官」という語を知ったのか、そして静坐によって得た境地がどのように素晴らしいかを説明するにあたって、なぜ「第七官」という語を用いたのかは不詳である。「六官」については「吾々の六官は悉く外界の刺戟を身心に受入れる官能である」としているところから考えると、仏教でいう「眼、耳、鼻、舌、身、意」の六根を六官という場合があることを参照した可能性が考えられる。管見の限りにおいては姉崎正治（一八七三―一九四九）『根本仏教』（博文館　一九一〇）、また橋本五作『岡田式静坐の力』より時代はくだるが和辻哲郎（一八八九―一九六〇）『原始仏教の実践哲学』（岩波書店　一九二七）等でその用例が見られる。しかし「第七官」についてはよく分からない。橋本における「第七官」とは、これまで確認した用例と異なり、「内界の刺戟を知る」官能であり、「内界を自覚するのが、やがて外界全体を悟ることに成る」とするのが独特である。ただ「文字其者の真味を解する天分」を「第七官」とすることは、円了が「五官相応の文面のみに注意して其の文裏に無限の真味あるを感見すること能はざるは、恰も無風流の人が、花の愛すべきを知らずして、団子をもって自ら足れりとするの類なり（略）若し宗教の真味は文字の外にあるを知るものあらば須く文字の裏面を穿ち来りて、高遠玄妙なる道理を開き出すべし」と述べていたことと共通すると思われる。また「第七官の萌芽」という表現は『岡田式静坐の力』の四か月後に出版された『死後の生存』における先述した用例と類似する表現である。あるいは高橋五郎が『岡田式静坐の力』を見ていて"the germ of a new sense"の"a new sense"に「第六官或は第七官」という注記をしたのか、橋本と高橋どちらもが「第六官（感）」や「第七官（感）」の発達という言説から影響を受けてこのような表現を用いた可能性もあるだろう。

吉永進一氏は大正期の精神療法運動を論じて、代表的な霊術運動であった太霊道の出現によって最盛期を迎えたこと、また明治から大正にかけての精神療法の背後にあった文化流行のなかで「修養」と「心霊」が重要であったことを指摘されている。[*32] その最盛期にあたる大正六（一九一七）年、「修養」「心霊」それぞれのジャンルで刊行され、よく読まれたと思われる『岡田式静坐の力』『死後の生存』において「第七官」の語が用いられていたことを確認しておきたい。

八　大正末期から昭和初期の芸術の新潮流における「第七官（感）」

本節では前節までと趣きが変わって、大正末期から昭和初期における、美術や詩など芸術の新潮流における「第七官（感）」の用例を確認する。

まず、辻潤の編集による詩集『ダダイスト新吉の詩』（中央美術社　一九二三）によって当代随一のダダイスト詩人として知られた高橋新吉（一九〇一―一九八七）の小説『ダダ』（内外書房　一九二四）の第二章に用例が見られる。

僕はまつくらがりの名坂を、自転車を引き摺り上げて、下り坂になると自転車を飛ばした。雑木が風にざはめく音丈だ。
二尺位先が薄白く見えるばかり、第七官で空気の密度と温度とを計算しながら走つてる様なものだ。便る可きは狂信だ。

何も見えない中でも状況を感知して自転車で疾走するという過敏な状態をつかさどる感覚をさして「第七官」という語が用いられている。この小説では精神的高揚が持続され狂気のうちにあるような語りが続く。また小説中に高橋と加藤一夫が一緒に講演会に出る場面がある。

辻潤「文学以外?・」（『改造』　一九二二・十一）の冒頭には"Dada is the seventh dimension off literature"という一文が引用されている。この文章でも高橋の『ダダ』でも、アインシュタインに対する言及があるが、辻は「七次元」という特殊な次元について言及することで従来の価値観の顚倒を表現している。

次に美術批評家で当時『立体派・未来派・表現派』（アルス　一九二四）が好評を博していた一氏義良*33（一八八八―一九五二）による評論「新しき『造形』についての一考察」（『アトリヱ』　一九二五・七）にも

用例が見られる。（引用に際して傍点は省いた）。

はつらつたる青年「造形」家たちの「生活意識」の要素となつてゐるものが、純粋の直感であることに特に注意せねばならぬ。かれらは実に、強壮で健全な生み立て卵のやうな青年であるが、しかもその肉体はまた清浄で明徹した五官そのものだといつてよく、そしてその五官によつてのみ生きてゐるといつてもよいのである。すなはちかれらは、X線の如き視官と、ラデイオの如き聴官と、犬の如き嗅官と、地震計の如き味官と、また水の面の如きヴイヴイツドな触官と、あるいは更に科学的に未知なる第六感、第七感等の感官とにおいての、純粋直感の存在であるのだ。

一氏はドイツの批評家アドルフ・ベーネ（Adolf Behne, 1885-1948）に影響されながら、ブルジョワが生み出した「芸術」（あるいは「美術」）に代わる「造形」という概念を説いた。また一九二五年には岡本唐貴（一九〇三―一九八六）、神原泰（一八九八―一九九七）ら大正期新興美術運動の旗手たちによってグループ「造形」が結成されており、彼等は既成芸術を否定して「造形」へ飛び出すという意図を持っていた。

引用部では、当代の青年芸術家、「造形家」たちの非常に鋭敏な感覚が「科学的に未知なる第六感、第七感」と表現されている。先述した明治末期から大正中期にかけての用例のような科学にまつわる言説の影響に加えて、高橋新吉の用例のような感覚の過敏さというニュアンスも合わせて「第七官（感）」の語が用いられている。

加藤一夫個人雑誌『原始』（原始社　一九二六・三）に掲載された、安岡黒村（一八九七―？）の詩「ニヒリズムの底流――人生の悩みある人達に送る――」に「第七感」という言葉が現れる。[*34] 安岡の詩はどこか空疎ではあるが神秘的な体験を語っており、「モナド」「生命の交流」等の表現を用いていることからも大正生命主義の流れにある詩と見られよう。

（前略）美の形象も新感覚も感情も
一切、消えた
第六感が、今開けた………
（略）
これこそ、宇宙だ、自我だ……
モナドだ
生命の交流だ……

第七感だ
六次元の世界だ
生だ
死だ

ドーン　ドーン　ドーン
流れゆく、時と空間の合奏（後略）

民衆芸術運動からアナーキズムへと思想的変遷をたどっていたこの頃の加藤一夫は、[*35]『原始』創刊号で「カアペンタアやルクリユウや石川三四郎なぞの生活、その心境が今、僕にもわかつて来たのだ。静に、根強いものを僕も創造しよう」とアナーキストへの親近感を述べており、『原始』にも石川三四郎（一八七六―一九五六）などアナーキズムに親和的な人物が寄稿している。石川は欧州滞在時にルクリュ一家やカーペンターの世話になり、帰国後、地理学者にしてアナーキストのエリゼ・ルクリュ（Elisée Reclus, 1830-1905）やエドワード・カーペンタを翻訳・紹介していた。また石川は辻潤とともに林芙美子（一九〇三―一九五一）の第一詩集『蒼馬を見たり』（南宋書院　一九二九）に序文を寄せているが、南宋書院は鳥取県出身の湧島《わくしま》義博（一八九七―一九六〇）が経営していた出版社で、出版費用は尾崎の親友松下文子の援助によるものであった。尾崎は『女人芸術』（女人芸術社　一九二九・八）に「「蒼馬を見たり」評」を寄せ、賛辞を送った。

ほかに『原始』には尾崎翠とも親交のあった鳥取県出身の詩人生田春月が参加している。春月は石川三四郎、大杉栄（一八八五―一九二三）、堺利彦らとも交流があり、一九一六年には『虚無思想の研究』（三徳社）を刊行していた。春月と親しく尾崎とも交流のあった、新宮出身の詩人奥栄一（一八九一―一九六九）や、尾崎と同郷で尾崎や春月とも交流のあった民俗学者・画家の橋浦泰雄も、大杉栄らアナーキストと繋がりがあった。雑誌『原始』やその寄稿者たち、アナーキズムは、必ずしも尾崎翠の身辺から遠いものではなかった。[*36]

郡山弘史（一九〇二―一九六六）の詩「目的は一つだ」（『東北文学』第三号　一九二八・五）の第九節にも「第七管」という言葉が用いられている。「第七管」は「第七官」の誤植かと考えられる。[*37]

兄弟！
　透明なその武器が見えるか
兄弟！
　　重量すら偽るその武器を感じるか

　俺達は第七管で感覚する

郡山の父はキリスト教系の東北学院で英文学の教授であったが、郡山は一九三〇年にはプロレタリア詩人会の主要メンバーとして活躍していく。郡山は石川善助と親交があったが、『東北文学』創刊号（一九二八・二）の表紙は尾形亀之助（一九〇〇―一九四二）、扉は郡山であった。郡山は生前唯一の詩集『歪める月』（一九二七）の装丁・挿画も自分で行っており、その画才も高く評価されている。尾形も郡山も当時の前衛芸術に敏感に反応し、『マヴォ』的な構成主義や表現主義的な作風の画才を表した。

郡山のこの詩は「俺達は闘ひ取らねばならない／工場から労働者を／母から嬰児を／夫から妻を／地

主から小作人を」（改行は／で示した）と始まる反権力的な前衛詩で、単純なアジテーションの詩ではなく、疾走感がありダダイズムの影響も見られる。『東北文学』第三号の編輯後記には「其筋の注意に依り二十行抹殺しなければならなかつた事を残念に思ひます」とあり、検閲を受けている。

安岡や郡山の詩で用いられている「第七官（感）」は、何か特殊な感覚器官を表す語として用いられていると考えられるが、それがどのような感覚であるのか明確ではない。

詩的散文として、『詩と詩論』第三冊（厚生閣　一九二九・三）の「エッセイ」欄に掲載された、北川冬彦訳「今日のポエジイ（マルセル・ソオヴァジュ）」の「Ｉ　神の審判」にも「第七感」という語が見られる。

その感官は、互に相応じ、相通じ鞠をかへし合ふ。

……彼は第六感、第七感を創始し、発見する。

……彼は指を切り落す、彼はそれを空中に投げる。その指は落ちてゆく。彼は諸君を操らうとする。お嬢さんだ。すると諸君は何故となく可笑しくなつてゆく。

フアントオマは病気だ。彼は十九世紀の機械の勝利の上にへどを吐く。それはまた音楽の世紀でもあつたが。

このエッセイにおける「第七感」も、何か新しい感覚を指していると考えられるが、それがどのような感覚であるかは不詳である。「彼は第六感、第七感を創始し、発見する」の箇所は、原文では"Il invente, il découvre un sixième, un septième sens"（Marcel Sauvage, 1895-1988. *Poésie du temps*, 1927.）とある。ラマチャラカ関係書や『死後の生存』で"still another sense""a new sense or two""a new sense"といった表現が「第六官」「第七官」と翻訳されたのとは異なり、原文にも「六」「七」の数字が見られる。

『詩と詩論』（一九二八・九―一九三一・十二）はプロレタリア系やアナーキズム系以外で、欧米の新しい潮流に影響を受けた詩人らが結集した、この時期を代表するモダニズムの詩誌、クオタリーである。最終号である一九三一年十二月刊行の十四号「アドレス」欄には尾崎翠の住所も掲載されており、尾崎もこの詩誌を読んでいたことが推測される。尾崎はドイツ表現主義を好み、作品にも影響が見られる。また先述した城夏子の回想では尾崎が「ドイツ表現派気どりの高踏派」であったと評されている。ただドイツ表現主義に限らず尾崎が当時の様々な新しい文学・芸術思潮に敏感に反応し、ダダやシュルレアリスムにも関心を寄せていたことは「女流詩人・作家座談会」（『詩神』詩神社　一九三〇・五）からもうかがえる。

『詩と詩論』では巻頭に「エッセイ」欄が設けられ、詩論や詩学が掲載されているという特色がある。マルセル・ソバージュが一九二五年に「マルセイユのパリユ街、現代芸術陳列館に於て朗読した」という本作品も、シュルレアリスティックな散文詩とも言える長編エッセイである。マルセル・ソバージュは詩人・美術評論家。尾崎翠が「新嫉妬価値」（『女人芸術』一九二九・十二）や「映画漫想（二）」（『女人芸術』一九三〇・五）で賛辞を送った女優ジョセフィン・ベーカー（Josephine Baker, 1906-1975）や、フォービズムの画家ヴラマンク（Maurice de Vlaminck, 1876-1958）についての著書などで知られる。日本モダニズムの代表的な詩人の一人である北川冬彦（一九〇〇―一九九〇）は、この時期には詩集『三半規管喪失』（至上藝術社　一九二五）、『戦争』（厚生閣書店　一九二九）、翻訳ではマックス・ジャコブ（Max Jacob, 1876-1944）『骰子筒』（厚生閣書店　一九二九）等を刊行していた。

なお『詩と詩論』を編集した春山行夫（一九〇二―一九九四）には、この詩誌における新しい詩を、他の芸術ジャンルと連帯させようという希望があったが、ソバージュのこの詩に登場する「ファントオマ」は、フランスの大衆文学で「ジゴマ」や「アルセーヌ・ルパン」「オペラ座の怪人」と共に人気を博した怪盗「ファントマ（Fantômas）」を指している。[*38]「ファントマ」はピエール・スーヴェストル(Pierre Souvestré, 1874-1914)とマルセル・アラン(Marcel Allain, 1885-1969)の共作による小説シリーズである。日本でも一九一九年以降翻訳が出ており、一九三七年には久生十蘭（一九〇二―一九五七）による翻訳が出た。十蘭の代表作『魔都』の冒頭部分は、ファントマ五作目に基づいているという。一九一三年から映画化もはじまり、日本でも一九一五年以降公開されている。フランスではファントマは大衆的な人気を博しただけではなく、ソバージュの本作品にも引用されるマックス・ジャコブはじめ、シュルレアリストたちにも愛好されていた。

九　大正末期から昭和初期の散文における「第七官（感）」

酒井勝軍《かつとき》（一八七四―一九四〇）『猶太民族の大陰謀』（内外書房　一九二四）にも、「第七感」という語が用いられている。

（筆者注：ユダヤ民族は）陰謀的智能に於いては天下無比といふべし、殊に相互間の通信連絡の如きは（略）多年の逆境より学びたる独特の技能といふべし、然るに彼等は之に加へて他民族他国民又は他人種の有し居らざる一の感覚を有するなり、余は之を第六感又は第七感と称するよりも国民感と称するを可とするなり、而して此国民感は即ち選民自覚と一致するものにして、余は此特殊感に由りて猶太民族の決して尋常一般の凡俗に非ざるを信ずるなり。

ユダヤ民族の有する特殊な感覚を表現するには、「第六感」「第七感」という表現よりも「選民自覚と一致する」「国民感」という語を用いるのがよいという主張である。通常の五感で感受することと異なって特殊に思われる感覚について「〇〇感」と独自に表現することは、第二節で紹介した梁川の「見神感」と同様である。

ところで尾崎翠「瑠璃玉の耳輪」（一九二七　生前未公開）では〝瑠璃玉の耳輪〟をつけた三人の娘たちの亡くなった父親黄陳重が「移り気な夢想家」であったことが紹介されている。黄は「十五年前」の二年ほど前まで東京にいたという設定なので、作品が書かれた時期から逆算すると、一九一〇年頃ということになる。

彼は、口を開けば、第三帝国の建設を論ずる、社会理想家であつた。

（略）東洋黄色人種の結合を計り、白色人種排斥の大亜細亜主義の同志に入つた。かと思ふと、シオン主義運動――ユダヤの独立運動で、現代、キリスト教信者間に、注目を呼んでゐる――に響鳴し、その団体に加はつた。

最後に、その頃、漸く、日本に伝へられた、ガンヂの政治運動に、彼自身の理想を発見し、遂に、彼は印度に去つた、一年、二年、家庭に、一度の音信もしなかつた。


「シオン主義運動」とは、ユダヤ人の祖国回復運動すなわち世界に離散しているユダヤ人がパレスチナに祖国を建設しようという運動である。シオニズムという言葉は一九一〇年頃はまだ日本へはそれほど広まっていない。黄がこの運動に関心を示したとすれば、東欧の貧しい、迫害されているユダヤ人への同情からか、浮世離れした関心からであろうか。

酒井勝軍[*39]はキリスト教徒で音楽研究のためにアメリカへ留学、一九〇二年に帰国後は東京唱歌学校を設立し、牧師として活動していた。日露戦争従軍によって親米主義、反戦平和主義であった世界観から転換して日本主義者になっていく。一九一四年の神秘経験を経て日本とユダヤの同祖論を展開することになる。第一次世界大戦後に代表的なユダヤ陰謀論の偽書『シオン長老の議定書』が流布したが、その内容は宮澤正典氏によると「ユダヤ人が現存の諸国家を破壊したうえに、超国家的な政府を樹立して、彼らが世界に君臨して諸民族を跪かせるという大陰謀を指南した秘密文書」というものである。[*40]これへの対抗として酒井は三部作『猶太人の世界征服運動』『猶太民族の大陰謀』『世界の正体と猶太人』を、その題からは反ユダヤ論にも見える親ユダヤ論を立て続けに刊行してユダヤ・日本の同祖論をとなえ、欧米諸国より日本＝ユダヤを上位におく主張をする。久米晶文氏は酒井のキリスト教信仰・思想を次のようにまとめている。「大正三年（一九一四）にはじまり、昭和十五年（一九四〇）に終熄するとされるハルマゲドン（世界最終戦争）の勝利者は先祖を同じくする日本とユダヤであり、両者が提携することによって世界の維新革命（神政復古による世界統一）は達成される」。また、このユートピア（新世界）を統治するのは「再臨のイエスの託身としての日本天皇」、天皇＝イエス＝エホバ（ヤハウェ）ということである。

なお先述したゴルドン夫人と酒井は日猶同祖論者同士で交流があった。夫人は一九二五年に死去したが、その後パレスチナに派遣された酒井は彼の地で夫人を想い出し、帰国後の一九二八年、高野山のゴルドン夫人の墓に詣でて、持ち帰ったヨルダン川の水をたむけたという。

四六書院の通叢書の一冊として刊行された小野田素夢『銀座通』（一九三〇・一）に収録されている漫文「ステッキ・ガール」にも「第七官（感）」が用いられる。この漫文は「昭和四年ナンセンス時代」の『週刊朝日』（第十五巻第十六号　一九二九・四・七発行）誌上で「銀座・ナンセンス・春」と題して発表されたのが初出であり、多くの読者の目に触れたであろう。一九三〇年に流行する「エロ・グロ・ナンセンス」前夜の銀座である。ステッキ・ガールとは「こちらの望み次第の風を装つて一緒に散歩してくれる女」で、「目的がイットにあるのでなくて、単なる散歩同伴」の女性とのこと。

造花らんまんたる春である。

カフエーの天井に桜花が咲いて、デパートの飾り窓に青草が萌え出る、造花らんまんたる春である。歩道の上のピクニック、喫茶店のブースで恋の憩ひ、人・人・人……女・男・女、敏く働く第七感はフイルムの一駒から恋を拾ひ出し、春を創り出す。その眼鏡にカリフオルニヤの風景が映り、その耳輪はスヰスの湖のさゞなみにゆらぐ、スタッキング・レスの女の踝が赤みついて、愛撫を待つ銀座の夜・そして春！（後略）

同書の「ストリート・ガール」の章には、ストリート・ガールたちが警察につかまらないで「銀座に於けるエロスの尖端を切つて」いるのは、「彼女たちの第六感が異性観破に非常に鋭敏だから」とあり、ここで「第六官（感）」の語が用いられている。「甲の男の前で奔放にして濃厚極ることなき春の女であつても、乙の男の前では立派に令嬢化し、丙の男の前ではマダム化する術を心得てゐる。況して警察官の前で馬脚を現はすやうなことはない」。

恋や異性を看破する鋭敏な感覚としてモダンで通俗的に「第六官（感）」「第七官（感）」が用いられ、これまでの「第六官（感）」「第七官（感）」の用例とも、また掲載媒体も趣を異にしている。

人気漫画家であった岡本一平（一八八六―一九四八）が「新時代の婦人美に対する皮肉」（岡本一平『一平全集』第五巻　先進社　一九二九・六　所収　初出不詳）という自らの漫画につけた漫文の中でも「第七感」という語を用いている。諧謔の文脈において用いているのが珍しい。『一平全集』全十五巻は五万セット売れたという大ベストセラーであり、この用例も多くの人目に触れたであろう。

（筆者注：新時代の婦人の）眼は第六感第七感をも表現せねばならぬから大きい方がいゝ。

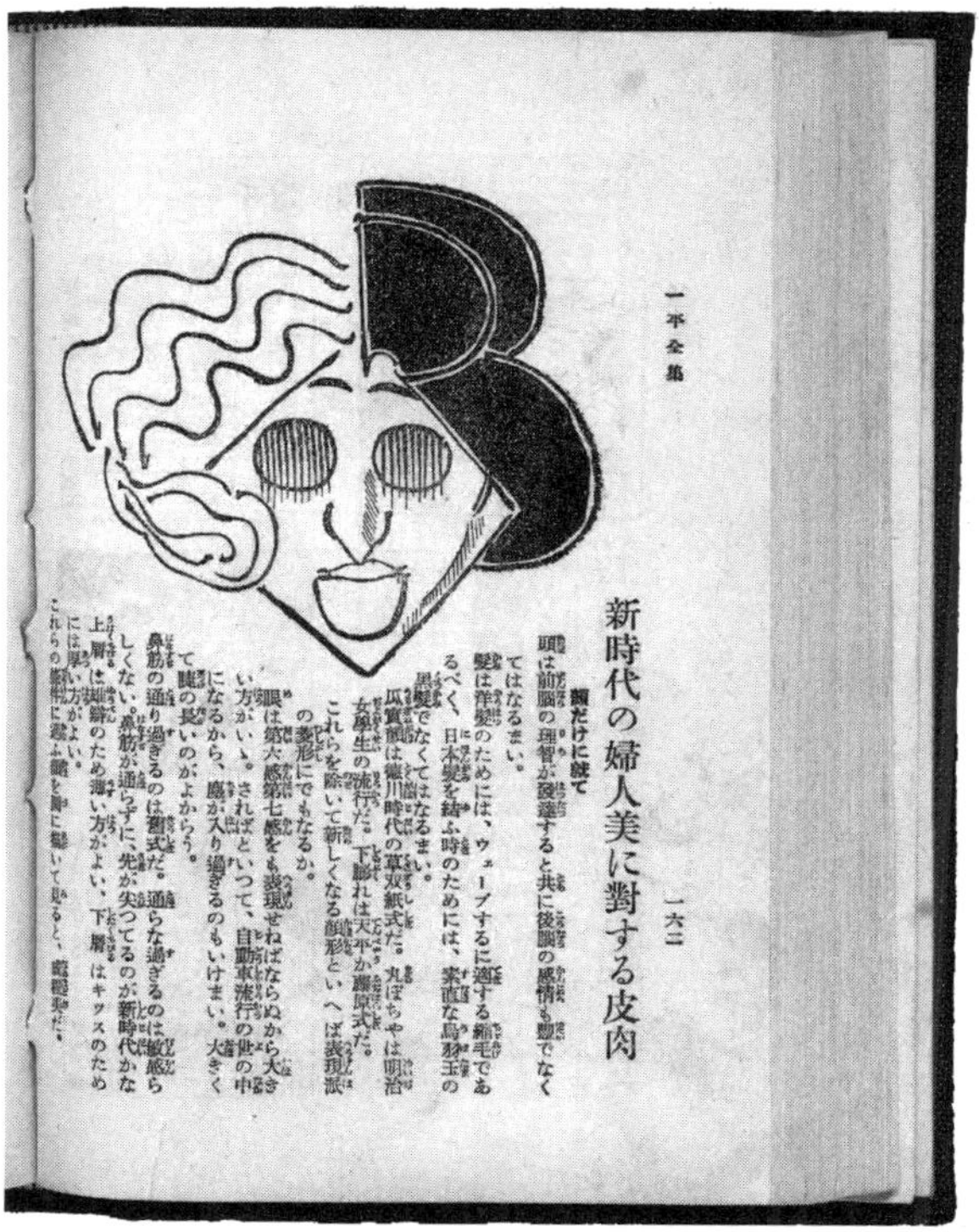
一平全集　一六二

新時代の婦人美に對する皮肉

顔だけに就て

頭は前腦の理智が發達すると共に後腦の感情も豐でなくてはなるまい。

髪は洋髪のためには、ウェーブするに適する縮毛であるべく、日本髪を結ふ時のためには、素直な烏羽玉の黒髪でなくてはなるまい。

瓜實顔は徳川時代の草双紙式だ。丸ぽちやは明治女學生の流行だ。下膨れは天平か藤原式だ。これらを除いて新しくなる顔形といへば表現派の變形にでもなるか。

眼は第六感第七感をも表現せねばならぬから大きい方がいゝ。さればといつて、自動車流行の世の中になるから、塵が入り過ぎるのもいけまい。大きくて瞼の長いのがよからう。

鼻筋の通り過ぎるのは舊式だ。通らな過ぎるのは敏感らしくない。鼻筋が通らずに、先が尖つてるのが新時代かな

上唇は雄辯のため薄い方がよい、下唇はキッスのためには厚い方がよい。

これらの條件に適ふ顔を頭に描いて見ると、[illegible]だ。

『一平全集』第五巻（先進社　1929年）（国立国会図書館蔵）

都新聞記者であり、生前は映画ジャーナリズムの名士というべき人物であったという小林いさむ（一八九九―一九五四）の著書『映画《キネマ》の倒影』（伊藤書房　一九三三）には、『都新聞』一九二九年六月二十三日から八月三日にかけて連載された「剣劇映画百物語」が収録されている。そのうちの一篇「アイモで剣劇撮影成功」にも「第七感」という語が用いられている。*41 この用例もまた、多くの人

目に触れたであろう。

（筆者注：撮影機の）ピントグラス等は殆どのぞかない。第六感とか第七感とか、とにかく見当つけてレンズを向けるといふ乱暴なやり方をやつてゐた。

現在の「第六感」という語の用法に近いような、「勘」というほどの意味で、「第六感とか第七感とか」という表現が用いられている。

有賀《あるが》喜左衛門「民俗学の本願」（『民俗学』民俗学会　第一巻第三号　一九三〇・七）でも、小林いさむと同様の用法で「第七感」が用いられている。有賀喜左衛門（一八九七―一九七九）は柳田国男門下の社会学者。尾崎と同郷の画家で柳田門下の民俗学者である橋浦泰雄とは、勿論長く交流があった。

（筆者注：多くの新聞記者は）都市に居ても都市の表面る（ママ）見るだけで都市をさへ真に知らない。第六感だか第七感だか知らないが、勘で物を感ずるのが得意な人々には、知る努力は無用のやうに見える。

そして永鳥真雄（？―一九五二）の著書『手相観相西洋占ひ　第七感の神秘』（文化生活研究会一九二九・十二）の題名に「第七感」という語が用いられている。ただし本文中には「第七感（官）」という語の使用はない。

国立国会図書館第八十六回常設展示「占いあれこれ」（一九九八年一月二十七日―二月二十一日）のパンフレットでは永鳥真雄『恋愛の神秘』（実業之日本社　一九二九）について「当時大ベストセラーとなった『手相の神秘』実業之日本社（昭3、1928）の著書である。こうした永鳥の著書をもじり、昭和3〜7年（1928〜1932）には『〇〇の神秘』と題する類似本が多く出版された。当時、ウォール街の株の大暴落に始まる世界恐慌の波に日本が巻き込まれた頃であり、占いは社会的ブームとなっていった」と紹介されている。小西久遠『合ひ性の神秘』（実業之日本社　一九三一・十）には『手相の神秘』の広告が掲載されている。それによると『手相の神秘』は二十版を重ね、『恋愛の神秘』は六版を重ねている。この時永鳥は「外務省嘱託」とのことである。なお一九二五年に出版された山田耕筰（一八八六―一九六五）『生れ月の神秘』（実業之日本社）の広告も掲載されているが、こちらは三十八版を重ねている。『〇〇の神秘』という題の本が流行するについては、山田の著書の影響もあろうか。

『第七感の神秘』もまたベストセラー占い本の著者の本であり広く読まれたと考えられるが、その内容は手相、観相、生まれ月判断、「お乳相」での判断、トランプ占い、さいころ占い、ナポレオンオラクル、西洋の夢判断と多彩な内容である。手相や観相、占星術の記事は『性相』にも掲載されており、永鳥は隈本の影響を受けた人物と考えられる。[*42]『第七感の神秘』の「自序」には「本篇に収めた運命判断法は、いづれも世界的に行はれてゐるものである。（略）昭和三年には英米仏独伊等の諸国を歴訪し、文献の蒐集、大家訪問をなし、相当深い処まで研究をしてゐるものである。本篇に載せたものは、図解を多くし説明は出来る丈け通俗にして、誰れにでも解るやうにして置いた積りである。（略）一般の人々に興味のある簡明にしてや、娯楽的なものを紹介して置いたのである」とある。

「第七官界彷徨」発表以後になるが、昭和初期の用例としてあと五つ挙げておく。まず『岩波講座教育科学』第七冊（一九三二）に収録された秋葉馬治「盲人教育」である。

（筆者注：盲人の嗅覚や味覚が鋭敏であることを踏まえて）更に人にはよく第六感第七感が働くと云ふことである、即ち此の感覚によつて柱、立木、閉ぢた戸の如き物体に近づきよく之を認めることである。

超能力と云うほどではなくとも、物の位置の感受が常人より敏感であることについて「第六感第七感」という語を用いている。

次に新感覚派の母胎となった同人雑誌『文藝時代』に参加した、尾崎翠と同世代の小説家・翻訳家の十一谷義三郎（一八九七―一九三七）による用例である。「拳闘やくざ文章」のうち「1　旅鼠」と題する随筆で、一九三二年四月発表。（十一谷義三郎『ちりがみ文章』厚生閣　一九三四　所収　初出不詳）

（筆者注：科学者の説によると）あの地中海の空を飛ぶ鳥は、やはり、彼等の祖先が餌をとり翼を憩めた道筋――今は、波の底になつてゐる大昔の海岸線に沿ふて、第六感か、第七感か、彼等のうちに内在する遺伝Xにぐいぐいと引張られて飛んでゐるのだと云ふ。

人間からみたら不思議な鳥の能力が太古からの遺伝と関連づけられ、それが「第六感か、第七感か」と形容されている。「第六感」「第七感」が遺伝と結びつけられることは、第六節で紹介した『死後の生存』や「第七官界彷徨」における蘚の話題とも通じる。

中里介山（一八八五—一九四四）の大長編小説『大菩薩峠』の「新月の巻」（一九三三年から一九三四年にかけて『隣人の友』に連載）でも「第七官（感）」が用いられる。（引用は中里介山『大菩薩峠』（新定版）第十三冊（大菩薩峠刊行会　一九三九）による）。

米友が俄然として驚き醒めたといふことの裏には、走るべからざるものがあつて、この軒下を走つたといふ第六感か七感か知らないが、それに働きかけられた為に起つたのです

通常では感知できないはずのことを「第六感か七感」で感知したことを表現しているが、これも先述した小林いさむや有賀喜左衛門と同様の用法である。

『大菩薩峠』は仏教思想にもとづいて書かれているが、中里は宗教や思想を遍歴した人物であり、その遍歴は本章で辿ってきた明治期から昭和初期の「第七官（感）」という語の軌跡にも重なる。

中里は若い日に松村介石（一八五九—一九三九）に傾倒し、号の「介山」は松村に由来する。松村は

内村鑑三、植村正久（一八五八―一九二五）とともに日本キリスト教の三村と称される人物であったが、キリスト教と儒教などを融合して一九〇六年宗教団体「日本教会」（のち「道会」と改称）をはじめ、キリスト教会の主流とは訣別した。なお松村は平井金三（一八五九―一九一六）とともに心霊現象の解明を目指した「心象研究会」も一九〇七年に創設した。ここには福来友吉も参加していた。

中里は社会主義にも接近し、『平民新聞』にも寄稿していた。大逆事件では介山の知友も多く刑死、逮捕された。またトルストイの影響を受け、内村鑑三の柏木教会へも通った。一時期は木下尚江とも親交があった。大正期には宮澤賢治（一八九六―一九三三）も傾倒した国柱会の田中智学（一八六一―一九三九）とも関わり、若い日に『平家物語』なども読んだ中里は、最終的には法然の浄土宗系の仏教に傾倒したことを鈴木貞美氏が論じている。[*43]また橋本峰雄氏は、中里の仏教思想は「仏教思想の上での社会主義」であり、中里が昭和十年代のファシズムの世相のなかでも「社会主義的あるいはアナーキズム的志向を堅持し続けることができた」ことを指摘され、また中里の行き着いた「安心の場所」が「法然流の浄土仏教」であると論じている。

中里の自信作に「夢殿」（一九一九年に一部発表、一九二七年『改造』で連載中、検閲によって全文削除、以降休載。一九二九年に春秋社より単行本として刊行）がある。中里「創作「夢殿」について」（単行本に収録）によると、中里の聖徳太子研究は一九一二年に始まり、熱心に研究を重ねたという。大逆事件でその罪状とされた明治天皇暗殺未遂に、聖徳太子の時代の崇峻天皇暗殺が重ね合わされたのだろうか。興味深いのは、秦氏一族の宗旨がキリスト教ネストリウス派であり、秦河勝が聖徳太子とキリストとを重ね合わせているという設定である。これは先述した佐伯好郎やゴルドン夫人らの著作からの影響と考えられるだろう。また秦河勝は新羅から青年が「千載一遇の聖人」である太子を慕って日本へ来たことに感銘を受けるが、これについて鈴木氏は、中里による「仏教はキリスト教にもまさるという理念が託されてもいよう」と論じられている。

なお尾崎翠の次兄哲郎は華厳経を研究していたが、親鸞の夢に聖徳太子が現れたことに関する「聖徳太子と親鸞聖人」（『六條学報』第二三一号　六條学報社　一九二一・二）という論文も発表している。この年は聖徳太子没後一三〇〇年にあたり、太子礼賛の風潮があった。

仏教関係では、浄土真宗大谷派僧侶の金子大栄（一八八一―一九七六）の『人』（同朋社　一九四二）に収録された講話録に「第七官（感）」という語が見られる。一九三八年七月十六日の講話「識意」、一九三九年一月二十四日の講話「悩煩と業」である。いずれも仏教について分かりやすく説明しようと「第六官（感）」「第七官（感）」の語を用いたものと思われる。

「識意」より

生れながらに聾であつたものが、何かの機会に耳が聞えるやうになつたならば、世の中といふものは香ひと味としかないものであると思うて居つたのに、音がある、声がある、実に不思議なものぢやな、と思ふに違ひない。そんなことからもう一つ何かあつたならば、といふやうなことを私共子供の時分によく想像しました。今でも第六感とか第七感とかいふ人があります。

「悩煩と業」より

無表色といふのは、目にも見えないし、耳にも聞えない、鼻にも嗅げない、けれども何か解る。今日の言葉で申しますれば「第六感」とか「第七感」とかいふ感で解る。其の感で解るやうなものがある。それを無表色といふのである。

最後に九鬼周造「偶然化の論理」より。(『九鬼周造全集』第二巻　岩波書店　二〇一一　所収　解題によると一九三六年以後に書かれたと推定される)。昭和になってからの用例としては珍しく「第七官」の表記が用いられ、また盲人の感覚についての言及は円了の用例と類似する。

我々が全然視覚の無い世界に原理的に生存することも可能である。さうすれば色の世界は全く没してしまふ。形状といふことも余程ちがつた意味を有つて来るに相違ない。(略)我々が視覚、聴覚、嗅覚、味覚、触覚の悉くを完全に備へて存在してゐる存在の仕方は多くの可能性の中の単に一つの可能性に過ぎない。共可能性を有つ他の多くの現実が可能である。

また反対に我々が他の多くの感覚を有つた場合も考へられる。我々のラヂオの機械が完全ならば波長の違ふ無数の電波が受信機の無数のダイアルを廻せば捉へられ得る筈である。それと同じやうに、我々が五官に限らず第六官、第七官乃至多数の、否無数の感覚を有ち得るならば、世界の事象が細大漏らさず悉く知覚されるわけになる。それも可能性の一つである。

また我々は感覚をそのままにしておいて、空間の位置の相違だけを考へてもいい。我々は今のま

まの感覚を有ちながら、地球上でなく他の天体、例へば木星に住む場合も考へられる。*44（略）

一〇 「第六官（感）」の変遷

「第七官（感）」の用例と共に紹介した「第六官（感）」の用例の他、「第七官界彷徨」発表以前における「第六官（感）」という語の用例を、管見の限りでは本節に挙げるものなどを確認している。「第七官（感）」の用例とともに、遺漏の多いものと思うが、これらの用例から「第六官（感）」という語の変遷を辿ってみたい。ここでは年代を表すに際して元号と西暦とを併用する。*45

まず早い例は井上円了と内村鑑三で、ともに明治二十年代に「六官」あるいは「第六感」という表記でそれぞれ仏教、キリスト教という宗教に関わる文脈で用いている。円了の場合「五官以上の状態、六官七官」があるとすればそれは神仏の世界であって、「死後の世界」や「四大以上」の世界など「五官の感触すべき世界と異なる」世界については、五官しか有していない人類には確実に知り得ないとする。内村の場合はそれとは異なり、「神」とは推理的思考ではなく「直感」で感じることができるとし、それを「「第六感」の作用と発達」によるものとする。また、キリスト教の信仰における文脈であるが、「第六感」が供せられたら、死者の存在を感じることが可能であるとしている。ただしこの場合「第六感」は当人が生きている間に供せられるのか、死んだ後に供せられるものかはっきりしない。

次に、明治四十年代の骨相学の例で、こちらは現在の「第六官（感）」の用法にも通じるような、「観察推理、比較の複雑法を籍ることなく瞥見、直視」することで、つまりぱっと見て外側から見えないものの本質、人の内心が分かるといった意味で用いられている。明治四十年代には他に、人間にはない動物の特殊な感覚について「第六官（感）」という語を用いた岡村金太郎「魚類の第六官」（『太陽』一九〇八年十二月一日）があり、またSPRの研究を参照して書かれた渋江保『心象及び其の実験』（内外出版協会　一九〇九）の第七章「誘導的幻想」において、心霊学を紹介する文脈で「第六官」という語を用いている。ある婦人が「千里眼力を得たき志望より予て親交ある一婦人に催眠術を施して呉れよと依頼し」、その結果として婦人は「外界の事物に対する意識を失つて、只背の高き婦人の姿を見た」。このような現象について、先に紹介したオリバー・ロッジの書と同様に、音響の伝播の例等を挙げて説明を試みる。「五官の助を仮らざる思想感覚の交通、並に幻想の出現にも亦大気、精気の類と酷だ相肖たる震動的媒介物なかる可らず、然れども単に此の媒介物のみありて、人に之を感受する官能なきときは（略）甲斐なかるべし、故に人が此の媒介物を感受するは、要するに、彼れに五官以外の官能、即ち第六官なるものがある故である」とする。またこの時期に怪談会を行い、アンドリュー・ラング『夢と幽霊』（Andrew Lang, 1844-1912　*The Book of Dream and Ghosts*, 1897）の翻訳紹介を始めていた水野葉舟（一八八三―一九四七）「夢の研究」（『新潮』一九一一・四）では、予知夢を見ることについて「熟睡中に第六官が働いたものと解釈してみたい、つまり無意識にある透視法が行はれてゐたのであると思ふ、此第六官といふ言葉は非常に習慣的に簡単に考へて云つた言葉であるが、兎に角我々の神経の中に潜在している力が、他の感覚の熟睡中に鋭敏なる働きをしたものとして見たいのである」とある。

明治四十年代に登場した用例はいずれも、骨相学、生物学、心霊学あるいは心理学という欧米由来の新しい「科学」（と見なされたものを含めて）での発見や解明という文脈において「第六官（感）」という語が用いられている。

大正に入って間もなく、ラマチャラカ関係の用例で、五官以上の「第六官第七官第八官」があれば、この世界が全く別世界になるだろうという、いわば円了の用例を「もしこの感覚が人間にあればどうか」という仮定を加え読み替えて引きついでいる。加藤一夫の用例は仏教が関わることからもこの類例と見なしうる。薄田泣菫の用例でも、五官以上の感覚として「第六感」あるいは第七感第八感が「自然の内部生命や、宇宙の神秘を感知する」感覚として述べられる。内村鑑三の最初期の用例では「第六感」は「神」を感じる感覚として用いられたが、この時期の用例では「第六官（感）」で感じるものに宗教性はふくまれても端的に「神」ではなく、まったく想像もつかないもの、また「自然の内部生命や、宇宙の神秘」といった大正期の生命主義の文脈で追求されたものに臨んでいる。

また元良勇次郎『心理学概論』（一九一五）では「仏教の第六識」という項目で、仏教の六識について「仏教が五識以外、第六の意識を認めたるは、恰も此の意識なるものが直覚にして、一種特別なる感覚なるが如き感を示唆すとなすものなり。実に吾人の内省的に観察する所の直覚は、恰も第六官の如くにして前の五官と並びて吾人の知識の資料となるべきものなるべく、又此れなき時は（自然科学者の観察する五官の対象物のみにては）、西洋の心理学の所謂意識其のものをば説明すること能はざるなり」と述べており、やはり「第六官（感）」と仏教とを関係させている。

大正中期ではオリバー・ロッジの心霊学書において、テレパシーについて述べつつ、この感覚を人類の進化による萌芽、あるいは祖先の能力が遺っていたのかと述べる。また向井章「催眠術応用による透視可能の範囲に就て」（『心理研究』七十八号　公益社団法人日本心理学会　一九一八）では「第六官（感）」を千里眼のような超能力とを結びつけて論じている。先術したように津田光造や正宗白鳥の作品においては「第六官（感）」が天才の特徴、「並みの人間の持つてゐない感覚の働きで、宇宙の秘密をも人間の魂の底をも見徹した」などとされた。

ここで『近代用語の辞典集成』での用例を確認するが、新語辞典では大正八（一九一九）年以降に「第六官（感）」という語が現れる。『模範新語通語大辞典』（編輯代表者　上田景二　松本商会出版部一九一九）での「ダイロクカン」の解説は次の通りである。「第六感。視覚、聴覚、臭覚、味覚、触覚、之を人間の五感とすれども、実は其外に第六感ありて、耳、目、舌、鼻、肌の五官にて感ずる能はざる、神秘不可思議の事を感覚すといふ説あり。或は右の如き第六感が人間に発達しつゝありと云ふ説あり。但し何れも迷信家の言にして取るに足らず」。また大正十一（一九二二）年に刊行された『新しき用語の泉』（編著　小林花眠　帝国実業協会）の「第六官（筆者注：「ダイロッカン」とルビあり）」の解説にも「第六官が人間に発達しつゝあるとは、神秘家の説くところである。英語の The sixth sense」とある。いずれも心霊学の影響を受けて「第六官（感）」が「人間に発達しつゝ」あるという説明をしている。ただしこのような解説は以後は無い。大正十一（一九二二）年までは「第六官（感）」の意味を説明する場合におそらくロッジなどの心霊学や進化論の影響があったことを確認しておきたい。

この後は、いずれも五官（感）以外の感覚で、不慮の災難やまた「神秘的気分」を感じる感覚、あるいは元は仏教でいう「第六識」から出た言葉であるとか魚類など動物の特殊な感覚を指して言ったという由来を説明しながら、「直観」や「直覚」による洞察力として説明している。新聞記者や探偵、刑事などにすぐれているという解説が出るのは昭和三（一九二八）年が最初である。

新聞に現れた「第六官（感）」では、『朝日新聞』ではまず一九一〇年二月七日「記者の第六感」、同年二月十日「第六感」という記事があり、「新聞記者に特有」の敏感さとして「第六感」という語を用いている。次に一九一二年十一月四日に「蝙蝠の「第六感」暗中に物を識別する装置」という記事が載り、人間にはない動物の感覚を「第六感」という語で表す。

一九一二年以降はしばらく間があき、一九二一年七月八日・一九二三年三月二十七日の、三宅恒方『第六感を交えて』の広告まで「第六感」という語は現れない。そして一九二三年三月六日「動物の第六感」という記事のあと、「第六感」と題して、映画評などを掲載する連載が週一回の割合で一九二六年五月二十四日から十一月二十六日まで続く。その後昭和五（一九三〇）年以降、現在いわゆる「第六感」という語が用いられる場合の「ピンとひらめく」という意味で「第六感」という語が用いられ始め、刑事などの「第六感」によるひらめきによって犯罪者が捕まるといった記事が現れる。

『読売新聞』では、一九二一年七月七日・九日、三宅恒方「第六感を交えて」の広告・批評と紹介記事が掲載されたあと、昭和二（一九二七）年九月十五日に「田中首相と兜町　所謂相場師の第六感」という記事が掲載されるのを皮切りに、朝日新聞同様、「ピンとひらめく」という意味で「第六感」という語が用いられ始める。

昭和に入ると、現在「第六感」という語が用いられる場合の「勘がはたらく、ピンとひらめく」といった意味で多くこの語が用いられ始め、次第にその用法ばかりになっていく。ただ大正末期から昭和初期にかけての「第六官（感）」の書籍・雑誌での用例を見ていると、たしかにその意味での用例は増えるのだが、それまで用いられた心霊学や超能力の文脈での用例など、他の意味での用例も混在している。

（A）心霊学・超能力

宮澤賢治の作品に影響したと論じられている成瀬関次『第四次延長の世界』（曠大社　一九二四）では福来友吉の千里眼実験をふまえて「第六官（感）」を千里眼（「超時間的超空間的の活動をなし得る」）と結びつけ、時間と空間を超越した世界として四次元をとらえている。また「千人に一人か万人に一人の千里眼の所有者こそは、正しく第四次延長の世界を闊歩してゐる者と云つてよい」と福来が説いていると述べる。千里眼所有者が滅多にいないとするこのような文章と「第六官」の保持者は天才であるといった言説が生成していたことと関係があるように思われる。

また浅野和三郎（一八七四―一九三七）の心霊科学研究会の雑誌『心霊と人生』一九三〇年九月号には、浅野の「第六感の實地と理論」という記事が掲載されている。ここで浅野は「第六感所有者」を「超物理的現象の作製に堪能なる霊媒を指す」とし、「第六感」を千里眼のような意味で用いている。ほかに西村真次『性科学全集　第四篇　人類性文化史』（武侠社　一九三二）でも「婦人の第六感」という項目で、「千里眼や降神術や透視」を「第六感」としており、これを巫女の能力と結びつけている。

（B）動物、盲人などの特殊能力

第五節で紹介した明治末期の『太陽』での用例以来、魚類など動物の特殊能力、あるいは盲人が目に見えなくても障害物を避けて移動する感覚をさして「第六官（感）」という語を用いる例がしばしば見られる。法医学者の田中香涯『学術上より観たる怪談奇話』（大阪屋号書店　一九二三）、上田尚『釣の呼吸』

（福永重勝　一九二五）、昭和初期の「第七官（感）」の用例でもこの意味で「第六官（感）」と「第七官（感）」が同時に用いられた例があった。

（C）身体感覚（Bの用法からの派生か）。

管見の限りでは、この用法は昭和に入ってから見られる。『科学雑誌』（科学の世界社）一九二九年三月号に「第六感とは」という題の記事があり、この記事では「第六官（感）」とは「筋肉の緊張、弛緩に対する感覚で、医学上キネーステシアと呼んでゐます」と「筋肉感覚」を「第六官（感）」としている。野口源三郎『競技運動の心理』（目黒書店　一九三二）やC・R・グリフイス『競技心理学』（可児徳・奥藤多蔵訳　日本体育学会　一九三二）でも「空間に於ける身体の位置」や運動について正確な知識を持つことができるための感覚として、筋肉や関節、内臓器官の中にある感覚を「第六感」としている。また心霊学やオカルティックな健康法を紹介している伊藤白現『自己を愛せよ』（一誠社　一九三〇）では外界を感知する五感に対して「内感即ち飲食労働等の程度を量り、其他自己身体の強弱疾病の有無等を意識する所以のもの」を感知する感覚として「第六感」をたてている。

（D）勘がはたらく、ピンとひらめく、洞察力（骨相学の文脈で用いられた「第六官」での用法由来と考えられる）。

遠藤楼外楼『銀行罪悪史』（日本評論社　一九二二）や市川真太郎『株で儲ける話』（正和堂書房一九三二）等多い。アンナ・ベルリーナー「他人を風貌で判断することが出来るか」（『心理研究』一四四号一九二四）には「吾々は概して他人をその風貌によつて判断する第六官の如きもの、存することを仮定してゐる」とある。昭和初期の「第七官（感）」の項目で紹介した例も含まれる。

（E）モダンで最先端の感覚を通俗的に表現した例／新興芸術における新しい感覚

管見の限りではこの用法は大正末期から昭和初期に見られる。『女の世界』（現代漫画大観第九編　田口鏡次郎編纂兼発行　中央美術社　一九二八）に収録された井元水明（?—一九五三）の漫画「恋愛世紀」に付けられた漫文に「近代人はスクリーンの他人の恋をさへ第六感で享楽する」とある。『銀座通』や『一平全集』での「第六官（感）」「第七官（感）」の例と同様、近代人の鋭敏な感覚を表す。また芸術における新しい感覚を表現して「第七官（感）」とともに「第六官（感）」も用いられた。

（F）その他

一九二二年十月創刊号の『女性改造』にはピッツバーグ大学の語学教授でエスペランティストであるストーナー夫人による「第六感の芽ぐみと母性」という記事が掲載されている。この記事ではユーモアの感覚を「第六の感覚」として論じている。また『日本医事新報』（日本医事新報社）では一九二六年八月より「第六感」という題の連載が始まっている。

文学作品での用例としては、探偵小説の先駆となった佐藤春夫「指紋」（『中央公論』「秘密と開放」号三十三巻八号　一九一八・七）で「潜在意識と第六官とで」犯罪者を発見したとする記述が見られる。また翌年には北原白秋（一八八五—一九四二）が「雀の霊覚とその神格」（『大観』二巻七号　一九一九・七）において予知や幽霊の姿を見る感覚について「五官以外の霊覚、所謂第六官の霊能」、「肉体」と「霊魂」全体で「感触」「意識」するものとしている。

翻訳ではストリンドベリ『霊魂帯』（木村毅訳　春秋社　一九二一）に「第六感」という章がある。ここでは「あらゆる霊魂」がそれぞれの特性に従って「異なる香気」を持っていることを紹介し、現実の匂いではなくこの霊魂の匂いを感じ分けるのが第六感であるとしている。これは第五節で紹介した泣菫「中性」におけるメーテルリンクの言説とも通じ、心霊学の系譜につらなる用法である。

高村光太郎（一八八三―一九五六）の詩「米久の晩餐」（一九二一）および随筆「触覚の世界」（一九二八）も挙げられる。「米久の晩餐」では「おうあのかくれた第六官の眼と耳と手の平に持つ（引用者注：改行）銀杏返しの獰猛なアマゾンの群れと」という箇所で「第六官」が用いられるが、どのような感覚を指しているのかは不明である。「触覚の世界」については川崎賢子氏が『尾崎翠――砂丘の彼方へ』（岩波書店　二〇一〇）第三章で紹介され、「高村はそこで彫刻家として諸感覚を再編し、すべてを触覚へと根付かせ、再統一しようとし、「第六官」を「位置の感覚」と呼んでいる」と論じられた。これは高村独自の意味付けである。

新感覚派の『文藝時代』では、一九二四年三月号「文壇波動調」で中河与一（一八九七―一九九四）が「其の文人「第四次元の世界とは不思議の世界なり、第六感の世界なり、神秘の世界なり」と申さる」と書き、一九二六年四月号では稲垣足穂（一九〇〇―一九七七）が「空の美と芸術に就て」で、飛行家が「ときとして五官にはかんぜられぬ神秘なあるものに対する感覚、即ち第六官とも名づくべき働きを飛行中のかれらのある者がかんずる」と書いている。またのちに左傾した赤木健介（一九〇七―一九八九）は一九二五年三月号の「新象徴主義の基調に就いて」で、「平面的絵画の時代は見捨てられて、立体的彫刻の時代、第四次元的音楽の時代、第六感的象徴神秘芸術の時代」が来ると書いている。中河、稲垣、赤木においては「第六官（感）」という語は神秘的な何かを感じとる感覚として捉えられている。甲賀三郎（一八九三―一九四五）『盲目の目撃者』（新潮社　一九三一）では盲人が千里眼、透視能力を持っているという意味で「第六感」という語を用い、事件の真犯人を目撃したと語る。

しかしこの頃の『新青年』に集った作家らによる大衆的でモダンな小説の用例では、「第六感」という語が現在用いられているような「ピンとひらめく」という意味で用いられ始めている。甲賀三郎「支倉事件」（『読売新聞』連載　一九二七）、長谷川海太郎（一九〇〇―一九三五）のペンネームである谷譲次「踊る地平線　テムズに聴く」（『中央公論』一九二八・八）と牧逸馬「女肉を料理する男」（『中央公論』一九二九年十月・十一月）「土から手が」（『中央公論』一九三一・六）、夢野久作（一八八九―一九三六）「復讐」（『新青年』一九三〇・二）等である。また当時流行していたプロレタリア文学では細田民樹『真理の春』（『東京朝日新聞』連載後中央公論社から出版　一九三〇）にこの用法で「第六感」が用いられた。

尾崎翠「第七官界彷徨」で「第六官」という言葉は「虫のしらせ」という意味で用いられるが、「第七官界彷徨」も「第六官」という語を文学作品で用いた、初期の例の一つと言えよう。なお「第七官界彷徨」の場合、次に引用するように、「第六官」を「人間が恋愛をしてゐる場合」に虫の知らせとして働くものとしているところがユニークである。

「心臓を下にして寝てゐると、脈搏がどきどきして困る。これは坊間でいふところの虫のしらせにちがひない。心臓を上にして寝てみると、からだの中心がふらふらして困る。これはやはり虫のしらせの一種にちがひない。僕はまるで乏しい気もちだ。何かたいせつなものが逃げてゆく気もちだ。ふたたび心臓を上にしても、みろ、やはり虫のしらせがおさまらないぢやないか。これは、よほど、病院の事態に関する虫のしらせにちがひない。僕は今にして体験した。人間にも第六官がそなはつてゐるんだ。まちがひなくそなはつてゐるんだ。人間の第六官は、始終はたらかないにしろ、ひとつの特殊な場合にはたちまちにはたらきだすんだ。それは人間が恋愛をしてゐる場合なんだ。僕はもういちど心臓を下にしてみることにしよう。みろ、依然として第六官の脈搏が打つぢやないか。僕はまるつきり乏しい気もちだ。ああ、僕の患者は、いまどうしてゐるだらう。誰がいま、僕の患者の病室にはいつてゐるであらう。僕はかうしてはゐられない。（一助は急にとびあがつた）僕は病院にいつてみなければならない」

「第六官（感）」の用法をまとめると次の通りである。

この語は管見の限りにおいては明治二十年代にまず井上円了と内村鑑三のそれぞれにおいての仏教・キリスト教の宗教的文脈において用いられた。いずれにおいても信仰や死後の世界と関わって用いられるが、円了の場合は五官しかない人類には神仏ならではの世界は分からないとしているのに対して、内村の場合は神を感じる感覚、あるいは死者の存在を感じる感覚として「第六官（感）」を用いている。次に明治四十年代に、骨相学、生物学、心霊学あるいは心理学という欧米由来の新しい「科学」（と見なされたものを含めて）での発見や解明という文脈において「第六官（感）」という語が用いられた。

大正初期から中期にかけては、キリスト教関係の用例は確認できていないが、明治期の用例を引き継ぎながら、大正期の生命主義の文脈においても用いられる。また千里眼など超能力と関わる感覚としても「第六官（感）」の語が用いられ、天才の特徴としても述べられる。「第六官（感）」が人間にあれば、または発達すればどうなるかという期待されたり、また心霊学書においては人類の進化によって「第六官或は第七官」が萌芽したのかとも述べられ、新語辞典でもそのことが話題とされる。

大正末期から昭和初期にかけては、それまでの様々な用法が混在する。そのなかでこの時期ならではの用法は、モダンで現代的なものを鋭敏に知覚する感覚として、通俗的に、あるいは芸術の文脈で用いられる場合だろう。現在「第六官（感）」の語義として一般的な「ピンとひらめく、勘がはたらく、インスピレーションが湧く等、理屈を抜きにして物事の本質を直観的にとらえる心の働き」という意味は、骨相学の文脈で用いられた「第六官（感）」の用法に端を発した。昭和に入るあたりから、この意味での用例が新聞や『新青年』に掲載されるような大衆的でモダンな小説で「ひらめきによって謎をとく」という文脈でしばしば用いられるようになった。そこから「第六官（感）」の語義が限定されていったと考えられる。

二　「第七官（感）」の変遷

前節までを踏まえて「第七官（感）」という語の変遷を辿りたい。管見の限りにおいては「第七官（感）」という語は、明治半ばに「七官」という語として井上円了によって仏教の文脈で用いられたのが早い例である。その後明治四十年代に内村鑑三が「第七感」という表記で用いる。これらについては先に「第六官（感）」の用例のところで述べた用法と同様である。同じく明治四十年代に骨相学の文脈で、はじめて「第七官」という表記が用いられた。その場合、時間や空間を超越して物事を見通すことが出来る、千里眼や天眼通など現在いわゆる超能力とされる能力を表す語として用いられた。またこの能力は宗教性とも結びつけて考えられていた。以後大正期を通じて骨相学の文脈で「第七官（感）」という語が用いられ続ける。この文脈では「第七官」「第七感」「第七感官」と表現が混在する。

大正初期からラマチャラカのヨガが関係する書籍の翻訳紹介の場でも「第七官」という語が用いられ始めた。ここでは「五官」以上の感覚器官の一つとして「第七官」という語が用いられた。そしてその感覚器官があれば、現在の世界は全く違ったものとして感じられるだろうと発想し、それがどのような感覚であるかは明言しないのだが、いわゆる超能力と結びつけて論じられるわけではない。先行研究でも論じられてきたように、この用例には仏教における唯識の教学の影響も考えられよう。大正期には他にも仏教と関わっての「第七官（感）」の用例があるが、円了の場合とは異なり、この感覚があったら、または発達すればどうなるかという期待が見られたり、あるいはウパニシャッドの解説において「七官」の語が用いられるという独特の用例もある。また泣菫の用例は心霊学や進化論の文脈で、与謝野晶子の用例は生命主義の文脈で理解されるべき例である。

大正半ばにはオリバー・ロッジの心霊学書の翻訳でテレパシーについて、人類の進化によって「新覚官」が萌芽したのかと述べられる際に、「新覚官」という語の注記に「第六官、或いは第七官」と記載された。また橋本五作が岡田式静坐法の実践で得た心身の健康の基盤を説明するに際して「第七官」という語を用いた。橋本の場合は第七官とは「内界の刺戟を知る」官能であり、「内界を自覚するのが、やがて外界全体を悟ることに成る」とし、また「文字其者の真味を解する天分」を「第七官」とする独特の用い方であるが、円了の影響も考えうる。

このような用例のうち円了『妖怪学講義』は多くの読者を得て、「七官」の用例が含まれた文章は大正五（一九一六）年に刊行された円了の著書にも再録された。内村の『聖書之研究』もよく読まれた雑誌である。石龍子の骨相学関係書は版を重ね、また橋本五作『岡田式静坐の力』やロッジの心霊学書もよく読まれた。したがって当時の人々が「第七官（感）」という語に触れる機会があるとすれば円了、内村、骨相学関係、橋本あるいはロッジの著書であった可能性が高いだろう。ただそのこれらの受容者層はやや異なり、大衆に受容されたのは骨相学関係書や人気のあった円了、またロッジの著書であろう。内村『聖書之研究』を読んだのはキリスト教に関心のあった人々か、明治末期の煩悶する若人たちと考えられ、また橋本の著書を受容したのは知的公衆であろう。

これら明治期から大正中期にかけての「第七官（感）」という語の用例は、管見の限りでは宗教的・思想的な文脈で用いられたものがほとんどである。また骨相学や心霊学の文脈での用例からは当時最新の「科学」の受容の様相が垣間見え、仏教とキリスト教、日本あるいは東洋と西洋とを融合させようとする考え方も「第七官（感）」の用例の背後に散見される。このような様相からは、日本の近代化の過程で西洋から最新の思想・宗教や科学を受容する様子が看取される。しかしこの時期は丁度「世界的なパラダイム・チェンジの様相が一段落つき、近代科学が制度として確立していくという状況下[*46]」にあった。そして「第七官（感）」という語の背後に見えるのは、骨相学や千里眼、催眠術など明確には「科学」ではないとされていくもの、心霊学、大正生命主義の思潮で流行した思想、キリスト教関係とは言え心霊学に隣接するとも見られる発想やユダヤ・日本の同祖論のように異端性の強いもの、仏教やヒンドゥー教などの東洋の宗教、神智学・人智学など新興の国際的で秘教的な宗教的・思想的運動、ヨガや岡田式静坐法、アメリカで流行した民間精神療法運動、修養法などである。結果的に明治末期から大正期にかけて用いられた「第七官（感）」という語は、近代化の表舞台への違和感を表明し、またメタフィジカル宗教を支持していたかのようである。*47

時代がくだって昭和に入ると、「第七官」という表記の用例はほとんど見られなくなり、「第七感」と「感」の字を用いられた例が多い。「第六官（感）」の場合も同様で「第六感」と「感」の字を使う用例が主になる。また「第六官（感）」という語の語義は昭和に入って「ピンとひらめく、勘がはたらく」といった用法に次第に限定されていった。他方「第七官（感）」という語は大正末期から、前衛的な芸術家たちの鋭敏な感覚を表す文脈や、モダンで現代的な感覚を表す言葉として通俗的な漫文等でも用いられるようになる。いずれにしても、位相は異なっても最先端の人々の感受性の鋭さを示す言葉として用いられている。また「第六感とか第七感とか」等と「第六感」と合わせて「勘がはたらく」という意味や、漠然と不思議な感覚を指して用いられるようにもなる。「第六官（感）」という語の一般への浸透を受けて、「第七官（感）」という語が「第六官（感）」という語と共に用いられた結果であろう。

そしてよく読まれたと考えられる『第七感の神秘』という本の題名や通俗的な占いという内容を踏まえて考えると、もはや「科学」やアカデミズムなどの表舞台に堂々と登場することのなくなった、不思議で神秘的ではあっても「科学」的ではないとされる感覚あるいは特殊な能力について、通俗的に「第七感」という表記で表現されることが受け入れられていたと考えられる。現代の「第七官界彷徨」についての評では「第七官」という語の珍しさにしばしば言及されるが、管見の限りでは「第七官界彷徨」の同時代評で「第七官」という語の珍しさに言及したり、尾崎翠の造語であろうと推測する評はない。

岡本一平の漫文や新聞での映画評、中里介山『大菩薩峠』のような大衆的な小説でも用いられるくらいに、昭和初期の人々にとって「第七感」という語は、新奇であっても通俗性をもつ表現であったと言えるだろう。それは、昭和十年代の用例であるが金子大栄の講話での「今日の言葉で申しますれば「第六感」とか「第七感」とかいふ感」という説明にも現れているように思われる。

明治から大正にかけて「第七官（感）」という語が用いられた場合のような、宗教や哲学・思想、あるいは科学的で専門的な用語であり、まだ手垢のついていない、どこか神秘的で、精神性の高みを目指していたような雰囲気や、人類に新しい感覚が芽生えるのではないかという期待は、昭和初期の「第七感」という語には、すでに無くなっていたのではないだろうか。

なお、「千里眼」や「天眼通」のように、時空を超えてものごとを見通せるといった、いわゆる超能力を意味する言葉はすでにあったにもかかわらず、新たに「第六官（感）」や「第七官（感）」という語が、とくに「第七官（感）」がこれらと同様の意味で用いられた。どうして「第六官（感）」「第七官（感）」という言葉が新たに用いられるようになったかを考えてみると、仏教の「六根」や唯識からの影響のみではなく、科学や進化論、骨相学、心霊学などの影響から「人類が進化したら、あるいは人類の能力が発達したら、五官（感）以上の感覚や能力が芽生えるのではないか。そのような感覚や能力に関わる、これまでに知られていない器官が発見されるのではないか」という期待があり、そこから、五官（感）の次の感覚として「第六官（感）」「第七官（感）」という感覚が発想されたようにも思われる。しかしその期待は潰えてしまったのか、日本の場合は関東大震災前後が転換点となり、新語辞典から神秘不可思議のことを感受するという「第六官（感）」が「人間に発達しつゝある」という解説も消え、「第六官（感）」

や「第七官（感）」という語はいわゆる超能力の意味ではあまり用いられなくなる。また多くの場合で表記に「官」の字が用いられず「感」の字が用いられるようになる。「第六官（感）」の語義は「ピンとひらめく、勘がはたらく」に限定されてゆき、「第七官（感）」についても、芸術家やモダンな当時の人々の鋭敏な感覚を表したり、「第六感とか第七感とか」等と「第六感」と合わせて漠然と不思議な感覚や能力を指すようになっていく。なお「第六官（感）」という語は現在でもこの頃に限定されていった語義で用いられているのに対して「第七官（感）」の語は、現在では用いられることが珍しい。そのため「第七官」という語は尾崎翠の造語と思われているほどであった。

ところで金子務氏によると、[*48] 一九二〇年、アインシュタイン（Albert Einstein, 1879-1955）の名が日本でも学界の中で喧伝されはじめた頃、寺田寅彦（一八七八―一九三五）は「アインシュタインは人間の五官の無能を強く指摘した」と記したという。金子氏はアインシュタインの理論がもたらした「人間の感覚、常識への根本的な意義申し立てこそが問題であった」と論じられている。アインシュタインの来日は一九二二年、また関東大震災はその翌年の一九二三年。金子氏は「人間の五官の無能ぶり」を震災によって痛感した作家として尾崎も愛読した横光利一（一八九八―一九四七）らの例を挙げられている。「第六官（感）」や「第七官（感）」という語の意味用法の変遷にも、あるいはアインシュタイン・ショックや関東大震災が影響した可能性があるだろう。

一二　尾崎翠が接したと考えられる「第七官（感）」の用例

尾崎翠が接したと考えられる「第七官(感)」の用例はいくつか考えられる。まず「第七官界彷徨」では「第七官」という語に「官」の文字が用いられていることから、「第七感」ではなく「第七官」という表記での用例が候補に挙げられる。また尾崎翠は仏教に関心があり、『定本尾崎翠全集』の年譜等によると、落合在住時には円了の創立した哲学堂の辺りにも散歩にいったというので、円了による「七官」の用例が含まれる『妖怪学講義』や『迷信と宗教』を読んでいた可能性もある。先述したように橋本五作『岡田式静坐の力』、またよく読まれた骨相学関係書やロッジ『死後の生存』に触れた可能性もあるだろう。「第七感」という表記ではあるが、シャープ・マクラウドの逸話との関係から、薄田泣菫の用例にも触れた可能性がある。

「第七官界彷徨」での「第七官」という語の用いられ方を確認すると、この作品では「一人の痩せた娘」である小野町子が「人間の第七官にひびくやうな詩」を書くという目的を人知れず抱いていたところから物語が始まり、町子は詩を書きためたあかつきには「誰かいちばん第七官の発達した先生のところに郵便で送らう」と思っている。ここで「発達」という言葉を用いているところに、進化論や骨相学、心霊学の影響が見られよう。

また「第七官界彷徨」のこの冒頭部分における「第七官」という語の使用は、円了が五官で感じられる以上に「文裏に無限の真味あるを感見する」ことや「宗教の真味は文字の外にある」と論じていたこと、『岡田式静坐の力』で橋本が「第七官」を「文字其者の真味を解する天分」としていたことが踏まえられているとも考えられる。

作品内で町子は「第七官」の定義について三度思考する。一つは「こんな広々とした霧のかかつた心理界が第七官の世界といふものではないであらうか」。次に「第七官といふのは、二つ以上の感覚がかさなつてよびおこすこの哀感ではないか」。そして「第七官といふのは、いま私の感じてゐるこの心理ではないであらうか。私は仰向いて空をながめてゐるのに、私の心理は俯向いて井戸をのぞいてゐる感じなのだ」という三箇所である。尾崎が「第七官界彷徨の構図その他」（『新興芸術研究』二一九三一・六）において「ナンセンス心理学」「ナンセンス精神分析」という表現を用いているように、「第七官」の定義に関するこれらの町子の思考を導いた事柄や状況は「ナンセンス」とも言えよう。しかしこれら三つの「第七官」の定義は全て「内界の刺戟」を知り「内界を自覚」しようとしていると言えることから、橋本五作『岡田式静坐の力』による「第七官」の用例が踏まえられているとも考えられる。

また、円了の用例に「今日の人類は五官を有すれども、更に五官以上の感覚ありて、之れを有するものは神仏に限ると想像せんか、其の五官以上の状態、六官七官の有様は、如何にして吾人に知らしむべきかといふに、亦五官によりて之れを示すの外方法あるべからず、吾人も亦五官以内にて之れを憶度するより詮方なし、然れども之を以て確かに六官七官を知り得たりとなさば大誤にあらずや」とあったことが「第七官界彷徨」で踏まえられているとすれば、「第七官界彷徨」において町子が結局「第七官」とはどういうものかはっきりと分からず、「第七官」に響く詩も書けなかったようであることが肯われるようにも思われる。

以上をまとめると、尾崎が「第七官」という語を用いるにあたっては、「第七官の発達」という表現から石龍子の骨相学関係書やロッジの心霊学書『死後の生存』による進化論的発想が踏まえられているのではないかということがまず指摘できる。またこの物語において「第七官」が「詩」という「文字」で書かれたものを感受する器官とされること、物語内での「第七官」に関わることがらより、井上円了『妖怪学講義』や橋本五作『岡田式静坐の力』での用例が、「第七官界彷徨」という作品において踏まえられているのではないだろうか。

おわりに

本章では「第七官（官）」という語の変遷をたどりつつ、尾崎翠の宗教的・思想的背景も確認した。尾崎家の宗旨は浄土真宗であるが、尾崎はキリスト教を含め様々な宗教的・思想的思潮に、大正・昭和初期を通じて接していたことがうかがわれる。尾崎が仏教以外の宗教に接する回路としては、これまでに指摘されなかった従弟の田村熊蔵や、また友人の福田董ら、ほかに勿論文学仲間や読書からの刺激も大きかっただろう。思想的には、当時のある程度の流行とはいえ同郷者である橋浦一族はじめ鳥取の仲間を介して社会主義やアナーキズムに、文学活動を展開した時期を通じて身近に接していたことも注意されていいだろう。尾崎翠が林芙美子と親しく交わったのも、あるいは尾崎に林のような作家を受け入れる下地があったからとも言えよう。

なお尾崎の親友松下文子が日本大学専門部宗教科を首席で卒業した時、『読売新聞』（朝刊一九二五・五・一八）に次のようなインタビューが掲載されている。[*49]（引用に際して適宜句点を付した）。「幼い頃から人一倍神経質の私はどうも生きると云ふ事が考へられてなりませんでした。唯漠然とした事でしたが飯をたべて働いて寝る、それだけが人間の生き方だと云ふことに満足することが出来ず、その外に何か生きることの根本があるように考えました。（略）その生きる道をつかむために上京しました。そして哲学を少し研究し転じて仏教に入り更にキリスト教と禅学にもその道を求めましたが結局真宗が一番自分の望むものに適合するような気がしましたのでキリスト教の他力本願から同じ他力本願の真宗へ進む様になつたのです。世間にはキリスト教と仏教を別の宗教のように考へてる方がありますが私は究極に於てはみな一致するものだと考えます。（略）仏教は決して特殊のものでない事だけ断言出来ます、つまり私共の生活、それが立派な宗教であると考へます」。

「第七官（感）」という語の背景には、仏教とキリスト教を融合させようとしたり、日本あるいは東洋と西洋とを融合させようとする考え方も見られることをすでに紹介した。松下文子の「キリスト教と仏教を別の宗教のように考へてる方がありますが私は究極に於てはみな一致するものだと考えます」という発言も、当時の文脈においては特殊ではなかったであろう。

松下が日本大学で学びはじめた前後は大正期の親鸞ブームの時期でもあった。[*50]『三太郎の日記』『善の研究』とならんで大正教養主義を代表する一冊である倉田百三（一八九一―一九四三）「出家とその弟子」（一九一七）に描かれた親鸞像には、キリスト教の影響が見られると評される。その後浄土真宗立教開宗七〇〇年を翌年にひかえた一九二三年には空前の親鸞ブームが起こり、多くの親鸞に関する作品が発表された。母方の実家が真宗寺院であり親しい次兄が僧侶となっていた尾崎翠にとっても、このブームは無関心でいられるものではなかったのではないだろうか。震災を経て一九二四年に東京市社会局が行った「職業婦人に関する調査」において愛読書としてあげられた一位は「出家とその弟子」である。松下が新聞に大きく取り上げられたのは銀時計の女性という話題性だけではなく、卒業時に親鸞ブームは落ち着いていたとはいえ関東大震災を経て宗教書や思想書が求められる風潮があったからであろう。

尾崎は宗教や思想についてまとまったものを書き残しておらず、投稿時代の作品「悲しみを求める心」(『文章世界』一九一六・四)に「私は死の姿を正視したい。そして真にかなしみたい。そのかなしみの中に偽りのない人生のすがたが包まれてゐるのではあるまいか。其処にたどりついた時、もし私の前に宗教があつたら私はそれに帰依しよう。又其処に美しい思想があつたら私はそれに包まれよう」と見えるくらいである。しかし尾崎が同時代の宗教や思想に触れる機会は読書にかぎらず次兄哲郎や松下文子をはじめとする身近な人物を介しても多く、作品への影響も検討されてよいだろう。

さて、昭和初期における「第七官(感)」の用法を考慮すると、昭和六年(一九三一)に発表された「第七官界彷徨」における「第七官」という語の用い方は表記も意味もめずらしい。この用い方の意味するところは次章で検討したい。また、女性による「第七官(感)」という語の用例として、管見の限りでは尾崎翠「第七官界彷徨」が初めてである。

注

＊1　尾崎翠も観た映画「第七天国」（一九二七年製作・日本公開）の訓みは、『近代用語の辞典集成』（大空社　一九九五—一九九七）に収録されている各種新語辞典によると、「ダイシチテンゴク」である。質屋の隠語として「第七天国（ダイシチテンゴク）」という語が用いられていたという。また大本教の出口王仁三郎『玉鏡』（天声社　一九三五）に収められた「天書」（初出『神の国』一九三一・九）は王仁三郎の口述を弟子が筆録した文章であるが、ここでは「第七感」に「だいしちかん」とルビが打たれている。（「第六感、第七感以上の働く人でなくてはわからぬ」）。「第七官界彷徨」は、現在「ダイナナカンカイホウコウ」と訓まれるのが通例であるが、作品発表当時は「ダイシチカンカイホウコウ」と訓まれていた可能性もある。

＊2　巌谷大四「第七感の文学」（『朝日新聞』一九五八・三・二七　朝刊）に次のようにある。「第六感とは俗に言う「かん」である。辞書によると、人間の五感の外にある感覚である。とすると第七感というのは何か。辞書にもない。仏教で第七識（末那識）という言葉があるがこれとは違うようだ。おそらく尾崎翠という作家が勝手にこしらえた言葉だろうと思うが、強いてこじつければ、第六感ではものたりない。それとはどこかちがう、より以上に生理的で、非論理的な「かん」ということになりはしないか」。おそらく巌谷の文章が影響して「第七官」という言葉は尾崎の造語であると考えられてきたのだろう。増田みず子『〈孤体〉の生命感』（岩波書店　一九八七）第三章「生命感の諸相」、加藤幸子「尾崎翠の感覚世界」（『尾崎翠フォーラムin鳥取　報告集』尾崎翠フォーラム実行委員会　二〇〇一）等は巌谷同様「第七官」という言葉を尾崎の造語と推測するが、木村カナ「尾崎翠をめぐる12のキーワード　数字」（『KAWDE道の手帳　尾崎翠』河出書房新社　二〇〇九）では「第七官」という言葉を「尾崎翠による造語である」と断定している。

＊3　山名法道「尾崎翠と仏教哲学」（『尾崎翠フォーラムin鳥取２００６　報告集vol.６』尾崎翠フォーラム実行委員会　二〇〇六）、山名立洋「翠をめぐるあれこれ」（『尾崎翠フォーラムin 鳥取２０１０　報告集vol.10』尾崎翠フォーラム実行委員会　二〇一〇）

＊4　井上円了および『妖怪学講義』については、三浦節夫「解説——井上円了と妖怪学の誕生」（『井上円了　妖怪

学全集』第六巻　東洋大学井上円了記念学術センター　二〇〇二）、鈴木由加里「アンリ・ベルクソンと井上円了心霊主義をめぐって」（『井上円了センター年報』一九　東洋大学井上円了記念学術センター　二〇一〇）による。

＊5　心霊学については一柳廣孝『〈こっくりさん〉と〈千里眼〉日本近代と心霊学』（講談社　一九九四）、一柳廣孝「霊と近代日本文学の邂逅　序にかえて」（一柳廣孝・安藤恭子・奥山文幸編『近代日本心霊文学セレクション　霊を読む』蒼丘書林　二〇〇七　所収）、『宗教学事典』（丸善　二〇一〇）の「スピリチュアリズム」の項目（執筆は吉永進一氏）による。

＊6　橋浦一族と社会主義との関わりについては、鶴見太郎『橋浦泰雄伝　柳田学の大いなる伴奏者』（晶文社　二〇〇〇）に詳しい。

＊7　川崎賢子「尾崎翠と安部公房を結ぶ線」（『尾崎翠フォーラムin鳥取２０１１　報告集vol.11』尾崎翠フォーラム実行委員会　二〇一一）

＊8　田村熊蔵については次の文献を参照した。稲垣眞美「解説」（『尾崎翠全集』創樹社　一九七九）、鈴木恵一『鳥取楽壇の歩み』（鈴木恵一編集・発行　一九八二）、城夏子「抒情文芸散歩　尾崎翠「第七官界彷徨」」『抒情文芸』久保書店　一九六九・四　のち「奇妙な作家尾崎翠との縁」と改題・改稿して『林の中の晩餐会』（講談社一九八一）に収録）。

＊9　隈本有尚については河西善治『『坊っちゃん』とシュタイナー――隈本有尚とその時代』（ぱる出版　二〇〇〇）、ヨハネス・ヘムレーベン『シュタイナー入門』（川合増太郎・定方昭夫訳　河西善治編　ぱる出版　二〇〇一）、河西善治『京都学派の誕生とシュタイナー　「純粋経験」から大東亜戦争へ』（論創社　二〇〇四）による。

＊10　神智学協会は、ロシア出身のヘレナ・ブラヴァツキー（Helena Petrovna Blavatsky, 1831-1891）とアメリカ出身で組織力にすぐれた番頭役ヘンリー・オルコット（Henry Steel Olcott, 1832-1907）が一八七五年にニューヨークで設立した。最初は西洋オカルティズムの小さな研究団体であったが、一八七九年に二人がインドに本部を移した後、会員を増やし国際的な組織に成長した。ブラヴァツキーはインド移住後東洋の神秘学に出会い、カルマ、輪廻転生、オカルト的人種進化論、心身の七重説、ヒマラヤに住む超人（マハトマ）伝説など、神智学の

基本的な教義を完成させる。また神智学協会の目的は変遷を経て一八九六年には現行に引き続いている次の三つに落ちつく。"To form a nucleus of the Universal Brotherhood of Humanity without distinction of race, creed, sex, caste or colour." "To encourage the study of comparative religion, philosophy and science." "To investigate unexplained laws of Nature and the powers latent in man." この三つを一貫するスローガンとして "There is no religion higher than Truth" が現在も掲げられている。神智学協会から派生した運動にはシュタイナーの人智学協会やクリシュナムルティの「星の教団」などがあり、ニューエイジ運動のほとんどが神智学思想の影響を受けていると言われる。以上については次の文献を参照した。高橋巌『神秘学講義』（角川書店　一九八〇）、『現代宗教事典』（井上順孝編　弘文堂　二〇〇五）の「神智学」の項目（執筆者は吉永進一氏）、杉本良男「比較による真理の追求――マックス・ミュラーとマダム・ブラヴァツキー――」（出口顯・三尾稔編『人類学的比較再考』（国立民族学博物館調査報告　第九十号）国立民族学博物館　二〇一〇）、吉永進一「オルコット去りし後――世紀の変わり目における神智学と〝新仏教徒〟」（末木文美士編『近代と仏教』（国際研究集会報告集　第四十一集）国際日本文化研究センター　二〇一二）

＊11　権田雷斧については『日本仏教人名辞典』（日本仏教人名辞典編纂委員会　法藏館　一九九二）を参照した。

＊12　安藤礼二「交錯する霊性――折口信夫と『新佛教』」（科研基盤研究（B）研究課題番号：20320016　代表：吉永進一「近代日本における知識人宗教運動の言説空間――『新佛教』の思想史・文化史的研究」二〇〇八年度―二〇一一年度）、安藤礼二「光の曼荼羅『初稿・死者の書』解説」「虚空の曼荼羅　折口信夫新発見資料解説」（安藤礼二『光の曼荼羅　日本文学論』講談社　二〇〇八　所収）

＊13　片山廣子が鈴木ビアトリスから勧められてアイルランド文学を翻訳し始めたことは、随想「仔猫の『トラ』――温かい思い出――」（『婦人朝日』第四巻第一号　朝日新聞社　一九四九・一。のち『燈火節』（暮しの手帖社　一九五三）に収録）で回想されている。

＊14　石龍子については、隈本有尚についての前掲書のほか、中山茂春「石龍子と相学提要」（『日本医史学会雑誌』第五十五巻第三号　日本医史学会　二〇〇九）を参照した。

＊15　骨相学については次の文献を参照した。『現代精神医学事典』（加藤敏ほか編　弘文堂　二〇一一）の「骨相学」の項目（執筆者は松下正明氏）、平野亮「F・J・ガルの学説に見る骨相学の人間観――骨相学の教育史研究のための基礎的研究――」（『神戸大学大学院人間発達環境学研究科研究紀要』第四巻第一号　二〇一〇）

＊16　骨相学の日本への流入と浸透については次の文献を参照した。坪井秀人「KNOW THYSELF?――猫の観相学」（坪井秀人編『偏見というまなざし　近代日本の感性』青弓社　二〇〇一）、小林康正「日本産業革命期における「運命」言説の位相――石川啄木の生涯を参照系として――」（『人間学部研究報告』第九号　京都文教大学　二〇〇六）また「骨相学」という語の日本語への翻訳の経緯については前掲の平野亮氏の論文に詳しい。

＊17　仏教における「性相学」については大澤広嗣氏よりご教示をいただき、『岩波仏教辞典　第二版』（岩波書店　二〇〇二）、横山紘一『唯識仏教辞典』（春秋社　二〇一〇）を参照した。

＊18　管見の限りでの、『性相』誌掲載記事および『性相』関係書籍で「第七官（感）」という語が現れるものを挙げる。

・「天眼の位置」（『性相』No.21「石室剖秘」一九一〇・六）
・「千里眼」（『性相』No.25「時事性相眼」一九一〇・十）
・「性相講話」（附録）（『性相』No.26、No.27　一九一〇年十一・十二）「此霊妙性はスピリチアルチー、霊妙霊感を起す所、此処の発達した人は宗教心が強く霊妙不思議のことを研究する、天眼通、宿命通所謂千里万里を達観するやうな人は霊妙性の発達したんだ、此処の発達しない人は無神論者で宗教抔《など》のことは聴いても分らぬ、東京あたりの天理教会抔に此処の発達した人間が居るが、他の高等智力が是に伴はぬから駄目だ、一種の変態に過ぎない、又千里眼抔云うて近頃大分騒ぐがあれも単に比霊妙性のみ発達したもので、昔からある俗に云ふ狐つきと変らぬと性相学では解釈するんです、此霊妙性に伴うて他の脳髄各部が円満に発達すれば立派な天眼通となり神通となる、夫で是は「インスピレーシヨン」即ち霊感と訳する、又「フレノロジー」では「セブンセンス」（第七感）と称へる、私は之を訳して霊妙性と謂ふ」。
・石龍子『性相講話』（日本図書出版株式会社　一九〇二・九　初版。一九一一・二　再版。この再版に際して「字句の修正には頗る手を盡したれば、読者前版に比して利とする所多からん」とある。今回参照したのは一九二〇年三版。『性相』No.26、No.27とほぼ同様の記述であるが、「第七感」が「第七感官」と表記が変わっている）。

・石龍子『性相講話』（玄黄社　一九二六・十一　「はしがき」に、この本は十数年前に出版された本であるが、震災で著書と共に紙型も焼亡し、重版が不可能になったものが、このたび「復興版」を出すことになった旨記されている。日本図書出版株式会社版『性相講話』とほぼ同様の記述であり、「第七感官」という表記が用いられている）。

・「御船千鶴子」（『性相』No.29　石室剖秘　一九一一・二）

・「性相辞典」（『性相』No.73　一九一四・十）「霊妙性（Spirituality）心性機関の一、（略）而して此機関は希望性尊崇性に接して宗教的機関の一であるから、上額の理性力の疑惑中を彷徨するとは大に趣きを異にしたる玲瓏なる精神的智識である」とあり、「彷徨」という語が用いられていることが注目される。

・石龍子『性相辞林』（日本図書出版株式会社　一九一七・五　初版。一九二〇・九　再販。今回参照したのは再版。『性相』No.73とほぼ同様の記述である）。

・「自分を以て他人を測るなかれ」（『性相』No.77 一九一五・二）

・「性相学綱領四ヶ條」（『性相』No.80　一九一五・五）

・「講義録弁妄」（『性相』No.105　一九一七・七）

・玄龍子『人相千里眼』（竹生英堂　一九一七）玄龍子は大正から昭和にかけての有名な人相見である。石龍子と同業であり、この本での「第七感」の記載は、同業である石龍子の記述を参照したと思われる。「斯くの如き尾長蜂の能力は人間の五感では、到底知る事の出来ぬ働きで、千里眼の事実と甚だ能く似てゐる（略）或る学者は此の精神作用を人間の五感に対して第六感とか第七感とか名づけてゐるものもあるが」。

・斎藤秀雄『観相学　（脳髄機能論）　俗称骨相学』（鉄軒　（斎藤秀雄）印刷発行　一九二五）著者は岩手県盛岡に在住していた。「霊妙性」と「第七感」とが結びつけられていることより石龍子の記述を参照したと思われる。「霊妙性（略）五官感覚直覚力の外に実に不可思議なる作用をなす第七感で吾人の普通に呼ふ神通力なるものである」。

・精神療法家の檜山鉄心（一八七二―?・）『身心修養療法原論』（忠誠堂出版部　一九一五）の第二篇第四章第四節

の十四「千里眼」の項目に次のようにある。「千里眼の能力を発揮するには、二つの事情を必要とす、一は精神の統一、一は性相学上の第六官即ち直覚性と、第七官即ち霊妙性との発達を要す」。

＊19 「性相講話」などでは、「「フレノロジー」では「セブンセンス」（第七感）と称へる」とあるが、どの「フレノロジー」の本を参照して石龍子が「セブンセンス」という表現を知ったかについては不詳である。たいへん遺漏の多いものであると思うが、管見の限りで石龍子が「セブンセンス」という表現を用いるまでに“seven senses”または“seventh sense”という表現が用いられた書籍を次に挙げる。

John Locke, *An Essay Concerning Human Understanding*, 1828.

Amos Bronson Alcott, *The Forester*, 1862.

John Murdoch, *Theosophy Unveiled*, 1885.

John Hamlin Dewey, *The way, the truth and the life; a hand book of Christian theosophy, healing, and psychic culture, a new education, based upon the ideal and method of the Christ*, 1888.

William Juvenal Colville, *The Spiritual Science of Health and Healing*, 1888.

Franz Hartmann, *Magic white and black, or, The science of finite and infinite life*, 1888.

John Edwin Ayer, *Living by natural law*, 1906. という骨相学関係の書籍中に“seven sense”という表現がある。ただしこの書籍では、ジェンダー、通常いわゆる五感、通常いわゆる第六感を合わせて“seven sense”としており、石龍子のいう「霊妙性機関」を“seven sense”としているわけではない。ほかスピリチュアリズムやメスメリズムと関連して、“magnetic sense”を“seventh sense”とする用例が多く見られる。ブラヴァツキーの *The Secret Doctrine* (1888) には“We can do so only through one or another of our seven spiritual senses, either by training, or if one is a born Seer.”という表現がある。“seven senses”という表現は神智学関係書ではしばしば用いられる。また『性相』の記事によると石龍子は海外のフレノロジー雑誌を購読していたようで、海外の骨相学者とも交流があり、スピリチュアリズムとインドの神智学を信じているという、ストックホルムの William E. Youngquist なる人物と手紙をやりとりしている。

*20 千里眼事件については一柳廣孝『〈こっくりさん〉と〈千里眼〉 日本近代と心霊学』(前掲)、「霊と近代日本文学の邂逅 序にかえて」(前掲)に詳しい。隈本の「第六官および第七官」が発表される前年の一九〇九年から、透視能力つまり「千里眼」の持ち主であると話題になっていた御船千鶴子(一八八六―一九一一)について、一九一〇年九月には福来友吉ら学者の立ち会いのもと公開実験が行われた。また同年十月には長尾郁子(一八七一―一九一一)という女性にも透視念写能力があると話題になり、郁子にも実験が行われた。同年十二月から翌一九一一年一月にかけて「千里眼」の流行はピークとなるが、一月十九日に御船千鶴子が自殺、三月には長尾郁子が病死する。この時期は各種の新聞が「千里眼」の存在を確証する「新科学」として心霊学を紹介しはじめていたが、「千里眼」の実在は物理学者によって否定され、騒動は収束した。この一連の実験や千里眼の真偽をめぐっての論争や騒動をさして「千里眼事件」と言われる。

*21 忽滑谷快天とその著書の背景については吉永進一「解説 民間精神療法の時代」(『日本人の身・心・霊――近代民間精神療法叢書8』吉永進一編 クレス出版 二〇〇四 所収)による。またヴィヴェーカナンダおよび『ジナーナ瑜伽』については、前掲の吉永氏の解説のほか、『世界宗教大事典』(山折哲雄監修 平凡社 一九九一)の「ビベーカーナンダ」の項目(項目執筆は臼田雅之氏)、冨澤かな「「インドのスピリチュアリティ」とオリエンタリズム――19世紀インド周辺の用例の考察」(『現代インド研究』第三号 人間文化研究機構地域研究推進事業「現代インド地域研究」 二〇一三)、岡本佳子「岡倉覚三・織田得能の「般若波羅密多会」――いわゆる東洋宗教会議について――」(第五回「仏教と近代」研究会・第一回神智学研究会(合同開催)での発表のハンドアウト 二〇一三)を参照した。

*22 夏目漱石は評論「トリストラム、シャンデー」(『江湖文学』第四号 一八九七・三)や『文学評論』(春陽堂 一九〇九)の第六編「ダニエル、デフオーと小説の組立」等においてMasson の *British Novelists and their Styles* (1859)を参照している。

*23 鎌田東二氏は福来「面白い心」について、福来にとって千里眼とは単なる超能力ではなく、その研究は「認識の根源にあるものを探り、その人間の潜在能力の可能性」を探求することにほかならなかったこと、「「千里眼」

と瞑想、また無我などの悟りの境地と天眼通などの神通力とは切り離すことのできない人間の潜在能力だった」ことを論じられている。（鎌田東二「井上円了と元良勇次郎から福来友吉までの「心理学」探求を中心に」（『モノ学・感覚価値研究』第八号　京都大学こころの未来研究センター　モノ学・感覚価値研究会　二〇一四）

＊24　当時の加藤一夫と『科学と文芸』については『科学と文芸　解説・総目次・索引』（不二出版　一九八七）を参照した。解説は、紅野敏郎、大和田茂、加藤不二子による。

＊25　森澤夕子「尾崎翠の両性具有への憧れ――ウイリアム・シャープからの影響を中心に」（『同志社国文学』第四十八号　同志社大学国文学会　一九九八・三）

＊26　一柳廣孝『〈こっくりさん〉と〈千里眼〉日本近代と心霊学』（前掲）、一柳廣孝「〈科学〉の行方――漱石と心霊学をめぐって」（『文学』岩波書店　第四巻第三号　一九九三・七）による。

＊27　一柳廣孝『〈こっくりさん〉と〈千里眼〉日本近代と心霊学』（前掲）

＊28　オリバー・ロッジと高橋五郎について、また明治末期の心霊学受容の動向については、一柳廣孝『〈こっくりさん〉と〈千里眼〉日本近代と心霊学』（前掲）、横山茂雄「解説」（水野葉舟『遠野物語の周辺』国書刊行会二〇〇一　所収）、吉永進一「解説　民間精神療法の時代」（前掲）を参照した。

＊29　この資料については吉永進一氏からご教示を頂いた。

＊30　大正生命主義は、鈴木貞美『生命観の探究――重層する危機のなかで』（作品社　二〇〇七）、「イギリス思想が日本の大正期に与えた影響――そのスケッチ」（日本イギリス哲学会　二〇一〇・三　於慶應義塾大学日吉キャンパス　報告ペーパー）によると「近代生物学とりわけ進化論を受容した下地の上に、（改行）ヨーロッパやアメリカの世紀転換期における新しい思想の様ざまを、（改行）中国と日本の伝統思想によって受けとめることによって形づくられた一大思潮であり、（改行）ヨーロッパやアメリカよりも多彩に、かつ突出する傾向を示した」とされる。「真の生命」「万有の生命」「宇宙の生命」などがキイ・ワードである。一九二〇年代後半にマルクス主義が台頭すると沈静するので大正生命主義と呼ばれる。なおエマソン、オイケン、タゴール、筧克彦については鈴木貞美氏の前掲書の他、オイケンについては林正子「〈共同研究報告〉『太陽』における金子筑水の〈新

理想主義〉——ドイツ思想・文化受容と近代日本精神論」(『日本研究』第十九集　国際日本文化研究センター　一九九九)、筧克彦については栗田英彦「岡田式静坐法と国家主義——二荒芳徳を通じて」(『印度学宗教学会論集』第三十七号　二〇一〇)を参照した。

*31　岡田式静坐法については栗田英彦氏の前掲論文の他、栗田英彦「【研究資料】国際日本文化研究センター所蔵静坐社資料——解説と目録——」(『日本研究』第四十七集　国際日本文化研究センター　二〇一三)による。

*32　吉永進一「解説　民間精神療法の時代」(前掲)

*33　一氏義良については五十殿利治「すべてがひっくりかへりつつあるうづまきのなかで——一氏義良の経歴と仕事」「解題」(五十殿利治監修・編纂『美術批評家著作選集』第一巻　ゆまに書房　二〇一〇　所収)による。

*34　安岡黒村の経歴は『四国詩文学選』(太田明編著　現代書房　一九三五)に次のようにある。「明治三十年一月一日高知県高岡郡黒岩村に生る。故に黒村と号す。県立海南中学校を放校せられ岡山県立関西中学校に入る。神戸、大阪、京都を放浪、立命館大学、東洋大学文化学科及倫理学東洋文学科等に学ぶ。詩に志し、狂人、詩と批評、民謡研究等を編輯。執筆雑誌及新聞の主なるものは、少女の友、大地に立つ、東京日日新聞、日本新聞、詩人時代、新日本民謡、民謡音楽、歌謡詩人、民謡研究等。詩、民謡研究、エッセイと三度転ず。放浪、教員、恋愛、結婚。二人の子をなせど定収なく、一冊の著書もなし。目下、就職と売文の板挾みにて苦悶中、思想的にはニヒリズムから日本主義へ」「(筆者注：住所)東京市豊島区長崎東町一ノ八七八」。

*35　この当時の加藤一夫については、紅野敏郎「「無産階級文芸誌」への移行——加藤一夫「原始」の検討——」(『早稲田大学教育学部学術研究　国語・国文学編』第二十号　早稲田大学教育会　一九七一)、小松隆二「『原始』と加藤一夫——『原始』の位置と総目次——」(『三田学会雑誌』第七十八巻第五号　慶應義塾経済学会　一九八五)に詳しい。

*36　湧島義博、生田春月、橋浦泰雄、生田長江らなど鳥取人脈と尾崎翠との関わりについては、佐々木孝文「尾崎翠と鳥取人脈」(『尾崎翠フォーラムin鳥取２００５　報告集vol.5』「尾崎翠フォーラムin鳥取２００５」実行委員会　二〇〇五)、『鳥取発　大正・昭和を翔け抜けたひとびと　もだにずむ@とっとり』(鳥取市歴史博物館編

鳥取市歴史博物館　二〇〇五）に詳しい。

＊37　この資料については柿田圭裕氏からご教示を頂いた。なおこの詩には異同があり、初出誌では「第七管」と記載されているが藤一也『詩人石川善助——そのロマンの系譜』（萬葉堂出版　一九八一）での引用では「第七官」とされている。また郡山吉江編『郡山弘史・詩と詩論』（「郡山弘史・詩と詩論」刊行会　一九八三）での引用では改稿されており、「第七管」または「第七官」ではなく「第六感」とされている。郡山の伝記事項ついては藤一也の前掲書による。

＊38　ファントマとその日本での受容については、長谷部史親『欧米推理小説翻訳史』（本の雑誌社　一九九二）所収「フランス推理小説の怪人たち」、赤塚敬子『ファントマ　悪党的想像力』（風濤社　二〇一三）を参照した。

＊39　酒井勝軍については、久米晶文『「異端」の伝道者酒井勝軍』（学研　二〇一二）、宮澤正典「日猶同祖論はなぜ起こったのか」（『ユダヤ大事典』ユダヤ大事典編纂委員会編　荒地出版社　二〇〇六）を参照した。

＊40　『シオン長老の議定書』については宮澤正典「ユダヤ陰謀論のルーツとは?」「『シオンの議定書』は誰が作ったのか」（『ユダヤ大事典』前掲）を参照した。

＊41　『映画の倒影』および小林いさむについては、田中眞澄「『映画の倒影』の背景」（牧野守監修『最尖端民衆娯楽映画文献資料集16　映画の倒影』ゆまに書房　二〇〇六　所収）を参照した。

＊42　永鳥真雄『爪相の神秘』（手相学院出版部　一九三五）には青山三丁目の「永鳥真雄鑑定所」の案内として「手相　考星術（天文）」とある。占星術について「考星」という隈本独特の用語を用いている。

＊43　中里介山については、鈴木貞美「中里介山の仏教思想をめぐって」（小林孝輔ほか監修・池田英俊ほか編集委員『現代日本と仏教Ⅲ　現代思想・文学と仏教——仏教を超えて』平凡社　二〇〇〇　所収）、橋本峰雄「介山と仏教」（『中里介山全集』第十五巻　筑摩書房　一九七一　所収）を参照した。また松村介石については吉永進一、野崎晃市「平井金三と日本のユニテリアニズム」（『舞鶴工業高等専門学校紀要』第四十号　二〇〇五）を参照した。

＊44　戦後間もなくの「第七官（感）」の用例として、管見に入った次の例を挙げる。中村天風『研心抄』（国民教育普及会　一九四八）天風はラマチャラカの影響を受けている。／大倉燁子「魔性の女」（『マスコット』銀柳書房

一九四九・九）超能力を「第七感」と表し「第七感の神秘」という表現を用いるところに永鳥真雄『第七感の神秘』の影響が見られよう。／大原富枝「ストマイつんぼ」（『文藝』河出書房　一九五六・九）副題が「第七感界の住人」である。大原の用例は布施薫氏からご教示頂いた。「官」ではなく「感」の字を用いているが、聴覚に関係する物語であるところに尾崎翠の影響が見られようか。

＊45　本節での用例調査にあたり、本文中で言及する文献の他に次の文献を参照した。樺島忠夫・飛田良文・米川明彦編『明治大正新語俗語辞典　新装版』（東京堂出版　一九九六）、植田敏郎『宮沢賢治とドイツ文学「心象スケッチ」の源』（大日本図書　一九八九）、永井太郎「「夢十夜」前後」（『国語国文』二〇〇一・十一）、永井太郎「大正・昭和初期における「四次元」の諸相」（『近代文学論集』第三十九号　二〇一三）

＊46　一柳廣孝『〈こっくりさん〉と〈千里眼〉　日本近代と心霊学』（前掲）

＊47　吉永進一「近代日本における神智学思想の歴史」（『宗教研究』第八十四巻第二輯　日本宗教学会　二〇一〇・九）で「メタフィジカル宗教」について「具体的にはクリスチャン・サイエンスやニューソート系諸団体、神智学とその分派、薔薇十字主義、人智学、スピリチュアリズムなどである。エマソンの超絶主義やインド思想、カバラ、神智学などがアイデアの源泉とされるが、大衆的オカルティズムのアイデアを網羅している」と説明がある。

＊48　金子務『アインシュタイン・ショックⅡ　日本の文化と思想への衝撃』（河出書房新社　一九八一）

＊49　川崎賢子「尾崎翠と安部公房を結ぶ線」（前掲）で該当記事が紹介されている。

＊50　大正期の親鸞ブームについては千葉幸一郎「空前の親鸞ブーム粗描」（『大正宗教小説の流行――その背景と〝いま〟』論創社　二〇一一）に詳しい。

【付記】

本稿脱稿後に見つかった「第七官（感）」の用例を付記する。中澤臨川（一八七八―一九二〇）「円熟期に於けるトルストイの芸術」（『中央公論』第二十八巻第二号　一九一三・二　のち『トルストイ』東亜堂　一九一三・四　所収）である。該当箇所を含む「円熟期に於けるトルストイの芸術」の一部分は鷲尾義直編『現代文章大観』（土屋書房一九一四・四)』に収録された。(引用に際してルビと圏点は省き、誤字をあらためた)。

近代人の官能は著しく進化した。我等の官能は最早在来の単純な五官を以て律することが能きなくなつた。我等の肉体にはまだ名のない第六官や第七官が働くやうになつた。我等はまた『二重官能』を有つ。我等は早晩色を聞き、音を見、香を味ひ、味を嗅ぐことが能きるやうに成るであらう。新しい芸術は正に此処から生れなければならない。而してトルストイは実に斯様な芸術の発足者であり、先覚者であつた。

中澤は新理想主義的立場に立つ大正期を代表する文芸評論家の一人。生田長江(一八八二―一九三六)との共著『近代思想十六講』(新潮社　一九一五『郷土出身文学者シリーズ⑥　生田長江』(鳥取県立図書館編　二〇一〇)によると本書の実際の執筆者は当時新潮社にいた加藤武雄だという)はよく売れ名著の誉れ高かった。引用部分には「近代人の官能は著しく進化した」ことや共感覚について書かれているが、臨川は同年六月『中央公論』で「ベルグソン」を発表し、ここでオリバー・ロッジ等にも触れている。トルストイに関わる記述にも心霊学や進化論の影響があったのだろう。なお大正期のトルストイ受容については次章で触れる。

またマックス・ウェーバー(Max Weber,1881-1961)の詩集*Cubist Poems*(1914)に収録されている詩*A million senses*に「seven senses」という表現があるが、この箇所は一九二三年野川隆訳、一九二四年篠崎初太郎訳いずれも「七つの感覚」と訳している。*Cubist Poems*の日本語訳については和田博文編『日本のアヴァンギャルド』(世界思想社二〇〇五)における疋田雅昭氏の紹介、石田仁志編『コレクション・モダン都市文化　第二十七巻　未来主義と立体派』(ゆまに書房　二〇〇七)を参照した。

第二章　「第七官界彷徨」論

――「喪失感」と「かなしみ」、「回想」のありかた――

今日ではすべてが過去に沈んでしまつた。そして私は秋になつてしめやかな日に庭の木犀の匂を書斎の窓で嗅ぐのを好むやうになつた。私はただひとりでしみじみと嗅ぐ。さうすると私は遠い遠いところへ運ばれてしまふ。私が生れたよりもつと遠いところへ。そこではまだ可能が可能のままであつたところへ。

（九鬼周造「音と匂」より）

はじめに

本章では「第七官界彷徨」を論じる。まず物語内で「第七官」という言葉が用いられる場合、「喪失感」や「かなしみ」に関わることを論じる。次に、次章以降でも論じる「こころこまやかな」やりとりが「第七官界彷徨」ではどのように描かれたかを確認する。第四章で論じる「こほろぎ嬢」においては、理想的な恋人同士として造形された二人の詩人について「人の世のあらゆる恋仲にも増して、こころこまやかなものであつた。そしていろいろ、こころをこめた艶書のやりとり、はては詩のやりとりもあつたといふ」と紹介されている。本書で論じる尾崎翠作品においては、それぞれに「こころこまやかな」やりとりの様相が描かれるが、「第七官界彷徨」におけるそれを本章にて確認する。そして第一章を踏まえて、「第七官（感）」という語の変遷と同時代状況から、語り手の回想という形をとる「第七官界彷徨」の物語内時間がいつであるかを推定し、この物語が「よほど遠い過去のこと」として回想して語られる意味を考察する。最後にこの作品での回想のありかたと「第七官界彷徨」という作品名との関わりについても考察したい。

一　物語内での「第七官」と、「喪失感」と「かなしみ」

本節では「第七官界彷徨」の物語内での「第七官」という言葉の用いられ方について考察したい。「第七官界彷徨」は語り手である小野町子が、「分裂心理病院」に勤務する医師の長兄・一助、大学で農学を専攻し、肥料の研究で卒業論文を執筆している次兄・二助、音楽学校を受験するために浪人している従兄の三五郎とともに「変な家庭」の「炊事係」として暮らした「よほど遠い過去のこと」についての回想を語る物語である。この家庭では「北むきの女中部屋の住者であつた私をもこめて、家族一同がそれぞれに勉強家で、みんな人生の一隅に何かの貢献をしたいありさま」に語り手には見えた。そして、そこでの町子は「私はひとつ、人間の第七官にひびくやうな詩を書いてやりませう」という勉強の目的を人知れず抱いていた。「人間の第七官」とは、町子にとっては「詩」に反応してひびくものであるとされている。また町子は「人間の第七官」について「すこしも知らなかつた」ため、その定義を見つけようと「第七官」の定義について三度思考する。「第七官の詩」についても一度思考する。また町子は自身の書いた「詩」がどのようなものであるかを四度語る。それらを作品に登場する順に挙げよう。（以後本文引用に際して傍線は筆者による)。

〈第七官1〉(「分裂心理」の本を読んで)

こんな空想がちな研究は、人間の心理に対する私の眼界をひろくしてくれ、そして私は思つた。こんな広々とした霧のかかつた心理界が第七官の世界といふものではないであらうか。

〈詩1〉

しかし私の詩集に私が書いてゐるのは、二つのありふれた恋の詩であつた。私はそれを私の恋人におくるつもりであつたけれど、まだ女中部屋の抽斗にしまつてゐた。

〈第七官2〉・〈詩2〉

年とつたピアノは半音ばかりでできたやうな影のうすい歌をうたひ、丁度粘土のスタンドのあかりで詩をかいてゐる私の哀感をそそつた。そのとき二助の部屋からながれてくる淡いこやしの臭ひは、ピアノの哀しさをひとしほ哀しくした。そして音楽と臭気とは私に思はせた。第七官といふのは、二つ以上の感覚がかさなつてよびおこすこの哀感ではないか。そして私は哀感をこめた詩をかいたのである。

〈第七官の詩〉

私はつひに自信のない思ひかたで考へた——失恋とはにがいものであらうか。にがいはてには、人間にいろんな勉強をさせるものであらうか。（略）失恋とは、おお、こんな偉力を人間にはたらきかけるものであらうか。それならば（私は急に声をひそめた考へかたで考へをつづけた）三五郎が音楽家になるためには失恋しなければならないし、私が第七官の詩をかくにも失恋しなければならないであらう。そして私には、失恋といふものが一方ならず尊いものに思はれたのである。

〈第七官3〉

第七官といふのは、いま私の感じてゐるこの心理ではないであらうか。私は仰向いて空をながめてゐるのに、私の心理は俯向いて井戸をのぞいてゐる感じなのだ。

〈詩3〉

私は思はず頸をのばしてノオトの上をみつめた。そして私は知つた。蘚の花粉とうで栗の粉とは、これはまつたく同じ色をしてゐる！　そして形さへもおんなじだ！　そして私は、一つの漠然とした、偉きい知識を得たやうな気もちであつた。——私のさがしてゐる私の詩の境地は、このやうな、こまかい粉の世界ではなかつたのか。蘚の花と栗の中身とはおなじやうな黄色つぽい粉として、いま、ノオトの上にちらばつてゐる。そのそばにはピンセットの尖があり、細い蘚の脚があり、そして電気のあかりを受けた香水の罎のかげは、一本の黄ろい光芒となつて綿棒の柄の方に伸びてゐる。

（略）

女中部屋で私は詩のノオトをだしてみた。私はいま二助のノオトの上にみた静物画のやうな詩を書きたいと思つたのである。しかし私が書きかかつたのはごく哀感に富んだ恋の詩であつた——祖母がびなんかづらを送つてくれたのに、私にはもうかづらをつける髪もない。ヘヤアイロンをあててもらひながら頸にうける接吻は、ああ、秋風のやうに哀しい。そして私は未完の詩を破つてしまつた。

〈詩4〉

私は柳氏の買つてくれたくびまきを女中部屋の釘にかけ、そして氏が好きであつた詩人のことを考へたり、私もまた屋根部屋に住んで風や煙の詩を書きたいと空想したりした。けれど私がノオトに書いたのは、われにくびまきをあたへし人は遥かなる旅路につけりといふやうな哀感のこもつた恋の詩であつた。

町子は「第七官」について三度思考するけれども、それが「詩」を書くよりどころとなったのは、〈第七官2〉の「二つ以上の感覚がかさなつてよびおこすこの哀感」のみであった。1と3の思考は「詩」を書くよりどころとはならなかったけれども、作品に描かれている期間のなかでの町子にとって大きな出来事であったであろう「断髪」と「恋愛」の場面に具体的に現れる。

1は「広々とした霧のかかつた心理界」というものであるが、町子は三五郎に髪を切られている時のことを「霧のやうなひとつの世界」として次のように語る。

睡りに陥りさうになると私は深い呼吸をした。こみ入つた空気を鼻から深く吸ひいれることによつてすこしのあひだ醒め、ふたたび深い息を吸つた。さうしてるうちに、私は、霧のやうなひとつの世界に住んでゐたのである。そこでは私の感官がばらばらにはたらいたり、一つに溶けあつたり、またほぐれたりして、とりとめのない機能をつづけた。二助は丁度、鼻掃除器に似た綿棒でしきりに蘚の上を撫でてゐるところであつたが、彼の上つぱりは雲のかたちにかすみ、その雲は私がいままでにみたいろんなかたちの雲に変つた。土鍋の液が、ふす、ふす、と次第に濃く煮えてゆく音は、祖母がおはぎのあんこを煮る音と変らなかつたので、私は六つか七つの子供にかへり、私は祖母のたもとにつかまつて鍋のなかのあんこをみつめてゐたのである――（略）二助が机のそばに行つてしまふと、私の眼には机の上の蘚の湿地が森林の大きさにひろがつた。二助はふたたび綿棒をとつて森林の上を撫で、箒の大きさにひろがつた綿棒をノオトの上にはたいた。

「霧のやうなひとつの世界」において、町子の意識や感覚はゆるんでいる状態である。「二つ以上の感覚がかさな」っている状態では、「哀感」というその時の感情がきわだたせられていたが、他方「霧のやうなひとつの世界」では、まどろんでいるような状態で、連想がはたらいたり、幼い日や雲、森林といった自然のイメージが喚起されている。ここには安心して世界の中に在るような感覚が見られる。

次に〈第七官3〉は「仰向いて空をながめてゐるのに、私の心理は俯向いて井戸をのぞいてゐる感じ」というものであるが、ある方向性とその逆の方向性とが同時に感じられる状態として考えてみると、次のような場面がある。
町子が「私の恋愛」として語る恋愛の相手は、柳浩六である。柳の好きな「異国の女詩人」と町子とが似ていると柳は言うが、町子はその女詩人の写真をいつまで見ていても、自分がその「一人の静かな顔をした佳人」に似ているとは思えなかった。町子は次のように語る。

辺りが静寂すぎたので私は塩せんべいを止してどらやきをたべ、そしていつまでも写真をみてゐた。そしてつひに私は写真と私自身との区別を失つてしまつたのである。これは私の心が写真の中に行き、写真の心が私の中にくる心境であつた。

また、町子の次兄である二助は、恋愛にかかわって次のように語っている。二助は肥料の研究をしており、熱いこやしをやると蘚は恋情を触発され恋をはじめるという。

僕が完全な健康体としてしよつちゆうみる蘚の夢といふのは、ただ、僕自身が、僕の机のうへにある蘚になつてゐる夢にすぎないよ。

僕は、僕の机のうへの、鉢のなかの蘚になつてゐるんだ。だから小野二助といふ人物は、僕のほかに存在してゐるんだ。そして僕は、ただ、小野二助が僕に熱いこやしをどつさりくれて、はやく僕に恋愛をはじめさしてくれればいいと渇望してゐるのみだよ。

「第七官界彷徨」の登場人間たちは片恋や失恋をしているが、人間たちとはうらはらに二助の蘚は「じつに健康な、一途な恋愛」をはじめ、花粉をこぼし、花を咲かせる。二助は蘚に肥料をやって恋情をうながし、蘚に相思相愛の恋愛をさせるという、まるで蘚にとってはエロスの神のような役割を果たしており、三五郎からは「植物の恋の助手」と言われているが、いっぽう二助は夢のなかで蘚になっていて、二助の心が蘚のなかに移っている。

失恋者である二助が「じつに健康な、一途な恋愛」をする蘚と同一化したり、みずからの容貌に遠慮がちな思いを抱き「詩人」になりたいという思いを抱いている町子が、「静かな顔をした佳人」である「異国の女詩人」の心と同一化する。これらはファンタスティックでありつつも、このようなかたちで町子や二助の願いがひとときかなっている様子である。

さて町子の書いていた詩は、断髪前は〈詩1〉「二つのありふれた恋の詩」と〈詩2〉「哀感をこめた詩」であった。断髪後に書いた詩は〈詩3〉「ごく哀感に富んだ恋の詩」と〈詩4〉「哀感のこもつた恋の詩」である。〈詩1〉〈詩2〉では町子は自分の書いた詩の内容を語らないけれども、〈詩3〉〈詩4〉ではそれを語る。

まず〈詩3〉では自らの髪の喪失について語られており、断髪という、髪を失うことをきっかけに、町子の詩において「恋」と「哀感」を合わせて語るという変化がおとずれたと考えられよう。「ヘヤアイロンをあてゝもらひながら頸にうける接吻」とは、三五郎と町子との間で起こっている出来事そのままであるが、これを「恋」の詩と語り手の町子は捉えている。小谷真理氏は「佐田と町子は、髪の毛をめぐっていろんなやり取りがかわされます。タオルを巻いたりとか、髪を切られちゃう話の背景には、やはり女子の魔力を恋愛の力で男子が奪おうと（引用者補足：して）いるかのような、ほとんど男女の恋愛の力関係の話に見えてきます[*1]」と論じられているが、この〈詩3〉においても、三五郎と町子とのやり取りのひとつが語られている。次に〈詩4〉では「われにくびまきをあたへし人」が自分のもとから旅立ち遠ざかったという喪失体験について語られている。柳浩六は町子に、町子のほしかった「くびまき」を買い与え、その後遠い土地へ旅立った。〈詩4〉ではそのことがそのまま語られている。このように町子の詩で語られている「哀感」は、町子自身の喪失体験にいずれも関わっている。

町子の「第七官」についての三つの思考のうち、二つ目は「哀感」であった。一つ目と三つ目は、前述のように町子の「断髪」と「恋愛」にかかわり、いずれも町子の書く詩において、喪失にかかわる「哀感」を生じさせた。また、町子は自分が「第七官の詩」を書くには「失恋しなければならないであらう」と語ってもいる。

作品中には「哀愁」という語も見えるが、町子が「哀愁」を感じるのは、過去の出来事やすでに喪失されたものごとを想いおこす場合である。そもそも町子は「第七官」について二度目に思考したとき、ピアノの音に「哀感」を触発されているけれども、このピアノは「年とつた」もので、それゆえ「半音ばかりでできたやうな影のうすい歌」をうたう。調律されていない古いピアノは、かつて響かせていたであろう美しい音が喪失された状態にある。

このように、町子の思考していた「第七官」（についての仮説）とは、「喪失」や、そこからたちおこる「哀感」にかかわるものであった。

二　「こころこまやかなやりとり」と別離

町子が「私のさがしてゐる私の詩の境地」として、その理想的な詩境を見たのは、「こまかい粉の世界」であった。

蘚の花と栗の中身とはおなじやうな黄色つぽい粉として、いま、ノオトの上にちらばつてゐる。そのそばにはピンセツトの尖があり、細い蘚の脚があり、そして電気のあかりを受けた香水の罎のかげは、一本の黄ろい光芒となつて綿棒の柄の方に伸びてゐる。

これと似た風景を町子はかつて見ていて、それは町子の「哀愁」をそそっていた。

私の頭髪の切屑が、いまは茶色つぽい粉となつて散り、粉のうすれたところに液体のはいつた罎があり、粉のほとんどなくなつた地点に炊事用の鍋があつた。

この「頭髪の粉」にまつわる風景は、「静物画のやうな」「こまかい粉の世界」において、よりあかるい色調で「あかり」を受けてひかり、端的により美しい状態に変貌して出現しているかのようである。

町子がこの「静物画のやうな」「こまかい粉の世界」を見て、詩を書きたくなったのは、町子の意識に上っていなかったとしても、この「世界」が「頭髪の粉」にまつわる哀愁をそそられた風景と重なりながらも、よりあかるく、より美しい状態にある「世界」として現前していたからではないだろうか。
三五郎は、町子の頭髪の切屑が散らばった風景を見て次のように言っていた。

たたみのうへにこぼれてゐる頭髪の粉つて変なものだな。ただ茶色つぽい粉としてながめようとしても決してさうはいかないぢやないか。女の子の頭髪といふものは、すでに女の子の頭から離れて細かい粉となつても、やはり生きてゐるんだ。僕にはこの粉が生きものにみえて仕方がないんだ。みろ、おなじ粉でも二助の粉肥料はただあたりまへの粉で、死んだ粉ぢやないか。麦こがしやざらめ砂糖と変らないぢやないか。しかし頭髪の粉だけは、さうはいかないんだ

丸山薫（一八九九―一九七四）は『作品』一九三〇年七月号に「感情は粉のやうである！」という詩を発表していて、次のようなものである。

少女のモミアゲは垂れ髪であつた。總のやうに揃えて、私はそれを剪るのである。

手に鋏が閃いた。銀のやうに短く、少女の感情が頬を落ちるのである。

落ちた粉を封筒に入れて、少女は永くしまつてゐた。少女は私の妻である。
粉はまた感情のやうであつた。日ましにそれは増へつもつていつた。

尾崎翠は『作品』一九三一年四月号に短編「途上にて」を発表しているので、丸山薫の詩を読んでいた可能性はあるが不詳である。しかしながらこの詩と三五郎のせりふとの類似は認められるだろう。どちらもみずからが切った女の子（少女）の頭髪の粉に対して、死んでしまい状態が変化しないものとするのではなく、「生きている」「感情のやう」「増へつもっていった」として、状態の可変性を感じ取っている。町子が自分の頭髪の粉から「哀愁」をそそられるのも、頭髪の粉を「死んだ粉」としては見ないからであり、その粉から過去の記憶を喚起されるからであろう。

さて「こまかい粉の世界」に啓示を受けた町子は、結局「静物画のやうな」詩を書こうとして書けなかった。しかしそもそも町子はどうして詩を書きたかったのであろうか。「誰かいちばん第七官の発達した先生」に詩を見てもらった後、その詩をどうしたかったのだろうか。町子は「ありふれた恋の詩」を書いていて、それを「私の恋人におくるつもりであつた」という。しかし町子が、恋の相手と思しき三五郎や柳に自作の詩を贈る場面は描かれていない。

ここで町子と隣家の女の子との「特殊な会話法」という交流に注目したい。「隣人の窓は私の窓と向ひあひ、丁度物干用の三叉の届く距離であつた」ため、二人は三叉に手紙やプレゼントを付けて、窓と窓とのあいだで交流するのである。隣家の女の子はこの交流について「私の国文教科書のなかの恋人たちは、みんな文箱といふ箱に和歌などを託して」と、恋人たちによる和歌の贈答にたとえている。町子が「恋人におくるつもり」で書いていた詩は「第七官の詩」ではなく、また作品に描かれている時間のなかで、結局町子は「第七官の詩」を書けなかったようである。しかし詩を書いてどうしたかったのかという目的であろう恋人との「こころこまやかな」やりとりは、隣家の女の子との関係において、詩ではなくても文書によって行い、成就されていたのではないだろうか。

また「頭髪」を喪失した町子が、その哀しみを分かち合ってほしいと思った相手は誰かと考えると、町子が髪を切ったと聞くと町子よりも悲しみにくれて泣いてしまいそうな旧世代の「お祖母さん」ではなく、体験を共有しやすい同世代の同性である「隣家の女の子」ではないだろうか。断髪後の町子は頭を布で隠していたが、それをやめた日に、町子が頭をふりながら井戸のポンプを押しているとき、町子の頭髪がたえず額に垂れかかるのを見た「隣家の女の子」は、自分の「頭から小さいゴムの櫛を一枚とり、井戸の周囲を半廻りして」町子の頭髪を自分の櫛でとめてくれるという気遣いを見せた。この気遣いは、隣人として仕事を手伝うという親切さを示すだけではなく、断髪後で一般的には奇異な髪形をしていると見られる町子に対する受容をも示していると思われる。

なお町子はみずからの「小野町子」という姓名について「たいへんな佳人を聯想させるやうにできてゐるので、真面目に考へるとき私はいつも私の姓名にけむつたい思ひをさせられた。この姓名から一人の痩せた赤毛の娘を想像する人はないであらう」と語っていた。「たいへんな佳人」とは言うまでもなく「歌人」である小野小町のことである。隣家の女の子が町子との交流を恋人たちの和歌の贈答にたとえたことと、「小野町子」という名前から歌人が連想されることとは呼応していよう。またそこから考えると、「断髪」とは「出家」を暗示する状態である。昔の日本では「出家」を意味したはずの「断髪」姿の町子が、赤毛ちぢれ毛のためもあって西洋の女詩人に似ていると言われることは、三五郎が町子に教えた「東西文化の交流といふ理論」で「東洋の法被が西洋にわたつて洋服の上衣になつた」ことと呼応していよう。町子はこの女詩人を書物のなかに見つけることができず、「たぶんあまり名のある詩人ではなかつたのであらう」と推量するが、本当にそうだったのだろうか。美しい歌人であったという小野小町が町子から時間的に遠くへだたった存在であるように、異国の美しい女詩人は町子から空間的に遠くへだたった存在である。また町子は断髪の頭を隠そうとしていたが、これを三五郎は「むしろ可愛いくらゐであるにも拘わらず、外見を知らない本人だけが不幸がつたり恥しがつたりするんだ」と評していた。客観的には三者とも「佳人」である。そして小野小町と西洋の女詩人が作品の冒頭と末尾とで町子を介して響き合っているとすれば、小野小町が著名な歌人であるように、西洋の女詩人も実際は著名な詩人であったのに町子がそうは思っていなかったという呼応関係も推測できるだろう。

さて、すでに町子と手紙のやりとりをするようになっていた「隣家の女の子」は、町子と親しい仲にあった三五郎と「恋愛」し、二人は「六度ばかり」「蜜柑」を「半分づつ」食べた。二人のこの関係を知った町子は「土のうへにいくらでも泪が落ちた。三五郎がそばに来たときなほさら泪がとまらなかつた」という、涙を流して悲しむほどの状態になる。すでに町子を介して「隣家の女の子」は三五郎へ楽譜を贈っていた。これは恋のやりとりの一種と考えてよいだろう。そして三五郎の数日の「恋愛期間」を、町子は「ただ悲しみの裡に送」り、「はなを啜るのみで詩はなんにもできなかつた」。この町子の反応を、町子の三五郎に対する「失恋」と解釈するよりは、町子の知らないところで三五郎と「隣家の女の子」とが親しくなっていたことに対して、三五郎と「隣家の女の子」のそれぞれと親しい町子が、それぞれに対して疎外感を感じていたと考えるほうが状況からは妥当ではないだろうか。
「隣家の女の子」は引越しに際して、次のように別れを悲しむ手紙を町子へ残していく。

昨夜、夜ふけに私の家族が申しますには、私に神経病の兆候があるやうだからもうすこし静かな土地へ越した方がいいであらう、心臓病のためにもピアノのない土地の方がいいであらうと申しました。私は急に悲しくなつて、御家族から六度ばかり蜜柑をいただいたことや、蜜柑はいつも半分づつであつたことや、それから三叉の穂で会話をとり交したことをみんな言つてしまひました。私の家族は、そんなかけ離れたふるまひ、そんなかけ離れた会話法は、それはまつたく神経病のせゐだから、いよいよ土地を変へなければならないと申しました。そして体操学校の規則書をとる手つづきをいたしました。でも御家族と私とのとり交はした会話法は家族の思つてゐるほどかけ離れたものではないと思ひます。私の国文教科書のなかの恋人たちは、みんな文箱といふ箱に和歌などを托して——ああ、もう時間がなくなりました。私の家族はすつかり支度のできた引越し車のそばでしきりに私を呼んでゐます

町子はこの手紙を得たとたんに「いくたびか」読んだと語るのみである。町子はここで彼女との別離、彼女を喪失するという体験をしたのであるが、そのことについて涙も流さなければ詩も書かない。あるいはそうしたのかもしれないが、そのことは語られない。この沈黙は、町子がこの別れを気にとめてい

なかったということではなく、逆に町子の衝撃の大きさや悲しみの深さを物語っていると思われる。[*2] このときの物語内世界における過去の町子のありかたは、「第七官界彷徨」という作品における回想する語り手である町子のありかたと同様であって、語り手である町子も、大きな衝撃を受け深く悲しんだ出来事については語ってはいないと考えられる。そのことについては次節で検討したい。

三　「よほど遠い過去のこと」という語りの意味

本節では、「第七官界彷徨」の物語内に登場する「もの」を手がかりに、この作品で描かれている世界がいつ頃であるのかを推定する。その上で、この物語が「よほど遠い過去のこと」と語られる意味について考えたい。

佐々木孝文氏は「尾崎翠と「モダニズム」――一九二七年～一九三三年――」（『江古田文学』第七十一号　日本大学藝術学部江古田文学会　二〇〇九）において、次のように論じられている。（傍線は筆者による）。

むしろ問題は、どのような「もの」が、そこに配置されているかということにある。テクストに配置された「もの」は、否応なく「書かれていること」以外の要素を引き込んでしまうからである。
実際に尾崎翠作品に配置された「もの」を抽出してみると、そのことは明確になる。

たとえば「第七官界彷徨」には、いわゆる「モダンなもの」に限っても、次のような「もの」が配置されている。

まず、ボヘミアンネクタイやマドロスパイプ、ヘアアイロンなど、実際に触れることのできる、新奇な品物。次に、コミックオペラ、活動写真のような、新しい芸術文化に属するもの。最後に、「ドッペル何とか」「分裂心理学」「異常心理」「変態心理」といった観念的な言葉があげられるだろう。

もちろん、こういったものへの着眼そのものは、尾崎翠の独創ではない。

新奇な品物の大部分は、いうまでもなくモダンボーイ・モダンガールたちを類型的にあらわすものとして一般的に認知されていたし、「コミックオペラ」は、大正六年（一九一七）～大正十二年（一九二三）の六年間大流行し、関東大震災後に消滅した「浅草オペラ」と結びつく。（略）

「変態」という言葉が定着したのも、大正時代以降のことである。中村古峡の主宰した研究誌『変態心理』にみられるような、学問的な言葉として使われはじめたものが、「エロ・グロ・ナンセンス」の文脈へ読み替えられて流行し、定着したのである。

現代の視点から見れば、これらの「もの」への言及は、尾崎翠のテクストに、「モダニズム」の装いを与える主な要因であるといえよう。

しかし、作品発表当時、これらの「もの」を目にした読者は、やや異なる印象をいだいたはずである。（略）

実はこれらの「もの」の多くは、作品が発表された時期からすると、「少し前のもの」だからである。

（略）

冒頭に「よほど遠い過去のこと」と記す「第七官界彷徨」は、この「ちょっとした遅れ」を、もっとも明確に示しており、尾崎翠のこの時期の作品群の基本的枠組みを明示する作品であるといえよう。

現代のわたしたちにとって、この程度の時間差はあまり意味をもたないかもしれないが、作品発表当時の読者には、かなり明確にこのことが印象づけられたのではないだろうか。

「第七官界彷徨」に登場する「もの」で、佐々木氏も挙げておられる「ボヘミアンネクタイ」「ヘアアイロン」について流行時期を確認したい。

まず「ボヘミアンネクタイ」については『新・田中千代服飾事典』(同文書院　一九九一)の「ボヘミアン・タイ［Bohemian tie］」の項目に「幅15センチ、長さ1メートル20センチぐらいで、周囲が三つ折りになっているネクタイをいう。ボヘミア人(現在のチェコスロバキア西部の住民)(筆者注：現在チェコとスロバキアは別の国であるが、本項目の記載に従う)が使用したのでこうよばれるが、またボヘミアンには〈自由放縦な生活をする人〉という意味もあり、美術家などが好んで使用した」とある。この「美術家など」が使用した時代を証言する記事を二つ挙げる。一つは「ネクタイの流行　今芸術家の服装は本場のパリーでも普通人と変らぬ」(『読売新聞』一九二六・一・二十七　朝刊)で、「若い芸術家気どりの男の人が髪を長くのばしてボヘミアンネクタイをだらりとさげて(略)之はもう遠く流行からとりのこされて(略)」とある。もう一つは太田黒元雄(一八九三―一九七九)「ネクタイ談義」(『セルパン』第一書房　一九三一・二)である。「十五六年前の東京にはパリの芸術家を真似てボヘミアン・タイと呼ばれるものをしてゐる青年が大勢ゐた」。この二つの記事によるとボヘミアンネクタイは一九二六年の時点で「もう遠く流行からとりのこされて」おり、一九三二年より一五、六年前というと一九一六、七年頃に流行していたと考えられる。

次にヘアアイロンの受容について確認したい。押山美知子氏は宇野久夫『髪型の知性』（紀伊國屋書店　一九七八）や高橋康雄『断髪する女たち――モダンガールの風景』（教育出版　一九九九）を参照されつつ、断髪やヘアアイロンの日本への受容過程を紹介されている。*3 押山氏によると、日本で女性の断髪姿が一般に登場し始めたのは、大正の後期から昭和の初期にかけてであり、それより早い時期の一九一八、一九年頃の断髪はまだセンセーショナルであったという。ヘアアイロンで髪にウェーブをつける技法が普及し始めたのは、断髪姿の出現と重なる大正後期であったとのことである。発明者の名が付けられた「マルセル・アイロン」による「マルセル・ウェーブ」の流行は、「大正十一年に資生堂がアメリカから呼んだ、グロスマンという美容師がアイロン技術を持ち込み、そして一般化」させたこと等が契機となったらしい。そして「簡単にレバーを操作するだけで、ウェーブをつくる器具」が、「大正から昭和にかけて、パーマネントウェーブがはやりはじめるまでの間、（略）全国津々浦々に普及し、東京では〈ガチャンコ〉と呼ばれていた」という。このような時代状況を考慮すると「第七官界彷徨」で町子が断髪になりヘアアイロンを使っているのは大正後期以降であると考えられる。

なお物語内では二助が「どうも女の子が泣きだすと困るよ。チヨコレエト玉でも買つてきてみようか」等とチョコレートについて話す場面がある。チョコレートは日本では一九一八年、森永製菓がカカオ豆から処理をする一貫生産を開始し、生産量、消費量ともに増加した。稲垣足穂「チヨコレート」（のち「チョコレット」と改題）は『婦人公論』一九二二年三月号に掲載された。

また芸術文化についても検討すると、「第七官界彷徨」では、大学で農学を研究している二助と音楽学校を受験するため浪人中の三五郎が、「トルストイだつて言つてるんだぞ――音楽は劣情をそそるものだ。そして彼は、こやしを畠にまいて百姓をしたんだぞ」「ベエトオヴエンだつて言つてるぞ――」と言い合う場面がある。二助が持ち出したトルストイ（*Толстой Л.Н* Lev Nikolayevich Tolstoy, 1828-1910）の言葉に対して、三五郎がベートーヴェン（Ludwig van Beethoven, 1770-1827）を持ち出して反論するには、ベートーヴェンのヴァイオリン協奏曲第九番に触発されてトルストイが執筆した小説「クロイツェル・ソナタ」（Крейцерова соната 1899）が念頭にあったのではないかと考えられる。

トルストイとベートーヴェンの大正期における受容を確認してみよう。*4 柳富子氏によると、まず『トルストイ全集』（春秋社）が一九一八年から刊行されている。これには加藤一夫が関わっており、加藤は大正期のトルストイブームに一役を果たした。また雑誌『トルストイ研究』が一九一六年九月から一九一九年一月まで、全二十九号発刊された。ベートーヴェンについては福本康之氏によると、楽聖ベートーヴェンのイメージが浸透するのは一九二七年ベートーヴェン没後百年祭前後であるが、大正期にはすでに音楽雑誌においてベートーヴェンの特集号が現れ、専門的かつ広範囲にわたってベートーヴェンの多様な情報がもたらされていた。なお第一節で紹介した「円熟期に於けるトルストイの芸術」で中澤臨川は、ベートーヴェン、ロダン、トルストイを並べて「天才」「安完な健全性は世にも貴く稀」と論じている。これらトルストイやベートーヴェンの大正期における受容を考慮すると、二助と三五郎の言い合いは大正期の教養主義を背景とした若者の風俗の一面であると考えられる。

そして「第七官」という「観念的な言葉」について検討すると、第一章で論じたように、明治期から大正期にかけてと昭和に入ってからとでは、「第七官（感）」という語の意味合いが異なっていたと考えられる。表記も昭和初期では「第七感」という表記が一般に通用していると考えられ、「第七官」という表記は一般的ではなかっただろう。

おそらくは「第七官界彷徨」の物語内時間では、ボヘミアンネクタイなどの品物、コミックオペラなどの芸術文化、「変態心理」などの観念的な言葉同様、「第七官」という言葉自体が、その意味合いも表記も、「少し前」の時代で用いられていたように用いられたのではないだろうか。

では「よほど遠い過去のこと、秋から冬にかけての短い期間」と語られる「第七官界彷徨」の物語内時間はいつ頃だろうか。佐々木氏や押山氏の論考をふまえ、ボヘミアンネクタイ等の流行時期も考慮すると、それは大正後期であり、関東大震災よりは前の時期ではないだろうか。ヘアアイロンの普及を考えると一九二二（大正十二）年頃であろうか。

そうだとすれば、この「秋から冬にかけての短い期間」のあとには震災が起こり、登場人物達が住んでいる「古ぼけた平屋」が震災で倒壊・焼失したり、登場人物達も被災して死んだ可能性がある。「第七官界彷徨」は語り手が「よほど遠い過去」を回想して語っているという枠組みを持つが、作品が発表された一九三一年（昭和六年）から見て大正後期とは十年ほど前の時代で、「よほど遠い過去」というほど前の時代ではないはずである。しかし震災による時代の大きな変化を経た語り手の回想が、死者やすでに失われた建物をもふくめた回想であるのだとすれば、その頃のことを「よほど遠い過去」として語り手が感じていることは、肯われるのではないだろうか。またそのような感じ方や、「第七官」

という語が「すこし前」の時期である大正期に用いられていたような意味で用いられていることは、「第七官界彷徨」が発表された当時の読者には共有されやすかったのではないだろうか。

第一節において、語り手である小野町子の思考していた「第七官」（についての仮説）とは、「喪失」や、そこからたちおこる「哀感」にかかわるものであることを論じたが、「よほど遠い過去」が震災前であるならば、この作品が根底的な喪失感やかなしみを表していることは、より明らかであるだろう。震災による東京の風景の激変や死者への思いを語り手は有しているはずでありながら、それが明示されていないだけに、語り手の喪失感やかなしみは深いと言えるだろう。あるいは、この物語を語っている小野町子自身が震災で亡くなった人物であり、この物語そのものが、死者による、生きていた時代を回想する語りであるのかもしれない。その場合であっても、語り手の喪失感やかなしみの深さは言うまでもないであろう。[*5] そしてこのような沈黙する語り手の姿は、物語内で回想されている過去の「私」が、やはり「喪失」や「哀感」に思いをめぐらせていたことや、隣家の女の子との突然の別れという最も悲しかったであろう出来事について沈黙していた姿に重なり合うのである。[*6]

おわりに　「第七官界彷徨」における回想のありかた

「第七官界彷徨」の『文学党員』への初出では「私の生涯にはひとつの模倣が偉きい力となつてはたらいてゐはしないであらうか」という一文が冒頭にあったが、『新興芸術研究』（二輯　一九三一・六）に作品を一括掲載する際この一文が削除された。北川扶生子氏はこの一文が冒頭にある場合とない場合との違いを、次のように論じられている。[*7]

冒頭の一文がある場合、これはこの作品の最後の、町子が「女詩人」と出会う、「女詩人」の写真を見つける場面と響きあって、回想する今と思い出される昔の世界がつながります。そして、そこに過去から現在への時間の流れが生まれます。そしてこの作品全体が、今は「女詩人」になっている人が自分の過去、少女時代を回想しているという風に読めるような形になっていきます。ところが、冒頭の一文がない場合、物語は「私は昔こういう経験をしました」、という回想として始まるにもかかわらず、最後は語る現在に戻ってこない。語られる過去、少女時代の町子の世界、というのが独立する、自立する、そういう感じになると思います。

「語る現在に戻ってこない」「語られる過去」が独立するという北川氏の指摘を手がかりとして、最後に「第七官界彷徨」における回想のありかたと「第七官界彷徨」という作品名との関わりについて考えたい。

第一章において、「第七官界彷徨」の物語内で用いられる「第七官」という語の意味用法には、骨相学や心霊学の文脈に含まれる進化論的発想や、井上円了『妖怪学講義』や橋本五作『岡田式静坐の力』からの影響が考えられることを指摘した。しかし「第七官界彷徨」という題名における「第七官」という語には、骨相学関係書で用いられた「千里眼」のように、時間空間を超越してものごとを見通す能力という意味を踏まえて用いられていると考えるとどうだろうか。
冒頭の一文が「ある」場合、回想している「現在」と、思い出される過去の世界とがつながり、過去から「語る現在」への時間の流れや、「語る現在」から過去へと遡る時間の流れがあることとなる。「第七官」=「千里眼」は時間・空間を超越する能力であるので、過去のある時間・空間と「語る現在」の時間・空間との往来が自在である。過去を回想しても、時間にも空間にも制約のない「第七官」=「千里眼」で感知する世界のなかでは、目的とする時間・空間まで、まなざしが自在に移動することも、またそこから「語る現在」の世界へ回帰することも可能である。
しかし冒頭の一文が「ない」場合、回想として語られた「過去」の世界は独立している。このことについて、これまで本章で論じたことをふまえて考えると、「語られた過去」の世界と「語り手がいる現在」の世界とは、未曾有の大震災によって、それ以前と以後とでは時間や空間が「断絶」したかというほどの大きな変化を経ている。「第七官」=「千里眼」は時間や空間を超越して自在に往来できる能力であるはずだが、「第七官」=「千里眼」でさえこのような「断絶」のためにその能力を発揮できず、目的とする時間・空間を探索しようとしても、そのまなざしはうろうろと「彷徨」するばかりなのではないだろうか。[*8]「語る現在」の時間・空間から「回想」という枠組みを用いて、独立した別の世界について語るように、過去の世界を語ることはできる。しかし過去のその世界と「語る現在」の世界との自在な往来は「断絶」のために不可能なのである。[*9]
このように考えると、「第七官界彷徨」という作品名からは、二つの意味が読み取れよう。一つは「私」をもこめて、家族一同がそれぞれに勉強家で、みんな人生の一隅に何かの貢献をしたいありさまに見えた」

という、青春時代を送る兄や従兄たちと共に大正期の東京で暮らした少女時代そのものである。その時期に西洋から伝えられていた、人類の進化によって萌芽し始めているのではないかという「第七官」という新しい器官が感受する世界について考えをめぐらし、「内界の刺戟を知」ろうと世界の探索を試みたり、「文字其者の真味を解する天分」でもある「第七官」という官能にひびくような詩を書こうと試みた思春期のいとなみを、「彷徨」という言葉で象徴的に表しているということである。これは語り手が過去に私的に体験したことであり、回想されるべき幸福な記憶である。[*10]

もう一つは、関東大震災という未曾有の大災による変化を経たことによる、震災以前と以後とでの時間や空間の「断絶」のため、「第七官」＝「千里眼」でさえ時間や空間を超越できず、そのまなざしは「少し前」の時期であるにもかかわらず震災以前の過去の時間・空間を探索しようとしても、ただ「彷徨」するばかりであるということである。語り手のいる「現在」の世界と、震災以前の過去の世界すなわち語り手の回想する世界とは断絶されていて、往来できないということに直面しての心のさまよい、術のなさである。この「断絶」は語り手が「語る現在」の時点で体験していることであり、語り手が関東大震災を経た他者と共有する歴史的経験に関わることである。

「第七官界彷徨」という作品名には、回想された過去の世界のなかでの小野町子、回想としてそれを語る小野町子、それぞれの小野町子にとっての二つの異なる意味が重なっていたと解釈できるのではないだろうか。この作品名において「第七官」という言葉は、語られた過去の世界のなかでの、震災以前の大正期における、精神性の高みを目ざしたような思潮や、人類には進化によって新しい器官が萌芽し始めているのではないか、それによって世界は想像もつかない姿を見せるのではないかという期待、「みずみずしい哲学的青春」[11]を、象徴的に表しただけではないであろう。この言葉は、語り手自身の少女時代に対する私的な追憶の心情を含めた震災以前の大正期への懐旧心、震災という断絶を経て変化した東京や死者に対する深い喪失感やかなしみ、それらを合わせたノスタルジアという心性をも象徴的に表していたのではないだろうか。その心性は同時代性を有し、「第七官界彷徨」という作品名には、そのような同時代性も刻印されていたのではないだろうか。

注

＊1　小谷真理「尾崎翠とファンタジー小説」（『尾崎翠フォーラムin鳥取2008　報告集vol.8』尾崎翠フォーラム実行委員会　二〇〇八）

＊2　鈴木ちよ「尾崎翠作品に於ける〈女の子〉の彷徨――『第七官界彷徨』『歩行』『地下室アントンの一夜』を中心に」（『国文目白』第四十六号　日本女子大学国語国文学会　二〇〇七）に次の指摘がある。「隣人の少女が突然置き手紙をして去ってしまった時の、町子の驚きや悲しみは一通りではなかったであろう。物語を表面だけでなぞるとこの部分は如何にも素っ気なく描かれている様に感じるが、町子がこの隣人の手紙を「いくたび」も読み返している辺りに、彼女の困惑と嘆きを読み取ることが出来ると考える」。

＊3　押山美知子「尾崎翠『第七官界彷徨』論――小野町子と「赤いちぢれ毛」について「おんなくらゐ頭髪に未練をかけるものはないね。」」（『尾崎翠作品の諸相』専修大学大学院文学研究科畑研究室　二〇〇〇）

＊4　トルストイについては柳富子「大正期のトルストイ受容」（柳富子『トルストイと日本』早稲田大学出版部一九九八）、ベートーヴェンについては福本康之「日本におけるベートーヴェン受容Ⅱ――明治・大正期の音楽

雑誌の記事から」(『音楽研究所年報』第十四集　国立音楽大学音楽研究所　二〇〇〇)による。

＊5　「第七官界彷徨」には、町子のほかにも柳浩六の老僕という「回想する」人物が登場する。彼の回想は語り手の町子による回想とは対照的である。柳の家は漢方薬の「古風な香気」を漂わせた病院で、町子らが暮らす家よりも古びて「廃屋」のようであった。亡くなった先代の頃、いかに病院が繁盛していたか「懐旧心」を語りたい彼に対して町子は「拒絶の頭をふり、そしてすこし湧いてきた泪を拭いた。(略)彼の言葉はただ哀愁を帯びてゐて、私はふたたび聞くこころになれなかつたのである」。その後浩六と老僕とはその建物から出て行き、そこには誰もいなくなった。語り手の町子は、過去を回想しても老僕のように哀愁を漂わせるばかりであったり、過去に帰るよう他者に訴えるわけではない。「漢方」の病院という西洋医療の流入で旧世代のものとして廃れていく病院や、亡くなった先代の医師へ執着し、現状を拒絶して過去へ戻ることを望む心境にありながら、結局その病院から「骨折」られて連れ出されてしまうこの老僕は、語り手の町子の陰画のようである。

＊6　尾崎翠自身も関東大震災の被災者であるが、現在判明している作品や書簡では震災には触れていない。『定本尾崎翠全集』下巻の稲垣眞美氏による年譜では、一九二三年の項目に次の記載がある。「九月、前月末上京して大塚の松下文子の家にいたが、一日の関東大震災に遭い、家の損傷が激しいので、文子とともに原宿の松下家別宅に移って同居し、以後上京ごとにそこに止宿することになった」。また日出山陽子「訪問ノートより」(『尾崎翠への旅――本と雑誌の迷路のなかで――』小学館スクウェア　二〇〇九　所収)には、日出山氏が尾崎翠実妹の早川薫氏を訪問された時のメモに、次のように書き留められている。「大正十二年九月一日の関東大震災のとき、妹の早川薫さんは夫の転勤で米子におり、次男を身ごもっていた。翠からは何の連絡もなく生きているかどうかもわからないので、薫さんは手紙を書き航空便で送ったという。その手紙は一番先に翠のもとに届き、翠はずいぶん長いことかかって鳥取に帰ってきた。その頃にはすでに次男が生まれていたが、翠は長男のときと同じようによく世話をしてくれたという」。

＊7　北川扶生子「女の子のサバイバル――尾崎翠の文学的方法」(『尾崎翠フォーラム.in鳥取2012　報告集vol.12』尾崎翠フォーラム実行委員会　二〇一二)

＊8　山崎福之「萬葉集の「仿偟」と「俳佪」について」（『親和國文』第十九号　神戸親和女子大学　一九八四）では、『玉台新詠』等での「仿偟」という語について、「行きつ戻りつする、歩き回る」という意ではなく、心身のやる方なさという意を述べる語として頻用されていることを指摘し、『萬葉集』での「仿偟」の用例についても「行きつ戻りつする、歩き回る」よりは「思い沈んでたたずむ」意として解釈されるべき用例のあることが指摘されている。尾崎翠は一九三三年に発表した「神々に捧ぐる詩」で「彷徨者」に「ぶらつき」というルビをふっているので、尾崎に「仿偟」という語には「心身のやる方なさ」「思い沈んでたたずむ」との意があることが念頭にあったかどうかは分からない。しかし「仿偟」という語のこのような意味は、震災前後の「断絶」をふまえたうえで「第七官界彷徨」という作品を考える場合には、語り手の心境に通底すると思われる。

＊9　「第七官界彷徨」で上京後の町子が屋外を「歩く」場面が具体的に語られるのは、町子が家から柳浩六の家へとお使いという目的のために歩いてゆく場面のみである。このとき町子は「哀愁に沈みながら」歩いている。このあたりの場面が「第七官界彷徨」の後に尾崎翠が発表した作品「歩行」を彷彿とさせる場面であることを川崎賢子氏が指摘されている（『尾崎翠　砂丘の彼方へ』前掲）。しかしそれだけではなく、「作品内で語られた過去の町子」が目的をもって「場所」を移動するときに「哀愁」に沈んでいたという場面には、隠喩としての機能があるのではないだろうか。すなわち「語り手である町子」が「過去」のある期間を回想しようという目的をもって「時間」を移動しようとしたとき、「語る現在」と過去との断絶を思い「哀愁」に沈んだとすれば、そのことの隠喩なのではないだろうか。

＊10　この物語の最後で「詩人になりたい」という願いを持っていた小野町子は、柳浩六から「僕の好きな詩人に似てゐる」と詩を書くいとなみそのものを肯定され、その外国の詩人についての情報を与えられ、かつ「いちばん欲しいもの」であるくびまきを買ってもらうという幸福な交流があった。しかし町子と柳はふたたび逢うことはなかった。ひとときの幸福な交流のあった相手とふたたび逢うことはないが、その別れの悲しみがいつしか薄れ、「追憶の濾過」によって過去の記憶が「何処か幸福の影を帯びて来る」「追憶といふ心のはたらきは、人生の避難所の一つとして人間に与へられた宝玉」とは、尾崎の中期の佳作「花束」（『水脈』一九二四・三）での語りである。「花

束」では主人公であり語り手の女性が自分のリボンで花束を結びなおして花束が欲しいという相手の男性にあげていた。どちらも「結ぶことができるもの」のやりとりであるが、やりとりをする男女の役割が「花束」と「第七官界彷徨」とでは逆である。

柳が好きであった女詩人の書いていた「風や煙や空気の詩」とは、形やとらえどころがないもので、まるで音楽の隠喩のようである。次章以降で論じる「第七官界彷徨」につづく作品では、音声を発することが出来なかったり、耳鳴りに悩む人物が登場する。しかし「第七官界彷徨」では、西洋文明への批判的なまなざしが象徴されているようにも見える「古ぼけた」「屑屋も手をひいた」「憂鬱症の」「やくざな」「気ちがひピアノ」の伴奏であれ、賑やかに音楽や合唱が響く。町子の兄や従兄たちは「うたひたい音楽」を自身の喜怒哀楽に応じて、(西洋音楽の)音程もかまわず即興で歌い、語り手の町子はその音程が狂っているということが分かる敏感な聴覚の持ち主である。音声表現や聴覚のすこやかさが表れていたという点においても、この物語は回想されるべき幸福な物語であったと言えるだろう。

＊11　花田清輝「旧人発見」(『東京新聞』夕刊　一九七三・十一・十二)

【付記】

第一章および第二章は、吉永進一先生「宗教学特殊講義」(二〇一二年七月　於京都大学)、近代文学研究会(二〇一二年七月　於京都府立大学)での口頭発表「「第七官」をめぐって――尾崎翠「第七官界彷徨」における回想のありかた――」に加筆・修正した拙稿「「第七官」をめぐって――尾崎翠「第七官界彷徨」における回想のありかた――」(『和漢語文研究』第十一号　京都府立大学国中文学会　二〇一三)および拙稿「「第七官界彷徨」と翠」(『郷土出身文学者シリーズ⑦　尾崎翠』鳥取県立図書館　二〇一一)をもとに大幅に加筆・修正したものである。
発表の機会をくださいました吉永進一先生、また貴重なご教示を頂き、お世話になりました皆様に深謝いたします。

第三章　「歩行」論

——おもかげを吹く風、耳の底に聴いた淋しさ——

はじめに

尾崎翠が一九三一（昭和六）年九月に発表した短編小説「歩行」[*1]は、作品の冒頭と末尾にほぼ同じ詩が配置されていることを理由に、「円環構造」の作品であるとした上で論じられる傾向がある。[*2]これには尾崎の「『第七官界彷徨』の構図その他」（『新興芸術研究』二輯　一九三一・六）における次の記述も影響していると思われる。「第七官界彷徨」を改稿して発表する際「最初の二行を削除し最後の場面を省いたために」「私の配列地図は円形を描いてぐるつと一廻りするプランだつた」のが、「結果として私の配列地図は直線に延びてしまひました。この直線を私に行はせた原因は第一に時間不足、第二にこの作の最後を理におとさないため。しかし私はやはり、もともと円形を描いて制作された私の配列地図に多くの未練を抱いています。今後適当な時間を得てこの物語りをふたたび円形に戻す加筆を行ふかもしれません」。

尾崎は一九三一年六月に「第七官界彷徨」全編を発表し、好評を博したが、「理におとさないため」「円形を描いてぐるつと一廻りするプラン」に沿って執筆することを中止した。したがって、尾崎の「もともと円形を描いて制作された私の配列地図に多くの未練を抱いています」という心情から構想された作品が「歩行」であるとしても、冒頭と末尾にほぼ同じ詩が配されているという、一見して分かりやすい構成を根拠として「歩行」を「円環構造」とすることには再考の余地があると思われる。また先行研究

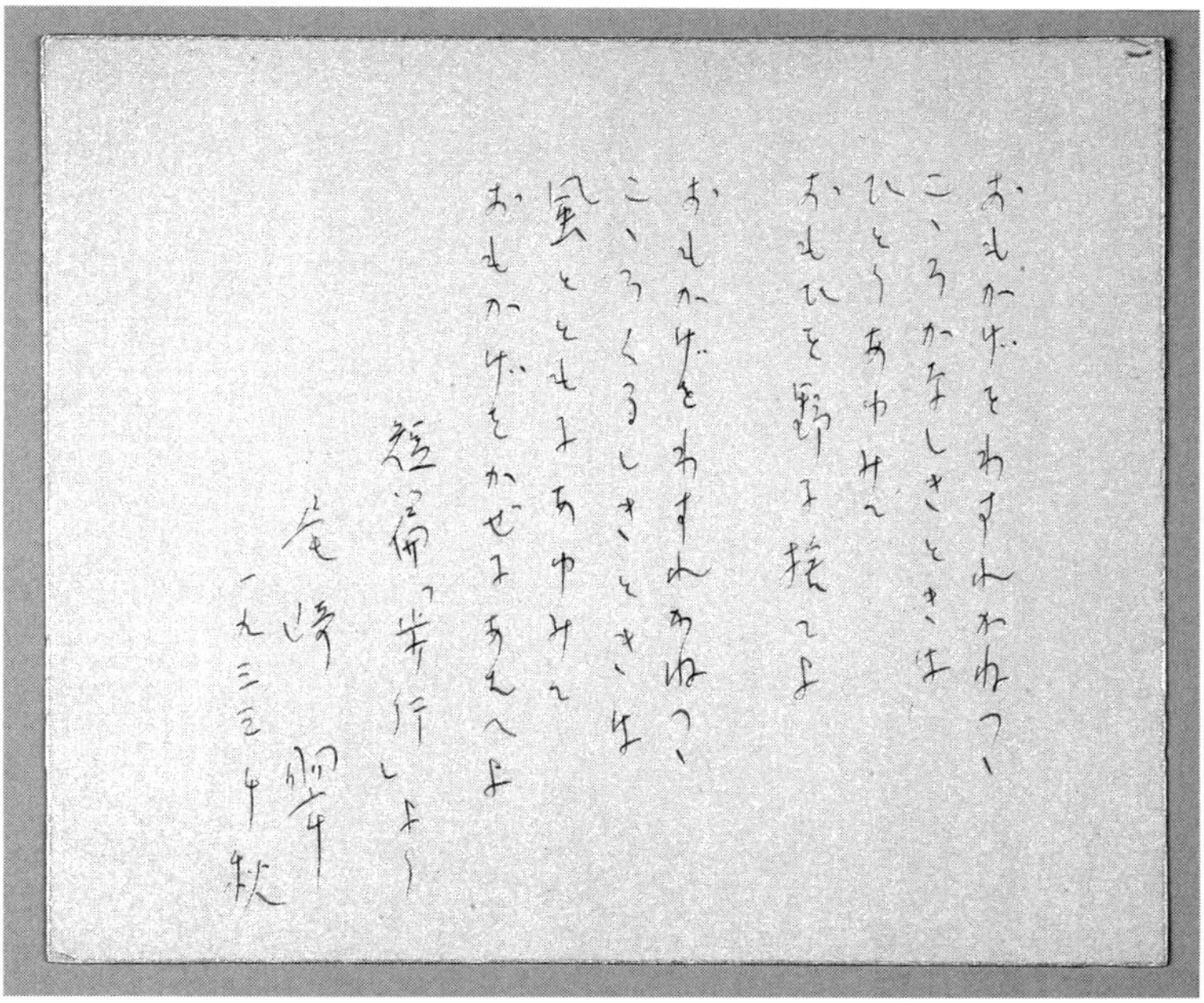

尾崎翠直筆色紙「歩行」（鳥取県立図書館蔵）

では「歩行」の語り手「私」が屋根部屋へ帰ると論じている場合が散見されるのだが、物語の最後は詩がおかれているだけであって、とくに「私」が屋根部屋へ戻るという様子もない。

そこで本章ではまず「円環構造」とされてきた「歩行」の作品構造を検討して、まずこの作品が円環構造ではなく直線構造として読めることを提示する。そのうえで作品解釈を進めたい。解釈を進めるにあたっては、語り手「私」が心をとらわれている幸田当八の「おもかげ」を「暫くのあひだ」であっても忘れることの意味、「私」の淋しさと聴覚との関係、「私」が土田九作から教えられた詩についてという三点を中心とする。本書で論じる「歩行」と登場人物を共有する尾崎翠作品「第七官界彷徨」「こほろぎ嬢」「地下室アントンの一夜」では、喪失感や、何らかの対象に心をとらわれること、聴覚に関わることがら、そして詩が重要なモチーフとして描かれている。「歩行」の読解にあたっても、これらのモチーフは重要であると考えるからである。

一　冒頭と末尾に配されている詩と、回想する「私」

「歩行」の冒頭には、次の詩が配置されている。

おもかげをわすれかねつつ
こころかなしきときは
ひとりあゆみて
おもひを野に捨てよ

おもかげをわすれかねつつ
こころくるしきときは
風とともにあゆみて
おもかげを風にあたへよ

（よみ人知らず）

そして作品末尾には、溜息を吐いた語り手「私」を気遣う土田九作が「帳面の紙を一枚破りとり」教えてくれたという詩が配置されている。

おもかげをわすれかねつゝ
こゝろかなしきときは
ひとりあゆみて
おもひを野に捨てよ

おもかげをわすれかねつゝ
こゝろくるしきときは
風とゝもにあゆみて
おもかげを風にあたへよ

冒頭に配置されている詩と、末尾で九作が「私」に教えた詩とは、同じ詩ではあるが表記が異なっている。まず冒頭の詩には作者名として「（よみ人知らず）」と付記されており、「こころ」「つつ」が踊り字を用いずに書かれている。それに対して末尾の詩には「（よみ人知らず）」という作者名は付記されていない。そして「こゝろ」「つゝ」と踊り字を用いて書かれている。これらの違いは何を意味するのだろうか。

まず、末尾の詩は土田九作が「帳面の紙を一枚破りとり」私に教えてくれたというものである。踊り字は活版印刷でも普通に用いられるが、踊り字を用いて書かれているところに、いかにもその場で書いたという雰囲気が現れているように見える。「私」はこの詩について「(九作) 氏が何時か何処かゝら聞いたのだと言つてゐた」と回想して語っている。また冒頭の詩の直後には「夕方、私が屋根部屋を出てひとり歩いてゐたのは、まつたく幸田当八氏のおもかげを忘れるためであつた」とあり、そのあとに「今日の夕方に、私の祖母は急にお萩を作ることを思ひついた」ともある。これらから「私」は「今日」の夜、すでにこの詩を知ったあと、回想しつつこの物語を語っていることが分かる。その語りは物語の末尾で冒頭に配置されている詩が九作の教えてくれたものであることを明らかにするところで終わる。[*3] この語りを従来解釈されてきたように、必ずしも「私」が自分の家や屋根部屋へもどってから回想して語っているものととらえる必要はなく、「私」が詩を九作にもらって読んだとき、その内容が「私」自身の心情に重なることによって触発されて出現した物語であるととらえることができる。

つづいて冒頭の詩に「(よみ人知らず)」と付記されていることについて考えたい。「よみ人知らず」とは、古典和歌の撰集などで作者が不明の場合、あるいは事情があって作者名を伏せておく場合に記載する語である。この物語を末尾まで読み進めると、この詩は九作が「私」に教えた詩であって、九作の自作ではなく、九作が「何時か何処かゝら聞いた」詩であったことが判明し、「(よみ人知らず)」という作者名とは齟齬がないことがわかる。冒頭の詩の直後には「まつたく」幸田当八の面影を忘れるために歩いていたと、詩の内容を受けて語られていることから、「私」はこの物語を語るにあたってこの詩を知っていたであろうこと、それは「私」が九作からこの詩を教えてもらって、自分の心情に合っていると思ったからであろうことが推測される。

この詩は作者名を「（よみ人知らず）」とされた上で作者によって冒頭にエピグラフのように配置され、最後にその詩の由来が明らかにされるのだと考えると、この作品を単純に末尾から冒頭へ戻る円環構造として読む必要はなく、まず直線構造として読むことが可能であろう。

この作品の構造が「円環」であると解釈するのであれば、これまで論じられてきたように末尾で詩をもらった「私」がそのあと屋根部屋に帰還することを想定して、この作品の構造が円環構造であるととらえるのではなく、むしろ読者の側の問題としてとらえるとよいのではないだろうか。すなわち作品を読み通してきた読者が、末尾の詩を読んで冒頭の詩と同じであると「気づく」ことを、「円形を描いて」冒頭に帰還するととらえるということである。土田九作からもらった詩を読んだ「私」が「まったく」自分は詩に書いてあるとおり、（幸田当八の）「おもかげを忘れかねつつ」歩いていたのだと、詩の内容を受けて語っていたことに読者が気づくということである。

さて、この詩には「おもかげ」という古くからある言葉が用いられている。尾崎はその創作の初期には短歌も詠み、「詩二篇　神々に捧ぐる詩」（『曠野』一九三三・十一）では、詩こそ捧げていないものの女優マレーネ・ディートリッヒ（Marlene Dietrich, 1901-1992）とともに「私の神々」の一人として歌人・陶芸家の大田垣蓮月尼（一七九一―一八七五）を挙げている。蓮月に関しては、歌人・小説家の岡本かの子（一八八九―一九三九）も戯曲「ある日の蓮月尼」（一九一八）を発表しており、一九二六年には村上素道編『蓮月尼全集』が刊行されていた。また尾崎家の宗旨である浄土真宗本願寺派の西本願寺二十一世法主大谷光尊の次女で歌人としても知られた九条武子（一八八七―一九二八）による大ベストセラー随筆・詩歌集『無憂華』（一九二七）にも、蓮月尼を主人公とする戯曲「洛北の秋」が収録されていた。そして尾崎の投稿時代に「悲しみを求める心」を入賞作として選んだ相馬御風（一八八三―一九五〇）による『貞信と千代と蓮月』（一九三〇）も刊行されていた。なお尾崎と交友のあった画家の橋浦泰雄は、蓮月尼老年の侍童であった富岡鉄斎（一八三六―一九二四）に師事することを望んだが鉄斎は弟子をとらない方針で、かなわなかった。これらより、尾崎が蓮月を好んだことは当時としては特異ではないが、尾崎に和歌・短歌の素養があったことがうかがえる。

　さて古典和歌で「おもかげ」という語が詠みこまれている歌を確認すると、笠女郎「夕来《さ》れば物思《ものもひ》まさる見し人の言問《ことと》ふ姿面影《すがたおもかげ》にして」（『萬葉集』巻第四・六〇二）がある。*4 夕方という時間帯は「歩行」において、「私」の回想のなかで「私」が外を歩行している時間帯と同じであり、「物思」は「私」の様子と同様である。他にも『伊勢物語』第二十一段はその冒頭部が第四章で論じる「こほろぎ嬢」で用いられることから、尾崎が確実に読んでいた作品であるが、*5 この段には「人はいさ思ひやすらむ玉かづら面影にのみいとゞ見えつゝ」と、「おもかげ」という語が詠みこまれた歌が記載されている。この段ではこの歌に続いて「今はとて忘るゝ草のたねをだに人の心にまかせずもがな」「忘れ草植うとだに聞くものならば思ひけりとは知りもしなまし」「忘るらむと思ふ心のうたがひにありしよりけにものぞ悲しき」と、「歩行」にも現れる「忘」れるという語を詠みこんだ歌が収録されている。これらの古典和歌や『伊勢物語』、あるいは他に「おもかげ」という語が用いられた古典和歌や物語を、「歩行」の冒頭・末尾の詩の典拠として想定することも可能であろう。[*6] しかしこれらが確実な典拠ではなくても、冒頭の詩から「おもかげ」という言葉の用いられた古典和歌や歌物語などが読者に想起され、「(よみ人知らず)」と作者名が付記されていることと合わせて、この詩から古風な雰囲気が醸し出されるのではないだろうか。それによって、知らない詩ではあるがひょっとしたら作者がはっきり分かっている作品かもしれないと、読者の関心を惹く効果があるのではないだろうか。

二 「私」の歩行と「おもかげを忘れる」こと

(一)「私」の歩行の目的が変化することについて

「歩行」は、幸田当八のおもかげを思って屋根部屋でふさいでいた語り手「私」が、祖母の命令を契機に外へ出て「ひとり歩いてゐた」ということから語り始められる。「私」はこのときの歩行の目的を「幸田当八氏のおもかげを忘れるため」と語り、後述するように本質的な目的はその通りなのだが、「私」が歩いていたのはそもそも、お萩を松木夫人の許へ届けるようにという祖母の命令があったからである。[*7] ただこのとき、「私」は自分がお萩の入った重箱を持っていることを「忘れどほし」であった。「私」は「幸田当八氏のおもかげを忘れる」ことが出来ない歩行を「目的に副はない歩行」と語るが、祖母のおつかいを果たしていないという点においてもこの歩行は同じく「目的に副」っていない。

祖母が「私」におつかいを命じたのは「私」を心配していたからであり、たくさん歩き、お萩のように甘いものを食べることで「私」の「ふさぎの虫（神経の疲れ）」が癒えることを願ったからであった。そして祖母は知らないけれども、「私」自身は、自分が「ふさぎの虫に憑かれてゐる」「屋根部屋で一つの物思ひに囚はれてゐる」原因が「幸田氏の行つてしまつたのちの空漠とした一つの心理」のためであり、「私」の「神経の疲れ」が癒えるには、「幸田当八氏のおもかげを忘れる」ことが必要であると知っていた。

さて「私」は、最初は祖母の命令、次に松木夫妻の依頼、そして最後に土田九作からの依頼でおつかいに出かけ、歩行する。ただし必ずしもつねに、依頼者の願いがかなったり、「私」が「幸田当八氏のおもかげを忘れ」ることが出来ていたわけではない。

まず、松木家へ行くまでの「歩行」の表面的な目的は、お萩を持っていくことである。この時「私」はお萩を松木家に届けることができたが、松木家の夕食は既に済んでいて、お萩はあまり役に立たなかった。「歩行」に関する祖母の願いである、運動不足の解消については果たされたが、お萩を食べることについては、「私」がお萩を食べた様子がなく果たされていない。また「幸田当八氏のおもかげを忘れる」という目的は果たされなかった。

次に、松木家から土田九作の住居までの「歩行」についてである。この時の「歩行」の目的は、松木夫妻の依頼によって土田九作にお萩とおたまじゃくしを届けること、また届けがてら「私」が「歩行」によって運動不足を解消することである。これらの目的は果たされた。しかし、「私」は「幸田当八氏のおもかげを忘れる」ことはできなかった。本文では次のように語られる。

私は祖母の希望どほりたくさんの道のりを歩いた。けれどついに幸田当八氏を忘れることはできなかつた。木犀の花が咲いてゐれば氏を思ひ、こほろぎが啼いてゐれば氏を思つた。

九作へお萩が届けられるのは、祖母の予想を超えた出来事である。松木夫人は九作が「もし勉強疲れをしてゐるやうだつたらお萩をどつさり喰べさしてくれ」と「私」にお萩を託す。そして松木夫人の望み通り九作はお萩をたくさん食べたが、食べ過ぎて胃散を服用する。松木夫妻は九作が薬を飲むことを止めさせたいと思っているが、お萩がかえって薬の服用を誘発してしまい、夫妻の願いはかなわない。ただしここで九作が薬を服用し、薬をきらしてしまったことは、九作が「私」に外へ薬を買いに行くように頼み、「私」が歩行するきっかけとなる。なおここでも「私」はお萩を食べた気配がない。

おたまじゃくしについては、松木氏の思惑は「眼の前に実物を見て書いたら、土田九作でもすこしは気の利いた詩を書けるであらう」というものであったが、その思惑は外れ、土田九作はおたまじゃくしを見て「非常に迷惑な顔」をしたり、「僕はつひにおたまじやくしの詩作を断念した。実物のおたまじやくしをひと目見て以来僕は決しておたまじやくしの詩が書けなくなつた」と述べる。さらにおたまじゃくしを見ることによって、「私」は「つひに」いったん忘れていた幸田当八のことを思い出し、溜息を吐いた。「私」が幸田当八を忘れていたことについては、次節で詳しく検討したい。「私」が幸田当八をふたたび思い出したのは、狭い罎のなかで「活潑ではない運動」をしているおたまじゃくしを見たことによって、まるでそのおたまじゃくしのように、狭い屋根部屋に閉じこもって幸田当八を思って悲しい気持ちに沈み、運動不足になっていた自分を思い出したからだと考えられる。このようにおたまじゃくしを見ることによって、九作は詩を書くことを断念したり、「私」は悲しい気持ちを喚起される。二人はそれぞれ詩を書こうとしたり、幸田当八を忘れようとしていていたが、それらがおたまじゃくしによって邪魔される。ただし「私」がおたまじゃくしを見て溜息を吐いたことは、土田九作から「私」への気遣いや詩をひきだすきっかけともなった。

最後に、土田九作の依頼で、九作の住居から薬局へ買い物のために二往復するという「歩行」であるが、ここで「歩行」の目的は全く変化する。これまでの「歩行」は、ある場所から別の場所へ物を届けたり、また運動不足を解消するためであったが、九作の依頼は二度とも薬を買って戻って来ることである。「私」はまずミグレニン、次に胃散を買いに行き、戻って来るが、これらは先述したように、松木夫妻の願いである、九作が薬を止すことに反していた。しかし「私」は二度目の買い物の道中で、一時的にではあっても「幸田当八氏のおもかげを忘れる」ことができた。次にこのことについて詳しく考察したい。

(二) おもかげを忘れること

「私」が幸田当八のことを忘れることができたのは、「私」の心の中で何らかの変化が起こったからだと考えられる。これについて検討するために、次の二つの本文を確認したい。(傍線は筆者による)。

(1) こんな目的に副はない歩行をつづけてゐるくらゐなら、私はやはり屋根部屋に閉じこもつて幸田氏のことを思つてゐた方がまだいいであらう。

（2）さて私は、ふたゝび薬局をさして出かけなければならなかつた。それにしても、この一夜は、私に取つて何と歩く用事の多い一夜であらう。そして土田九作氏は、何と彼の住居にぢつとしてゐたい詩人であらう。氏はいつもあの二階に籠つてゐて、胃散で食後の運動をしたり、脳病のくすりで頭の明晳を図つたりして、そして松木氏や松木夫人の歎きにあたひする諸々の詩を作つてゐるに違ひない。――私は途々こんなことを考へて、つひに暫くのあひだ幸田当八氏のことを忘れてゐた。

「私」は幸田当八のことを思って屋根部屋に閉じこもってじっとしていた。そのようにふさいでいる「私」を心配して、祖母は「たえず私にかかはりのある事柄を呟いた」。ここで「私」には、自分が「部屋に閉じこもってじっとしている」「家族に心配されている」人物であるという認識がある。そしてこれらの状態には「幸田当八のことを思い、忘れられない状態である」という意味が付随している。

その「私」の前に、土田九作という「部屋に閉じこもってじっとしている」人物が現れる。土田九作はその身内である松木夫妻の「歎きにあたひする」詩を作る人物でもある。「私」は自身について「部屋に閉じこもってじっとしている」「家族に心配されている」という認識があるため、土田九作に自身と同じ様子を見出し、心の中で自身と九作とを重ねていたのではないだろうか。他方、部屋に閉じこもっている九作とは対照的に、幸田当八は「広く研究資料を集めるため、各地遍歴の旅を思ひ立つた」という、旅に出て「外を歩行している」人物である。この日の夕方以降、松木邸や九作の部屋、薬局など、「各地遍歴」と言うには大袈裟であるが、「私」もあちこち歩きまわっている。これは幸田当八の行為に重なる。

このような「私」の様子は、「幸田当八のことを思い、忘れられずに部屋に閉じこもっていた」様子とは異なっている。「私」は「部屋に閉じこもり」「家族に心配されている」のは自身ではなく、土田九作のこととして考えることが可能となっている。さらに土田九作のことを考えながら、幸田当八と同様の行為をしている。このような心身の状態が同時に成立したことによって、「私」のなかから「屋根部屋に閉じこもり、じっとしていて、家族に心配されている。幸田当八のことを思い、忘れられない」という状態であった自身が一時的になくなる。そこで「私」は「暫くのあひだ幸田当八氏のことを忘れてゐた」ことが可能になったのではないだろうか。

ところでこの語りは九作に「詩」をもらったあとの「私」の回想である。「私」は幸田当八のおもかげを忘れられないと思っていたが、「詩」を読んだことによる刺激で自らの行為が想起され、そこで「私」自身が幸田当八のことを「暫くのあひだ」ではあっても忘れることができていたのに気づいたのではないだろうか。

「私」は幸田当八の来訪によって、本来の自分の部屋から屋根部屋へ移動していた。「屋根部屋」でじっとしているのは本来の「私」の姿ではない。幸田当八が滞在した部屋は、元は「私」の部屋である。幸田当八は「私」の部屋から出て、また旅に出るが、「私」は自分の部屋に戻らない。「私」の心の中には幸田当八の面影が残り続けているが、「私」の元の部屋の中にも、「私」にとっては引き続き幸田当八が滞在しているかのようである。このように、自身の元の部屋に戻らず、本来の居場所ではない「屋根部屋」にいる「私」は、家で適切な居場所にいない。そうすると幸田当八が旅立ったあとの「私」にとっての適切な居場所とは、「外」であったのではないだろうか。「私」の心情はいまだ幸田当八と一緒にいた時のままであり、そこで時間が止まっているかのようである。しかし幸田当八はすでに歩きはじめて「私」の家の「外」へ旅立っていった。そうであれば、「私」も家の「外」で歩くという、幸田当八と同様に外で同様の行為をしてみることによって、「私」の心身の中で止まっている時間がふたたび動きはじめる可能性があったのではないだろうか。

「私」は幸田当八に心をとらわれているが、「歩行」という行為を実際に「外」で行うことによって、身体の動きが幸田当八を連想させる動きと同様となる。その「私」の状態は心身ともに幸田当八にとらわれているとも言えるが、心身の平衡が保たれているとも言えるだろう。「私」が「暫くのあひだ幸田当八氏のことを忘れてゐた」時とは、その平衡が破られた時である。この時は「私」の心身の状態に変化がおこり、「私」が幸田当八と一緒にいた時や場所にとらわれている状態から離れ、「私」が「神経の疲れ」から回復していく可能性が現れた時だったのではないだろうか。

三 「私」の淋しさと「芭蕉の幹が風に揺れる音」

（一）「私」の淋しさについて

「私」の祖母は、「私」との会話で「吐息をつき、打ちしめつた声」で「世の中は病人だらけではないか」と憂いごとを言ったり、幸田当八を迎えるにあたって「座敷では、夜淋しい音がして、お客様が睡れぬと思ふのぢや。秋風の音は淋しい」と言い、「淋しい音」を感じとっている。また孫である「私」が屋根部屋に閉じこもると、「ああ、うちの孫はこのごろまつたく運動不足をしてゐて、ふさぎの虫に憑かれてゐる」と「私」の様子を心配して、松木家へお萩を届けさせ、「私」が運動不足を解消し、甘い物を食べてふさぎの虫という神経の疲れが癒えるようにはからう。このように祖母はつねに周囲の憂いごとや心配事に心を向け、彼女が向かっている炉の「灰」の色調のように明るい心持ちではないようであるが、それらの解決策も考える。

祖母は座敷の淋しい音について、「お前さんのよい耳でよく聴いてみてくれ」と「私」に頼み、「私」は「耳の底」に「もつとも淋しい秋風の音」である「隣家の垣根にある芭蕉の幹が風に揺れる音」を聴きとる。そこで祖母と「私」とは「隣家の芭蕉からいくらか遠」い部屋に幸田当八を迎えることに決めた。「秋風」が吹き、草木が勢いを失っていく様子にもの寂しさを感じるのは一般的であるが、このように祖母と「私」とは、「淋しい」音とはどのようなものであるかについて、同じ感覚を有している。そして「私」のほうが「よい耳」という、より鋭い感覚を有している。

幸田当八は「私」の兄である小野一助の紹介によって「私」の家に来訪、滞在し、「私」と共に「恋の戯曲」をたくさん朗読し、[*8]「次の調査地に行つてしまつた」。「私」は当八が旅立ったあとの自身について「私はたゞ、幸田氏の行つてしまつたのちの空漠とした一つの心理を知つてゐるだけである」と語る。それならば当八の滞在中は、「私」には空漠としていない心理があったということであろう。「私」は当八が旅立ったあと「せりふの朗読に慣れた口辺が淋しく、口辺の淋しいまゝに幾つでも窓の柿を食べた」と語る。これによると「せりふの朗読に慣れた口辺が淋し」いのであるから、当八の滞在中には「口辺」

が淋しくはなく、満ち足りていたということである。そしてもう一つ、語られてはいないが満ち足りていたはずの部分は、当八の声を聴き続けた「私」の「耳」の辺りであろう。当八が旅立ったあと、聴き慣れた当八の声を聴くことのなくなった「私」の「耳」の辺りもまた、「淋しい」状態にあるのではないだろうか。これについては第四節で考察したい。

当八が旅立ったあと、「私」が暗い屋根部屋にひきこもり、「窓の狐格子をとざし、そして祖母の焚火の煙に咽」んでいたことにも留意したい。これらの行為は「空漠とした一つの心理」「淋しさ」による自閉的な行為と考えられるが、当八がいなくなったという「淋しさ」が、かえってそれらの行為によって強められもしたのではないだろうか。

そして、もしこの物語のなかで「円環」が描かれていたとすれば、当八と「私」とが戯曲全集を読みあったという行為ではないだろうか。この行為は二人の間で声を交わし合い、声が循環し続けるものであり、閉じない円環と言い得るものである。[*9] その円環を構成していた片方が、声が届かないくらいに遠く旅立ったことによって、円環が直線にのびてしまったとも言えるだろう。二人の声が循環し続けたことその相手との別離によって、「私」の心身は以前とは変質してしまっている。「空漠とした一つの心理」や「淋しさ」とは、その変質によってもたらされた状態のひとつである。

(二)「芭蕉の幹」を吹く風　「私」を吹く風

「芭蕉」が和歌や俳諧に詠まれている例として、中世の歌人西行の「風吹けば徒《あだ》に破《や》れ行く芭蕉葉のあればと身をも頼むべきかは」(『山家集』)がある。また松尾芭蕉の門人路通に「芭蕉葉は何になれとや秋の風」（『猿蓑』）という句がある。このように芭蕉の葉が秋風に吹かれている様子は和歌や俳諧に見られるが、管見の限りでは芭蕉の幹が秋風に吹かれている様子を詠んだ歌や句は見つからなかった。芭蕉の葉ではなく、芭蕉の幹が風に吹かれて揺れる音を「もつとも淋しい秋風の音」と聴いたところに、「歩行」の語り手「私」や、また祖母の独特の感じ方が見いだせるだろう。

さて「私」は祖母の命令で松木家へおつかいに出された。この時「私」は夕飯を食べる前であり、祖母はおつかい先の松木家で「私」が「お萩をどつさりよばれて呉れればよいが」と期待していた。このため「私」はおそらく「空腹」という状態でおつかいに出されている。ここで「芭蕉の幹」について考えてみると、芭蕉は葉柄が互いに巻き合って幹となるため、中身は空っぽである。「私」は中身が空っぽである芭蕉の幹が風に揺れる音を「もつとも淋しい秋風の音」と感じ取っていた。そしておつかいに出されている「私」は、お腹が空の状態であり、かつ空漠という曖昧ではっきりしない心理状態で野を歩き、風に吹かれて「うらぶれた気持ちをひとしほ深め」たり、ひとしお「悲しい心理」になったりする。この時の「私」は、自身が「もつとも淋しい秋風の音」を感じ取った「芭蕉の幹」と、「淋しい」「悲しい」といった様子で中身が空っぽでありながら風に吹かれていることにおいて、重なっているのである。

また「歩行」において「私」の名前は明らかにされていないが、第五章で論じる「地下室アントンの一夜」において、「歩行」における「私」と見られる女性が「小野町子」の名前で説明される。「小野町子」ならぬ小野小町の歌を確認してみると、『古今和歌集』に収録されている次の歌がある。「秋風にあふたのみこそ悲しけれわがみ空しくなりぬと思へば」（巻十五・恋歌五・八二二　金子元臣『校注古今和歌集』明治書院　一九二三）。この歌では、「秋風」と「飽き」、「たのみ（田の実）」と「頼み」、「身」と「実」が掛詞になっており、「秋風に吹かれる稲穂は、その中の実が空になると思えば悲しい」「男に飽きられた私の身は、はかなくあてもなくなったと思えば悲しい」と二つの文脈が掛けられている。この歌で詠まれている状況もまた「歩行」における「私」の姿と重なり、あるいは典拠のひとつとして考えられるだろう。

四 「私」が九作から教えられた詩

（一）おたまじゃくしの機能

「私」は幸田当八が旅立ったあと、「空漠とした一つの心理」を知り、彼を忘れられない。これは当八滞在中を回想している部分以外での、「私」の心理の基調となっていると言えよう。先述したように、この状態は「暫くのあひだ」破られて、「私」は当八のことを忘れるが、おたまじゃくしを見ているうちに「このおたまじやくしにも何か悲しいことがあるのであらう——そして私は、ふたゝび幸田当八氏のことを思ひだし、しぜんと溜息を吐いてしまつたのである」とあるように、幸田当八のことを思い出してしまう。ここで「私」は、狭い屋根部屋に閉じこもって運動不足になっていた自分を、狭い罎のなかのおたまじゃくしに重ね合わせ、おたまじゃくしに「何か悲しいことがあるのであらう」と自分の気持ちを投影しているようである。

「私」の吐いた溜息という微かな風は土田九作に共鳴し、九作も「大きい息」を一つする。そこで九作は「何か悲しいことがあるのか」と「私」の心情に沿うことを語りかける。そして「悲しい時には、あんまり小さい動物などを瞶めると心の毒になるからお止し。悲しい時に蟻やおたまじやくしを見てゐると、人間の心が蟻の心になつたり、おたまじやくしの心境になつたりして、ちつとも区別が判らなくなるからね。（そして土田氏は、おたまじやくしの鱶を幾重にも風呂敷に包んでしまひ階段の上り口に運んで）こんな時には、上の方をみて歌をうたふとい丶だらう。大きい声でうたつてごらん」と処方を述べる。しかしここで「私」は歌を歌おうとしても声が出なかった。これは「私」が、幸田当八とのやりとりの初めに戯曲全集を読もうとしてもせりふを発音することができなかったことの変奏でもあるだろう。

九作は「じつとしてゐたい人」であるという「私」の見立てにもかかわらず、「私」を気遣い、「私」の「心の毒」の原因を取り除くかのように、「おたまじやくしの鱶を幾重にも風呂敷に包んでしまひ階段の上り口に運」んだ。このように九作がおたまじゃくしを隠すことからは、二つの意味が読み取れよう。まず「私」に対する気遣いという意味が読み取れる。鱶を風呂敷で包むことは、悲しそうに見える「私」の心を包みこみ、保護することの、換喩的な行為と見られる。[*10] また九作はおたまじゃくしを見ることで詩が書けなくなっていた。おたまじゃくしの鱶を視界からなくすことは、九作にとっても自身を意気阻喪させるものを除去するという意味がある。

九作はおたまじゃくしを見たことによって詩を書くことを断念した。「おたまじやくし」は音符の比喩とも考えられるが[*11]、ここで「おたまじやくし」は音をあらわすという音符のもつ機能は果たさず、音をあらわさないようにする役割を果たしている。なぜなら九作はおたまじゃくしを見たことによって詩が書けなくなった。したがって九作が書いた詩が朗読され、音声として響くことも実現しない。また「私」

はおたまじゃくしを見たことによって意気消沈し、歌を歌おうとしても歌えない。第二節で述べたように、おたまじゃくしを見たことによって、九作は詩を書くことを断念したり、「私」は悲しい気持ちを喚起された。二人はそれぞれ詩を書こうとしたり、当八を忘れようとしていたが、それらがおたまじゃくしによって邪魔されたという点において同様である。おたまじゃくしは、九作と「私」のどちらにとっても、活動する力を弱らせるものとして機能している。

他方「私」がおたまじゃくしを見て溜息を吐いたことは、九作から「私」への気遣いや詩をひきだすきっかけともなった。九作が「私」に「詩」を教えたことは、「詩」を介した交流である。尾崎翠作品では詩歌を介した「こころこまやかな」やりとりが繰りかえし描かれるが、この場面もその一つとして指摘できるだろう。

(二) 詩を読むこと

土田九作が「私」に教えた詩は、作者が明らかでないだけではなく、その内容も、誰が何時といった限定はなく、野や風という漠然とした風景が表されて広々としている。

先述したように、「私」は九作の狭い二階の部屋で、狭い罎の中のあまり元気のないおたまじゃくしを見て、それに自分の心情や屋根部屋での様子を重ね、幸田当八のことを思い出し、溜息を吐いた。このような閉塞的な状況から場面は一転して、作品の末尾におかれた詩によって、限定のない広い場所が提示される。これは当八が旅立ったあとの「私」の「空漠とした一つの心理」という表現に呼応していよう。また、この詩の「おもかげをわすれかねつゝ／こゝろかなしきときは／ひとりあゆみて」「おもかげをわすれかねつゝ／こゝろくるしきときは／風とゝもにあゆみて」とは「私」の心情や行為に一致する。（改行は「／」で示した）。だからこそ「私」は不自由な心の状態を解決するための処方とみられる「おもひを野に捨てよ」「おもかげを風にあたへよ」という詩句に、目をとめたのではないだろうか。

さて「私」は当八が旅立ったあと、戯曲の台詞を発声することに慣れていたのに発声する機会がなくなり、「口辺が淋し」くなっていた。そして当八と共に読んだ戯曲を模倣し、「あゝ、フモオル様[*12]、あなたはもう行つておしまひになりました」という台詞を、発声するのではなく、文字として「餅取粉の表面に書いた[*13]」。口辺とともに、当八の発声による台詞を聞き慣れた「私」の「耳の辺り」もまた、当八が旅立ったあと「淋しい」状態になっていたと考えられる。九作は「帳面の紙を一枚破りとり」、「私」に詩を教えてくれるが、「私」は帳面の紙に書かれた詩を、声には出さずとも黙読したであろう。発声せずとも思いを文字で書きあらわしたり、文字を読んで音声のイメージを再現することによって、「私」の「口辺の淋しさ」「耳の辺りの淋しさ」はなぐさめられたのではないだろうか。

九作が「私」に教えた「詩」は、「おもひ」「おもかげ」という心の内側にあるものを、「野に捨てよ」「風にあたへよ」と命じている。「私」はこの詩を教えられるまで、誰かの依頼にしたがって、歩いて物を届けることを繰り返してきた。次に「私」が、九作から教えられたこの詩を読んで、詩という言葉によって作られた別の世界の中で、歩いて、「かなしみ」という「おもひ」を「野に捨て」たり、忘れたい「おもかげ」を「風にあたへ」ることを想像するならば、その「おもひ」や「おもかげ」は一刻であってもも「私」の心の中から消えて、ひととき「私」の「神経の疲れ」は癒えたのではないだろうか。

おわりに

「歩行」では、旅立ち、自身の元からいなくなった人の「おもかげ」に心をとらわれ、ふさいでいるという、喪失感にかかわって生起する「かなしみ」や「くるしみ」が描かれた。このような「かなしみ」や「くるしみ」とは「第七官界彷徨」で描かれた「喪失」にかかわってたちおこる「かなしみ」にも通じる。ただし「歩行」においては「おもかげ」がひとときであっても忘れることができる場合が描かれた。それは「かなしみ」や「くるしみ」ゆえに体験されている事柄を他に見出したり、また喪失されたものと同様の要素を自身に取り込むことによって、自身の「かなしみ」や「くるしみ」が一時的に感じなくてもよい状態になる場合であった。そしてこのように心身の状態に変化が起こっている時とは、「神経の疲れ」から回復する可能性が現れた時であるとも考えられよう。

そして「歩行」では「神経の疲れ」という状態にある場合に「詩」がそれを癒す可能性も描かれた。自身が体験しているのと同様の「かなしみ」や「くるしみ」、さらにその状態を解決するための処方までも描かれている詩に出会い、読み、その言葉に同期し、その言葉によって作られた別の世界の中で、自身がその処方にしたがって行為することを想像する場合に、たとえひとときであっても「神経の疲れ」が癒えるのではないかという可能性である。[*14] またかりに自作ではなくても「詩人」が相手の状況を感受して、その状況に合った「詩」を相手に与えたことには、「詩人」の感受性の鋭さや、治療者としての性質が現れている。

土田九作は、溜息を吐くという微かな風を吹かせた「何か悲しいこと」がありそうな私に、大きな声で歌をうたうという、溜息よりもずっと大きく息を出入りさせて、身内から風を吹かせることを勧めた。しかし「私」はそれをできず、九作は次に、「おもひ」を野に捨て、「風とともに」野を歩く、つまり風に吹かれながら野を歩き、風に「おもかげをあたへ」ることを命じる詩を与えた。「おもひ」は胸のうちにあり、「おもかげ」もまた現実の世界ではなく想像や思い出のなかにある。和歌で「おもひ」の「ひ」は「火」と掛けられ、古語で「かげ」とは「光」を意味する。「おもひ」を野に捨て、「おもかげ」を風に与えるという、内側にある尖烈なものを外側に出すことと、「大きな声で歌をうたう」こととは通じている。屋内で風のないところではなし得ずとも、野に出て歩き、心身の外から吹く風の助けがあれば、可能となる変化があるだろう。

この作品の題である「歩行」とは、作中での「私」の行為であるばかりでなく、「私」が忘れかねている幸田当八の行っている「各地遍歴の旅」を連想させる言葉でもあった。そして「詩」の示唆するところでもあり、「おもかげ」を忘れ「私」が癒えるために、おそらくは適格で必要な行為であった。あるいは、ずっと「歩行」をつづけてゆけば、「私」は幸田当八に再会し、「おもかげ」を忘れる必要もなくなるかもしれないのであった。

＊注

＊1　「歩行」の初出は『家庭』一九三一年九月号（一巻四号）で、『文学クオタリイ』第一輯（一九三二・二）に再録された。『家庭』は島津治子（一八七八―一九七〇）の主宰した大日本連合婦人会の機関誌であり、一九三一年九月号は「オール女性執筆号」という特集であった。「歩行」はその〝創作〟欄に掲載された。この雑誌に「歩行」が掲載された経緯は詳らかではないが、「歩行」が掲載されている号には翠の親しい友人であった樺山千代（一八九六―一九八四）の作品が〝特別読物〟として掲載されており、あるいは樺山千代ら翠の友人による、翠への執筆の誘いや推薦があったことも考えられる。『文学クオタリイ』は保高徳蔵（一八八九―一九七一）の編輯兼発行による雑誌で、第一輯の保高による後書は次のようにある。「第一輯は創作のみを収録した。第一部には新作を、第二部には旧作を輯めたが、旧作の方は、各作家の近業から、最も気にいつた作品を主として撰んでいたゞいた」。当時の尾崎翠は一九三一年二月から六月にかけて発表した「第七官界彷徨」が好評を博していた時期であった。保高徳蔵は「第七官界彷徨」の初出雑誌『文学党員』の編輯者の一人でもあり、『文学クオタリイ』第一輯には『文学党員』の編輯者でもあった高橋丈雄（一九〇六―一九八六）や榊山潤（一九〇〇―一九八〇）らも作品を寄せている。『文学クオタリイ』への「歩行」の再録は、「第七官界彷徨」の好評ゆえ、保高らの誘いによるものであっただろう。「歩行」は『文学クオタリイ』第一輯の第二部に収録されているので、尾崎翠にとって「歩行」は気に入った作品であったと考えられる。この再録の際、若干推敲された。

　また尾崎は鳥取帰郷後の一九三三年秋、前川佐美雄（一九〇三―一九九〇）の『日本歌人』（一九三四年創刊）にも初期から参加していた鳥取の歌人枝野登代秋（一九〇四―一九六八）に色紙を贈っている。この色紙に書かれているのは「歩行」の冒頭と末尾に配置されている詩で、色紙にも「〝短篇「歩行」より〟」と付記されている。尾崎あるいは枝野が「歩行」を気に入っていた証左であろう。一九三三年九月には鳥取で『第七官界彷徨』の出版記念会が開催された。この色紙は、あるいはこの会で枝野に贈られたものかとも推測される。なお枝野に贈られた色紙に書かれた詩は次の通りで、「歩行」本文の冒頭と末尾に配置された詩のいずれとも表記が異なっている。

改行は「／」で示す。「おもかげをわすれかねつゝ／こゝろかなしきときは／ひとりあゆみて／おもひを野に捨てよ／おもかげをわすれかねつゝ／こゝろくるしきときは／風とともにあゆみて／おもかげをかぜにあたへよ」。

＊2　戸塚隆子「尾崎翠の作品解釈――『第七官界彷徨』『歩行』『地下室アントンの一夜』を中心に――」（『研究年報』第三十集　日本大学文理学部　一九八二・二）「無意識世界も〈非正常心理〉も円環構造の中の一通過点にすぎなくなってしまっている」。近藤裕子「尾崎翠「歩行」の身体性――風とお萩とおたまじゃくし」（『国文学　解釈と教材の研究』学燈社　二〇〇三・四）「こうして物語は、溜息とともに末尾の風の歌に乗って、呼応する冒頭の歌へと還ってゆく。歌は、それを形作る音符（おたまじゃくし）のイメージが、瓶からとびだしたおたまじゃくしを暗示するものの、「私」を円環の外に解き放つことなく、瓶のような屋根部屋へと連れ帰るのである」。武内佳代「町子のクィアな物語――連作としての尾崎翠『第七官界彷徨』『歩行』『こほろぎ嬢』――」（『国文』第一一〇号　お茶の水女子大学国語国文学会　二〇〇八・十二）「冒頭に同じ詩を配することで円環構造がとられ」。金夏娟「尾崎翠「歩行」論」（『比較日本学教育研究センター研究年報』第七号　お茶の水女子大学比較日本学教育研究センター　二〇一一・三）「小説の冒頭と末尾に同じ詩が繰り返して配置されているため、物語は円環する構造になっている」「しかし、葛藤の末、「私」は想い続けることを決め、地上の歩行を経て再び屋根部屋に戻る」など。

＊3　近藤裕子氏の前掲論文に次の指摘がある。「この物語が実は、土田氏から歌を手渡された以後の回想、すなわち語り手が既にこの歌を知った後に語った物語だったことにも、改めて気づかされるのである」。

＊4　『萬葉集』の引用は『萬葉集』（短歌雑誌編輯部校訂　紅玉堂書店　一九二六）による。なお、この歌の直前の六〇一番の歌は「心ゆも吾は思はざりき山川も隔たらなくに斯く恋ひむとは」である。「歩行」において「私」が幸田当八から朗読させられた戯曲全集の台詞「あゝ、幾山河を行つておしまひになるのでございます」と「やまかは」という語が共通している。もちろん「幾山河」という語からは若山牧水（一八八五―一九二八）「幾山河越えさり行かば寂しさの終てなむ国ぞ今日も旅ゆく」（『海の声』生命社　一九〇八）が想起される。

＊5　拙稿「「第七官界彷徨」と翠」（『郷土出身文学者シリーズ⑦　尾崎翠』鳥取県立図書館　二〇一一）にて指摘した。

なお本章での『伊勢物語』の引用は『伊勢物語』（久松潜一著　改造文庫　一九三〇）による。

＊6　正徹の歌で「面影」という語が詠まれる場合、一緒に詠まれる言葉が「歩行」に現れる言葉としばしば共通している。「和歌データベース」（国際日本文化研究センター　http://www.nichibun.ac.jp/graphicversion/dbase/waka.html）、『丹鶴叢書　草根集』（国書刊行会　一九一二）を参照した。「なれし夜の面影もうし忘れ草おふふ野へにあさき沢水」「わすれぬを思ひすててはむかへとも我がゆふくれとしたふ面影」「面影の又やはさのみ身にしまむつま吹きかへすこすの秋かせ」「みし人の俤はこふ秋風に雲もいく度身にしくるらむ」。

他に「おもかげ」という語を含む近代文学での先行作品に森鷗外（一八六二―一九二二）主宰「新声社」同人による訳詩集『於母影』（一八八九）がある。黒澤亜里子「尾崎翠と少女小説」（『定本尾崎翠全集』下巻一九九八　筑摩書房　所収）に、尾崎翠の『於母影』受容について指摘がある。「ゲーテの「ミニヨンの歌」（小金井喜美子訳）をはじめとする『於母影』中の翻訳詩をかなり早い時期から愛読していたらしいことが窺える」。

また川崎賢子氏は尾崎翠の初期作品「悲しみの頃」（『我等』一九一六・二）で触れられている島崎藤村（一八七二―一九四三）「春」（一九〇八）に注目され、「春」に引用されている北村透谷「双蝶のわかれ」（一八九三）の「うしろを見れば野は寂し、前に向へば風寒し」について、「歩行」の「そして私は野の傾斜を下りつつ帰途に就いたので、いままで私の顔を吹いてゐた風が、いまは私の背を吹いた。さて背中を吹く風とは、人間のうらぶれた気もちをひとしほ深めるものであらうか」のくだりに通じるところがあると『尾崎翠　砂丘の彼方へ』（岩波書店　二〇一〇）において指摘されている。この場合「おもかげ」という語は用いられていないが、「おもかげ」という語の用いられた近代詩もまた、「歩行」の冒頭・末尾の詩に影響していると考えられよう。

＊7　三浦恵美子「尾崎翠研究――恋と詩をめぐって」（『東京女子大学日本文学』第一〇五号　二〇〇九・三）に次の指摘がある。「「私」が戸外へ出るのは、祖母から松木夫人宅・松木氏から九作宅・九作から薬局と、いつも他者からの働きかけ（おつかいを命じられること）によるものであり、このような受動的な運動は部屋の中に閉じこもることと自発的に外に出て活動することとの中間に位置しているといえるだろう」。また近藤裕子氏の前掲論文にも「私」の歩行について「祖母流の治療的はからい」「外からもたらされた歩行」という指摘がある。

＊8　「私」は戯曲のせりふを朗読するにあたって「柿を一つ喰べると私はふしぎにせりふの発音をすることができた。たぶん、おしめ籠に腰かけて柿を喰べてゐる幸田氏の態度が私の心を解きほぐしたのであらう」と語っている。これについては、先に「私」が屋根部屋に移った時に「おしめの乾籠に腰をかけ（略）柿をたべてゐ」たことから、同じ動作をする幸田当八に対し、「私」がシンパシーを感じたのが一因ではないかと考えられる。なおこの部分については三浦恵美子氏の前掲論文に、おしめ籠に腰掛けることを「〈生殖のイメージ〉に対する封印を暗示した行動」であり、二人の「肉体による接触が封印されている」という指摘がある。また近藤裕子氏の前掲論文には戯曲の朗読をする二人について、次の指摘がある。「台詞は、それ自体が戯曲というフィクションである上に、エクリチュールという点でも二重に虚構なのだが、声に置き替えられ、柿の実と分かちがたく体内に摂り込まれることによって身体化され、感情のリアリティを醸成してゆくのだ」。

＊9　保坂和志「閉じない円環」（『〈私〉という演算』新書館　一九九九　所収）を参照した。

＊10　北川扶生子氏は「尾崎翠『アップルパイの午後』におけるパロディの方法――世界を解体する〈少女の言葉〉――」（『解釈』第四十八号　二〇〇二年一・二月号）において「アップルパイの午後」の登場人物の女性が「換喩や隠喩、見立てなど、様々なレトリックを駆使して言葉を操る」ことを指摘されている。他の尾崎翠作品においても換喩をはじめレトリックの駆使が見られる。

＊11　「おたまじやくし」を音符の比喩として用いる例は「第七官界彷徨」にもある。また古谷鏡子「日常の中の非日常空間・物の位置――尾崎翠『第七官界彷徨』」（『新日本文学』第三十七巻一号　一九八二・一）に「地下室アントンの一夜」にあらわれる「おたまじやくし」を音符と連想する指摘があり、近藤裕子「僂くひそやかなるものへの親和」（『尾崎翠の新世紀――第七官界への招待――』「尾崎翠の新世紀」実行委員会　二〇〇九・三）には、「歩行」でのおたまじゃくしについて「もしも「私」が歌をうたえたなら、それは罏を飛び出し天空に流れる音符にかわるかもしれないのだ」という指摘がある。

＊12　「フモオル様」という人物の登場する戯曲に典拠があるかは筆者の調査では分からなかった。川崎賢子氏の前掲書には次の説明がある。「「フモオル」という男性の登場する戯曲は典拠がわからない。架空の戯曲かもしれな

い。固有名としてではなく一般名詞として、ドイツ語の「Humor」すなわち和製英語ではユーモアと称される英語「humor」の「諧謔」という意や、ラテン語にさかのぼる「体液」という意を、連想することになる」。

＊13　三浦恵美子氏の前掲論文に次の指摘がある。「「私」の恋におけるそれまでの行動は「戯曲を読む」「柿を食べる」というものであり、身体的にいうと「口」に集約されていた。しかし「私」は当八という対象を喪失した後、口辺の淋しいままに戯曲の台詞を「呟く」のではなく、手を使って「書く」という行動を起こす。それまでは当八にテクスト（戯曲全集）を渡され「読む人・演技する人」になり、その後も九作に詩を渡され「読む人・誘導される人」になるはずの「私」が、恋が成就し当八という恋人が側に居れば語り合うことが出来ることを自己の中に内面化する。つまりこれは「私」が失恋を経て、どこにも行き場のない言葉を声ではなく文字として残す、「書く人」へ接近することを意味している」。

＊14　「苦悩を見、苦悩の克服を見ることによって、人間は健康になります。まなざしを内に向けると、病気になります。内面に生きているものを、外的にイメージで見ると、健康になります。そのため、アリストテレスは「悲劇において英雄が苦悩と恐怖を通過することによって、人間は苦悩と恐怖から癒される」と、定義しました」とルドルフ・シュタイナーが端的に述べている。（ルドルフ・シュタイナー・西川隆範訳『身体と心が求める栄養学』風濤社　二〇〇五）

【付記】

本章は、拙稿「尾崎翠「歩行」論――おもかげを吹く風、耳の底に聴いた淋しさ――」（『阪大近代文学研究』第十一号　大阪大学近代文学研究会　二〇一三・三）に加筆・修正したものである。

右記拙稿は、近代文学研究会（二〇〇九・十二　於京都光華女子大学）、京都府立大学国中文学会（二〇一一・十二　於京都府立大学）、近藤裕子先生のゼミナール（二〇一二・五　於東京女子大学）での口頭発表「尾崎翠「歩行」論」にもとづいている。発表の機会を下さいました近藤裕子先生、またそれぞれの発表に際して貴重なご教示を頂き、お世話になりました皆様に深謝いたします。

第四章　「こほろぎ嬢」論

——神経病、反逆、頭を打たれること——

はじめに

尾崎翠「こほろぎ嬢」は一九三二（昭和七）年七月、女性文芸誌『火の鳥』に発表された。この作品は「第七官界彷徨」と並ぶ尾崎の代表作であり、若き日の太宰治（一九〇九―一九四八）が称賛したと伝えられる。先行研究では、この作品は主にフェミニズム批評の観点から次の二点について論じられてきた。まず都会の単身生活者と見られる成人女性が描かれていることから、尾崎自身の伝記事項と関わって論じられてきた。また作中で逸話が語られる詩人「ゐりあむ・しやあぷ」の心が「男のときはしやあぷのペンを取つてよき人まくろおどへの艶書をかき、詩人の心が一人の女となつたとき、まくろおどのペンを取つてよき人しやあぷへ艶書した」という「分心」と語られるモチーフに関わっても論じられてきた。ほかに精神病理学的アプローチや映画からの影響など様々な観点から論じられている。なお本章では以後、作品名をあらわす場合には「こほろぎ嬢」とカギカッコ付きであらわし、登場人物のこほろぎ嬢をあらわす場合にはカギカッコは付けないであらわす。

本章では「こほろぎ嬢」を読解することをとおして浮かびあがってくる、女主人公こほろぎ嬢の孤独や苦悩、彼女が罹っているとされる「重い神経病」の基底にあると考えられるものについて考察したい。

読解にあたって、まず「こほろぎ嬢」における「私たち」という語り手の特徴を確認する。この語り手は曖昧な伝聞情報に影響されながら、主人公であるこほろぎ嬢や彼女の飲む粉薬について否定的な解釈を有しつつも、実態はそうでもないと捉えているような特徴がある。

次に、語り手によってこほろぎ嬢とともに「神経病」に罹っているとされる「桐の花」と、語り手が主人公の女性の名を呼ぶときに用いる「こほろぎ」という二つのモチーフに関して、先行する詩歌からの影響やイメージの重なり、それらのこほろぎ嬢という人物造形への影響について検討する。また「ゐりあむ・しやあぷ」の逸話についても先行作品との関係を確認した上で、この逸話を好むこほろぎ嬢に見られる反逆的なありかたを確認する。

また物語において「神経病」とされるものの性質を検討し、それらは否定的に語られるものでありながら肯定的な価値も有し、両義的な意味を持っていることを論じる。物語の終盤でこほろぎ嬢は「黒っぽい痩せた」女性に向けて想像のなかで独白を行うが、こほろぎ嬢が彼女に自らの孤独なありかたとの共通性を見出していたと考えられることを指摘する。

以上を踏まえて、この作品の語り手とこほろぎ嬢の母に共通する心性を検討し、こほろぎ嬢と母親との間に断絶があること、こほろぎ嬢の自己の根底的な不安定さを確認する。そして物語の末尾における「ふいおな・まくろおど」に対するこほろぎ嬢の問いかけに関わって、こほろぎ嬢の「頭を打たれる」感覚について、また「肉身を備へ」た存在であることへの違和感について検討し、こほろぎ嬢の孤独や苦悩、「重い神経病」の基底にあると考えられるものについて考察する。

一　こほろぎ嬢についての曖昧な情報と否定的な見解

「こほろぎ嬢」における「私たち」という一人称複数形の語り手については、すでに先行研究において論じられてきた。近藤裕子氏は「「私たち」という語り手は、「たち」という複数性をあらわす接尾語を抱えてはいるが、囲い込んでいる複数の「私」の間に混乱や葛藤は見られない」と指摘されており、[*1]竹田志保氏はこの語り手が「差異を持たない集合体であり、そこに出所も真偽も不明で、なおかつ散漫な「風のたより」や「風説」が舞い込んでいる」ことを指摘されている。[*2]これらの先行研究を踏まえて次の問題について考えたい。語り手「私たち」は信用に足るかどうか分からない「風のたより」や「風説」、心理研究に熱心な医者「幸田当八氏が発見した学説」といった真偽が不明である学説などをまじえつつ、この物語の主人公であるこほろぎ嬢について紹介する。しかし「風のたより」や「風説」、「幸田当八氏が発見した学説」などを受けて紹介されたこほろぎ嬢の様子は、「私たち」がその後に語る物語におけるこほろぎ嬢の様子とは、必ずしも一致しないのである。本節では語り手によって「風のたより」「風説」として紹介される「途上の噂ばなし」について検討したい。

物語の冒頭で「私たち」はこほろぎ嬢について、「知己に乏しく」「いろんな意味で儚い生きもの」と紹介する。そしてその原因を説明する「風のたより」を次のように紹介する。

風のたよりによれば、私たちの女主人がこの世に誕生したとき、社交の神、人間の知己関係を受持つ神などが、匙かげんをあやまつたのだといふ。（略）また、すこし理屈の好きな風は、私たちに向つてまことらしく言つた――この儚いものがたりの女主人の生れた頃は、丁度神々の国で、何とかといふ思想が流行してゐた。この思想のかけらが、ふと、女主人の頭の隅つこにまぎれ込んだものであらう。或は心臓の隅つこかも知れない。（略）それで、この女主人は、神々の静寂な思想のかけらを受けて、騒々しいところ、たとへば人間のたくさんにゐるところなどを厭ふやうになつたのか、或は神々の騒々しい思想のために耳がつんぼになつたのかも知れない。つんぼといふものは、もともと（理屈の好きな私たちの来客は、いくらか声を大きくして、最後の断言をした）社交的性情に乏しいものである！　厭人的性癖に陥りやすいものである！　逃避人種である！

この理屈好きな風の見解は、私たちに半分だけ解つたやうな感じを与へた。（略）そして私たちは、朧ろげながら思つたことである。このものがたりの女主人は、たぶん、よほどの人間ぎらひなのであらう。

このように「私たち」は、こほろぎ嬢が非社交的な人物で「つんぼ」であるかもしれないという「風のたより」による情報を受けて、こほろぎ嬢が「よほどの人間ぎらひなのであらう」と推測する。しかしその後に「私たち」の語る物語において、こほろぎ嬢は図書館の地下室食堂で出会った女性に自ら話しかけようとしたり、彼女と会話するのが難しそうだと判断すると、心中で彼女に向けたひとりごとを言う。また、物語のなかではこほろぎ嬢が「つんぼ」である様子は語られない。したがって「私たち」

が「風のたより」による情報をふまえてこほろぎ嬢を「よほどの人間ぎらひなのであらう」と推測したことは、必ずしも当たっておらず、またこほろぎ嬢が「つんぼ」かどうかは分からない。

次に「私たち」はさらなる「風のたより」による情報から、こほろぎ嬢が「一種の粉薬の常用者」で「これは争ふ余地もない事実であつた」と紹介する。そして粉薬の色やその副作用について「風のたより」による情報を紹介する。その後に「私たち」が語る物語においても、こほろぎ嬢の通う図書館の建物について「粉薬で疲れた頭をも、さう烈しくは打たない」色であることが語られることから、こほろぎ嬢が粉薬を常用していることはうかがえる。ただし粉薬の色については語られず、粉薬の色は分からない。

「私たち」はこほろぎ嬢が粉薬を飲む原因について「つんぼの憂愁から自身を救ひだすために」「よけいつんぼになるために用ひ続けてゐるとも」という「風のたより」による情報を紹介する。しかし「私たち」が語る物語のなかでこほろぎ嬢が粉薬を飲むのは、彼女が「哀愁」をあじわい「悲しんだり落胆したり」したと語られる場合である。それは、こほろぎ嬢が「ゐりあむ・しやあぷ」という詩人に心を捕らえられ調査を進めたにもかかわらず、彼についての情報を得られなかった時のことである。彼女はある文学史の序文を読んで、彼の著作が「健康でない文学、神経病に罹つてゐる文学等」であるため出版書肆の主人から嫌悪されたことによって、文学史の著者たちが彼を文学史から「割愛」したと知って、悲哀や落胆をあじわった。このようにこほろぎ嬢は「文学史の序文によつてひどく打ちつけられて」悲哀や落胆をあじわい「頭痛がひどくなつた」ために粉薬を飲むのであり、「風のたより」によってこほろぎ嬢が粉薬を飲む原因とされていた「つんぼ」に関することがらは、こほろぎ嬢が粉薬を服用する原因ではない。

さらに「私たち」は粉薬について「これは精神麻痺剤のたぐひで、悪徳の品にちがひない。健康な良心や円満なセンスを持つ人々の口にすべきものではないであらう」と否定的な見解を述べる。そしてさらなる「風説」によって粉薬の副作用を次のように紹介する。

この粉は、人間の小脳の組織とか、毛細血管とかに作用して、太陽をまぶしがつたり、人ごみを厭つたりする性癖を起させるといふことである。その果てに、この薬の常用者は、しだいに昼間の外出を厭ひはじめる。まぶしい太陽が地上にゐなくなる時刻になつて初めて人間らしい心をとり戻し、そして二階の借部屋を出る。(こんな薬の常用者は、えて二階の借部屋などに住んでゐるものだと私たちは聞いた)

こんな粉薬の中毒人種は、何でも、手を出せば摑み当てれるやうな空気を摑まうとはしないで、何処か遠い杳かな空気を摑まうと願望したり、身のまわりに在るところの生きて動いてゐる世界をば彼等の身勝手な意味づけから恐れたり、煙たがつたり、はては軽蔑したり、つひに、映画館の幕の上や図書館の机の上の世界の方が住み心地が宜しいと考へはじめるといふことだ。

「私たち」が語るこほろぎ嬢の様子を見ていくと、たしかに、雨で「太陽もさほど眩しくはなかつたので」こほろぎ嬢が「出掛けることにした」ことや、こほろぎ嬢が「二階の借部屋」に住んでいる様子が語られる。また「何処か遠い杳かな空気を摑まうと願望」することについては、こほろぎ嬢が異国の神秘的な詩人である「ゐりあむ・しやあぷ」について図書館で調べていることが該当していると考えられよう。しかし「身のまわりに在るところの生きて動いてゐる世界をば彼等の身勝手な意味づけから恐れたり、煙たがつたり、はては軽蔑」することについては、その通りとも言いきれない。たしかにこほろぎ嬢は、図書館の地下室食堂で出会った女性を「もはや疑ふところもなく、先方を産婆学の暗記者と信じてしまつたのである」と語られるように、この女性に「身勝手な意味づけ」をするが、こほろぎ嬢は彼女について最初に「恐れたり、煙たがつたり、はては軽蔑したり」といった否定的な意味づけをしたわけではない。むしろ「丁度いい話対手」であると、自分にとって都合のよい肯定的な意味づけをしたり、心中ではあるが、自分の葛藤を彼女に向けて告白してもいる。ただしその告白の中で「あなたはたぶん嗤はれるでせう」と彼女から自分が「嗤はれる」ことを想像しており、彼女を「恐れ」ながら告白しているとは言えるだろう。

またこほろぎ嬢が「停車場から図書館へ運ばれた」とあることから彼女が電車で図書館へ通っていることが分かるが、こほろぎ嬢が停車場や車内等の「人ごみ」を厭う様子は語られていない。そしてこほろぎ嬢が「せつせと図書館通ひを始めてしまつた」ことから、「図書館の机の上の世界」に親しんでいるであろうことは肯われるが、これはこほろぎ嬢には図書館で調べものをするという目的があるからで、こほろぎ嬢が、「身のまわりに在るところの生きて動いてゐる世界」より図書館の机の上の世界を「住み心地が宜しいと考へはじめ」ているような様子や、また彼女が映画館に通っている様子も語られていない。こほろぎ嬢が「映画館の幕の上や図書館の机の上の世界の方が住み心地が宜しいと考へはじめ」ているとは限らないのである。

そして「私たち」は粉薬の副作用についての「風説」を受けて「この粉薬は、どう考へても、悪魔の発明した品にちがひない。人の世に生れて人の世を軽蔑したり煙たがるとは、何といふ冒瀆、何といふ僭上の沙汰であらう。（略）せめてこのものがたりの女主人ひとりだけでも、この粉薬の溺愛から救ひださなければならない」と粉薬について「悪魔の発明した品」と過剰に否定的に捉えている。しかし、「私たち」が語るこほろぎ嬢の様子は、先に述べたように必ずしも「人の世に生れて人の世を軽蔑したり煙たがる」ということはなく、また「溺愛」というほど粉薬を大量に何度も飲んでいる様子も語られていない。

以上より「私たち」が「風のたより」「風説」といった「途上の噂ばなし」をまじえながらこほろぎ嬢を紹介した内容のなかで、後に「私たち」が語るこほろぎ嬢の姿と確実に一致するのは、こほろぎ嬢が粉薬を飲んでいることと二階の借部屋に住んでいることの二点だけだと分かる。また「私たち」は「風のたより」より、こほろぎ嬢を「よほどの人間ぎらひ」と解釈したり、こほろぎ嬢の飲む粉薬について、曖昧な情報を得ては「精神麻痺剤のたぐひで、悪徳の品」、その副作用について「何といふ冒瀆、何といふ僭上の沙汰」と否定的な発言をする。しかし後に「私たち」が語るこほろぎ嬢の姿や粉薬は、必ずしもそうとは言えないものである。

このように「私たち」は、こほろぎ嬢が「知己に乏しく」「いろんな意味で儚い生きもの」であることについて、曖昧な情報から否定的な意味づけを重ねてゆくが、それらは後に「私たち」自身の語るところによって、そうとも限らないことが判明する。

「私たち」は「途上の噂ばなしなどを意味もなく並べて」とも語り、「途上の風のたより」であるがゆえに、「人々はそれ等の話によつて」こほろぎ嬢を「背徳の女と決めてしまはれなくても好いであらう」とも語る。しかしそれは「私たち」以外の人々がこほろぎ嬢について自由に解釈する余地があることを示していると考えられる。

「私たち」とは、曖昧な情報に影響されながら、こほろぎ嬢や彼女が飲む粉薬について否定的な解釈を有しつつも、その実態は「途上の噂ばなし」ほどではないととらえている語り手であると考えられる。

二 「桐の花」と「こほろぎ」――「こほろぎ嬢」における詩歌の影響

「桐の花」とこほろぎ嬢とは、語り手「私たち」によって、どちらも「神経病」にかかっているとされるが、本節ではまず「神経病」という語の用いられ方を確認する。次に「桐の花」およびこほろぎ嬢の名として付されている「こほろぎ」という語について、本作品での用いられ方における先行する詩歌からの影響を検討する。最後に「桐の花」とこほろぎ嬢とのイメージの重なりとその効果について検討したい。

(一) 神経病

度会好一氏は神経病について次の事柄を紹介されている。*3 「神経病」とは「江戸時代から精神・心の病を含んだ中枢神経系の病気の総称」であり、この事態は明治三十五(一九〇二)年でも変化はなく、世間一般の人々の言う「神経病」「脳病」が、「精神病から神経衰弱までをふくむ幅広いこころの病気を意味するとともに、ときに精神病の婉曲表現であった」。また「神経病」の意味の幅広さは昭和に入っても生きのびて、森田療法の創始者として知られる森田正馬（一八七四―一九三八）が一九三四年の講演で「もし家庭の中に、神経病の出来たとき、それが神経質（筆者注：一般に神経衰弱と呼ばれたもの）か精神病か疑わしい場合、常人にも、最も分り易い便利な着眼点があります」と語ったことも紹介されている。また北中淳子氏は、過労など環境や社会的要因で起こるとされてきた「神経衰弱」が、一九二〇年代には遺伝的要因による「人格の病」へと原因が大きく転換して論じられはじめたことを指摘されている。*4

「こほろぎ嬢」において桐の花は、散りぎわに近いことより「疲れ、草臥れ」ていることによって「神経病にかかつてゐる」とされている。「疲れ、草臥れ」ている程度であれば、神経衰弱というくらいのニュアンスで「神経病」という言葉が用いられていると考えられる。それに対してこほろぎ嬢の方は、「悪魔の粉薬ののみすぎによつて、このごろ多少重い神経病にかかつてしまつた」と語られる。「重い」という形容によって、治りにくさや、あるいは精神病に類する病であることをひそかに示しているとも考えられよう。ただそこに「薬ののみすぎ」という分かりやすい理由を示して、遺伝的な要因による病ではないことや、あるいは遺伝による不治の病というニュアンスを避けているとも思われる。

「疲れ、草臥れ」ている程度の桐の花と、「薬ののみすぎ」のために「重い神経病」にかかったというこほろぎ嬢とでは、厳密には疾患名が異なるであろう。（もちろん「桐の花」が「神経病」にかかるというのは擬人法であるが）。しかし「神経病」という含意の広い言葉が用いられることによって、「桐の花」とこほろぎ嬢とが「人類と植物との差ありとはいへ」ゆるやかに「同族」と見なされることが可能となっている。二者が「同族」と見なされ、そのイメージが重なることによる効果は、本節の最後に検討したい。

さて「神経病」という言葉が用いられている文学作品と言えば広津和郎「神経病時代」(『中央公論』一九一七・十)が挙げられるが、広津和郎(一八九一―一九六八)は第五章で検討する大正期におけるチェーホフ受容にも貢献した。広津も翻訳に参加した『チエホフ全集』(新潮社　一九一九―一九二三)は尾崎翠の愛読書であった。「神経病時代」の主人公は「不快な考」が浮かんだり「神経性の苦痛」があるときに頭を左右に振る。このような描写は、尾崎の「地下室アントンの一夜」における「こほろぎは脳疲労にかかつてしきりに頭を振りました」という表現にもつながっていようか。

(二)　桐の花

桐の花は「昔から折々情感派などの詩人のペンにも止つたほど」と語られる。しかし桐の「葉」は中国文化の影響で日本漢詩には早くから用いられて、秋の景物として詠まれ、和歌においても『新古今和歌集』のころから詠まれたが、桐の「花」は『枕草子』第三十四段で「桐の花、紫に咲きたるは、なほをかしきを」と言及があるものの歌材とはならず、近世になって俳諧の四月の部に取り上げられるようになった。[*5] したがって桐の花が「昔から」詩人のペンにとまったというのは必ずしも適切な説明ではないが、[*6] ここで想起されるのが、北原白秋の第一歌集『桐の花』(東雲堂書店　一九一三)である。白秋は学生時代からすでに歌人・詩人として名声があったが、隣家の人妻との恋愛による姦通罪でスキャンダルとなり、その事件の直後にこの歌集を刊行している。恋愛のために罪に問われた白秋が「情感派」と評されることは奇異ではないだろう。またこの歌集に収録されている「さしむかひ二人暮れゆく夏の日のかはたれの空に桐の匂へる」「桐の花ことにかはゆき半玉の泣かまほしさにあゆむ雨かな」という桐の花が詠みこまれた所収歌において、「桐の花」と「匂ひ」や「雨」という語が共起している。「こほろぎ嬢」においても「雨」の降っている場面での「桐の花」の「匂ひ」について語られる。また『桐の花』の「集のをはりに」には「わが世は凡て汚されたり、わが夢は凡て滅びむとす。わがわかき日も哀楽も遂には皐月の薄紫の桐の花の如くにや消えはつべき」とある。「こほろぎ嬢」の作品内での時期は五月で、桐の花も「もはや散りぎわに近」い状態であり、「皐月の薄紫の桐の花の如くにや消えはつべき」という表現と通じあう。以上より「情感派などの詩人」のモデルとして白秋が考えられ、また「こほろぎ嬢」における「桐の花」の造形には白秋『桐の花』所収歌や「集のをはりに」が影響していると考えられる。

(三) こほろぎ

「こほろぎ嬢」の物語の時期は五月であるのに、女主人公は「こほろぎ」という秋鳴く虫の名で呼ばれている。語り手は彼女が春より秋にふさわしい人物であるとして、次のように語っている。

こほろぎ嬢の外套はさう新しい品ではなくて、丁度桐の花の草臥れてゐるほどに草臥れてゐたのである。(略)こほろぎ嬢の様子は(略)あまりくつきりと新鮮な風采ではなかつた。そして外套の中の嬢自身も、私たちの眼には、やはり外套とおなじほどの新鮮さに見えた。

こほろぎ嬢の風姿は、それはあまり春の光景にふさはしいものではなかつた。嬢の後姿を包んでゐるものは、一枚の春の外套であるとはいへ、もはや色あせて、秋の外套の呼名にふさはしい色あひであつた。そして私たちは、こほろぎ嬢の風姿をいつそ秋風の中に置きたいと思つたことである。

草臥れ色あせた外套、その外套と「おなじほどの新鮮さ」に見えるという、「嬢」と呼ばれるとはいえ、すでに若くはないと思われるこほろぎ嬢は「秋風」の中にいるのがふさわしいという。

『角川古語大辞典』第一巻（一九八二）によると、「こほろぎ」という語は上代では現在のこおろぎを中心として、きりぎりす、松虫、鈴虫など秋鳴く虫の総称として用いたものらしい。また平安時代以降の雅語としての「きりぎりす」は、その用例から見て今日のこおろぎと考えられる。

大谷雅夫氏によると、[*7] 漢詩では「蟋蟀」と「秋風」とが取り合わせて詠まれることが多く、風が秋の訪れを知らせ、こおろぎが鳴きはじめるという連想があったという。その影響を受けた『萬葉集』中の歌として「秋風の寒く吹くなへ我がやどの浅茅がもとにこほろぎ鳴くも」（巻十・二一五八）を挙げられている。また「中国古代の詩には時の推移を悲しむ心が繰り返し詠われる。特に秋の詩は、悲哀一色に染められると言って過言はない。詩語の「蟋蟀」もまた、悲しき秋の訪れ、一年の暮れを告げるものとして、人の悲哀の情をたちまちに引き起こすものであった」ことに対して、『萬葉集』の歌では秋は悲しみの季節では決してなく、「こほろぎ」の声も耳に心地よく、秋の楽しく美しい音として聴かれていたことを指摘されている。

高柳祐子氏は、[*8]『萬葉集』と『古今和歌集』との「きりぎりす（こほろぎ）」詠の違いとして、後者に漢籍由来の「悲秋」の観念が定着し入り込んでくること、こほろぎの鳴き声が我が身に悲しみをかきたてるものとして詠まれるようになっていったこと、また「きりぎりす」詠のそのような特徴は、「きりぎりす」のみではなく「虫」詠一般に広く認められることを指摘されている。また院政期において和歌での「きりぎりす」は用例が増加し、他の虫と異なる独自の詠みぶりがあらわれはじめ、その特徴の一つとして「晩秋の「きりぎりす」」が詠まれることを挙げられている。鳴き弱る虫の声に美を見いだすことを詠んだ歌は院政期以前にも見られたものの、院政期に格段に増加するという。また新古今時代には「きりぎりす」は「晩秋の虫」として詠まれることが圧倒的に多くなるという。

ここで『新古今和歌集』所収の次の歌を確認したい。[*9]「（詞書）かれゆく野べの蛬《きりぎりす》を（作者）中務卿具平親王（歌）秋風にしをるる野べの花よりも虫の音いたくかれにけるかな（巻第五　秋歌下　五一〇）」。歌意は、秋風に吹きしおれて野辺の草花が枯れているよりもなお、虫の声のほうがかすかになり嗄れてしまったことだというもので、「かれ」に「枯れ」と「嗄れ」が掛けられている。

桐の花とこほろぎ嬢とは「こほろぎ嬢の外套はさう新しい品ではなくて、丁度桐の花が草臥れてゐるほどに草臥れてゐたのである」「外套の中の嬢自身も、私たちの眼には、やはり外套とおなじほどの新鮮さに見えた」というように、ともに否定的なイメージでの年老いた、古びたイメージを持つものとして語られる。このような桐の花やこほろぎ嬢の姿の背後には、この物語が雨の日の出来事であることからも、小野小町の古歌「花の色はうつりにけりないたづらにわが身世にふるながめせしまに」を想定してもよいだろう。しかし桐の花は繊弱とはいえ肯定的に語られる「芳香」を発している。一方こほろぎ嬢が音声を発する様子については肯定的には語られない。『新古今和歌集』五一〇番の和歌において「野べの花」が「枯」れるよりも「むし（きりぎりす＝こほろぎ）の音」の方がひどく「嗄」れてしまったように、「こほろぎ嬢」の物語においても「（桐の）花」よりも「こほろぎ（嬢）」の方が、より「かれ」

てしまった（死に近い）状態である。この和歌も作品の背後に想定されるのではないだろうか。

次に近代詩では島崎藤村『若菜集』（春陽堂　一八九七）の「おきぬ」に「あゝあるときは吾心／あらゆるものをなげうちて／世はあぢきなき浅茅生の／茂れる宿と思ひなし／身は術もなき蟋蟀の／夜の野草にはひめぐり／たゞいたづらに音をたてゝ／うたをうたふと思ふかな」とあり、「うたをうたふ」という擬人的表現でこおろぎの鳴く声が表現されている。また川崎賢子氏は[10]『若菜集』より「一得一失」で乙女の感傷をこおろぎに例えた詩行「君がこゝろは蟋蟀の／風にさそはれ鳴くごとく／朝影清き花草に／惜しき涙をそゝぐらむ」を紹介されている。この詩の続きは「それかきならす玉琴の／一つの糸のさはりさへ／君がこゝろにかぎりなき／しらべとこそはきこゆめれ」であるが、琴の材料は桐であり、この詩では「こほろぎ」と「桐」とが共存していると言えよう。（筆者注：『若菜集』からの詩の引用の改行は「／」で示した）。

北原白秋にも「こほろぎ」という詩があり、初出は第一次『新思潮』第六号（一九〇八・三）、のち詩集『邪宗門』（易風社　一九〇九）に収録された。この詩の初出誌には尾崎翠「地下室アントンの一夜」の典拠の一つと考えられるチェーホフ『決闘』（小山内薫（一八八一―一九二八）訳）が掲載されている。この詩では「微《ほの》に」「こほろぎ啼ける」様子とともに、人間が野で戦い悲惨に死んでいくさまが描かれている。

河井酔茗（一八七四―一九六五）の詩「こほろぎ」で描かれている「こほろぎ」の形象も「こほろぎ嬢」の発表された時代の「こほろぎ」のイメージとして目をとめてよいのではないだろうか。この詩は大正末期には国語科教材に収録されていたため、[11]広く知られていたと考えられる。この詩において「こほろぎ」は雨の降る中で「鳴く」「うたふ」様子が描かれ、「さびしさ」や「つらさ、かなしさ」と関連づけて表象されている。詩は「こほろぎの吹鳴らす／銀色の笛に聞惚れて／さまよひ出づる／さびしい姿を／つくづくと見る／あはれなうたの抱き心」（筆者注：改行は「／」で示した）と閉じられ、「あはれなうた」の心をよび起こす虫としての「こほろぎ」の姿が印象づけられる。

このように古典詩歌での表現を受け継ぎ、近代詩においても「こほろぎ」は声の美しい鳴く虫として、また「世はあぢきなき」「涙をそゝぐ」「つらさ、かなしさ」など、もの悲しい心情とともに表現されている。そして鳴き声の美しさから、歌をうたうあるいは楽器を演奏するという擬人法によって表現されるようになった。「こほろぎ嬢」における「こほろぎ」という語も、このようなこおろぎのイメージが踏まえられている。図書館での調べ物で「悲歎」「哀愁」をこほろぎ嬢はあじわい、その悲哀を「大きい声で歌をどなるとか、会話をするとか、或はパンを喰べ」ることによって癒そうと考え、「いま、せめてパンを喰べてみよう」と地下室食堂へ行く。そこで「会話を忘れかゝつた」こほろぎ嬢は「パン屋の店の女の子」にパンを注文するに際して「無愛想な音」を吐いて呆れられ、「産婆学の暗記者」と思いこんだ女性には声を出さないで心の中で話しかけるだけである。彼女は物語のなかでは「大きい声で歌をどな」ったり、美しい声をゆたかに発するどころか、自然な会話もなすことがない。こほろぎ嬢はもの悲しい心境にある人物として語られるが、「こほろぎ」という名で呼ばれるにもかかわらず、美しい音声をゆたかに発することはない。このように、その名に似つかわしくない様子であることが「神経病」に罹っていると語られる所以でもあるだろう。

最後に海外の文献における「こほろぎ」についても確認しておきたい。「こほろぎ」の古語は「きりぎりす」であるが、石井和夫氏[*12]は「こほろぎ嬢」の作品末尾での「産婆学の暗記者」という実学を学ぶ女性と、無用のことばかり考えているこほろぎ嬢との対比から、イソップ寓話の「アリとキリギリス」の働き者と享楽家の対比を連想されている。また川崎賢子氏は前掲書において幸田露伴（一八六七—一九四七）や尾崎も愛読した寺田寅彦（一八七八—一九三五）が「アリとキリギリス」のキリギリスを「蟋蟀」と表記していたことを指摘されている。日出山陽子氏[*13]は尾崎が愛読した作者である小泉八雲（一八五〇—一九〇四）の小品で、尾崎も読んだ可能性のある「草雲雀」（一八九四）における「世には歌はんが為めに自分の心臓を食はねばならぬ人間の蟋蟀が居る」という一文を、「こほろぎ嬢」と関連づけて考察されている。ほかに、北欧・南欧では「こほろぎ」は詩人のたとえとしてよく用いられるという。[*14]「こほろぎ嬢」においてこほろぎ嬢が詩人であることは明示されないが、こほろぎ嬢が関心を抱いた「ゐりあむ・しやあぷ」についての「古風なものがたり」の中に「東洋の屋根部屋に住む一人の儚い女詩人が、彼女の儚い詩境のために、異国、水晶の女詩人を、粗末なペンにかけぬとも言へないのである」とあり、ここで「東洋の屋根部屋に住む一人の儚い女詩人」と語られる女詩人の特徴は、こほろぎ嬢と共通している。「こほろぎ」という女主人公の名は、彼女が詩人であることを暗示している可能性もあるだろう。

（四）「桐の花」とこほろぎ嬢とのイメージの重なり

先に『枕草子』で桐の花についての言及があることを述べたが、桐の葉については「葉のひろごりざまうたてあれど」と違和感が述べられている。しかし「異木どもと、ひとしういふべきにあらず」他の木とは違うのだ、なぜならと続けて桐の木の素晴らしさが次のように述べられる。「唐土にことごとしき名つきたる鳥の、これにしも栖むらむ、心ことなり。まして琴に造りて、さまざまなる音の出でくるなど、をかしとは、世のつねにいふべくやはある。いみじうこそはめでたけれ[15]」と、桐の木は唐では霊鳥である鳳凰がそれだけを選んでとまるような高貴な木であるとされる。そして桐は琴の材料となり、「桐音」とは琴の音を指す言葉である。「桐」は美しい音を響かせるという属性を有している。先に桐の花の芳香について確認したが、「こほろぎ嬢」において桐の花の匂いが「こほろぎ嬢の住ゐにまで響いてきた」と「匂い」が「響く」という比喩で語られるのは、このためもあろうか。

「桐の花」のイメージが「神経病」を介してこほろぎ嬢に重なることによって、桐の花を咲かせる桐の木の高貴さや、琴が美しい音を響かせるというイメージもこほろぎ嬢に重なるのではないだろうか。すなわち「神経病」ではないこほろぎ嬢は、高貴な印象を周囲にあたえる人物であり、その「こほろぎ」という名のとおりに、誰かが琴を弾けば美しい音楽が響くように、こほろぎ嬢も美しい声で楽しく会話ができるということを暗示しているのではないだろうか。

桐の花の薄紫色に着目すると、この色の印象がまたこほろぎ嬢に重なると考えられる。ただ薄紫色に対しては、こほろぎ嬢の飲む薬の色の風説として「黄色つぽい」という表現がある。語り手によって「神経病に罹つてゐる文学」とされる作品には「黄色い神経派」と称される一派による作品がある。紫と黄色とは補色関係にある色だが、自然の摂理にそって散ってゆこうとし、散りぎわに近くてもなお「芳香」を発する桐の花の薄紫色に類する「紫」と、この作品において「神経病」という性質をあらわす「黄色」とは対照的である。

さいごに言葉遊びのようではあるが、「桐」と「霧」とは同音で、霧は秋の季語である。次章で検討する、こほろぎ嬢が「恋」におちいり心を惹かれた「ゐりあむ・しやあぷ」という詩人は「年中雲だの霞だの」について詩を書いていた。「霞」は春の景物として詩歌にうたわれるが、それに対して「しやあぷ」の恋人であり「肉身を備へない」「しやあぷの分心によつて作られた」という女詩人「ふいおな・まくろおど」は、「しやあぷと同じやうに雲や霧のことばかり」詩に書いていると評される。二人の書いていた詩に関する評は「しやあぷ」の悪友らしき人物たちによるが、彼らには「霞」と「霧」との区別がついていないのかもしれない。しかし詩人である「しやあぷ」や「まくろおど」には、「霞」と「霧」との区別がついて、それらの言葉を使い分けて詩を書いていたと解釈することが可能である。なお「こほろぎ嬢」において散りぎわの桐の花の匂いは、「ひと頃よりは幾らか白つぽく褪せ漂つてゐた」と語られ、霧の色と同じ色で形容されていた。

「霧」という秋にたちのぼるものを詩に書く「ふいおな・まくろおど」は、「桐（きり）」という同音を介して、これまで述べてきた「桐の花」や「桐」のもつイメージに重なる。そしてさらに、「霧」がたつのと同じ秋に鳴く虫の名で呼ばれるこほろぎ嬢に、「まくろおど」が重なる。また他方では、「肉身を備へ」ないという「ふいおな・まくろおど」の存在のありかたと、「肉身」を備えた存在であるこほろぎ嬢の存在のありかたとが、時間がたつと消えてしまう「霧」と、物質的な「桐」という二つの言葉によって、対照的に象徴されているのではないだろうか。

三　「古風なものがたり」と「どつぺるげんげる」——こほろぎ嬢の恋と反逆

本節ではこほろぎ嬢の「恋」の対象である「ゐりあむ・しやあぷ」という異国の詩人についての「一篇のものがたり」（以下本章では「しやあぷの物語」と称する）における先行作品との関係について検討したい。

（一）「古風なものがたり」、『伊勢物語』、七夕伝説

「しやあぷの物語」は「むかし、男女、いとかしこく思ひかはして、ことごころなかりけり」という「古風な書出し」の物語であると紹介されるが、[*16]この文は『伊勢物語』第二十一段の冒頭部と全く同じである。またこの物語は「ゐりあむ・しやあぷ」という異国の詩人と「ふいおな・まくろおど」という女性詩人との恋物語である。二人には「こころをこめた艶書のやりとり、はては詩のやりとり」があったことから、語り手「私たち」はこれらを踏まえたためか「私たちの国のならひにしたがへば、たぶん」と『伊勢物語』第三十八段の和歌の贈答部分「君により思ひ習ひぬ世の中の人はこれをや恋といふらむ」「かへし　習はねば世の人ごとに何をかも恋とはいふと問ひし我しも」を引用して、そのような「歌にも似た詩のやりとりがあつたのであらう」と推測する。[*17]しかし『伊勢物語』第三十八段の和歌の贈答は男女のやりとりではなく、男性同士の友人関係において、恋心にたとえた楽しい贈答がなされたものである。これまでにも語り手「私たち」が「風のたより」や「風説」、幸田当八の学説などを引用、紹介してこほろぎ嬢を説明する場合、必ずしもそれらが「私たち」の語るこほろぎ嬢の様子にそぐわないことについて考察してきたが、ここで語り手「私たち」が参照する『伊勢物語』第三十八段も、男女の恋仲でのやりとりの例示とするには不適切である。

しかし『伊勢物語』のこの部分を例示することには、「しやあぷの物語」を具体的に紹介するに先立ち「しやあぷの物語」に関わって、異性愛という枠組みに依らない関係性や、あるいはジェンダーによる同性同士の連帯というホモソーシャル関係に依らない関係性を示しているとも考えられる。[*18]

というのは「しやあぷの物語」に登場する「余等」という「しやあぷ」の友人知人らは、「こほろぎ嬢」の語り手「私たち」同様に一人称複数形でありながら、複数の「余」の間で混乱や葛藤は見られない。「余等」は男女の関係における「接吻のこと寝台のこと」を互いに語りあいたがり、「しやあぷ」の死後は「まくろおど」を探し「床まきの香料はどれにしたものか」と女性を共有しようとするホモソーシャル関係を形成している。[*19]それに対して「しやあぷ」は「余とふいおなに接吻が何であらう」と男女の肉体関係に重きをおかない価値観を持ち、二人の関係を「たがひに寄り添ふて、大空の恒星を見てゐた」と語り、二人は「太陽のあゆみや遊星のあそびに詩魂を託」すという、詩についての価値観を共有するという関係であった。これは、引用された『伊勢物語』中の二人の歌人がやはり詩歌についての価値観を共有して楽しくやりとりを交わしていたことにも通じるだろう。しかし別の価値（詩境）による理解者を「しやあぷ」が求め、それが「まくろおど」によって得られていたとしても、「しやあぷ」と「まくろおど」との関係が「恋愛」と語られるところに、異性愛という枠組みの持つ強力さが見られよう。

「しやあぷの物語」は、「古風な」物語とされ、「女性が男性に逢いにいく」というモチーフの物語であり、「しやあぷ」は星々など「天文」のことばかり話したり詩に書き、「しやあぷ」が死んだときには友人らが「つひに天上してしまつた！（略）まるで故郷に還つたつもりでゐるだらう！」と言っている。これらより「しやあぷの物語」は、陰暦七月七日に天の川を渡って、年に一度織女星が牽牛星に逢いに行くという古代中国の七夕伝説の物語に類似しているとも考えられる。そうすると「秋風」「こほろぎ」とともに「七夕」という和歌で秋に詠まれる景物が、晩春の物語である「こほろぎ嬢」の作中に配置されていることになる。「こほろぎ（嬢）」とともに「七夕」の物語に類似する「しやあぷの物語」は、ともに「晩春」という季節から外れている。このように両者が季節外れの存在であることは、両者が「神経病」と評されるような健康とされる状態にはないことや、第五節で論じるこほろぎ嬢と「しやあぷ」の孤独を、象徴的に表しているとも考えられよう。

（二）「どつぺるげんげる」、火星、反逆

「しやあぷの物語」では、「しやあぷ」の生きていた間、「しやあぷ」と「まくろおど」の間の「艶書のやりとりは、誰ちがひのない事実であつた」と語られる。しかし「しやあぷ」が死んだ時は「ひとつの骸で両つのたましひが消えて」、「まくろおど」は「ゐりあむ・しやあぷの骸のなかに、肉身を備へない今一人の死者として」横たわっていたこと、「ふいおな・まくろおどは、まつたく幻の女詩人であつた。詩人しやあぷの分心によつて作られた肉体のない女詩人」「分心詩人ゐりあむ・しやあぷの心が男のときはしやあぷのペンを取つてよき人まくろおどへの艶書をかき、詩人の心が一人の女となつたとき、まくろおどのペンを取つてよき人しやあぷへ艶書した」ことが語られる。

この二人の不思議な現象は「しやあぷの物語」では「どつぺるげんげる」と語られているが、一般的にいうドッペルゲンガー（自己二重身）の現象とはかけ離れている。*20「しやあぷ」のせりふには「ふいおなと余は寄り添ふて」「接吻はした」とあり、まるで「まくろおど」が肉体を持っている人物であるか

のように語られているが、一方で「しやあぷ」は「余のふぃおなは、余の心臓より抜けいだし、行方もわからず」「もう、旅に行つてしまつた」と、自分の心臓の中に「まくろおど」が存在していて、彼女が自分の心臓から出ていくようにも語る。また「しやあぷ」の友人らは、「しやあぷ」の家や「しやあぷ」の葬列の折に「つたんかあめん時代」から伝わる香料の「香気」を感じ、それを「まくろおど」の存在の証左とするが、「香気」がしているだけで、それが「まくろおど」という人物が実在する証拠となるわけではない。ただし、第一章で紹介したストリンドベリ「第六感」に、「あらゆる霊魂」がそれぞれの特性に従って「異なる香気」を持っており、それを感じ分けるのが第六感であるという記述があったように、心霊学をふまえると、「しやあぷ」の友人らは、「しやあぷ」とは異なる「まくろおど」の霊魂の香りをかぎ分けていたと解釈することも可能である。

「しやあぷ」のせりふから考えれば、意識を保ったまま霊とやりとりをするタイプの霊媒のような経験を「しやあぷ」がしているようでもあり、「心が男のときは」「心が一人の女となつたとき」という「しやあぷの物語」での説明から考えれば、二重人格や憑依、自動書記といった現象のようでもある。[*21] このことについては第四節で再度検討するが、「余等」によって「しやあぷ」が「気体詩人」と言われることと関わって、「しやあぷの物語」の背後に想定される可能性のある作品を二つ確認しておきたい。

まず、尾崎翠が読んだ可能性のある芥川龍之介「侏儒の言葉」(『文藝春秋』一九二三・一―一九二五・一一まで「尊王」の項を除き毎号巻頭に掲載)のなかの短文「火星」(『文藝春秋』一九二四・十)である。[*22] 尾崎翠「詩二篇　神々に捧ぐる詩」のうち一篇「ヰリアム・シヤアプ」には、「火星の人たち」が使う言葉は「フイオナ・マクロオドの詩の言葉」で「火星の人間はみんな気体詩人さ」という箇所があるが、「火星」で書かれている火星の人間についての記述は「こほろぎ嬢」や「ヰリアム・シヤアプ」の典拠として想定される可能性がある。次に「火星」の全文を紹介する。

火星の住民の有無を問ふことは我我の五感に感ずることの出来る住民の有無を問ふことである。しかし生命は必しも我我の五感に感ずることの出来る条件を具へるとは限つてゐない。もし火星の住民も我我の五感を超越した存在を保つてゐるとすれば、彼等の一群は今夜も亦篠懸《すずかけ》を黄ばませる秋風と共に銀座へ来てゐるかも知れないのである。

ここで「火星の住民」が「秋風と共に」地球へ来ているとあることに注目したい。「神々に捧ぐる詩」のうち、もう一篇「チヤアリイ・チヤツプリン」では「あきかぜとともに」という詩句が何度も用いられる。また「こほろぎ嬢」においても「秋風」は「この古風な一篇を読み進んだこほろぎ嬢は、身うちを秋風の吹きぬける心地であつた。このやうな心地は、いつも、こほろぎ嬢が、深くものごとに打たれたとき身内を吹きぬける感じであつて（略）秋風の吹きぬけたのちは、もはや、こほろぎ嬢は恋に陥つてゐる習ひであつた。対手はいつも、身うちに秋風を吹きおくつたもの、こと、そして人であつた」とあるように、こほろぎ嬢に「しやあぷ」への「恋」をもたらす重要なモチーフとして登場する。

また「火星」には「火星の住民」について「我我の五感を超越した存在を保つてゐるとすれば」とあるが、「しやあぷの物語」における「ふいおな」が「五感を超越した」存在であるとすれば、「みすてりの詩人」である「しやあぷ」が五感を超越した感覚を有していたために、「ふいおな」の存在を感知して交流できたとも解釈できるだろう。

次に、『火星界の実況』（大学館　一九一〇）という書籍について確認したい。先に「しやあぷ」と「まくろおど」との関係について、「しやあぷ」が霊媒のような経験をしているか、あるいは二重人格や憑依、自動書記といった現象のようでもあることを指摘したが、「火星語」を話し、書いた霊媒としてスイスのエレーヌ・スミス(Hélène Smith, 1861-1929)が挙げられる。彼女の語る火星やインドの物語などをノートに書き溜めた心理学者のテオドール・フルールノワ(Théodore Flournoy, 1854-1920)は、その記録をもとに『インドから火星まで』(*Des Indes à la planète Mars*, 1900）を出版し、欧米で話題となる。日本でも渋江抽斎（一八〇五―一八五八）の息子である渋江保（易軒）によって翻案され、『火星界の実況』として出版された。尾崎翠がこの本を知っていたかどうかは定かではないが、神秘的な現象として火星の言葉を用いた人間がいるという発想が、尾崎翠の独創とは限らないことが分かる。[*23]

なお一九二四年八月二十二日、二十三日は三六三年ぶりで火星が地球に大接近するという日で、『朝日新聞』等にもその騒動の様子が記事になっていた。のちに尾崎とも座談会で同席した詩人深尾須磨子の短詩「座」には「火星の国に生れたやうな、（筆者注：改行）女が一人出なくては」（『明星』一九二四・七）とあった。北原白秋もこの火星接近にあたって「水うちて赤き火星を待つ夜さや父は大き椅子に子は小さき椅子に」という歌を詠み、『日光』（一九二四・九）にも随想「火星の近づく頃」を掲載していた。またこれに先立ち中山啓詩集『火星』（新潮社）が同年五月に刊行されていた。

さて「しやあぷの物語」の終わり近くには「東洋の屋根部屋に住む一人の儚い女詩人が、彼女の儚い詩境のために、異国、水晶の女詩人を、粗末なペンにかけぬとも言へないのである」とあり、またそのような詩人や心理医者は「冒瀆人種」で「いつの世にも、彼等は、えろすとみゆうずの神の領土に、まいなすの[illegible]を加へる者どもである。彼等が動けば動くだけ、ゐりあむ・しやあぷの住んでゐたみすてりの世界は崩されるであらう」と閉じられる。こほろぎ嬢はまるで「しやあぷの物語」で語られる東洋の女詩人のように、「しやあぷ」のことを調べ、ノートに書こうとする。こほろぎ嬢のような行為を末國善己氏は「対価を払ってまで、確信的かつ主体的に」「薬の副作用という要素を越えて、自ら選択しているとも考えられる」と指摘されている。*24 こほろぎ嬢は「しやあぷの物語」の語り手の、「えろすとみゆうずの神の領土」という「しやあぷ」が住んでいた神秘的な世界について明らかにされることを望まない価値観に反逆して、「恋」におちいり興味を喚起された相手について主体的に知ろうとしていると言えるだろう。

四　「こほろぎ嬢」における神経病者たち

本節では「こほろぎ嬢」において「神経病」に罹っているとされる者たちについて検討したい。まず、こほろぎ嬢が「しやあぷ」について図書館で調べている時に読んだ文学史の序文にあった「神経病に罹つてゐる文学」について検討する。「神経病」は語り手によって否定的に語られるものの、肯定的な価値もあり、両義性を有していることを確認する。次に「神経病に罹つてゐる文学」のほかにこの物語において「神経病」とされている者と、「産婆学の暗記者」で「未亡人」であるとこほろぎ嬢から思いこまれる「黒つぽい痩せた」女性のイメージについて検討する。彼女もまた「神経病」に類するイメージを有し、またこほろぎ嬢が自らと共通する要素を彼女に見出していたことを確認する。

（二）「神経病に罹つてゐる文学」

こほろぎ嬢は図書館で「しやあぷ」について探索するが、彼は「影の薄い詩人」であり、書物の中で彼の存在は見つからず「深い悲歎に暮れ」た。こほろぎ嬢は語り手「私たち」によって「儚い生きもの」であると紹介されたが、「しやあぷ」もまた「儚い」詩人であると言えよう。

こほろぎ嬢が「哀愁」を感じた文学史の序文には「健康でない文学、神経病に罹つてゐる文学」が「出版書肆の主人」の思想に合わず嫌悪に値するため、序文の著者によって「割愛」されていた。その文学とは「考へる葦のグルウプ」「黄色い神経派」「コカイン後期派」で、また「おすか・わいるど氏は背徳の故」「ゐりあむ・しやあぷ氏は折にふれ女に化けこみ、世の人々を惑はしたかどにより」割愛された。これらの文学とは具体的にどのようなものが想定されるかを確認したい。

まず「考へる葦のグルウプ」という名前からはパスカル「パンセ」（Blaise Pascal, 1623-1662 *Pensées*, 1669）が想起されるが、尾崎翠「詩二篇　神々に捧ぐる詩」の「ヰリアム・シヤアプ」においても、「さはれヰリアム／にんげんは／まこと、考へる一本の葦／一本の／痩せた／ものを考へる葦／一本の植物、細いあしのなかに／たましひは宇宙と広い。（筆者注：改行は「／」で示した）」とあり、「考へる葦」というグループ名は「痩せた」「細い」という儚い印象をもたらしながらも「たましひは宇宙と広い」というのびやかな矜持や尊厳を同時に示していると見られよう。また「黄色い神経派」とは典拠が分からないが、こほろぎ嬢の飲む粉薬は黄色という説もあることから、「黄色い神経派」の「黄色」も神経を病んでいることを示す色として用いられているとも考えられる。「コカイン後期派」については、コカイン常用者であった作家を確認すると、二重人格の代表的な小説「ジキル博士とハイド氏」（*The Strange Case of Dr. Jekyll and Mr. Hyde*, 1886）を書いたスティーブンソン（Robert Louis Balfour Stevenson, 1850-1894）が挙げられる。この小説でジキル博士が用いる秘薬もコカインである。その他に、火星人が地球に攻めてくる小説「宇宙戦争」（*The War of the World*, 1898）の著者ウェルズ（Herbert George Wells, 1866-1946）、「椿姫」（*La Dame aux camelias*, 1848）の著者デュマ（Alexandre Dumas fils, 1824-1895）、ＳＦ作家のジュール・ヴェルヌ（Jules Gabriel Verne, 1828-1905）らが挙げられる。「文学」の作家ではないが、フロイトもコカインを用いた。そして「サロメ」（*Salomé*, 1893）等の著者であるオスカー・ワイルド（Oscar Fingal O'Flahertie Wills Wilde, 1854-1900）の「背徳行為」とは同性愛のことと考えられる。なおアラ・ナジモヴァ（Alla Nazimova, 1879-1945）が主演した映画「椿姫」「サロメ」を尾崎翠は「映画漫想（三）」（『女人芸術』一九三〇・六）で熱く語り高く評価している。

先に「しやあぷの物語」で語られる「しやあぷ」と「まくろおど」の関係について、二重人格の症例のようでもあること、また「火星」に関連することを指摘したが、コカイン常用者であった作家には、二重人格や火星に関係する作品を書いた作家らが含まれていた。また「サロメ」や「椿姫」のように、作品の最後に悪女とされるヒロインの女性が不幸な最後を遂げる作品の作者も挙げられているが、これは「こほろぎ嬢」の最後で、こほろぎ嬢による「産婆学の暗記者」と想定された女性に向けた独白に「暁けがたのこほろぎを踏んで、あなたの開業は毎朝繁盛しますやうに」とあることと関わって考えられよう。

こほろぎ嬢は心ならずも経済的に田舎の母親を頼らざるを得ない状況にありながら、「ねんぢゅう、こほろぎなんかのことが気にかかり」、それゆえ「何の役にも立たない事ばかし」考えていた。「こほろぎ嬢」の物語のなかにおいて、こほろぎ嬢が考えていた「何の役にも立たない事」とは、「しやあぷ」のことを指していると思われる。したがってこの独白における「こほろぎなんかのことが」「気にかか」るとは、こほろぎ嬢が「しやあぷ」に「恋」をしたことを暗示していると考えられる。「サロメ」も「椿姫」も、それぞれの作品においてヒロインは恋のために不幸な最期を遂げる。それと同様に「こほろぎを踏んで」とは、こほろぎ嬢の「恋」の相手である「しやあぷ」の作品や「しやあぷ」についての記載が本のなかに見つからず、その「恋」が徒労であることや、彼女がその「恋」のために不幸な目に遭うと自ら想像していることの暗示とも考えられよう。またこほろぎ嬢は「何の役にも立たない事」を考える元となった「こほろぎ」が、産婆という「役に立つ」実業に携わると想定した女性に踏まれて、その仕事が「繁盛しますやうに」と願っている。産婆が繁盛するということは出産する女性がたくさんいるということであり、その背景には女性たちの恋の成就や、生まれた子が健康に発育すること等も想定される。こほろぎ嬢は「サロメ」や「椿姫」のヒロインとは異なり「悪女」とされるような人物ではない。しかしサロメや椿姫と同様に、こほろぎ嬢も出産につながるような「恋」をするわけでもなく、その「恋」はうまくゆかない。また「霞を吸つて人のいのちをつなぐ方法」を願うこほろぎ嬢と、「産婆学の暗記者」として想定される女性の将来の産婆としての繁盛とは対照的であり、こほろぎ嬢の自己否定的な心境がうかがわれる。

次にフロイトについて検討すると、「こほろぎ嬢」における幸田当八とフロイトは「(分裂)心理研究に熱心」な同業者である。末國善己氏は前掲論文において幸田当八が語り手「私たち」によって「神秘の神に多少の冒瀆」を働くとされたことについて、「フロイティズムを批判したカトリシズムの言説を彷彿とさせるものがある。また、実験対象の「若い女の子」と対面して「心理変化」をうかがうという手法は、やはりフロイト派の「自由連想法」や「対面療法」を思い起こさせる」こと、「こほろぎ嬢」発表当時、一九三二年の日本では「「幸田氏の学説」は「一医員」としては異端の学説を研究していたといわざるを得ない」ことを指摘されている。なお「こほろぎ嬢」発表の二年後、一九三四年に日本で初めて精神分析クリニックを開業した古澤《こさわ》平作（一八九七—一九六八）は、ウィーンのフロイトのもとで学んだ人物であった。

そして、オスカー・ワイルドの「背徳行為」が同性愛を指しているとすれば、それは「しやあぷの物語」に関わって語り手の例示した『伊勢物語』第三十八段の、男性同士の友人関係における異性愛のパロディとしてのやりとりに呼応していると考えられよう。竹内佳代氏は「同性愛作家である「おすか・わいるど」も列挙されていることは、そうした排除の一端が、近代家父長制下のジェンダー規範と、それを基盤とする異性愛イデオロギーがもつ排除構造、すなわち女性嫌悪と同性愛嫌悪の交差に因っているのを明確に映しだしている」と論じられている。[*25] さらにリヴィア・モネ氏は、ナジモヴァの「サロメ」は、そのような排除構造へ反逆するような「アーリ・フェミニズムとレズビアンの色の強いアート、あるいは女性中心の大衆現象を復活させながらパロディ化した作品としても見做すべき」また「女たちの想像の共同体」が垣間見えるものとして論じられている。[*26]

以上をまとめると、「神経病に罹つてゐる文学」とされた作品には次のような作品が含まれる。「しやあぷの物語」で語られる「しやあぷ」と「まくろおど」に関わるような二重人格や火星に関係する作品、こほろぎ嬢の最後の独白に関わるような「恋」によってヒロインが不幸な最期を遂げる作品、幸田当八に関わる同時代の心理学研究における異端の学説、そしてジェンダーやセクシュアリティの問題に対して先鋭的な作品である。これらには魅力的であっても日常現実からかけ離れた事象や人物、また不気味で怪しい事柄や不幸な出来事も描かれている。しかし他方で「神経病に罹つてゐる文学」とされた作品には、「たましひは宇宙と広い」「女たちの想像の共同体」といった精神的に広々とした自由さや解放感、新たな連帯の可能性が表現されているような、肯定的なニュアンスで評される作品も含まれていた。「神経病に罹つてゐる文学」にはこのような両義性があると言えるだろう。

(二)「黒つぽい痩せた」女性

「こほろぎ嬢」において「神経病」に罹っているとされたものは、粉薬を飲みすぎたことがその原因と語られるこほろぎ嬢のほか、桐の花、そして「神経病に罹つてゐる文学」とされた作品である。このような文学作品の作者には「ゐりあむ・しやあぷ」も含まれている。したがって「ふいおな・まくろおど」も「神経病に罹つてゐる文学」作品の作者に含まれよう。

なお「粉薬」「桐の花」「まくろおど」には「白」で表されるという共通点がある。粉薬の色ははっきりせず、「褐色」「黄色」とも語られるが、「白い細かい結晶体」とも語られる。雨の日の桐の花の匂いは「ひと頃よりは幾らか白つぽく褪せ漂つてゐた」と語られ、「まくろおど」は「白つぽいみすてり派の詩」を書いていたと語られている。

他方で、こほろぎ嬢が図書館の地下室食堂で出会い、話しかけようとした女性は「黒つぽい痩せた」女性であると形容されていて、色彩イメージからは「白」で表された神経病にまつわる者らと対照的である。こほろぎ嬢はこの女性を根拠なく「産婆学の暗記者」と信じこんでしまう。多くの先行研究で「産婆学」は実学で「産婆」は女性が経済的に自立できる職業であり、経済的苦境にあるにも関わらず「年中何の役にも立たない事ばかし考へてしま」ったこほろぎ嬢と「黒つぽい痩せた」女性とは対照的であることが論じられてきた。

とはいえ川崎賢子氏も前掲書で指摘されているが、色彩イメージとしては「こほろぎ」も「黒つぽい」虫である。「こほろぎ」の名で呼ばれるこほろぎ嬢は、「黒つぽい」という属性を持つ点において、「黒つぽい痩せた」女性の同族である。こほろぎ嬢には「こほろぎ」の「黒つぽい」色と「粉薬」の「白」と、対照的な色彩イメージどちらもが付与されていることになる。

「黒つぽい痩せた」女性は、こほろぎ嬢から「未亡人」と見なされていることから、おそらくさほど若くはない女性であろう。この点で「黒つぽい痩せた」女性とは、「色褪せた」桐の花や、「桐の花の草臥れてゐるほどに草臥れてゐた」外套を着て「外套とおなじほどの新鮮さに見えた」と語られるこほろぎ嬢ら、古びたイメージで語られる者とも共通する。他方「腰の太い」と「余等」から推測されていた（実は肉身が存在しなかったが）「まくろおど」の豊満な女性イメージと「黒つぽい痩せた」女性というイメージとは対照的である。

また別の観点からも「黒つぽい痩せた」女性は「桐の花」や「まくろおど」、そしてこほろぎ嬢の三者と類する存在であると考えられる。「産婆学の暗記者」は「地下室の片隅」で鉛筆を削っていた、「地下室の一隅のもっとも薄暗い中」にいた人物であると語られるが、桐の花は「原っぱの片隅に一群れ」咲いていたのであり、「まくろおど」は「人に知られない何処かの片隅に生きて」いた。またこほろぎ嬢の住まいも「二階の借部屋で、三坪の広さ」であるところから、こほろぎ嬢も世界の「片隅」に生きている存在と考えてよいだろう。彼女らは皆世界の「片隅」で生きているのである。そして産婆とはかつて「魔女」と見做され迫害された女性でもあった。[*27]「悪魔の粉薬」が原因で神経病になったと言われるこほろぎ嬢と、用法によっては幻覚を見せるような薬物を用いて出産をサポートすることで魔女と見做された「産婆」とは、病者と医療関係者という立場の違いはあれども薬物に付随する魔術性に関わるという共通点を持つ。

このようにこほろぎ嬢と多くの共通点をもつ「黒っぽい瘦せた」女性であるが、こほろぎ嬢はこの女性に対して「この秋ごろには、あなたはもう一人の産婆さんになつていらつしやいますやうに」と願っており、産婆になるために産婆学を暗記している「未亡人」であると思いこんでいる。つまりこの女性は、夫を亡くし、そのためなのか雰囲気が暗く、喪に服しているためなのか黒い服を着て、あるいは夫の死による心労で瘦せて、経済的に自立する必要が出てきたから手に職をつけようと産婆学を暗記している、というような想定がこほろぎ嬢にあるのではないかと考えられる。

しかしそれならば、この女性は夫という半身を亡くすという不幸に遭い、まだ今は経済的に自立していない、ということである。「黒っぽい瘦せた」女性は、こほろぎ嬢から将来の産婆としての開業の「繁盛」を願われているが、ということは、今はまだ繁盛していないということである。

こほろぎ嬢が彼女を「ちょうどいい話対手」と思いこんだのは、彼女を見て、自分の同族だと思いこんだからではないだろうか。こほろぎ嬢は「しやあぷ」に恋をして、彼について図書館で調べるが、彼の影は薄い。これは言い換えれば、「しやあぷ」という死者に恋をして、死者と交流ができないということである。それは夫に死なれた「未亡人」とて同じだろう。またこほろぎ嬢は田舎の母親から経済的な援助を受けているが、産婆になろうと「勉強中」の「未亡人」もまた、経済的に自立していないと考えられる。

こほろぎ嬢は、死者に恋をして、その死者と交流できない自らの姿を、また経済的に自立していない自らの姿を、そのような自らの孤独なありかたを、「黒つぽい痩せた」女性に見出していたのではないだろうか。

五　頭を打たれる感覚、こほろぎ嬢の孤独

こほろぎ嬢は、第三節で論じたような反逆的な心情を有してはいても、神経病の有する肯定的な可能性に目を向けるのではなく、神経病を嫌悪する文学史の序文を真に受けて読んで「頭痛がひどく」なるという生命力が弱められる状態になる。このような弱った状態でこほろぎ嬢は地下室食堂へ降りてゆき、粉薬を飲み、パンを食べて「文学史の序文によつてひどく打ちつけられてゐる事実をも忘れてゐる様子」となり、失調を回復させたあと、「黒つぽい痩せた」女性を想像の中での会話の相手として独白をする。本節ではこの独白について検討したい。

（一）こほろぎ嬢の頭痛、「私たち」と「母」との共通性

こほろぎ嬢は粉薬の飲みすぎによる「神経病」であると語られるが、こほろぎ嬢の症状として現れているのは頭痛である。この頭痛については次のように語られている。「粉薬で疲れた頭をも、さう激しくは打たない」「こんな序文がこほろぎ嬢にとつて何の役に立つであらう。頭痛がひどくなつただけであつた。人間とは、悲しんだり落胆したりするとき、日頃の病処が一段と重るものであらう」「文学史の序文によつてひどく打ちつけられてゐる」。これらより、こほろぎ嬢には日常的に頭痛があること、その頭痛が悲しみや落胆によってひどくなる場合があること、またその頭痛は「打た」れる、「打ちつけられ」るという感覚をもたらすことが分かる。

ところで尾崎翠が常用していたのはミグレニンという粉薬であったが、これは偏頭痛に効くという薬である。酒井シヅ氏は、[*28]近世の仮病の理由は頭痛より腹痛のほうが圧倒的に多かったこと、また近世の頭痛には女性の偏頭痛が多く、川柳にもそれが表現されていることを指摘されている。また立川昭二氏は、[*29]近世では考えたり感じたりするところは「腹」や「胸」であったこと、樋口一葉（一八七二―一八九六）は偏頭痛であったが一葉の作品に現れる「頭痛」「脳痛」という表現は、偏頭痛の生理的な痛みの意味だけで用いられていることを指摘されている。それとは対照的に漱石の場合には、「頭」という語が理性や感情とも結びつけて用いられていることをも指摘されている。不快な出来事や苦悩と「頭」とが結びついて表現されるのは、漱石より時代の下る、先述した広津和郎「神経病時代」でもそうであり、このような感覚や身体観による表現が定着してきていると考えられる。ただ「神経病時代」

では「頭」だけではなく「心臓」や「ハアト」などにも痛みは襲ってきている。

この物語でのこほろぎ嬢の頭痛が偏頭痛であるのかははっきりと分からないが、近世では偏頭痛が女性の病として表象されていたこと、また一葉や尾崎翠もまた偏頭痛にわずらわされる女性であったことを確認しておきたい。そして一葉より時代も下って、「こほろぎ嬢」においてこほろぎ嬢の頭痛は、ただ生理的な痛みというだけではなく、悲しみや落胆という感情や精神的な苦悩によるこころの痛みとも連結されて表現された。「こほろぎ嬢」の「頭痛」はきわめて近代的な症状でもある。

さて尾崎翠の伝記的事項はおくとしても、こほろぎ嬢は頭痛を和らげるために粉薬を飲むのであるから、「悪魔の粉薬」とは頭痛薬であろう。もともとこほろぎ嬢には頭痛があったために粉薬を飲み始め、結果的に常用するようになったのだと考えられるが、そもそもの頭痛の原因はどこにあるのだろうか。

第一節でも述べたように、物語のなかでこほろぎ嬢が粉薬を飲むのは、彼女がある文学史の序文を読んで、「しやあぷ」の著作が「健康でない文学、神経病に罹つてゐる文学等」であるため出版書肆の主人から嫌悪されたゆえに、文学史の著者たちがしやあぷを文学史から除いたと知って、悲哀や落胆をあじわい「頭痛がひどくなつた」時である。ここでこほろぎ嬢は地下室食堂へ行き、頭痛薬を服用し、パンを食べたことによって「文学史の序文によつてひどく打ちつけられてゐる」状態を「忘れ」、失調から回復する。しかしこれは本質的な回復ではなく対症療法的な手当てによる回復であると考えられる。

粉薬とパンの摂取後こほろぎ嬢は心中で、かってに「産婆学の暗記者」であると思い込んだ「黒つぽい痩せた」女性に対して「暁けがたのこほろぎを踏んで」、彼女の将来の開業が「毎朝繁盛しますやうに」と願う。こほろぎ嬢は「ねんぢゆう、こほろぎなんかのことが気にかかりました」と内的独白をして、その名で呼ばれ、またつねに気にかかった存在である「こほろぎ」が、産婆に踏まれることを想像する。これは自らが、あるいは自ら「ねんぢゆう」「気にかか」った者が踏まれて殺されることを想像し、願っているということである。

しかし「黒つぽい痩せた」女性とは先に確認したように、こほろぎ嬢とも共通項が多い女性である。したがって、たとえば産婆になった女性がこほろぎの鳴き声に親しみを覚えるような、こほろぎ嬢の精神性や趣向を支持する仲間であると想像してもおかしくはないのだが、こほろぎ嬢はそのような想像をしない。そしてこほろぎ嬢は「あなたはたぶん嗤はれるでしょう」と、「産婆学の暗記者」だと勝手に信じこんだ「黒つぽい痩せた」女性から、自分が「嗤はれる」という被害妄想を持っており、彼女を「恐れ」ながら告白をする。その告白は心中での独白であっても「小さい声」であり、「こほろぎ」という名で呼ばれながら、美しく響く声ではないところに、こほろぎ嬢の弱っている様子も見受けられるだろう。

ここからこほろぎ嬢には、「頭を打たれる」感覚を薬や食べ物によって忘れても、なお被害妄想を持っていることに繋がるような、薬や食べ物では根幹からは癒されない不安や怖れが、常に存在していると考えられる。こほろぎ嬢は文学史の書物を渉猟しても「しやあぷ」についての記述が見つからないことに悲しんでいるが、これは文学史という世界のなかで居場所のない「しやあぷ」に、こほろぎ嬢が自己の姿を見出し、共感したゆえの悲しみであるとも言えるだろう。

さて、この作品の語り手である「私たち」は、曖昧な情報に影響されながら、こほろぎ嬢や彼女が飲む粉薬について否定的な解釈を有しているが、その実態は「途上の噂ばなし」ほどではないととらえている語り手であることを第一節で論じた。語り手によるこほろぎ嬢への否定的な解釈はこほろぎ嬢が神経病であることに由来するが、もうすこし詳しく見てみると、語り手はこほろぎ嬢の神経病の原因を粉薬の飲みすぎに帰している。つまり語り手は「神経病」や「粉薬」を否定的にとらえているのであって、「こほろぎ嬢自身」を否定的にとらえているわけではないと言える。またこほろぎ嬢が桐の花の芳香を拒むことを「よほど罰あたり」と評しながらも、その花の匂いが「神経病」に罹っていることを理由に、幸田当八の怪しげな学説に依拠しつつ、こほろぎ嬢が桐の花の匂いを拒むことへの理解を示した。

このような語り手「私たち」によるこほろぎ嬢に対する態度、つまりこほろぎ嬢自身について否定的にとらえることはなく、こほろぎ嬢の神経病の原因をこほろぎ嬢自身に帰せず、「悪魔の粉薬」に責任転嫁することでこほろぎ嬢をかばうことにもなる態度には、こほろぎ嬢に対する保護的、支持的な態度が見てとれる。しかしこの態度は「神経病」を否定的にとらえることによって、「神経病」に含まれる新たな芸術や思想等が展開する可能性を阻んでしまう。さらにこほろぎ嬢が新しい世界で生きていくことをも阻んでしまう可能性を結果的に有することになる。こほろぎ嬢が「神経病」の状態に陥りながらも、「しやあぷ・まくろおど」が住まう神秘的な世界を知ろうとするような、新たな芸術や思想が展開されることよりも、こほろぎ嬢が「神経病」ではないことを好ましく思うような語り手「私たち」は、こほろぎ嬢の母と共通する心性を持っていると言えるのではないだろうか。

こほろぎ嬢は物語の最後の内的独白で、「黒つぽい痩せた」女性に向けて、母について次のように語っている。

私は、年中何の役にも立たない事ばかし考へてしまひました。でも、こんな考へにだつて、やはり、パンは要るんです。それ故、私は、年中電報で阿母を驚かさなければなりません。手紙や端書は面映ゆくて面倒臭いんです。阿母は田舎に住んでゐます。未亡人、あなたにもお母さんがおありになりますか。ああ、百年も生きて下さいますやうに。でも、未亡人、母親つて、いつの世にも、あまり好い役割りではないやうですわね。娘が頭の病気をすれば、阿母は何倍も心の病気に憑かれてしまふんです。

こほろぎ嬢の母は、おそらくはかつて健康であったこほろぎ嬢の姿を知っており、また田舎と都会と離れて住んでおり、だからこそこほろぎ嬢が「頭の病気」をすれば、その「何倍も心の病気に憑かれて」しまうほど、こほろぎ嬢のことを心配するのであろう。またこほろぎ嬢自身が、「しやあぷ・まくろおど」が住まう神秘的な世界を明らかにすることを望んでも、その母は娘であるこほろぎ嬢が「頭の病気」「神経病」になってまでそんなことをするのは望んでいないだろう。そして健康であったこほろぎ嬢を知っている目には、こほろぎ嬢がそのようなことを望むのは、こほろぎ嬢自身のせいではなく「悪魔の粉薬」や「神経病」のせいだと見えてもおかしくはないだろう。

こほろぎ嬢の母はこほろぎ嬢を経済的に援助していても、精神的にこの世に繋ぎ留め根づかせる役割はしていない。またこほろぎ嬢は自身と異なる価値観に触れることですぐに頭痛に見舞われたり被害妄想をもつような、自己の根底が不安定な状態にある。このような、世界に対する「基本的信頼」を喪失している状態にあると見られるこほろぎ嬢が、「しやあぷの物語」に心をとらわれて探索するさまは、たましいを抜き取られたような状態にある人物が、失ったたましいを取り戻しこの世にとどまろうと試みているかのようであり、「傍い生きもの」であると語られるこほろぎ嬢を、「しやあぷの物語」が世界に対する「基本的信頼」の代替物として支えていたと言えよう。そのような代替物である「しやあぷ」が文学史という世界から「健康でない」「神経病に罹つてゐる」として除外されているとこほろぎ嬢が知ったことは、彼女の安心感をゆるがせ、頭痛を引き起こすのに十分であっただろう。

(二) こほろぎ嬢の孤独のきわだち

こほろぎ嬢と「しやあぷ」・「まくろおど」の孤独に関して共通するところと異なるところを見てゆきながら、こほろぎ嬢の孤独がきわだっていることを確認したい。

こほろぎ嬢は「パン屋の店の女の子」や母親とスムーズな交流ができず、また「黒つぽい痩せた」女性や「まくろおど」には、一方的にこほろぎ嬢が話しかけるだけという関係である。こほろぎ嬢は同性同士の連帯関係から疎外されており、「知己に乏しい」と最初に紹介されたように、物語には知り合いが登場せず、母親がいることがその内的独白で示されるのみである。「パン屋の店の女の子」や母親などとの経済的に必要なやりとりのほかに「こころこまやかな」交流をする相手の存在は語られず、こほろぎ嬢が孤独な存在であることがうかがえる。

他方で「しやあぷ」は地上の現実の世界では同性同士の交際から外れていたように語られ、その点ではこほろぎ嬢と同様に孤独な人物であるように見える。しかしこほろぎ嬢とは異なり、「しやあぷ」を心配する母親の存在や経済的苦境が語られることはなく、さらに彼には「こころこまやかな」やりとりをする相手である「まくろおど」がいた。その死後には文学史の世界で除外されるという憂き目に遭うが、これは生前に出会うことのなかったような仲間と共に除外されているということでもあり、彼一人が孤独に除外されているわけではない。「しやあぷ」には、恋人や、共に文学史から除外される仲間がいることから、地上の現実世界以外では一概に孤独な人物であるとは言えないだろう。

「まくろおど」は「しやあぷ」の「分心」によって作られた「肉身を備へない」詩人であったが、こほろぎ嬢にとっての「しやあぷ」もまた、すでに死者であるということから「肉身を備へない」詩人であると言えよう。しかしこほろぎ嬢には「みすてり」の感覚はないようで、死者である「しやあぷ」と霊媒のように交流ができるわけでもない。そして書籍を探索しても、「しやあぷ」、また「まくろおど」の詩は見つからない。

かりにこほろぎ嬢の探索において、「しやあぷ」・「まくろおど」の詩が見つかっていたとしたら、こほろぎ嬢はその作品への返答として、すでに死んだ彼らに対して詩を書き献呈することができただろう。それは時間と空間とを超えたひとつの「こころこまやかな」やりとりと言えるものである。しかしそのようなことも作品が見つからないために、なされなかった。

こほろぎ嬢と「まくろおど」とを比較すると、こほろぎ嬢は「しやあぷ」に恋をして文学史の世界に彼を探しにゆくが、彼は影が薄くほとんど見つからない。これは恋の相手と交流しようとしても出来なかったことを意味する。他方「まくろおど」も「しやあぷ」に恋をした人であるが、彼女は「しやあぷ」の元にゆき、艶書を交わすことができた。二人とも、「しやあぷ」に恋をして彼の元へ訪れようとこころみ、それがかなったのは「まくろおど」のみであった。

またこほろぎ嬢が草臥れた外套を着て古鞄を持っていたり、こほろぎ嬢のいる地下室食堂の空気まで

「古ぼけた」ものであったと語られ、こほろぎ嬢に「古い」ということが関わる場合、否定的に語られる。それとは対照的に「まくろおど」の場合は「古風なものがたり」「私たちの国のならひにしたがへば」または「つたんかあめん時代」より伝わる香料などと、古さが伝統的なものや高貴なものへ繋がり、価値あることのように語られる。

そして「まくろおど」の母親はもちろん登場しない。母親によって生み出された人物ではなく、肉親のいない、「肉身」を備えていない人物だからである。こほろぎ嬢とは異なり、「まくろおど」は母親との葛藤からまぬかれている。

「しやあぷ」や「まくろおど」とは異なって、こほろぎ嬢には恋人や仲間がなく、片恋をあじわうという孤独な状態にある。そして「古い」という性質を有していてもそれが肯定的な価値があるようには語られず、そしてみずからが「肉身を備へ」て存在していることにも肯定的な価値をおいていない。「しやあぷ」や「まくろおど」にくらべても、こほろぎ嬢の孤独はきわだっている。

こほろぎ嬢が図書館で地下室食堂に降りても安らぎやなぐさめになるような同性たちとの交流はなかったことは、こほろぎ嬢の孤独なありかたがきわだっているだけではなく、地上という意識的な場のみでなく、心の深い層に降りても肯定的な女性像を見つけられないということの象徴のようである。

(三)「まくろおど」への問いかけ、「頭を打たれる感覚」

物語の最後にこほろぎ嬢は次のように「ふいおな・まくろおど」に向かって問い、訴える。

おお、ふいおな・まくろおど！　あなたは、女詩人として生きてゐらした間に、科学者に向つて、一つの注文を出したいと思つたことはありませんか――霞を吸つて人のいのちをつなぐ方法。私は年中それを願つてゐます。でも、あまり度々パン！　パン！　パン！　て騒ぎたかないんです。

この問いかけの意味について考察したい。

まずこのせりふは、「ふいおな・まくろおど」という、すでに死んだ詩人、死者に対する問いかけである。その問いかけに対する答えが描かれないことも、こほろぎ嬢の孤独がきわだつ要因のひとつであると考えられる[*30]。

次に、このせりふにおける「でも」の後には「それは無理な願いかもしれない、でも」というような語句が省略されていると考えられる。また「科学者」に幸田当八のような心理研究の学徒が重ね合わされた上での問いかけではないだろうか。

こほろぎ嬢の「まくろおど」に対する問いを詳しく言い換えてみよう。「まくろおど」という「（肉体のない）女詩人」が「（男性の肉体の上で、たましひのみの存在として）生きて」いた間に、「科学者（たとえば心理研究の学徒）に向つて」「霞」を「吸う」という「まさしく「雲だの霞だの」の詩を書いていたという、「しやあぷ」のような詩人が書いた詩」を「読む」ことによって、「人のいのちをつなぐ」すなわち「肉身を備えた人間が、ものを食べずに生きる方法」を、明らかにしようという注文を出したいと思わなかったのか。

「しやあぷの物語」の語り手は「今後時を経て（略）しやあぷの魂をあばく心理医者も現はれるであらう」

「（心理医者や詩人が）動けば動くだけ、ゐりあむ・しやあぷの住んでゐたみすてりの世界は崩されるであらう」と述べたが、こほろぎ嬢が「まくろおど」に問いかけていることは、「まくろおど」が「みすてりの世界」を自ら崩して秘密を明かそうと思わなかったのかと問いかけていることになるのではないだろうか。この問いへの答えは、心理医者が「しやあぷの魂をあばく」ことで判明する可能性がある。しかしそれによって「まくろおど」の特殊性、つまり「みすてり」の性質が失われる可能性があり、ひいては「まくろおど」という存在の消失に繋がる可能性もあるだろう。この問いにはこほろぎ嬢の反逆的な心情のきわまりを見ることができよう。「まくろおど」の神秘性や存在の秘密を知ろうとすることは、それらが解明されることを望んでいない価値観の持ち主にとっては「冒瀆」でもあるだろう。そのような他者の価値観に大きく影響されてしまうほどこほろぎ嬢は弱っている。だから彼女は自らの願いを「冒瀆」とする他者の価値観による罰として「頭を打たれる」感覚にさいなまされるのではないだろうか。

この問いに、「肉身を備へ」て存在することに対するこほろぎ嬢の違和感が見られることは言うまでもない。[*31] またこほろぎ嬢の内的独白より、母親に心ならずも経済的援助を受けることや病気の心配をさせることについての罪責感、そしてこの母親がこほろぎ嬢の文学的営為や「霞を吸つて人のいのちをつなぐ方法」を知りたいという願いの理解者ではなさそうな様子もうかがわれる。ここにこほろぎ嬢という娘の立場から見ての、母との断絶が見られる。

このような違和感や断絶の奥にあるものについて、山内志朗氏による人間の天使への憧憬についての論究、また高原英理氏によるメアリ・シェリー「フランケンシュタイン」（Mary Wollstonecraft Godwin Shelley, 1797-1851 *Frankenstein: or The Modern Prometheus*, 1818）についての論究が参考になる。[*32]

山内氏は、西欧中世哲学を論じ、天使のように欲望を持たない、清らかな存在になりたいと願うことは、その欲望が清らかではないゆえに、「天使になろうとしたとたん、人間は奈落に落ちていく」と指摘されている。「私は生まれてこなければよかったのだ」「私は存在しない方がよいのだ」という思いが、自己や他者、世界の破壊のいずれかに帰着する傾向があり、受肉への呪詛が世界の存在への呪詛となること、そして「天使への憧憬、「透明な存在」への憧憬は、喪われた全能状態へのノスタルジー、そしてこれと表裏をなす、途方もない呪詛を源泉としている」ことを論じられている。

高原氏は、「ゴシック」と呼ばれる芸術作品を論じて、様式的影響にとどまらず「ゴシック精神史」を考える上で画期的な小説として、十九世紀前半に発表された「フランケンシュタイン」とジョン・ポリドリ「吸血鬼」(John William Polidori, 1795–1821 *The Vampyre*, 1819) を挙げておられるが、ここでは「フランケンシュタイン」についての分析に注目する。

フランケンシュタインは科学者によって創造されたモンスターであるが、その容貌の醜悪さゆえに科学者本人はもちろん他の人間からも拒絶される。そのようなフランケンシュタインの「終わりのない呪詛と悲嘆」、また「拒絶と否定、世界の在り方への憎悪、生きていること自体への嫌悪といった、時に徒労とも言うべき思考」が生まれることを指摘されている。そして「こんな自分をどうして造ったのだ、わざわざ造られた上にこのような無残な仕打ちを受けるのはなぜか?」と創造者への抗議を発することが、現在のレジスタンスやパンクの意識までかかわりうること、フランケンシュタインのモンスターからは「アンチクリストやアナーキズム、そしてあらゆる「正統」への批判が発生する」であろうことを論じられている。

「こほろぎ嬢」という作品、あるいはこの作品に描かれた「みすてり」の存在である、水晶のように美しいという女詩人「ふいおな・まくろおど」にネガフィルムが存在するとすれば、このような「呪詛」ではないだろうか。こほろぎ嬢のいとなみが「冒瀆」と評されるのは、このような「呪詛」がその奥にあるからとも考えられるだろう。ただ繰りかえしになるが、このように「冒瀆」とされるもの、あるいは「呪詛」とは両義的である。そこには「アンチクリストやアナーキズム、そしてあらゆる「正統」とされるものへの批判が発生」し、それらによって新たな世界が展開するかもしれないというポジティブな可能性が胚胎している。

さて、かりにこほろぎ嬢が経済的に恵まれ、母親から経済的援助を受ける必要がなくなり、必要な食べ物や薬が手に入り、あるいは「霞を吸つて人のいのちをつなぐ方法」が判明したとしよう。しかし、「頭を打たれる、ひどく打ちつけられる」という感覚にすぐ見舞われたり、被害妄想を持つような心身の状態から回復し、世界への基本的信頼が回復しなければ、こほろぎ嬢の苦痛や苦悩は癒えないのではないだろうか。

こほろぎ嬢には「肉身」があるがゆえに、パンという食べ物に「没頭」したり薬を服用するという「肉身」への働きかけによって、心に変化が起こり、「ひどく打ちつけられてゐる事実」を「忘れる」ことができる。こほろぎ嬢の最後の独白は「頭を打たれる、ひどく打ちつけられる」という感覚を、「悪魔の粉薬」やパンによって麻痺させた上で発想され、表出された言葉である。この麻痺のない状態で、ただ「頭を打たれる、ひどく打ちつけられる」感覚を孤独にあじわっているこほろぎ嬢の苦痛や苦悩は、反逆的な心情と表裏を成しているものと考えられるだろう。

おわりに

「こほろぎ嬢」の末尾の一文は「地下室食堂はもう夕方であつた」である。「夕方」とはこほろぎ嬢が読んだ「古風なものがたり」のなかで、「しやあぷ」と「まくろおど」の二人が寄り添って大空の星々をながめていた時刻でもある。地下室食堂の中でのこほろぎ嬢の孤独と、「しやあぷ・まくろおど」の「人の世のあらゆる恋仲にも増して、こころこまやか」であった関係とは対照的であり、こほろぎ嬢の索漠とした孤独感がきわだって作品が閉じられる。*33 こほろぎ嬢は、図書館で「しやあぷ」と「まくろおど」がやりとりした詩を読みたかったのであろう。それらの詩が見つかって読むことができて、その詩がこほろぎ嬢の何らかの期待にこたえるものであったら、またはそれらの詩に対して応答するようにこほろぎ嬢自身が詩を書けていたら、こほろぎ嬢の「頭を打たれる」感覚や苦悩は、ひとときでも癒えただろうか。

第三章では「こほろぎ嬢」の前に発表された「歩行」について、神経の疲れた人物がその心境に適合している詩を読むことによって、その神経の疲れが癒される可能性が描かれていることを論じた。「歩行」とは対照的に「こほろぎ嬢」では、神経の疲れた人物において、その心境に適合する詩が見つからず、また当人が詩を書くこともなく、神経の疲れが癒されることもなく、「頭を打たれる、ひどく打ちつけられる」という苦痛や苦悩を孤独にあじわっている様子が描かれている。

「こほろぎ嬢」とほぼ同時期に執筆・発表された尾崎翠作品「地下室アントンの一夜」は、「こほろぎ嬢」に対して男性詩人が主人公であり、男性が地下室に集う作品である。しかし「こほろぎ嬢」とは対照的に、作品の末尾には「爽やかさ」が用意されている。「地下室アントンの一夜」については次章で検討する。

注

＊1　近藤裕子「匂いとしての〈わたし〉――尾崎翠の述語的世界――」（初出『日本近代文学』第五十七集　日本近代文学会　一九九七・十　近藤裕子『臨床文学論』彩流社　二〇〇三　所収）

＊2　竹田志保「尾崎翠「こほろぎ嬢」論――「少女共同体」と「分裂」」（『学習院大学大学院日本語日本文学』第六号　二〇一〇）

＊3　度会好一『明治の精神異説――神経病・神経衰弱・神がかり』（岩波書店　二〇〇三）

＊4　北中淳子「「神経衰弱」盛衰史　「過労の病」はいかに「人格の病」へとスティグマ化されたか」（『ユリイカ』青土社　二〇〇四・五）

＊5　『日本国語大辞典　第二版』（小学館　二〇〇〇―二〇〇三）、李暁梅「『枕草子』の「木の花は」段における「桐の木の花」条について――李嶠の『桐』詩などの漢籍にかかわって――」（『言語文化論叢』第七号　広島女学院大学大学院言語文化研究科　二〇〇四・三）を参照した。

＊6　ただし中世の歌人正徹『草根集』所収歌に「ちり過ぎし外面の桐の花の色に面影近くさく樗かな」があり、近世には小澤蘆庵『六帖詠草』所収歌に「みどりなる広葉がくれの花散りてすずしくかをる桐の下かぜ」等がある。桐の花が和歌にまったく詠まれなかったわけではないが、数少ない用例と考えられよう。

＊7　大谷雅夫「歌と詩のあいだ」（『歌と詩のあいだ――和漢比較文学論攷』岩波書店　二〇〇八）また『萬葉集』

における こおろぎの歌については中嶋真也「湯原王蟋蟀歌小考」（『駒澤国文』第四十六号　駒澤大学文学部国文学研究室二〇〇九・二）も参照した。

＊8　高柳祐子「「きりぎりす」詠の変遷」（『鳥獣虫魚の文学史――日本古典の自然観3　虫の巻』所収　三弥井書店　二〇一二　所収）

＊9　『新古今和歌集』の歌と詞書の引用は、『新古今和歌集詳解』（塩井正男（雨江）著　大町芳衛（桂月）補　明治書院　一九二五）による。引用に際してふりがなを付した。

＊10　川崎賢子『尾崎翠　砂丘の彼方へ』（岩波書店　二〇一〇）

＊11　国語教育研究会編『現代文芸読本　教授資料　巻二』（永沢金港堂　一九二六）、国語教育研究会編『女子現代文芸読本　教授資料　巻二』（永沢金港堂　一九二六）、溝江八男太編『公民文化読本　教授資料　巻二』（永沢金港堂　一九二六）、溝江八男太編『女子文化読本　教授資料　巻二』（永沢金港堂　一九二六）等が河井酔茗「こほろぎ」について紹介している。

＊12　石井和夫「風のゆくえ――「こほろぎ嬢」と「猿面冠者」」（福岡女子大学文学部紀要『文藝と思想』第七十号　福岡女子大学　二〇〇六・三）

＊13　日出山陽子「「こほろぎ嬢」と蟋蟀をめぐって」（日出山陽子『尾崎翠への旅――本と雑誌の迷路のなかで――』小学館スクウェア　二〇〇九　所収）で日出山氏は次のことを指摘されている。尾崎はウィリアム・シャープを讃えた「詩二篇　神々に捧ぐる詩」の「ヰリアム・シヤアプ」（『曠野』一九三三・十一）において『学生版　小泉八雲全集』に言及しているが、「草雲雀」は『学生版　小泉八雲全集』第七巻（第一書房　一九三一）に収録されているため、尾崎も読んだ可能性がある。なお草雲雀は蟋蟀に似た昆虫で八～九月頃に美しい声で鳴く虫であることも日出山氏が紹介されている。

＊14　西槇偉「響き合うテキスト――豊子愷と漱石、ハーン」（『日本研究』第三十三集　国際日本文化研究センター　二〇〇六・十）において、ハーン「草ひばり」と関連して、平川祐弘『ラフカディオ・ハーン　植民地化・キリスト教化・文明開化』（ミネルヴァ書房　二〇〇四）を援用して指摘されている。

＊15　本章での『枕草子』の本文は、『校註枕草子』（金子元臣著　明治書院　改訂版　一九二七）による。

＊16　「古風な書出し」が『伊勢物語』第二十一段の冒頭部と全く同じであることは、佐々木孝文氏よりご教示を受け、拙稿「「第七官界彷徨」と翠」（『郷土出身文学者シリーズ⑦　尾崎翠』所収　鳥取県立図書館　二〇一一）で言及した。なお森澤夕子「尾崎翠の両性具有への憧れ――ウイリアム・シャープからの影響を中心に――」（『同志社国文学』第四十八号　同志社大学国文学会　一九九八・三）で、木村毅「個人内に於ける両性の争闘」（『新潮』一九二〇・十二、尾崎翠「松林」も掲載された号）と薄田泣菫「内部両性の葛藤」（『象牙の塔』春陽堂　一九一四・八　所収）が挙げられ、「こほろぎ嬢」におけるシャープ／マクラウド（William Sharp, Fiona Macleod, 1855-1905）の物語の典拠である可能性が指摘されている。「こほろぎ嬢」における「しやあぷの物語」は実在したウィリアム・シャープの伝記事項に忠実ではなく、木村毅（一八九四―一九七九）や薄田泣菫の資料を元に尾崎翠が自由に創作したと考えられることを森澤氏は考察されている。また森澤氏の挙げておられない資料で、木村毅「英吉利文学に現はれたる恋愛」（『中央文学』一九二〇・九）でもシャープとマクラウドについて紹介されており、木村はここで発表した話題に補足して『新潮』（一九二〇・十二）の記事を書いたと考えられる。『中央文学』の記事で木村は「実は私もマクレオドの作は読んだ事がないので、此の紹介も、去年十一月のフオート、ナイトリイ、レヴイウに載つたロルド・ホイーラーの論文に依つて書いた」と典拠を明らかに示している。『中央文学』では尾崎の「無風帯から」評なども掲載されており、尾崎は『新潮』の記事のみならず、『中央文学』の記事によってもシャープとマクラウドの逸話に触れた可能性がある。なお泣菫『象牙の塔』所収「女性の芸術」にもシャープとマクラウドの逸話への言及が少しある。

＊17　仁平政人「「翻訳」の文芸学――尾崎翠テクストの分析を手がかりに――」（『文芸研究』第一七一集　二〇一一・三）に、ジョシュア・モストウ「「みやび」とジェンダー――近代における『伊勢物語』――」（ハルオ・シラネ、鈴木登美編『創造された古典　カノン形成・国民国家・日本文学』新曜社　一九九九）を参照して「「和歌」による恋愛コミュニケーションを描き出す古典《カノン》として「伊勢物語」は作中に召喚されていると見ることができる」「同時代（一九二〇年代前後）における「伊勢物語」評価と対応していると考えられる」という指摘がある。なおモス

トウ氏の前掲論文には吉川秀雄『新註伊勢物語』（精文館書店　一九二六）について「吉川の歴史観の背後には、古代の日本では和歌が会話の主な手段であったという認識があり、これは少なくとも一九二〇年代には一つの通念となっていたようである」とある。

*18 渡邊綾香氏は「分身と分心――尾崎翠『こほろぎ嬢』」（二〇〇〇年度昭和文学会秋期大会研究発表資料）において、「しゃあぷの物語」のなかで、しゃあぷと友人らには心の距離があり、しゃあぷが女性を媒介とする男性同士というジェンダーによる連帯、ホモソーシャル共同体からの離脱をはかり、別の価値（詩境）による理解者を求めることを指摘されている。

*19 「しゃあぷの物語」に関わるジェンダーの問題として、内海紀子氏が「フラグメントと再構築――太宰治「道化の華」、尾崎翠「こほろぎ嬢」」（『太宰治スタディーズ』第三号「太宰治スタディーズ」の会　二〇一〇・六）において次の指摘をされている。「作中で姿を見せない「ふぃおな《ママ》」について、口さがない詩人たちが彼女の容貌や肉体についてしつこく取り沙汰していたことを想起したい。もしこのシークエンスが、女性作家の作品よりも彼女自身に関心が寄せられがちな文学場のある種の傾向の、パロディだとしたら」。

*20 川崎賢子氏の前掲書に次の指摘がある。「自分自身の「分身」を見た〈私〉には死にいたる破滅が待ち受けている、それを裏返しに、死に近い〈私〉のまえに霊としてあらわれるのが「分身」であるというのが、文学的装置としてのドッペルゲンガーをめぐる呪いの定型だ」。また「詩二篇　神々に捧ぐる詩」の「ヰリアム・シヤアプ」についても次のように論じられている。この言及は「こほろぎ嬢」で描かれた「しゃあぷ・まくろおど」の関係にも当てはまると考えられる。「この表象をドッペルゲンガーの概念で説くことはかなり無理が、いや、飛躍があるだろう。分心（分身）が、〈私〉を損なうことなく、むしろエロティックに、半身を抱きしめるプラトン的恋愛に近しい表象であることも、西洋近代的なドッペルゲンガー表象の歴史的意味に照らすなら例外的といえる」。

*21 小池堅治『表現主義文学の研究』（古今書院　一九二六）では「表現主義の先駆リルケ」を論じて次のように述べ、詩が引用されている。（引用では旧字体は新字体にあらためた）。

「彼の神は遠きに住まぬ、彼と隣合せに否彼自らの胸宇の龕の中に納まつてゐる。神は永遠に人間の心の中に、万物の髄の中に生々の作用を営みつゝある。神を捉へんとするものは我眼を打開けよ、我胸を胖くせよ、神は髣髴として其前に立ち顕はれるであらう。この「内在神」(Göttliche Immanenz) の《(ママ)》に対して穏やかに静かに深き憧れと歓びを胸に湛へてゐる。私は左に彼のこのヤコブ・べーメ式見神思想を発揮した一詩を訳録する。

隣合せの我神よ、我いくたびか
ほと〱と夜長に君の戸を叩く
そは何故ぞ、我君の、息の音あまりに稀にして
広間に独りつくねんと
命に応じて盃を、御手に献ぐる人もなし
こゝに耳聳てる我はあり
微かな記号《しるし》たまはれよ
隔ての壁は只一重
咫尺の間に我はあり」

尾崎の「詩二篇　神々に捧ぐる詩」のうち「ヰリアム・シヤアプ」での詩句「フイオナは／君が胸のうち／たましひのとびら奥深く／せうせうと棲むをみなひとり」「たましひは宇宙と広い。／広い国たましひが二つにわかれて／片身、ミスタ・シヤアプ／心臓に／一枚のドアをへだて／となり棲むミス・マクロオド。」とあり、「胸のうち／たましひのとびら奥深く」「心臓に／一枚のドアをへだて／となり棲む」等は小池堅治の著作からの引用文にも類似するように思われる。(筆者注：改行は／で示した)。

尾崎が「こほろぎ嬢」において「しやあぷの物語」を発想するには、先述した森澤夕子氏の論考にあるように木村毅らによる具体的なシャープについての紹介が参照されたであろう。ただそれだけではなく、ドイツ表現主義に傾倒していた尾崎が、ここで紹介したようなドイツ表現主義の書籍等を介して中世のドイツ神秘思想に接するようなことがあったとすれば、「しやあぷの物語」を発想するのに影響があったのではないだろうか。あるいは「詩二篇　神々に捧ぐる詩」のうち「ヰリアム・シヤアプ」で言及される小泉八雲の作品からの影響も考えら

れよう。

なお「しゃあぷの物語」について富士川義之氏は「分身の研究」（『海燕』　福武書店　一九八五・十）において、ウィリアム・シャープとフィオナ・マクラウドの関係を「自分がもうひとりの自分を意識的・意図的に創り出すという行為が、本質的にファルスの要素を内包させている」と論じられている。

＊22 「侏儒の言葉」の引用は『芥川龍之介全集』第十三巻（岩波書店　一九九六）による。尾崎翠は芥川の『梅・馬・鶯』（新潮社　一九二六）を愛読しており、「侏儒の言葉」も読んでいた可能性がある。

＊23 テオドール・フルールノワの『インドから火星まで』は著名な心霊研究であるだけではなく、多重人格研究の先駆的研究でもあり、フルールノワと親交のあったカール・グスタフ・ユング（Carl Gustav Jung, 1875-1961）に影響を与えた。またエレーヌ・スミスが火星語やサンスクリットのような言語を用いた現象は、言語学的には異言および外国語がかりの現象である。フルールノワはジュネーヴ大学の同僚であった言語学者フェルディナン・ド・ソシュール（Ferdinand de Saussure, 1857-1913）に、エレーヌの話すサンスクリットらしい言語について真偽を確かめることを依頼した。ソシュールは断片的にサンスクリット語と取れる語が混じっていることを認めつつ、慎重に対応した。フルールノワ『インドから火星まで』やエレーヌ・スミスについては、アンリ・エレンベルガー『無意識の発見』上巻（木村敏・中井久夫監訳　弘文堂　一九八〇）、東郷雄二「言葉に憑かれた人たち――人工言語の地平から7　夜の女王エレーヌ・スミスの火星語」（『すばる』集英社　二〇〇五・一）、鈴木雅雄「火星人にさよなら――エレーヌ・スミスは科学にどのような夢を見せたか――」（『思想』岩波書店　二〇一三・四）等に詳しい。

＊24 末國善己「異端・図書館・分身――尾崎翠『こほろぎ嬢』試論」（『尾崎翠作品の諸相』専修大学大学院文学研究科畑研究室　二〇〇〇）末國氏は、こほろぎ嬢が通う図書館の閲覧が有料だった可能性が高いと考えられること、また彼女が「せつせと図書館通い」を続けるのは「館外貸出が有料だったからという、穿った見方さえ可能」であることも指摘されている。

＊25 竹内佳代「町子のクィアな物語――連作としての尾崎翠『第七官界彷徨』『歩行』『こほろぎ嬢』――」（『国文』

第一一〇号　お茶の水女子大学国語国文学会　二〇〇八・十二）

＊26　リヴィア・モネ「サロメという故郷　尾崎翠の「映画漫想」におけるナジモヴァ論、変装のドラマツルギー、そして女性映画文化宣言」（『尾崎翠国際フォーラムin鳥取２００４　報告集vol.４』「尾崎翠国際フォーラムin鳥取２００４」実行委員会　二〇〇四）

＊27　Ｂ・エーレンライク、Ｄ・イングリシュ著　長瀬久子訳『魔女・産婆・看護婦――女性医療家の歴史』（法政大学出版局　一九九二）等、魔女についての研究書で言及されている。

＊28　酒井シヅ「頭痛の誕生と腹痛の変容」（栗山茂久・北澤一利編『近代日本の身体感覚』青弓社　二〇〇四　所収）

＊29　立川昭二『からだことば』（早川書房　二〇〇〇）

＊30　尾崎翠作品において死が直接描かれることはあまりない。ただ、作品中に挿入譚として死が描かれる場合があり、一つは「途上にて」における挿入譚である。これは沙漠地方で発生する不思議な病気についての話で、男性旅行者の「心の所産」によって女の蜃気楼が現れ、旅行者はその幻の女への恋によって死んでしまうという話である。もうひとつが「こほろぎ嬢」における「しやあぷの物語」である。

先に見た「第七官界彷徨」の町子は引っ越した「隣家の女の子」に対して沈黙していた。また町子は旅立った柳浩六について、そして「歩行」の「私」は旅立った幸田当八について、追憶はしても詩や手紙を送ることはない。このようなありかたは、ふたたびは還って来ない人、死者に対する態度のようである。なお次章で論じる「地下室アントンの一夜」では、地下室で主人公の男性詩人が一刻の安らぎを得る。そこに「長い遍歴の旅から帰って来た」旅人である心理学徒が現れていることが、彼が安らぎを得ることに関わっていると考えられる。

このような尾崎翠の代表作の人物たちのなかで、そこにいない不在の人物、しかも死者へ問いかけるこほろぎ嬢はめずらしい。

＊31　こほろぎ嬢における身体を有してこの世界に存在することへの違和感については、近藤裕子氏からの示唆によるという山崎邦紀氏の次の指摘とも関わると思われる。「作品と人生を一緒くたにしてはならないだろうが、わたしは尾崎翠の作品や人生を思う時、セクシュアルな実質的欲動を伴わない「Ａセクシュアル」といった言葉

が浮かんで来てならない」（山崎邦紀「影への隠遁Blog」二〇〇五・八・五付け記事「尾崎翠の精神治療とセクシュアリティに関し、稲垣眞美の妄誕邪説を排す。筑摩版定本全集の「解説」なるものは、怪文書に等しい。」http://blog.7th-sense.sub.jp/?eid=232487）による。なお『天使の記号学』については葛西賢太氏よりご教示をいただいた。

＊32　山内志朗『天使の記号学』（岩波書店　二〇〇一）、高原英理『ゴシックスピリット』（朝日新聞社　二〇〇七）

ところで尾崎翠唯一の翻訳はポオ「モレラ」（『女人芸術』一九三〇・一）であるが、ポオの「アッシャー家の崩壊」（Edgar Allan Poe, 1809-1849 *The Fall of the House of Usher*, 1839）はゴシックホラーの傑作として名高い。なお「第七官界彷徨」がホラーハウス物と同じ構造の作品であり、「アッシャー家の崩壊」との類似性が認められることを北川扶生子氏が指摘されている（北川扶生子「女の子のサバイバル――尾崎翠の文学的方法」（『尾崎翠フォーラムin鳥取２０１２　報告集vol.12』尾崎翠フォーラム実行委員会　二〇一二）。ほかに水田宗子「〈こわれる〉感覚を超えて」（『現代詩手帳』思潮社　一九九七・四）および「尾崎翠の地を訪ねて」（『現代詩手帳』思潮社　一九九七・一〇）、小澤英実「悪い薬の副作用――尾崎翠と海外文学」（『ＫＡＷＡＤＥ道の手帳　尾崎翠』河出書房新社　二〇〇九）等でもポオと尾崎翠作品の類似性や影響関係が論じられている。

また『定本尾崎翠全集』には未収録であるが、森澤夕子氏によると『女人芸術』同号に、尾崎はポオについて「原作者略伝」として短文を掲載している。（森澤夕子「尾崎翠とエドガー・アラン・ポオ」『尾崎翠国際フォーラムin鳥取２００４　報告集vol.４』「尾崎翠国際フォーラム.in鳥取２００４」実行委員会　二〇〇四）。また鳥取帰郷後の一九三五年には雑誌『浪漫古典』新年号第九輯に「短篇作家としてのアラン・ポオ」という作品を掲載する予定であったが、雑誌自体が刊行されず幻の作品になったようであることを日出山陽子氏が調査され論じられた。（日出山陽子「幻の尾崎翠作品――短篇作家としてのアラン・ポオ」　前掲書　所収）。

＊33　岩田宏「感情との戦い――『尾崎翠全集』を読んで――」（『本と批評』一九八〇年七・八月合併号）に、こほろぎ嬢の「産婆学の暗記者」への語りかけについて次の指摘がある。「行きずりの人への無言の語りかけが人間的なあたたかみに溢れていればいるだけ、女主人公の孤独と悲哀は確実に伝わってくる」。

【付記】

本章は、拙稿「尾崎翠「こほろぎ嬢」論――神経病、反逆、頭を打たれること――」(『阪大近代文学研究』第十二号　大阪大学近代文学研究会　二〇一四・三)に加筆・修正したものである。また右記拙稿は、第二回「尾崎翠フォーラム」でのパネルディスカッション「尾崎翠の見た夢は……」での発表と討論を元にまとめた拙稿「尾崎翠と和歌・短歌――『こほろぎ嬢』を中心に――」(『尾崎翠フォーラムin鳥取２００２　報告集vol.2』尾崎翠フォーラムin鳥取２００２実行委員会　二〇〇二)および「尾崎翠の詩と病理――「こほろぎ嬢」「地下室アントンの一夜」を中心に――」(『和漢語文研究』第五号　京都府立大学国中文学会　二〇〇七・十一)、「「第七官界彷徨」と翠」(前掲)を元に、改稿・補筆したものである。パネルディスカッションに際してお世話になり、ご教示をいただきました皆様に深謝いたします。

第五章　「地下室アントンの一夜」論

――ロシア文学受容、統合失調症の精神病理を補助線として――

はじめに

「地下室アントンの一夜」は中河与一らの『新科学的文芸』一九三二（昭和七）年八月号に発表された、尾崎翠が東京で発表した最後の作品である。序章でも触れたように、尾崎は同年七月末から八月にかけて、統合失調症急性期の状態にあったと考えられる。[*1]統合失調症の罹患者や発症直前の人の発想は独特であり、尾崎についても早くは多田道太郎から「この人はやはり分裂症的」と指摘があり、[*2]精神科医の渡辺由紀子も「臨床的には基底にある分裂病圏の病に薬物中毒が絡み合った病像を呈し、作品表現にも病理性が顕在化している」と論じている。[*3]

本章ではまず「地下室アントンの一夜」の「アントン」の由来である「アントン・チェーホフ」（*Чехов А. П* Anton Pavlovich Chekhov, 1860-1904）に注目し、尾崎翠におけるロシア文学への関心とチェーホフ受容について概観した上で、「地下室アントンの一夜」の典拠であると考えられるチェーホフ「決闘」（Дуэль. 1891）、エヴレイノフ（*Евреинов Н. Н* Nikolai Nikolayevich Evreinov, 1879-1953）「心の劇場」（В кулисах души. 1912）について紹介、検討する。次に統合失調症についての文献を参照しつつ作品解釈をすすめたい。

一　尾崎翠のロシア文学への関心とチェーホフ受容

尾崎翠のロシア文学への関心は文芸雑誌に投稿を始めた頃、一九一四（大正三）年十七歳の頃にさかのぼる。尾崎は『女子文壇』（婦人文芸社）一九一四年八月号「鈴蘭」欄に、ガルシン（*Гаршин В. М* Vsevolod Mikhajlovich Garshin, 1855-1888）「赤い花」（Красный цветок. 1883）について論じた無題の短文を投稿し、掲載されている。また少女小説「肖像画」（『少女世界』博文館　一九二五・六）にはゴーゴリ「肖像画」（*Гоголь Н. В* Nikolai Vasilierich Gogol, 1809-1852　Портрет. 1835）の影響が見られるが、「新嫉妬価値」（『女人芸術』一九二九・十二）でも「ロシアではもう一世紀近くも昔に鼻が街の広場を散歩したんだ」とゴーゴリ「鼻」（Нос. 1836）への言及がある。ほかに少女小説「暖い家」（『少女世界』一九二四・二）、「赤いスリッパ」（『少女世界』一九二五・十）はロシアを舞台としており、「香りから呼ぶ幻覚」（一九二七年二月頃の執筆と推定される）にはツルゲーネフ「その前夜」（*Тургенев И. С* Ivan Sergeyevich Turgenev, 1818-1883　Накануне. 1860）、「現文壇の中心勢力に就いて」（『若草』一九二七・九）にもツルゲーネフ「父と子」（Отцы и дети. 1862）を含めロシア文学に対する言及がある。『詩神』一九三〇年一月号「好きな男性！」欄に掲載された「影の男性への追慕」では、好きな男性の一人としてツルゲーネフ「父と子」の登場人物「エフゲニイ・バザロフ」を挙げている。また第一章で触れたように「第七官界彷徨」ではトルストイへの言及があり、座談「炉辺雑話」（『女人芸術』一九三〇・二）では「若い人がドストエフスキーを読まないと云ふ事を不思議にお思ひになりますか？　私には読めません」と発言している。『詩神』一九三一年七月号の「この人・この本」欄では「求めたい絶版本」について「『二葉亭全集』の最後の版（後に出た縮刷版に洩れた翻訳が、初めの版には載つてゐるからです）」と回答しており、尾崎がロシア文学を渉猟していたことがうかがえる。

しかし尾崎がもっとも心ひかれたロシア文学作家はチェーホフであったようで、前述「この人・この本」欄では「どうしても離せない本」の一つとして「新潮社版の「チエホフ全集」」を挙げている。新潮社の『チエホフ全集』は一九一九年から一九二八年にかけて全十巻が出版されていた。尾崎はこの全集を出版されて間もない頃から読んでいたようで、尾崎の終生の親友である松下文子には、尾崎や松下が日本女子大学を退学した頃について次のような回想がある。「小説を書くなどとは学生にあるまじきことって国語科の教師に叱られましてね、それじゃあとやめてしまいました。私も病弱でやはり退学して、大塚にあった私の家で二人で暮しました。ちょうどチェホフが流行っていた頃で二人共寝転んで一日中チェホフを読んで過したものです」（「尾崎翠のこと」　尾形明子『女人芸術の世界』ドメス出版　一九八〇　所収）。松下のほかにも尾崎と親交のあった高橋丈雄の回想に「いったい僕のどこに惚れたんだいと聞くと、一目惚れよ、古風でしょう、あなたって、灌木の中に、一本高く聳え立つ喬木のような人ですもの、と詩的表現を以て答えたのは、そも如何なる内奥のアニムスが、僕に投影されてしまっていたのであろう」（高橋丈雄「恋びとなるもの」『尾崎翠全集』月報　創樹社　一九七九）とある。なお新潮社版『チエホフ全集』第二巻（一九一九）には翻訳者広津和郎による「序に代へて――チェーホフの強み――」に「アルツィバーシェフは、かうした凡俗の雑草の中に、唯一本屹然として空に高く聳えてゐる喬木にチェーホフを譬へてゐる」と言葉の上ではあるが一致する部分があり、尾崎の発言への影響関係を考えうるだろう。
尾崎はチェーホフについて「詩人の靴」（『婦人公論』一九二八・八）、「匂ひ――嗜好帳の二三ぺエヂ」（『女人芸術』一九二八・十二）、「影の男性への追慕」（前掲）、「映画漫想（四）」（『女人芸術』一九三〇・七）にて名前を挙げたり、言及している。

「匂ひ――嗜好帳の二三ぺエヂ」にはチェーホフについて「私は小父さん（筆者注：チェーホフのこと）の唇がまだ影を背負はなかつた頃の微笑が好きです。額の縦皺の中にちやんと苦悶と理想を畳み込んでゐるトルストイ伯爵から（筆者注：改行）「何ごとぢや、会釈もなく人生に哄笑をばら撒いて。ぢやによつて地上の人類が……」とお叱りを受けさうなあの微笑が」とある。[*4] 仁平政人氏は「チェーホフを語る上で「微笑」という表情を取り上げる言説は同時代に広く見られる」ことながら、その「微笑」を、「憂鬱で真摯な」作品を発表した後期のチェーホフではなく、喜劇を書いていた前期のチェーホフに結びつけていることを尾崎の特徴として挙げられている。そして尾崎がチェーホフを評価する視点は「概括的に述べれば、自然主義的な説明性への批判から速度のある表現を主張し、また「正常心理を取扱つた文学境地」からの離反を志向していく、そのモダニスト的な立場と重なり合うと見られる」と論じられている。[*5]

また「映画漫想（四）」の「オリガ・クニツペル・チエホフのこと」と題された一節はチェーホフに宛てた手紙という形式をとった文章である。なおオリガとはチェーホフの妻である。この文章で尾崎は自身の部屋である「屋根裏の柱」に「微笑温顔」のチェーホフの写真をピンでとめていると述べている。仁平政人氏は前掲論文でこの文章が「本文中で言及される『チエホフ書簡集』のパロディ・パスティーシュと見なしうる文体」であることを指摘され、また「写真・映画・モダニズム文学の持つ性格や、そこから派生したポール・モーランへの語りかけ、そしてオリガ・クニッペルの現況というように、連想的に様々な話題が語り出されていく」ことを指摘し、チェーホフがこの文章のなかで「多様なコンテクストに関連付けられる対象としてある」ことと同時に、先に紹介されたような尾崎の実践を「言わば理念的に許容し、支えるような存在として意味付けられていると考えられる」と論じられている。

尾崎は「オリガ・クニッペル・チエホフのこと」で「私の彷徨心は、武蔵野館の三階で聴く徳川夢声の声と、ラヂオのそれと、座談のそれとの色わけをしてみたかつたり（略）総じてこんな非科学の限りを尽してみたいのです」とも述べている。「オリガ・クニッペル・チエホフのこと」においては、モダニスト的な立場からチェーホフの作品を評価し、モダニズム文学や芸術について語り、「非科学の限りを尽してみたい」という尾崎の手紙の内容を支持し受容するであろう存在として、チェーホフが想定されていると考えられる。

さて「地下室アントンの一夜」において、土田九作は動物学者の松木の日記において「非実証的」「蒼いスピリット詩人」「妄想詩人」と評されている。九作は自らを「僕は実験派つてやつではない」と述べており、科学者である松木が自分のことを曲解しているという不満を持っている。九作は松木の動物学実験室で「万物からことごとくスピリットを除きあとの残骸を試験管で煮つけたり、匙で掬つたりはかりに掛けたり」されることを悲しく思い、それより「動物学者によつて取除けられた無数のスピリツトの行方について僕は考へなければならないのだ」と「非科学」的とされる主張をしている。このように「非科学」的なことを好む存在である土田九作は、悲しいことや苦いことに悩まされる「地上のすべてを忘れ」ることができる、自らを受容し憩わせる「すばらしい」場所として、チェーホフの微笑の表情に似ているという地下室を発想している。

むかしアントン・チエホフという医者は、何処かの国の黄昏期に住んでゐて、しかし、何時も微笑してゐたさうだ。僕の地下室の扉は、その医者の表情に似てゐてほしい。地下室アントン。僕は出かけることにしよう。動物学者を殴りに行くよりも僕は遥かに幸福だ。

このような土田九作の発想は「オリガ・クニツペル・チエホフのこと」で述べられた尾崎のチェーホフへの解釈を引きついでいると考えられる。さらに土田九作はチェーホフについて「何処かの国の黄昏期に住んでゐて、しかし、何時も微笑してゐたさうだ」と、チェーホフが国の衰退を見つめつつもそれを受容し微笑しているという深みを付与して語っている。そのようなチェーホフの微笑の表情に似ていればこそ、悲しいことや苦いことに悩まされる「地上のすべてを忘れ」させてくれるような深い受容や憩いを与えてくれる場所として「地下室アントン」という名前はふさわしいのであろう。

さて具体的なチェーホフ作品を取り上げたり、また踏まえていると考えられる尾崎翠作品も幾つか考えられる。仁平政人氏は「匂ひ——嗜好帳の二三ペエヂ」で、題名は明示されていないけれどもチェーホフの喜劇「熊」（Медведь. 1888）を取り上げていると考えられることを前掲論文で指摘されている。ほかに管見の限りでは「詩人の靴」と「途上にて」にもチェーホフの影響が見られると考える。

まず「詩人の靴」にはチェーホフ「媾曳」と共通する設定がある。どちらも、あいびきの誘いの手紙を受け取った男が逡巡しても結局めかしこんで指定の場所に出向いてゆくという設定が共通している。チェーホフ「媾曳」は尾崎の読んだ『チェホフ全集』には収録されていないが、当時文藝春秋社から創刊されたばかりで新進作家の作品が多く掲載された『創作月刊』一九二八年三月号に池谷信三郎（一九〇〇―一九三三）の訳で掲載された。翌一九二九年四月号に掲載された神崎清（一九〇四―一九七九）「前進する婦人と文学」には尾崎への言及もある。この雑誌を尾崎が興味を持って読んだ可能性はあるだろう。*6

次に「途上にて」は、尾崎が一九三一年から一九三二年にかけて小野町子や詩人たちを登場させた作品を書き継ぐなか、唯一小野町子らが関係しない小説で、『作品』一九三一年四月号に発表された。「途上にて」には「今の日本にだつて、チエホフ型の可愛い女がゐないことはありません」「チエホフの女がいまでも一人は東京に住んでゐます」という記述が見られるほか、主人公の女性の片恋の相手「中世期氏」のモデルとしてチェーホフ「六号室」（Палата No 6. 1892）のアンドレエイ・イェエフィミッチ・ラアギンが想定される。ラアギンも中世期氏も、敬虔で志がキリスト教の伝導にあったにもかかわらず、医師である厳しい父親の罵倒や叫びによって心ならずも医師になった、あるいはなろうとしたという共通点がある。なお「六号室」は新潮社版『チエホフ全集』第二巻に収録されている他、当時尾崎が読み得た数種の翻訳があった。

さて本章で論じる「地下室アントンの一夜」には、チェーホフ「決闘」とエヴレイノフ「心の劇場」の影響が見られると考える。それについては次節で検討したい。

二　チェーホフ「決闘」とエヴレイノフ「心の劇場」からの「地下室アントンの一夜」への影響

(一) チェーホフ「決闘」

「地下室アントンの一夜」に影響したチェーホフ作品として「決闘」が考えられるが、尾崎の愛読した新潮社版『チエホフ全集』にチェーホフ「決闘」は収録されていない。しかし尾崎は『チエホフ全集』のほかにも「日本で出版されてる二つのチエホフ書簡集」(「映画漫想(四)」)を読んでいるほどのチェーホフ愛読者であり、「決闘」も読んでいたのではないかと推測される。

尾崎が読み得たチェーホフ「決闘」は、小山内薫訳が第一に考えられる。これは英訳からの重訳で、第一次『新思潮』一―四号、六号(一九〇七・十―一九〇八・三)に第一章から第四章までが掲載されたのが日本における初出である。その後仏訳も参考にした小山内による翻訳が『読売新聞』に一九〇九年十一月から翌一九一〇年一月まで連載され、一九一〇年四月に梁江堂書房から単行本が刊行された。また一九二六年九月に福永挽歌(一八八六―一九三六)の訳で生方書店から世界名著叢書3『生きた死骸』にも「決闘」が収録されている。[*7]

「決闘」にはラアエウスキイという二十八歳の大学出のインテリ役人が登場する。彼は二年前にペテルブルグで人妻のナデエダと恋仲になり、黒海沿岸のカフカーズに二人でやってきたが、怠惰な生活を送り、彼女への気持ちもさめて借金で首が回らない状況にある。その友人に軍医のサモイレンコオがおり、彼の元には研究のために動物学者のフオン・コオレンと、単身赴任の助祭ポベドフが滞在している。強い信念の持ち主であるフオン・コオレンは、種の保存の観点からも、だらしのないラアエウスキイのような人間はコレラ菌のように有害で危険と忌み嫌っており、人類のためにも絶滅されるべき人間だとまで考えている。ついにラアエウスキイとフオン・コオレンとの仲は険悪の頂点に達し決闘することになる。その決闘の前夜にナデエダの浮気現場を見たラアエウスキイはショックを受けるが、彼女らは自分と同様の人間であると思い憎む気持ちにもならず、これまでの自分に対して深く内省し、覚醒する。決闘の現場でラアエウスキイは銃口を上に向けて撃ち、フオン・コオレンはラアエウスキイを殺そうと撃つが、決闘を見に来ていた助祭の叫び声が響き、弾は逸れたためラアエウスキイは死ななかった。その決闘以来、ラアエウスキイはすっかり人が変わってしまい、借金返済のために必死で働いている。動物学者はカフカーズを発つときにラアエウスキイの様子を見て驚き、ラアエウスキイ夫妻に別れの挨拶をする。

このだらしのないインテリで文学青年であるラアエウスキイや、彼を有害だと忌み嫌う動物学者フオン・コオレン、二人が決闘するもののどちらも死なず和解に至ることは、「地下室アントンの一夜」の詩人土田九作と動物学者松木の二人が対立し「決闘」しようとするが二人共「地下室アントン」に登場することで、和解と言えないまでも決闘は未遂に終わるという設定に影響を与えているのではないだろうか。表現上の類似としても、ラアエウスキイがサモイレンコオに苦悩を打ち明けたあと「僕は今夜君と共に過したやうな、こんな明るい清い時を過した事は、未だ嘗て無かつた」とあるのは、「地下室アントンの一夜」における地下室で、土田九作が幸田当八に「心理医者と一夜を送ると、やはり、僕の心臓はほぐれてしまつた」と言うのに類似している。またフオン・コオレンがカフカーズを発つに際して、ラアエウスキイの変化を知って、和解の挨拶をする前に「まだ何か忘れ物があるやうな気がした」とあるのは、「僕」が松木を殴りに行くのを止める前に「いま、何となく僕を引きとめるものがある。これはいつたい何だらう。この雲みたいな心のかけらは」と思うことに類似している。

ところで「決闘」に影響された作品に、一九一七年に発表された広津和郎「神経病時代」があるが、[*8]広津は「一本の糸」（『中央公論』一九三九・九）において「決闘」について次のように述べている。「チェーホフの（略）あの庇い方。——ラアエウスキーを絶望と退廃との底に落し切らずに、『決闘』の結末に於いて、たとひ弱々しくとも甦生と希望とのフットライトを、この主人公の上に照らしてゐるので、それをシェストフは作者の俗衆への妥協だと云つて攻撃してゐるが、併しチェーホフとしてなら、あすこであれ位の救ひを主人公に与へても、決して妥協ではない」。

「決闘」はトルストイ「クロイツェル・ソナタ」への解答であるとロシアでは認識されているが、広津は破綻した結婚生活を送っていたことから、結婚生活の欺瞞や性欲の悪を激しく説く「クロイツェル・ソナタ」を読んで打撃を受け、「決闘」のラアエウスキイの苦悩を自身の経験に重ねて読んだと考えられるという。ラアエウスキイのような人間は、トルストイからは非難されるような人間であるが、チェーホフはそうはせず「妥協ではない」が「庇い」、救いを与えるというところを広津は支持している。このようなトルストイの厳しさと比較したチェーホフに対する解釈は、尾崎の「匂ひ——嗜好帳の二三ページ」にあるトルストイとチェーホフとの比較にも通じる。前節でも論じたように、尾崎によるこのようなチェーホフに対する解釈は「地下室アントンの一夜」において、地下室で詩人に憩いが訪れることにも影響していると考えられるのではないだろうか。

（二）エヴレイノフ「心の劇場」

エヴレイノフ「心の劇場」[*9]は高倉輝（一八九一―一九八六）による翻訳が一九二一年五月に内外出版社から『心の劇場』として出版され、高倉訳の脚本を用いて築地小劇場で一九二七年五月から六月にかけて日本で初演された。またこの上演では「自我1（心の合理的実体）」という役を伊達信（一九〇六―一九六〇）が演じているが、尾崎は「影の男性への追慕」で伊達信を徳川夢声（一八九四―一九七一）と共に好きな声の男性として挙げている。座談「炉辺雑話」によると尾崎は築地小劇場で「森林」（オストロフスキイ　脚本は熊沢復六《またろく》訳）を鑑賞しているので、大正末期から昭和初期にかけての築地小劇場で、その演劇理論を含め人気のあった[*10]エヴレイノフの上演を尾崎が見に行った可能性がある。また築地小劇場分裂後、一九二九年四月一七日から一週間、築地小劇場ではなく、尾崎がしばしば映画を見に行った新宿武蔵野館で再演された「心の劇場」を、尾崎が見た可能性もある。そのような上演を見ていなくても、『世界戯曲全集』第二十六巻に収録された熊沢復六（一八九九―一九七一）訳「心の劇場」を尾崎が読んだ可能性もあるだろう。尾崎が円本の世界戯曲全集のうちいずれかを読んでいたであろうことは「詩人の靴」や「歩行」で世界戯曲全集が登場することからもうかがえる。

さて「心の劇場」は「心の中の1/2分間の出来事」という但し書きのある一幕劇である。劇の始まりに先だって「教授」が登場し、フロイト等の名前もあげながら「最新の優れた心理学」の講演を始める。

教授は人間の自我が三つの自我、すなわち「自我1（心の合理的実体）（「理性」）」「自我2（心の情緒的実体）（「感情」）」「自我3（心の潜在的実体）（「永遠なるもの」）」から成り立ち、これら三つを合わせたものを全人格とする。そして人間の心は「胸」にあるとし、「心の劇場は次の姿で描かれる」と黒板に色チョークで心臓の絵を描いていく。教授が退場し黒板が片づけられると、舞台には教授の絵のとおりの装置が設営されている。それから三つの「自我」が登場するのだが、妻がありながら浮気をしている「自我2」とそれをよく思っていない「自我1」の葛藤がドラマとなっている。「自我3」はずっと寝ているが、「自我2」が「自我1」を殺し、また浮気相手にふられた「自我2」が絶望して自殺をはかり、「自我1」「自我2」ともに死んでしまった後に目を覚まし、引っ越してゆく。なお「心の劇場」で「自我2」は詩人とされている。また「自我3」は「旅行用の胴衣」で「鞄を持つて、疲れた旅人のポオズで前舞台に寝てゐる」とされる。

このような「自我1」「自我2」「自我3」の設定は、「地下室アントンの一夜」において「一人の詩人の心によつて築かれた部屋」に集う三人の男性と合致する部分がある。詩人である土田九作は「自我2」、詩人をさいなむ合理的精神の持ち主である動物学者の松木は「自我1」、「長い遍歴の旅から帰つて来た」ところである心理医者の幸田当八は「自我3」にそれぞれ共通項がある。ただし「心の劇場」では最後に「自我2」が「自我1」を葛藤の末に殺す。「地下室アントンの一夜」においても、土田九作は松木を殴りに行こうとするが、それをやめて「地下室アントン」へ向かうというところが大きな違いである。

ところで注10で参照した武田清氏の論文によると、『築地小劇場』誌上でエヴレイノフを紹介した面々は、エヴレイノフが「『心の劇場』を書いて自ら演出したペテルブルクの小劇場が〈歪んだ鏡〉座という劇場であったことを知っていたにもかかわらず、ここがパロディやアイロニー専門の、いわゆる芸術キャバレーであったことを知らなかった」こと、そして「『心の劇場』が抱腹絶倒のパロディ劇であるとは思いもよらなかった」こと、「この戯曲はエヴレイノフによる、当時知られるようになっていたフロイトの精神分析の学説、特に心的構造の要素として彼が概念化した自我・超自我・エスのパロディ劇であった」ことを指摘、紹介されている。しかし築地小劇場で上演された『心の劇場』についての観客から投書された劇評を読むかぎり『心の劇場』は滑稽きわまるパロディ劇ではなく、深刻でグロテスクな劇だと受け取られたことがうかがえる。笑いなど一切起こらなかったのではなかったか」とも指摘されている。

もし尾崎翠が「心の劇場」に上演または戯曲全集で接していた場合、真面目に「深刻でグロテスク」ととらえたか、あるいは「パロディ」ととらえたかは仮定につぐ仮定の話であり、結論は出せない。なお「地下室アントンの一夜」について本章ではパロディやユーモアの側面には触れないが、土井淑平《よしひら》『尾崎翠と花田清輝　ユーモアの精神とパロディの論理』（北斗出版　二〇〇二）の第二章「少女の彷徨と苔の恋愛——尾崎翠の世界」では、「地下室アントンの一夜」におけるパロディの精神やナンセンス・ユーモアに言及されており、また尾崎は「第七官界彷徨」でフロイトをパロディ化した「ナンセンス心理学」「ナンセンス精神分析」を描いている。したがって尾崎が「心の劇場」に触れていた場合も、ただ「深刻でグロテスク」な作品とはとらえなかった可能性もあるだろう。

三　「地下室アントンの一夜」における詩人の危機の回避

「地下室アントンの一夜」は（幸田当八各地遍歴のノオトより）（土田九作詩稿「天上、地上、地下について」より）（動物学者松木氏用、当用日記より）（地下室にて）の四つの部分から成る作品である。（以下各部分を「当八ノオト」「九作詩稿」「松木日記」「地下室にて」と略称する）。「当八ノオト」は「心愉しくして苦がき詩を求め、心苦がければ愉しき夢を追ふ。これ求反性分裂心理なり」という一行のみで、この一行は、九作が詩稿において「地下室アントン」を発想する契機となる。続く「九作詩稿」は作品の約三分の二を占める。本節ではまず「九作詩稿」について考察したい。

「九作詩稿」は一人称「僕」による詩稿である。その特徴はまず第一に「僕」の自我の境界がたいへん弱まり曖昧になっていることである。「僕は、机の向ふに垂れてゐる日よけ風呂敷に僕の精神を吸ひ込まれて、風呂敷が僕か、僕が風呂敷か、ちよつと区別に迷ふことはあるが、それにしても、ぢき、僕の心は、一枚の風呂敷から分離して僕自身に還るんだ」と「僕」は述べている。また「僕の室内では、一枚の日よけ風呂敷も、なほ一脈のスピリットを持つてゐる」とも述べていることから、「僕」はアニミズム的な感受性を持っていると考えられる。

二つ目の特徴として、「僕」による動物学者の松木に対する敵対心が挙げられる。ただしこれは単なる攻撃ではなく、松木への攻撃の繰り返しにともなってそれが「動物学者を殴りに行く」という発想にまで増幅し、他方では松木が「僕」自身の心を見透かしているに違いないという恐怖心にも転化する。「動物学者松木氏、その夫人といへども。彼らはつねに僕を曲解してゐて、正しい理解をしようとはしない。僕は蔭ながらいつも不満に思つてゐる」「動物学者は、まるで、一冊の著の標題でもつて、僕の心の境地を言ひ当ててゐるぢやないか。松木氏は、ふとしたら、動物学者ではなくて、心理透視者ぢやないかと思ふ」「おお、松木氏！　僕はもう隠しません。あなたに隠してゐると、僕は、だんだん、心臓を締めつけられて、苦しくなつて来るんです。一分ごとに。おお、一秒ごとに」というようにである。これは「僕」の内界だけで展開している松木像で実際の松木がどうであるかは分からない。「僕」の攻撃的で否定的な感情は松木に向けられるが、その感情エネルギーは松木が「僕」の心を透視しているという妄想になって、九作を苛むものとして還ってきている。また「僕」は自殺を想像してもいる。

なお「松木日記」についてここで確認しておくと、「松木日記」は日記でありながら「余は思ひ切つて出掛けてみることにしよう。（筆者注：改行）漸く土田九作の住ゐに着いた」というように、日記でありながら語り手「余」は空間を移動する。これはそもそも松木とはこの作品において、土田九作あるいは「九作詩稿」の語り手「僕」の「影」であり、九作の内界にイメージされている人物であるからだと考えられる。「影」とは「そうなりたいという願望を抱くことのないもの」であり「人格の否定的側面、隠したいと思う不愉快な性質すべて、人間本性に備わる劣等で無価値な原始的側面、自分の中の「他者」、自分自身の暗い側面など」である。*11 しかし「個人的な影は、ある個人にとって受け容れがたいことであっても、必ずしも「悪」とはかぎらない」という。*12 「九作詩稿」と「松木日記」とを比較しても、「九作詩稿」では色彩表現がほとんど見られないのに対して、「松木日記」では「草は青くパンは白い。豚の鼻は色あせたロオズ色」と色彩表現がゆたかに見られる。また「松木日記」には「聴心器で豚の心臓状態を聴く」と普通には聞こえない音までも聞いている描写があるが、「九作詩稿」での「僕」は耳鳴りに悩んでおり、聴覚が衰弱している。なおこの耳鳴りは要素性幻聴（音など、言語ではない幻聴）である可能性も考えうるだろう。*13

三つ目の特徴として「僕」の自己の根底の不安定さが挙げられる。「僕」は第三章で論じた「こほろぎ嬢」における こほろぎ嬢と同様、世界に対する基本的な信頼感を喪失していて、*14 その不安定さをおさめるために、何らかの拠り所に心を囚われていることが必要なようである。このことは自我の境界が弱まっていることの遠因であると考えられる。また聴覚の異常が世界に対する基本的信頼の喪失感をさらに強めている可能性もあるだろう。

「僕」が心を囚われている様子を確認すると、「僕」はまず「おたまじやくしの詩」を書きたいと「切に願望」する。「おたまじやくし」はその形象が音符に似ていることから、「おたまじやくしの詩」とは「音符の詩」、すなわち音楽であると考えられよう。*15 そうであれば聴覚の異常を補完するものとして、「おたまじやくしの詩」を「僕」が願望するのは当然でもあろう。それが叶わなくなったら今度は「失恋者の溜息とは、ごく微かなものです。微かな故に僕の心情を囚へはじめました」と、失恋者小野町子に心を囚われる。この囚われは「恋」と表現される。ただしこの「恋」において「僕」が心を囚われているのは「あの夜の誰かに失恋をして溜息ばかり吐いてゐた小野町子は、もう失恋から治つたであらうか。それとも………」という、町子自身にたずねなければ答えの出ない「問い」である。

このような、自己の根底の不安定さと自我の境界の弱まりと妄想的な敵意があること、そして圧倒性をもって迫りくる「秘密がもてない、すべて丸わかりだ」という恐怖を感じている状況は、統合失調症の発症時の状態のようである。[*16]

しかし「僕」は心理学者幸田当八の「ノオト」の言葉「心苦がければ愉しき夢を追ふ」という境地に賛成し、そこから「地上苦がければ地下に愉しき夢を追ふ」という追加の文章を発想する。つづいて「地下室アントン」なるものを発想し、「動物学者を殴りに行く」すなわち影を破壊するという象徴的な自己破壊へ向かう経路から方向転換する。「おお、僕は、心の中で、すばらしい地下室を一つ求めてゐる。うんと爽かな音の扉を持つた一室。僕は、地上のすべてを忘れて其処へ降りて行く。むかしアントン・チエホフといふ医者は、何処かの国の黄昏期に住んでゐて、しかし、何時も微笑してゐたさうだ。僕の地下室の扉は、その医者の表情に似てゐてほしい。地下室アントン。僕は出かけることにしよう。動物学者を殴りに行くよりも僕は遥かに幸福だ。」と詩稿は閉じられている。「幸福だ」という感覚が表出してきたのは、「僕」の心にかろうじてでも回復、生へと向かう力が残っていたからであろう。これを引き出したのが心理医者の幸田当八のノオトにある「心苦がければ愉しき夢を追ふ」という言葉、またもう一人の医者であるアントン・チエホフの「微笑」である。[*17] 危機的状況にある「僕」にとって二人の治療者像を得られたことは、自己破壊を回避する支えになったと言えよう。

このように「九作詩稿」には、「僕」の精神的な危機的状況が描かれ、その最後には象徴的な自己破壊へ向かう方向から転回して回復へ向かう発想があらわれる。[*18]

四　（地下室にて）における回復の様相

（地下室にて）の冒頭には、「この室内の一夜には、別に難かしい会話の作法や恋愛心理の法則などはなかつた。何故といへば、人々のすでに解つて居られるとほり、此処は一人の詩人の心によつて築かれた部屋である。私たちは、私かに信じてゐる——心は限りなく広い」「丁度この時地下室の扉がキユーンと開いて、それは非常に軽く、爽かに響く音であつた。これは土田九作の心もまた爽かなしるしであつた。何故ならば此処はもう地下室アントンの領分である」とある。「一人の詩人の心によつて築かれた部屋」「地下室アントン」ということより、この地下室は、詩稿で「地下室アントン」を発想した詩人土田九作の心によって築かれた部屋であり、よってこの部屋にあつまる心理医者幸田当八や動物学者松木、そして土田九作自身も、この部屋においては、詩人土田九作の内界に想像されている仮象の人物であると考えられよう。

土田九作はこの地下室においては、「九作詩稿」において敵対心を向けていた松木という「影」とも共に在ることができて、扉の音も爽やかに聞こえて聴覚の異常も無く、心を囚われていた小野町子への問いについてもほとんど「忘れてゐるくらい」で、「外の風に吹かれて、とても愉快」な心境にある。

九作が治療者像である幸田当八に「僕たち三人の形」について問うと、当八は「トライアングルですな。三人のうち、どの二人も組になつてゐないトライアングル」と答える。トライアングルとは澄んだ音を響かせる楽器の名称でもあり、この地下室における九作に聴覚の異常がなく爽やかな状態にあることも暗示していると考えられる。また詩稿で動物学者の世界を「割り切れすぎる世界」と批判した九作には、「三」という奇数で割り切れない数による形こそが「愉快」と感じられるとも解釈される。そして幸田当八は「長い遍歴の旅」に出ていた人物で、そのような人物が旅から帰ってきた時に遭遇するのはめずらしいことである。このようなふだんは会えない特殊でめずらしい人物像を治療者像として、九作が自ら必要として呼びよせた、あるいは作りだしたと言える。

さらに当八は九作に対して「君は今夜住ゐに帰つて、ふたたび詩人になれると思はないか」と問い、それに対して九作は「さつきから思つてゐる。心理医者と一夜を送ると、やはり、僕の心臓はほぐれてしまつた」と答える。このような九作の発言に対する「さうとは限らないね。此処は地下室アントン。その爽やかな一夜なんだ」という治療者像である当八の返答は、九作のこのような心境がいつも訪れるものあるいは持続するものではないという暗示であると考えられる。これは心のなかに「地下室アントン」という場所をもつ、「詩人」のたましい全体による、「わたし自身はなおっていない」という深い自覚であるだろう。精神科医の中井久夫は「「本質的に不安定な」というべきか、「基本的信頼」をほとんど生涯の間、瞬間瞬間に再びかちとらなければならず、しかもそのこと自身がヘラクレスの業であるような患者もいる。そのような患者には、彼らの苦渋な、その都度その都度の再獲得の傍らに治療者が留まりつづけるより他はないかもしれない。しかし彼らにも、一刻の安らぎは訪れうるのであり、治療者とともにしたそのような安らぎが、束の間にそれが過ぎ去るとしても、その体験したこと自体は取り消されたわけではなく、すくなくとも彼ら自身がそれをひどく貴重なものとみなしており、彼らの苦渋な生活の、どこかで支えとなる力としているようにみえる。」と述べている。[*19]「一刻の安らぎは訪れうるのであり、治療者とともにしたそのような安らぎ」とは、この地下室アントンにおいて、土田九作が体験した心境とおなじ安らぎであろう。土田九作は、治療者像である幸田当八の身体の並置によって「ふたたび詩人になれる」という自己の回復を想像できるのである。

さてここで一刻の安らぎを得た土田九作であるが、回復には「基本的なものがひととおり揃わないといけない」[*20]と考えられる。「地下室アントン」という土田九作の内界において「基本的なもの」のうち、揃わなかったものとは女性像、しかも肯定的な女性像である。治療者二人の像をイメージすることが可能であったゆえに、この地下室において土田九作は、身体的な不調である聴覚の異常を回復し、「影」である松木と共に過ごすことができたけれども、「失恋している小野町子」という女性像は地下室に現れなかった。もちろん「地上の約束に於て姉弟であるにも拘らず」九作と嗜好が常にくいちがい、「いつもうまくいかない」松木夫人も現れていない。

「失恋している小野町子」という九作が心を囚われている女性像は、「地下室アントン」においては治療者の身体の並置や屋外で風に吹かれたために、「忘れてゐるくらい」という、感じなくてもよい状態にはなっている。しかしこれは一時的な心身の保護のために一種の感覚の麻痺、あるいは遮断が行われているような状態であり、そうはいっても「失恋している小野町子」という像は、九作の内界から喪失されている像である。「幸田当八に失恋している小野町子」が、もしこの地下室に現れていたら、町子の幸田当八に対する失恋は得恋になったかもしれず、たとえそれが失恋のままであったとしても、九作が囚われていた「小野町子が失恋から治っているかどうか」という問いへの答えは出て、九作の囚われはなくなる。しかし土田九作は小野町子の像を「地下室アントン」のなかに登場させ得なかった。詩人土田九作の心の深い層のどこかにある「地下室アントン」という治療的、保護的なうつわのなかには、肯定的な女性像は統合されていなかった。土田九作が「地下室アントン」から地上の「住ゐに帰つて」すなわち意識的な、現実の世界に帰ったあとに、「ふたたび詩人に」なれるとはかぎらない原因は、ここに象徴的に表れていると考えられるだろう。

おわりに

「九作詩稿」における「僕」は、自身の「鳥は白い」[*21]という詩を読んだ松木がひどく怒ったことについて次のように述べる。「それあ、人間の肉眼に鳥がまつくろな動物として映ることなら、僕は二歳の時から知つてゐます。しかし、人間は何時まで二歳の心でゐるもんぢやない。ゐるのは動物学者だけだ。それから、人間の肉眼といふものは、宇宙の中に数かぎりなく在るいろんな眼のうちの、僅か一つの眼にすぎないぢやないか」。これは詩のこころのやりとりがうまくいかなかった例でもあるが、精神的に危機的な状況にありながらのこのような力強い主張は、詩人としての尊厳を賭した主張であると考えられる。これは例えば、詩を書いたり読んだりしているが「詩人」と紹介されることはなかった「第七官界彷徨」の語り手小野町子、「歩行」の語り手「私」、「こほろぎ嬢」でのこほろぎ嬢らには見られなかった、自身の観点や自作の詩に対する確信を持った力強い主張である。また彼女らがふさいでいる時には体験している姿が語られなかった「外の風に吹かれて、とても愉快」という体験も、土田九作には可能であった。そのような確信や「外の風に吹かれて、とても愉快」という体験や感覚を持ち得ることは、すこやかさや回復の可能性と繋がっている。それは土田九作が自ら「詩」を書くことでひらいた可能性である。「地下室アントンの一夜」の最後のせりふ「さうとは限らないね。此処は地下室アントン。その爽やかな一夜なんだ」は、この一夜の回復が一時的であるということを示す、冷徹な認識である。しかしその「爽やか」さには、回復の可能性があらわれている。

注

＊1　尾崎の友人であった林芙美子の日記（『林芙美子　巴里の恋』今川英子編　中央公論新社　二〇〇一）、尾崎の親しい文学仲間であった高橋丈雄による、当時の事情をもとに書かれた小説「月光詩篇――黒川早太の心境記録――」（『エクリバン』第二巻第四号　一九三六・四）、回想記「恋びとなるもの」（『尾崎翠全集』月報　創樹社　一九七九）に詳しい。

＊2　「日本小説をよむ会　会報一五四　討論」（一九七三・十二）における多田道太郎の発言による。（荒井とみよ・山田稔編集『日本小説を読む　日本小説を読む会　会報抄録』上巻　日本小説を読む会　一九九六　所収）

＊3　渡辺由紀子「尾崎翠の病跡」（『横浜医学』第五十号　横浜医学会　一九九九）

＊4　新潮社版『チエホフ全集』第一巻（一九一九）の翻訳者である秋庭俊彦（一八八五―一九六五）による「チエーホフ小伝」に、チェーホフとトルストイ等ロシアの文豪とを比べた部分に次のような言及がある。「寛大な、謙遜な、静粛な、そして凡ゆる人間を理解し、凡ゆる人間に同感するところ余りに深かつたチエーホフは、トルストイの

如く人を叱責したり教誡したりはしなかつた。（略）チエーホフは人間の弱い心、人間の虚偽、無慈悲、不遜、驕慢、不信、冒瀆――凡ゆる人間の精神の病をより深く、より深く理解した。そして凡ゆる人々の前に温い心をもつて涙を流した」。

＊5　仁平政人「「チエホフ」という地下室――尾崎翠「地下室アントンの一夜」をめぐって――」（『昭和文学研究』第六十八集　笠間書院　二〇一三・三）。なお尾崎が「速度のある表現を主張」していることは、「女流詩人・作家座談会」（前掲）での尾崎の発言「今迄の自然主義時代の一から十まで諄々説明するといふやうな手法ですが、あゝいふものに吾々は倦き〳〵したのです。それで形は散文でも非常に言葉を惜んで、而もテンポを速くする」が踏まえられ、「「正常心理を取扱つた文学境地」からの離反」については「「第七官界彷徨」の構図その他」（前掲）が踏まえられている。

＊6　チェーホフ作品の翻訳・紹介については、柳富子「チェーホフ――明治・大正の紹介・翻訳を中心に――」（福田光治ほか編『欧米作家と日本近代文学』第三巻　ロシア・北欧・南欧篇　教育出版センター　一九七六　所収）、榊原貴教「チェーホフ翻訳作品目録」（『翻訳と歴史』第三十九・四十号合併号、二〇〇八・七）を参照した。

＊7　本章での「決闘」の引用は梁江堂書房版に拠る。また「決闘」の作品解釈について松下裕「チェーホフの「決闘」と「六号室」――「公正と自由」の問題――」（『窓』九十六号　ナウカ　一九九六・三）を参照した。

＊8　広津とチェーホフ、また広津による「決闘」の受容については、渡辺聡子「広津和郎『神経病時代』の誕生とチェーホフの『決闘』」（『ロシア・ソビエト研究』第十五号 大阪外国語大学 一九八七）による。

＊9　本章での「心の劇場」は『世界戯曲全集』第二十六巻（世界戯曲全集刊行会　一九二九・九）に収録された熊沢復六訳による。

＊10　武田清「築地小劇場のエヴレイノフ」（『大正演劇研究』第七号　明治大学大正演劇研究会　一九九八）によると、ヨーロッパにおいてエヴレイノフは当時チェーホフと並んで知られたロシアの劇作家であり、エヴレイノフの演劇論は『築地小劇場』誌上で、主に八住利雄（一九〇三―一九九一）と熊澤復六によって幾度にもわたって紹介・論じられた。その回数と量で比べればエヴレイノフはメイエルホリド（*Мейерхольд В. Э* Karl Kasimir

Theodor Meyerhold, 1874-1940）をはるかにしのいでいることを紹介されている。またエヴレイノフの「陽気な死」と「心の劇場」は大正末期から昭和初期にかけて各二回、計四回上演された記録があるが、これでもロシアの劇作家としては、チェーホフ、ゴーリキー（*Горький М* Maksim Gor'kiy, 1868-1936）、アンドレーエフ（*Андреев Л. Н* Leonid Nikolaevich Andreev, 1871-1919）に次ぐ扱いだと言ってよいとのことである。

なお村山知義（一九〇一―一九七七）が池谷信三郎、河原崎長十郎（一九〇二―一九八一）らと一九二五年九月に結成した劇団「心座」の名前の由来はこのエヴレイノフ「心の劇場」にある。この逸話からも、当時の若く前衛的な演劇人たちにエヴレイノフが関心を持たれていたことが分かる。

＊11　A・サミュエルズ、B・ショーター、F・プラウト著、山中康裕監修、浜野清志、垂谷茂弘訳『ユング心理学辞典』（創元社　一九九三）

＊12　河合隼雄『影の現象学』（思索社　一九七六）

＊13　要素性幻聴の可能性については、土田英人先生からご教示をいただいた。

＊14　中井久夫「精神分裂病者への精神療法的接近」（『中井久夫著作集』第二巻　岩崎学術出版社　一九八五　所収　初出『臨床精神医学』三巻十号　一九七四）に次のようにある。「治療者は普通、世界に対する「基本的信頼」を持っている。そのことは患者にとってもありがたいことであり、患者はしばしば治療者のこの安定性を仲立ちとして辛うじて世界につながっている」。

＊15　「おたまじやくし」を音符の比喩として用いるのは「第七官界彷徨」にもある。また古谷鏡子「日常の中の非日常空間・物の位置――尾崎翠『第七官界彷徨』」（『新日本文学』第三十七巻一号　一九八二・一）に「地下室アントンの一夜」にあらわれる「おたまじやくし」を音符と連想する指摘がある。

＊16　圧倒性をもって迫りくる「秘密がもてない、すべて丸わかりだ」という恐怖を感じている状況は「考想伝播」の症状であり、シュナイダーの一級症状と言われる統合失調症の症状の一つである。考想伝播や妄想のような思考障害、自我と外界の境界が不明瞭である自我障害、幻覚（要素性幻聴の可能性）は統合失調症の陽性症状である。

＊17　加藤清・神田橋條治・牧原浩鼎談、山中康弘・山田宗良編著『分裂病者と生きる』（金剛出版　一九九三）に

おいて、加藤清に次の発言がある。「何が向精神薬の本質かといえば本質的に人間の多幸化、少しくだいていえば、楽にしてたのしみを味わえる状態をつくる（ユフォリゼーション）と思うんです。この状態が基であって、だから精神療法もそこに組み合わされるということをいいたい（略）簡単にいえばユフォリゼーションというか、それは分裂病において必要だと思う」。

＊18 「地上苦ければ地下に愉しき夢を追ふ」という文章を思いついた九作は続けて「そこで地下とは何であらう」と「地下電車」「地下水」「地下室」と順番に発想していく。当時の新語辞典を参照すると、ここであえて避けられていると思われる「地下」と関わる言葉が「地下運動」である。尾崎翠の周囲にも地下運動すなわち非合法運動に関わる者がしばしばいた。「地下運動」という言葉を知らないはずのなかった尾崎は、作品にあえて「地下運動」を登場させなかったと考えうる。

＊19 中井久夫「精神分裂病者への精神療法的接近」（前掲）

＊20 中井久夫『最終講義　分裂病私見』（みすず書房　一九九八）「ちょっと角度を変えて見ると、これは回復の難しさをも示唆しています。何か一つが突出しても十分ではないのです。基本的なものがひととおり揃わないといけない、――それは何だろうかと私は考えました」。

＊21 「白鳥」は『角川古語大辞典』第三巻（一九八七）や『日本国語大辞典』第二版（小学館　二〇〇二）によると、古代では瑞兆の一つであった。次にあり得ないものの例えとして、狂言「膏薬練」から「海の底に棲むしろがらす」という表現が例示されている。また近代では詐欺犯人をいう、盗人仲間の隠語でもあり、遊女評判記にもこの題名のものがあったという。なお川崎賢子氏は『尾崎翠　砂丘の彼方へ』（岩波書店　二〇一〇）にて、林芙美子『放浪記』（改造社　一九三〇）に収められた詩「肺が歌ふ」を挙げ、尾崎翠テキストと共通する表象が複数あることを指摘されている。そのなかには「烏が白く光る」という詩句もある。林と交友のあった尾崎はこの詩を読んでいただろう。ほかに、尾崎翠はギリシャ神話を読んでいたが、ギリシャ神話のアポロンとコロニスの物語には白い烏が登場し、もともと白かった烏が黒くなった経緯が語られる。また中学生時代の佐藤春夫と奥栄一が参加していた短歌会は「白鳥吟社」という名前だった。ウィリアム・ジェイムズは心霊研究に熱中していた際に「す

べてのカラスは黒いという命題をくつがえしたければ……一羽のカラスが白いことを証明しさえすればよい」「わたしの白いカラスになってくれるのは、（筆者注：霊媒の）パイパー夫人である」と発言していたという。（デボラ・ブラム　鈴木恵訳『幽霊を捕まえようとした科学者たち』文藝春秋　二〇〇七）

尾崎翠が〝白い鳥〟に関する語誌や何らかの逸話を知っていたかどうかは分からない。ただ「海の底に棲むしろがらす」という表現は極端にあり得ないもので、こっけいな表現である。これをふまえて「歩行」における土田九作が「物ごとを逆さにしたやうな詩」を書いていたこと、「地下室アントンの一夜」での「九作詩稿」における「僕」が「鳥は白い」という詩を本気で書いていたことを考えてみよう。ここでは鳥の色を「黒」から「白」にそのままひっくり返しただけの、へぼ詩人による詩のような、おかしみが生まれているとも考えられる。

他方、九作の「鳥は白い」という表現や、それについての九作の主張は、当時の新しい芸術思潮を反映しているとも考えられる。鈴木暁世氏はジェイムズ・ジョイス『若い芸術家の肖像』（James Joyce, 1882-1941 *A Portrait of the Artist as a Young Man*, 1916）と芥川龍之介「少年」（『中央公論』一九二四・四）において、どちらも色彩表現を通して「既成概念に対して疑問を持ち、一方が正しく一方が間違っているという二項対立的構図では捉えきれない価値観の多様性について気付いていく少年の心」が表現されていると論じられている。たとえば「少年」の場合であれば大人達が海を「まつ青」と捉えているのに対して少年は「代赭色」と捉えて絵を描いている。（鈴木暁世「芥川龍之介とジェイムズ・ジョイス――『若い芸術家の肖像』翻訳と「歯車」のあいだ――」鈴木暁世『越境する想像力――日本近代文学とアイルランド――』大阪大学出版会　二〇一四　所収　初出『大阪大学大学院文学研究科紀要』第四十九号　大阪大学大学院文学研究科　二〇〇九）尾崎は芥川を愛読していたので、芥川「少年」から九作の造形へ影響があったかもしれないが、もう一つ考えられるのは、フォービズムからの影響である。本書資料編でも紹介するように尾崎と交流のあった鳥取出身の画家浜田重雄（一九〇〇―一九八三）はフォービズムの影響を受けた画家である。フォービズムは色彩表現に特徴があり、画家の主観的な感覚に拠り、心で見る色を表現するという特色がある。尾崎の傾倒したドイツ表現主義にも影響した。土田九作の主張はこのような芸術思潮からの影響が背後にあるものとも考えられよう。

【付記】

本章は次の二つの拙稿をもとに、加筆・修正したものである。

「尾崎翠とユーモア――翠のロシア文学への興味、チェーホフ――」（第一回「尾崎翠フォーラムin鳥取」分科会「尾崎翠とユーモア」発表資料　二〇〇一・七）

「尾崎翠の詩と病理――「こほろぎ嬢」「地下室アントンの一夜」を中心に――」（『和漢語文研究』第五号　京都府立大学国中文学会　二〇〇七・十一）

本章を作成するにあたり、中井久夫先生、土田英人先生から貴重なご教示をいただきました。記して深謝いたします。

終章

一　研究成果（論文編）の要約

第一章では「第七官」という語の語誌をたどり、尾崎翠の接したと考えられる用例について考察し、また尾崎翠の思想的・宗教的背景を確認した。まず「第七官」という、これまで尾崎の造語とされてきた語についての調査を報告した。この語は尾崎の造語ではなく、管見の限りでは、まず明治二十年代に井上円了が仏教を論じる文脈で「六官」「七官」という語を用い、また明治四十年代に内村鑑三が「第七感」という表記でキリスト教を論じる文脈で用いた。内村は早く明治二十年代に「第六感」の語も用いた。いずれにおいても信仰や死後の世界と関わって用いられるが、円了の場合は五官しかない人類には神仏ならではの世界は分からないとしているのに対して、内村の場合は「第六感」を神を感じる器官とし、「第六感、又は第七感」を死者の存在を感じる感覚とする。次に明治四十年代にはシュタイナー受容とも関わって骨相学の文脈において、初めて「第七官」という表記でこの語が用いられた。「第七官（感）」という語は大正期を通じて骨相学の文脈で、時間空間を超越する千里眼や超能力の意味で多く用いられていた。これらの用例はいずれも死後の世界ともかかわり、宗教性と結びつけられていた。なお明治四十年代には「第六官（感）」という語が、骨相学、生物学、心霊学あるいは心理学という欧米由来の新しい「科学」（と見なされたものを含めて）での発見や解明という文脈において用いられた。そして大正初期からラマチャラカのヨガが関係する書籍の翻訳紹介の場においても五官以上の感覚器官の一つとして

「第七官」の語が登場した。大正期には他にも仏教と関わっての「第七官（感）」の用例があるが、この感覚があったら、または発達すればどうなるかという期待が見られたり、あるいはウパニシャッドの解説において「七官」の語が用いられるという独特の用例もある。また与謝野晶子の用例は生命主義の文脈で理解されるべき早い例である。大正半ばには知的公衆によく読まれたと考えられる橋本五作『岡田式静座の力』でも用いられた。またやはりよく読まれたと思われるオリバー・ロッジの心霊学書『死後の生存』ではテレパシーを論じて、人類の進化によって「新覚官」が萌芽したのかと述べられる際に、「新覚官」という語の注記に「第六官或いは第七官」と記載された。泣菫の用例もロッジの用例に類する。

大正初期から中期にかけての「第六官（感）」という語は、明治期の用例を引き継ぎながら、大正期の生命主義の文脈においても用いられる。また千里眼など超能力と関わる感覚としても「第六官（感）」の語が用いられ、天才の特徴としても述べられる。「第六官（感）」が人間にあれば、または発達すればどうなるかと期待されたり、心霊学書においては人類の進化によって「第六官或は第七官」が萌芽したのかとも述べられ、新語辞典でもそのことが話題とされる。

明治末期から大正中期にかけての「第七官（感）」という語は、管見の限りでは宗教的・思想的な文脈で用いられたものがほとんどである。また骨相学や心霊学の文脈での用例からは当時最新の「科学」の受容の様相が垣間見え、仏教とキリスト教、日本あるいは東洋と西洋とを融合させようとする考え方も「第七官（感）」の用例の背後に散見される。そこからは日本の近代化の過程で西洋から最新の思想・宗教や科学を受容する様子が看取される。また近代科学が制度として確立していくという状況下で、「第七官（感）」という語は近代化の表舞台に違和感を示し、明確には「科学」ではないとされていくものや、心霊学、大正生命主義の思潮で流行した思想、またメタフィジカル宗教を支持していたかのようである。

大正末期から昭和初期にかけて、「第六官（感）」という語にはそれまでの様々な用法が混在する。また「第六感」と「感」の字を使う用例が主になる。この時期ならではの用法は、モダンで現代的なものを捕らえる感覚として、通俗的に、あるいは芸術の文脈で用いられる場合だろう。現在「第六官（感）」の語義として一般的な「ピンとひらめく、勘がはたらく、インスピレーションが湧く等、理屈を抜きにして物事の本質を直観的にとらえる心の働き」という意味は、元々骨相学の文脈で用いられた「第六官（感）」の用法であった。しかし昭和に入るあたりから、この意味での用例が新聞や『新青年』に掲載されるような大衆的でモダンな小説で「ひらめきによって謎をとく」という文脈でしばしば用いられるようになった。そこから「第六官（感）」の語義が限定されていき、現在に至る用法へとつながっていると考えられる。

「第七官（感）」という語では、昭和に入ると「第七官」という表記の用例はほとんど見られなくなり、「第六感」同様、「第七感」と「感」の字を用いられた例が多い。「第七官（感）」という語は大正末期から、前衛的な芸術家たちの鋭敏な感覚を表す文脈や、モダンで現代的なものを捕らえる感覚として、通俗的な漫文等でも用いられるようになる。いずれにしても、位相は異なっても最先端の人々の感受性の鋭さを示す言葉として用いられている。また「第六感とか第七感とか」等と「第六感」と合わせて「勘がはたらく」という意味や、漠然と不思議な感覚を指して用いられるようにもなる。「第六官（感）」という語の一般への浸透を受けて、「第七官（感）」という語が「第六官（感）」という語と共に用いられた結果であろう。

そしてよく読まれたと思われる『第七感の神秘』について、その題名や通俗的な占い本であることから考慮すると、もはや「科学」やアカデミズムなどの表舞台に堂々と登場することのなくなった、不思議で神秘的ではあっても「科学」的ではないとされる感覚や特殊な能力について、通俗的に「第七感」という表記で表現されることが受け入れられていたと考えられる。管見の限りでは「第七官界彷徨」の同時代評で「第七官」という語の珍しさに言及したり、尾崎翠の造語であろうと推測する評はない。昭和初期の人々にとって「第七感」という語は、新奇であっても通俗性をもつ表現であったと言えるだろう。

明治から大正にかけて「第七官（感）」という語が用いられた場合のような、宗教や哲学・思想、あるいは科学的で専門的な用語であり、まだ手垢のついていない、どこか神秘的で、精神性の高みを目指していたような雰囲気や、人類に新しい感覚が芽生えるのではないかという期待は、昭和初期の「第七感」という語には、すでに無くなっていたと考えられる。

なお、「千里眼」や「天眼通」のように、時空を超えてものごとを見通せるといった、いわゆる超能力を意味する言葉はすでにあったにもかかわらず、なぜ「第六官（感）」や「第七官（感）」という言葉が新たに用いられるようになったかを考えると、科学や進化論、骨相学、心霊学などの影響から「人類が進化したら、あるいは人類の能力が発達したら、五官（感）以上の感覚や能力が芽生えるのではないか。そのような感覚や能力に関わる、これまでに知られていない器官が発見されるのではないか」という期待があり、そこから、五官（感）の次の感覚として「第六官（感）」「第七官（感）」という感覚が発想されたようにも思われる。しかしその期待は潰えてしまったのか、日本の場合は関東大震災前後が転換点となり、「第六官（感）」や「第七官（感）」という語はいわゆる千里眼や超能力の意味ではあまり用いられなくなっていく。また多くの場合で表記に「官」の字が使われず「感」の字が使われるようになり、語義も限定されてゆく。なおこの頃語義が「ピンとひらめく、勘がはたらく」と確定していった「第六官（感）」という語は、現在でもその意味で用いられる。それに対して「第七官（感）」は、現在では用いられることが珍しい。そのため「第七官」という語は尾崎翠の造語と思われているほどであった。

アインシュタインの理論は「人間の五官の無能ぶり」や「人間の感覚、常識への根本的な意義申し立て」を示したものであった。このことは結果的に、骨相学や心霊学などが肯定的に描いた、五官以外の新しい感覚が人類の進化や発達によって芽生えた、科学によって発見されたという形で具現化されたのではなかった。アインシュタイン来日の翌年一九二三年に起こった関東大震災によって痛烈な形で日本人が体験することとなった。「第六官（感）」や「第七官（感）」という語の意味用法の変遷にも、あるいはアインシュタイン・ショックや関東大震災が影響した可能性があるだろう。

尾崎翠が接したと考えられる「第七官（感）」の用例はいくつか考えられるが、尾崎が「第七官界彷徨」において「第七官」という語を用いるにあたっては、「第七官の発達」という表現から石龍子の骨相学関係書やロッジの心霊学書『死後の生存』による進化論的発想が踏まえられているのではないかということがまず指摘できる。またこの物語において「第七官」が「詩」という「文字」で書かれたものを感受する器官とされること、物語内での「第七官」に関わることがらより、井上円了『妖怪学講義』や橋本五作『岡田式静坐の力』での用例が、「第七官界彷徨」という作品において踏まえられているとも考えられる。

尾崎は宗教や思想についてほとんど書き残していないが、読書や身近な人物を介して当時の新思潮に接する機会は多かったと考えられる。それらの作品への影響を今後検討されることが望まれる。

第二章では第一章をふまえて「第七官界彷徨」を論じた。「第七官界彷徨」の物語内での「第七官」という語の用いられ方を分析すると、この語についての主人公町子の考察は、「喪失」やそこからたちおこる「哀感」に関わるものであった。ただし町子は「第七官の詩」が書けたときにしてみたかったであろう「こころこまやかな」やりとりをした隣人との別れという、最も悲しかったであろう出来事について沈黙していた。これらと「第七官」という語の用例の変遷とをふまえ、この物語が「よほど遠い過去のこと」として語られる意味を考えると、新たな作品解釈が可能となる。

この物語は語り手「私」によって「よほど遠い過去のこと」と語られているが、作品内に登場する事物や「第七官」という言葉自体の意味や表記の用いられ方の変遷から推定すると、「よほど遠い過去」とは大正後期、関東大震災以前と考えられる。そうだとすれば、この「よほど遠い過去」の「秋から冬にかけての短い期間」という物語内時間の後、東京を舞台とするこの物語の登場人物たちは、被災して死んだかもしれず、物語で描かれた風景も無くなった可能性がある。「第七官界彷徨」が発表された昭和六（一九三一）年から考えて大正後期は「よほど遠い過去」ではないが、震災による時代の大きな変化を経た語り手の回想が、すでに失われた建物や死者をもふくめた回想であるとすれば、それが「よほど遠い過去のこと」と感じられることが肯われる。また時代の変化や死者への思いについて沈黙しているだけに、語り手の悲しみは深いと言えよう。このような語り手の姿は、物語内で回想される過去の「私」が「喪失」や「哀感」について考えをめぐらせていたことや、隣人との別れという最も悲しかったであろう出来事について沈黙していたのと同様である。

「第七官界彷徨」という作品名からは二つの意味が読み取れる。一つは語り手「私」によって回想された、震災以前の過去の幸福な世界、私的体験についてである。もう一つは語り手が「語る現在」の時点で体験している、震災以前の過去との「断絶」、語り手が他者と共有する歴史的経験についてである。このような二つの異なる意味を合わせて、ノスタルジアの心性が「第七官界彷徨」という題に象徴的に表現され、その心性は同時代性を有し、「第七官界彷徨」という作品名にはそのような同時代性も刻印されていたと考えられる。

第三章では「歩行」について論じた。まず冒頭と末尾にほぼ同じ詩が置かれることから「円環構造」とされてきた「歩行」の作品構造を検討した。冒頭の詩は作者名が「(よみ人知らず)」とされたうえでエピグラフとして作者によって配置され、作品の最後にその詩の由来が明らかにされると考えると、この作品は直線構造として読むことができる。また作品を読み通してきた読者が末尾の詩を読んで、冒頭の詩と同じであると「気づく」ことを「円形を描いて」冒頭に帰るのだととらえると、読者の立場においては円環構造として読めることを示した。また「おもかげ」という語が用いられた古典和歌や『伊勢物語』等が、この作品の冒頭・末尾の詩の典拠として考えられること、この詩に「(よみ人知らず)」と作者名が記されていることによって、この詩から古風な雰囲気が醸し出され、それが読者の関心を惹く効果がある。

次に、旅立ち、自分の元からいなくなった人の「おもかげ」に心をとらわれ、ふさいでいるという、喪失感にかかわって生起する「かなしみ」や「くるしみ」のために「神経」が疲れている人物が、そのような状態をもたらす「おもかげ」を、ひとときであっても忘れることができる場合が描かれることについて検討した。それは「かなしみ」や「くるしみ」ゆえに体験されている事柄を他人に見出して、自身のこととしては考えない状態として体験したり、あるいは喪失されたものと同様の要素を自身に取り込むことによって、自身の「かなしみ」や「くるしみ」が対症療法的に一時的に感じなくてもよい状態となる場合であった。

また語り手「私」の淋しさについて検討した。芭蕉の幹が風に吹かれて揺れる音を「もつとも淋しい秋風の音」と聴いたところに「私」や「私」の祖母の感じ方の独特さが見いだせる。「芭蕉の幹」と「私」とは、中身が「空」であり「淋しい」「悲しい」という様子で風に吹かれている点において重なっている。また発声せずとも思いを文字で書きあらわしたり、文字を読んで音声のイメージを再現することによって、「私」の「口辺の淋しさ」「耳の辺りの淋しさ」がなぐさめられたと考えられる。そして「私」と幸田当八との交流が「円環」を描くように音声が循環するものであったこと、その交流と別離により「私」自身が変化し、その結果として「淋しさ」や空漠とした心境をあじわっていることを指摘した。

神経が疲れているという状態にある場合に、「詩」がそれを癒す力を持つ可能性もこの作品で描かれた。自身が体験しているのと同様の「かなしみ」や「くるしみ」、さらにその状態を解決するための処方までもが描かれている詩に出会い、読み、その言葉によって作られた別の世界の中で、自身がその処方にしたがって行為することを想像する場合に、ひとときであっても「神経の疲れ」が癒えるのではないかという可能性である。この作品の場合には「詩人」が神経の疲れている相手の状況を感受して、自作ではなくても、相手の状況に合った「詩」を与えたことに、「詩人」の感受性の鋭さが見られた。またこの作品の題である「歩行」とは、作中での「私」の行為であるばかりでなく、「私」が心をとらわれている幸田当八の行っている「各地遍歴の旅」を連想させる言葉でもあった。

第四章では「こほろぎ嬢」について論じた。まずこの作品における「私たち」という語り手は、曖昧な情報に影響されながら、こほろぎ嬢や彼女の飲む粉薬について否定的な解釈を有していることを指摘した。次に「桐の花」と「こほろぎ」という表象について、古典和歌から近代詩までのイメージの変遷を追い、本作品には北原白秋歌集『桐の花』や『新古今和歌集』所収歌などが影響している可能性を指摘した。「こほろぎ」という語は古典詩歌での表現を受けつぎ、近代詩においても声の美しい鳴く虫として、またもの悲しい心情とともに表現されている。そして鳴き声の美しさから歌をうたう、あるいは楽器を演奏するという擬人法によっても表現されるようになった。このような「こほろぎ」という語のイメージが、「こほろぎ嬢」における「こほろぎ」という言葉が用いられる場合にも影響している。そして「桐の花」に関わるイメージが「神経病」を介してこほろぎ嬢に、また「霧《きり》」という「桐《きり》」の同音の言葉を介して「ふいおな・まくろおど」にも重なることを指摘し、それによってこの三者が重なりあい、人物造形に影響していると考えられる。

こほろぎ嬢は図書館で「ゐりあむ・しやあぷ」という異国の詩人の物語を読むが、この「しやあぷの物語」には、『伊勢物語』や「火星」に関する先行作品の影響が考えられる。また「しやあぷの物語」は七夕伝説に類似している。晩春の物語であるはずの「こほろぎ嬢」に、和歌で秋に詠まれる「こほろぎ」や「七夕」という季節外れの風物が配置されていることは、こほろぎ嬢や「しやあぷ」が、健康ではなく「神経病」とされる状態にあるとされたり、孤独な存在であることを象徴的に表していると考えられる。

こほろぎ嬢は「しやあぷ」に「恋」をし、詳しく知ろうと図書館で調べるが成果はあがらず、ある文学史の序文には「しやあぷ」を含め「健康でない文学、神経病に罹つてゐる文学」は掲載されないとあった。このような文学はどのようなものであるか、具体的に検討すると次の四点に関わるものであった。「しやあぷ」とその恋人である女詩人「まくろおど」の特殊な「どつぺるげんげる」関係、「こほろぎ嬢」という小説の内包する悲劇的要素、心理学徒幸田当八の異端性、『伊勢物語』の引用にもかかわるジェンダー・セクシュアリティの問題についての先鋭性である。しかし「健康でない文学、神経病に罹つてゐる文学」は、他方で「たましひは宇宙と広い」「女たちの想像の共同体」といった精神的に広々とした自由さや解放感、新たな可能性が表現されていると肯定的に解釈することも可能である。

またこほろぎ嬢が図書館の地下室食堂で出会った「黒つぽい痩せた」女性は、従来こほろぎ嬢とは対照的であると論じられてきたが、こほろぎ嬢との共通点も多い。むしろこほろぎ嬢は彼女に、死者を恋う自分、経済的に自立していない自分を見出していたのではないかと考えられる。

こほろぎ嬢は確信的かつ主体的に「しやあぷの物語」の語り手による「えろすとみゆうずの神の領土」というしやあぷが住んでいた神秘的な世界が明らかにされることを望まない価値観に反逆して、「恋」に陥り興味を喚起された相手について知ろうとしているが、弱っているためにすぐに「頭を打たれる」感覚をもたらす頭痛にさいなまれる。

こほろぎ嬢は頭痛薬を服用し、パンを食べて、失調から回復するが、これは本質的な回復ではなく対症療法的な手当てである。「頭を打たれる」感覚を薬や食べ物によって忘れても、なお被害妄想を持っ

ているこ とにつながるような、薬や食べ物では根幹から癒されない不安や怖れ、苦痛や苦悩が、こほろぎ嬢には常に存在していると考えられる。

語り手「私たち」には、こほろぎ嬢の神経病の原因を嬢自身に帰するのではなく、「悪魔の粉薬」に責任転嫁することで、結果的にこほろぎ嬢をかばいながらも、新たな芸術や思想等の展開を阻んでしまう可能性を有するという性質があり、これはこほろぎ嬢の母と共通する心性ではないかと考えられる。こほろぎ嬢の母は彼女を経済的に援助していても、精神的にこの世へ根づかせる役割はしていない。またこほろぎ嬢は自己の根底が不安定な状態にあり、世界に対する「基本的信頼」を喪失している状態にあると考えられる。「しやあぷの物語」は世界に対する「基本的信頼」の代替物としてこほろぎ嬢を支えていたが、そのような「しやあぷ」が文学史から排除されていたと知ったことは、こほろぎ嬢の落胆、そして頭痛を引き起こすのに十分であったと考えられる。

こほろぎ嬢は「しやあぷ」に比べても孤独であり、心の深い層に降りても肯定的な女性像を見つけられないことが、図書館の地下室食堂におけるこほろぎ嬢の様子に象徴的に表れている。

こほろぎ嬢の「まくろおど」への問いには、こほろぎ嬢自身に「肉身を備へ」て存在することへの違和感がある様子がうかがえるが、さらに、「まくろおど」が「みすてりの世界」を自ら崩して秘密を明かそうと思わなかったのかと問いかけていることにもなる。この問いへの答えは心理医者が「しやあぷの魂をあばく」ことで判明する可能性があるが、それによって「まくろおど」の特殊性、「みすてり」の性質が失われる可能性もある危険な問いである。「まくろおど」の神秘性や存在の秘密を知ろうとすることは、それらが解明されることを望んでいない価値観の持ち主にとっては「冒瀆」である。そのような他者の価値観に影響されやすい、弱った状態にあるこほろぎ嬢は、自らの望みを「冒瀆」とする他者の価値観を、「頭を打たれる」という罰として感受していると考えられる。このようなこほろぎ嬢の内奥には、この世界に対する「呪詛」が存在していると考えられる。またそのように「冒瀆」と見なされることや「呪詛」とは両義的であり、そこから新しい世界が展開する可能性も胚胎している。

物語の最後のこほろぎ嬢の独白は、「頭を打たれる、ひどく打ちつけられる」という感覚が「悪魔の粉薬」やパンの摂取によって麻痺された上で発想され、出てきた言葉である。この麻痺のない状態で、ただ「頭を打たれる、ひどく打ちつけられる」感覚を味わっているこほろぎ嬢の、「反逆」と表裏にあると考えられる苦悩や孤独感とは、言葉にならない感覚であると思われる。「こほろぎ嬢」の末尾の「夕方」の場面には、「しやあぷ・まくろおど」の「人の世のあらゆる恋仲にも増して、こころこまやか」であった関係と対照的な、こほろぎ嬢の索漠とした孤独感がきわだっている。

なお「第七官界彷徨」「歩行」で描かれた詩や詩人像と、その後に執筆された「こほろぎ嬢」で描かれているそれらを比較すると、「こほろぎ嬢」の方が、より広い情景が詩に描かれ、より理想的な詩人像が造形されている。「第七官界彷徨」に登場する「異国の女詩人」は「風や雲や煙」の詩を書いていたとされる。対して「しやあぷ」と「まくろおど」が書いている詩は雲や霞、霧について、さらに「太陽のあゆみや遊星のあそびに詩魂を托した《（ママ）》」とあるように、詩に書かれる世界が宇宙にまで広がっている。また「歩行」に登場する詩には「おもひを野に捨てよ」「風とゝもにあゆみて　おもかげを風にあたへよ」という地上の風景が書かれていた。他方で「しやあぷ」の詩には「たましひは風とともに歩みて涯しなき空をゆき」とある。これらは「風とともにあゆみて」という詩句を共有するが、「しやあぷ」の詩のほうが、地上を離れたより広い世界を描く。「しやあぷ」と「まくろおど」とは安定した交流をしているようであるが、「しやあぷ」の方が肉体をもった現実の人間でいわば土台であり、「まくろおど」のたましいをその肉体の上に乗せることができるという、男性詩人の方が女性詩人が現実の世界に存在するための土台となっている状態で詩のやりとりをはじめ交流している。この「しゃあぷ・まくろおど」の状態は、「歩行」の最後の場面と比較することができる。「歩行」では、詩人土田九作が詩を書けずに苦しんでいる。また語り手「私」は失恋に心ふさいでおり、かつ「第七官界彷徨」で言及された異国の女詩人の特徴である「屋根部屋」に住んでいるという特徴を有し、詩は書いていないが風や雲について語っている。このように苦悩や悲嘆の心境にある二人のうち、男性である九作の方が女性である「私」を包みこみ保護し、「私」に詩をあたえて慰めていた状態が、「こほろぎ嬢」における「しやあぷ・まくろおど」の二人では、理想化された状態で造形されていると言えるだろう。

また、「地下室アントンの一夜」における詩人土田九作は、「恋」をしている。この「恋」は自らのもとを訪れてまた戻っていった小野町子が、失恋から治っているかどうかという問いに心をとらわれているというものである。これもまた、「しやあぷ」のもとを訪れた「まくろおど」が「しやあぷ」の元を去っている間、「しやあぷ」が「まくろおど」のことを思慕していることの、地上の世界における似姿と言えるだろう。

第五章では「地下室アントンの一夜」について論じた。まず尾崎のロシア文学への関心を概観した上で、尾崎がロシア文学の中でもとくにチェーホフに惹かれていたことを指摘した。そして「匂ひ――嗜好帳の二三ペエヂ」「映画漫想（四）」におけるチェーホフについての言及が、「地下室アントンの一夜」における「チェーホフ」のイメージにも繋がり、チェーホフは「「非科学」的なこと」を好む人物を微笑して受容する人物であると想定されていることを指摘した。またチェーホフ「決闘」とエヴレイノフ「心の劇場」が「地下室アントンの一夜」の人物造形や、最後の「（地下室にて）」の場面等に影響した可能性をも指摘した。

次に「九作詩稿」において、語り手「僕」の状態に統合失調症の陽性症状が現れていると考えられることを指摘した。また「僕」の様子には第三章でのこほろぎ嬢と同様に自己の根底の不安定さがうかがえる。そのような苦渋の状態にある「僕」は自らの「影」である松木を殴りに、すなわち自己破壊へ向かおうとするが、そこから転回する。これは心理学者の幸田当八の「ノオト」の言葉と、アントン・チエホフという医者の微笑の表情を「僕」が想起したことによる。危機的状況にある「僕」が二人の治療者像を内界に得たことは、自己破壊を回避する支えになった。

「（地下室にて）」における「地下室アントン」とは、詩人土田九作の内界に存在する、治療的・保護的なうつわであると考えられる。九作は自己の回復を治療者像の並置によって想像できる。しかしそれは持続するものではなく、詩人のたましいは「わたし自身はなおっていない」と深く自覚している。九作が真に回復するため揃う必要のある「基本的なもの」のうち、肯定的な女性像は「地下室アントン」には現れないが、九作は一時的な心身の保護のために感覚が麻痺されたような状態にあり、女性像が現れないことを感じなくてもよい状態になっている。九作の回復が一時的であろう原因がここに象徴的に表れている。

「九作詩稿」における「僕」は精神的に危機的な状況にあって、自身の詩への批判に対して力強く反論していた。これは詩人としての尊厳を賭した発言であると考えられる。このような力強さは、詩を書いたり読んだりしているが「詩人」と紹介されることはなかった「第七官界彷徨」の小野町子、「歩行」の「私」、「こほろぎ嬢」でのこほろぎ嬢らには見られなかった。また彼女らがふさいでいる時には体験している姿が語られなかった「外の風に吹かれて、とても愉快」という体験も、九作には可能であった。このような確信や「外の風に吹かれて、とても愉快」という感覚は、すこやかさや回復の可能性と繋がっている。その可能性は九作が自ら「詩」を書くことでひらいた。「地下室アントンの一夜」の最後のせりふ「さうとは限らないね。此処は地下室アントン。その爽やかな一夜なんだ」は、この一夜の回復が一時的であるということを示す冷徹な認識である。しかしそこには回復の可能性があらわれている。

二 「もくれん」に見る聴覚と女性像の回復

こほろぎ嬢の病は頭痛であったが、語り手によって「つんぼ」とも噂されていた。また土田九作は耳鳴りに悩まされていた。こほろぎ嬢は、書物の世界を探索しても「ゐりあむ・しやあぷ」という肯定的な男性像を見つけることはできなかった。また地下室に降りても同性と友好的な関係がなく、孤独のきわだつ人物である。それに対して土田九作の場合、「地下室アントン」のなかには、失恋者であり女詩人の特徴を具有している小野町子という女性像こそ現れなかったが、土田九作は「地下室アントン」においで同性とともにひととき憩うことができた。

こほろぎ嬢には、「ふいおな・まくろおど」における「ゐりあむ・しやあぷ」のような、こころこまやかな交流をする男性詩人の存在はなく、「地下室アントンの一夜」において土田九作は、その失恋の傷が癒えているかどうかを心配している、女詩人の特徴を具有する女性像を喪失したままである。こほろぎ嬢と土田九作のこのような様子は、「こほろぎ嬢」において造形されている理想的な詩人像である、「しやあぷ・まくろおど」の二人が別々にひき離されている状態のようでもある。こほろぎ嬢や土田九作における聴覚の異常や発声器官のすぐれないこと、自己の不安定さ、そして世界に対する基本的な信頼感を喪失しているようであるのは、この分離ゆえであるとも考えられるだろう。

さて、「第七官界彷徨」から「地下室アントンの一夜」に至る代表作群を書きつぎ、病を得て一九三二年夏に郷里の鳥取へ帰郷した尾崎翠が、鳥取の歌誌『情脈』一九三四年四月号に発表した「もくれん」という短い随筆では、女子大生時代が回想されている。そこには聴覚の回復や、肯定的な女詩人像の回復もあらわれていると考えられる。次の場面である。

十首の歌稿をたいせつに抱え、寮舎を出て春の校庭を横ぎり、長い長い螺旋階段を登つて行くと
——私は記憶してゐる。春の螺旋階段には桜の花が気まぐれにこぼれてゐた。窓をあけてないので薄暗い葩であつた。
螺旋の尽きたところに週報の編輯室のとびらがある。二つ三つノツクすると、

『おはいりなさい』と答へがある。

編輯の仁科女史がたつた一人、寂然とした部屋の中で仕事卓に就いて居られた。女史は歌稿の封筒を破いて木蓮の歌にさつと眼をとほし、そして前掲の一首（筆者注：「はるくればはるのさびしさとりあつめもくれんさけりきみすめるいへ」）を低声で口誦まれた。ただ棒読みの素朴な朗吟であつたが、これは私の劣ない歌が他人に朗吟された最初であった。そして恐らく最終の朗吟であらうと思ふ。

階段を降りて行く時、肺の中が非常に爽やかで涼しかつた。建物の外に出ると、校庭の大気の中には暖かい晩春がゐて、私の背中に呼びかけた。――ハロオ、センチナウタヨミ。羽織ヲヌイデ夏ノウタヲ支度シナサイ。


精神的に危機的な状況にあった土田九作は階段を降りて地下室へ向かい、同性のなかでひととき心身の安らぎをあじわった。他方こほろぎ嬢には地下室へ降りてもそのような同性との交流はなかった。しかし「こほろぎ嬢」と同じ晩春という季節、「もくれん」における「私」という女性は、階段を降りて地下室へ向かうのではなく、逆に螺旋階段を登り歌稿を持って編輯室へ行く。そこで編輯の女性が「私」の歌を朗吟する声を聞く。それによって「私」は「爽やか」さをあじわい、次の作歌への創作意欲が芽生える。それを「大気の中」に「私」と共にある「晩春」からの呼びかけという受動的な形で肯定的に認識する。尾崎に親しい場である寺院によく植えられている「もくれん」は、古代の被子植物のおもかげを残し、花を構成する多数の要素が花床に「螺旋」状につく。それが古来和歌に詠まれてきた桜の花びらのこぼれる「螺旋階段」と重なりあう。この場面は尾崎翠が繰りかえし描いた詩歌を介する「こころこまやかな」やりとりの一変奏、あるいはその「古風なものがたり」の原風景と言えようか。

＊「編輯の仁科女史」とは仁科節《みさお》である。当時仁科は日本女子大学卒業生の会「桜楓会」職員で、尾崎の歌が掲載された桜楓会の機関誌『家庭週報』の編集をしていた国文学部五回生であった。仁科は日本女子大学の創始者成瀬仁蔵（一八五八―一九一九）の秘書的な役割もつとめ、伝記『成瀬先生伝』（桜楓会出版部　一九二八）も編纂した。以上については溝部優実子「尾崎翠」（青木生子・岩淵宏子編『日本女子大学に学んだ文学者たち』翰林書房　二〇〇四　所収）を参照した。

三　今後の課題

喪失の体験やそこから生起する「かなしみ」にどのように応ずるのか。その体験や感情によって心身を病んだ場合、回復には何が必要であろうか。そのかなしみにただ沈黙する。人間のいない野を歩き風に吹かれる。薬や食べ物を摂る。医師のもとを訪れる。そして「詩」の果たす役割が、尾崎翠の代表作群には描かれた。そこには生きのびるための方法を模索した跡がある。

そこでは詩のやりとりという「こころこまやかな」やりとりによってもたらされる幸福感や、詩人が感受性の鋭さによって他者の回復を助けること、詩を読み、書くことによって神経の疲れや病から回復する可能性が描かれた。他方では病の状態にある人物において、読みたい詩が見つからない状況や、詩を書いてもその詩のこころのやりとりが他者とうまくいかない状況も描かれた。病の状態にある人物において、その人物に合う詩がない、人物と詩とがずれている状況が描かれたと言えるだろう。この不調和と、その人物の世界に対する基本的信頼の喪失とは関わっていると考えられる。詩とは、世界との調和を象徴するものとして表現され、世界に対する基本的信頼が失われた状態にある者の回復に必要な何かであり、その人物の性質やおかれた状況によって必要な詩は異なると考えられる。

「こほろぎ嬢」では「たましひは風とともに歩みて涯しなき空を行き」という詩句が、「しやあぷ」の作として語られており、「しやあぷ・まくろおど」に関係する尾崎翠作品「詩二篇　神々に捧ぐる詩」の「ヰリアム・シヤアプ」には「たましひは宇宙とひろい」という詩句がある。「地下室アントンの一夜」において土田九作は「人間の肉眼といふものは、宇宙の中に数かぎりなく在るいろんな眼のうちの、僅か一つの眼にすぎないぢやないか」と主張した。そのように視界がひろく「たましひ」について表現する者として「詩人」が造形され、詩人の尊厳を賭してそのような発言がなされたことが、尾崎翠作品における「詩人」や「詩」についての理想的なすがたを表していると考えられるだろう。

本論をふまえ、今後の新たな課題が考えられる。まず本論では尾崎翠の用いる言葉そのものの詩的特性やレトリックの手法について十分に論じていない。そこで、従来影響関係が指摘されてきたドイツ表現主義やダダイズム、シュルレアリスム等と、尾崎翠の作品や言葉との影響関係について考察を深めることが望まれる。また別の観点から、尾崎翠の詩的言語は井筒俊彦『意識と本質　精神的東洋を索めて』（岩波書店　一九八三）での議論において「「本質」実在論の第二の型、すなわち元型的「本質」論の立場」

とされる意識領域から生起する言語であると考えられる。これらについての検討や、そこで言及される『楚辞』と尾崎翠作品との共通性についても考察の余地があろう。

『万葉集事典』（稲岡耕二編　学燈社　一九九四）には「くも（雲）」の項目に「自然現象だが、古代の霊魂観念や自然観においては、霧・煙などとともに生命力や霊魂の表象でもあった」（項目執筆は神野志隆光氏）とある。これらは尾崎翠作品において理想的な「詩」とされるものに描かれていた。また尾崎翠作品で「木犀」は好ましい表象として描かれるが、古代中国で月に生えていると伝承された「桂」は木犀で、漢詩における「桂」は木犀を指す。尾崎翠「木犀」（『女人芸術』一九二九・三）は前月の掲載予告では「月光」という題であった。尾崎翠作品における古典文学の影響や摂取を、同時代の古典文学の学びの様相を踏まえてより幅広く検証し考察を深める必要があるだろう。

尾崎翠作品への理解を深めるにはユーモアについての検討も有効であろう。「尾崎翠「歩行」論」発表の際（近代文学研究会　二〇〇九・十二　於京都光華女子大学）、登場人物の名前について諧謔の側面から考慮する必要をご指摘いただいた。「土田九作」は「きゅうさく」と訓むと「窮作」、「くさく」と訓むと「苦作」「愚作」に通じる。「当八」とは、心理学で「一つの新分野を開拓」と格好良いことを言っているが「当たるも八卦、当たらぬも八卦」ではないかという揶揄に通じる等。（なお詩人山村暮鳥（一八八四―一九二四）の本名は「土田八九十《はくじゅう》」、同時代作家で「きゅうさく」と言えば「夢野久作」（一八八九―一九三六）が連想されるが、これらが「土田九作」というネーミングの参考にされたかは不詳である）。

本論は「詩と病理」という観点から尾崎翠作品を読解する試みであった。尾崎翠作品をゆたかにあじわい、理解を深めるには、いっそう広い視野からの読解がのぞまれる。

初出一覧

本書は博士学位論文「尾崎翠における詩と病理についての研究」（京都府立大学　二〇一四）にもとづいている。各章の初出は以下のとおりである。ただし本書への収録に際して加筆・修正をおこなっている。

論文編

序章　書き下ろし

第一章

「「第七官」をめぐって――尾崎翠「第七官界彷徨」における回想のありかた――」（『和漢語文研究』第十一号　京都府立大学国中文学会　二〇一三・十一）

第二章

「「第七官界彷徨」と翠」（『郷土出身文学者シリーズ⑦　尾崎翠』鳥取県立図書館　二〇一一・三）

「「第七官」をめぐって――尾崎翠「第七官界彷徨」における回想のありかた――」（前掲）

第三章

「尾崎翠「歩行」論――おもかげを吹く風、耳の底に聴いた淋しさ――」（『阪大近代文学研究』第十一号　大阪大学近代文学研究会　二〇一三・三）

第四章

「尾崎翠と和歌・短歌――「こほろぎ嬢」を中心に――」（『尾崎翠フォーラムin 鳥取２００２　報告集』尾崎翠フォーラムin 鳥取２００２実行委員会　二〇〇二・十二）

「尾崎翠の詩と病理――「こほろぎ嬢」「地下室アントンの一夜」を中心に――」（『和漢語文研究』第五号　京都府立大学国中文学会　二〇〇七・十一）

「尾崎翠「こほろぎ嬢」論――神経病、反逆、頭を打たれること――」（『阪大近代文学研究』第十二号　大阪大学

近代文学研究会　二〇一四・三）

第五章

「尾崎翠とユーモア――翠のロシア文学への興味、チェーホフ――」（第一回「尾崎翠フォーラム in 鳥取」　分科会「尾崎翠とユーモア」発表資料　二〇〇一・七）

「尾崎翠の詩と病理――「こほろぎ嬢」「地下室アントンの一夜」を中心に――」（前掲）

終章

「尾崎翠の詩と病理――「こほろぎ嬢」「地下室アントンの一夜」を中心に――」（前掲）

資料編

「尾崎翠の橋浦泰雄宛て書簡」（『尾崎翠フォーラム in 鳥取２００２ 報告集』尾崎翠フォーラム in 鳥取２００２ 実行委員会　二〇〇二・十二）

「全集未収録の尾崎翠作品」（『尾崎翠フォーラム in 鳥取２００３ 報告集』尾崎翠フォーラム in 鳥取２００３ 実行委員会　二〇〇三・十二）

「尾崎翠に関する資料の紹介」（『尾崎翠フォーラム in 鳥取２０１３ 報告集』尾崎翠フォーラム in 鳥取２０１３ 実行委員会 二〇一三・十二）

主要参考文献

本文に挙げた以外の主要な参考文献を次に挙げる。

市川浩『〈身〉の構造』（青土社　一九八五）
出原隆俊『異説・日本近代文学』（大阪大学出版会　二〇一〇）
巖谷國士『シュルレアリスムとは何か』（メタローグ　一九九六）
小倉千加子『セクシュアリティの心理学』（有斐閣　二〇〇一）
鏡リュウジ・高橋巖「シュタイナーと出会うために」（『ユリイカ』青土社　二〇〇〇・五）
神谷忠孝『日本のダダ』（響文社　一九八七）
木村敏『心の病理を考える』（岩波書店　一九九四）
『初期自己論・分裂病論』（木村敏著作集第一巻　弘文堂　二〇〇一）
『臨床哲学論文集』（木村敏著作集第七巻　弘文堂　二〇〇一）
京都国立近代美術館『日本の前衛―― Art into Life 1900-1940』（京都国立近代美術館　一九九九）
紅野敏郎『文芸誌譚　その「雑」なる風景一九一〇―一九三五』（雄松堂出版　二〇〇〇）
斎藤学『封印された叫び　心的外傷と記憶』（講談社　一九九九）
『講演集Ⅲ　心の傷と癒しと成長』（ＩＦＦ出版部ヘルスワーク協会　一九九九）
『依存症と家族』（学陽書房　二〇〇九）
佐竹昭広『民話の思想』（平凡社　一九七三　のち中公文庫　一九九〇）
『萬葉集抜書』（岩波書店　一九八〇）
澤正宏・和田博文編『日本のシュールレアリスム』（世界思想社　一九九五）
杉本秀太郎『大田垣蓮月』（淡交社　一九七五）

鈴木貞美『「生命」で読む日本近代―大正生命主義の誕生と展開』（日本放送出版協会 一九九六）
鈴木貞美編『大正生命主義と現代』（河出書房新社 一九九五）
塚本靖代『尾崎翠論 尾崎翠の戦略としての「妹」について』（近代文芸社 二〇〇六）
中井久夫『中井久夫著作集』全六巻・別巻二（岩崎学術出版社 一九八四―一九九一）
日本近代文学館編『日本近代文学大事典』全六巻（講談社 一九七七―一九七八）
林あまり「グッバイ、センチナウタヨミ――尾崎翠、歌のわかれ――」（『短歌と日本人V 短歌の私、日本の私』岩波書店 一九九九 所収）
福田知子『詩的創造の水脈――北村透谷・金子筑水・園頼三・竹中郁――』（晃洋書房 二〇〇八）
宮迫千鶴・吉福伸逸『楽園瞑想 神話的時間を生き直す』（雲母書房 二〇〇一）
森仁史監修『躍動する魂のきらめき 日本の表現主義』（東京美術 二〇〇九）
和田博文監修『コレクション・都市モダニズム詩誌』全十五巻（ゆまに書房 二〇〇九―二〇一一）

アリエティ、シルヴァーノ『精神分裂病の解釈Ｉ』（殿村忠彦・笠原嘉 監訳 みすず書房 一九九五）

『imago』特集：精神分裂病 時間と空間のパソロジー（青土社 一九九一・六）
『尾崎翠フォーラム 報告集』一―十四（尾崎翠フォーラム実行委員会 二〇〇一―二〇一四）
『現代詩手帳』特集：日本モダニズムの再検討（思潮社 一九八六・十）
『国文学 解釈と教材の研究』特集：女性の「知」の最前線――女のディスクール（学燈社 二〇〇〇・三）

あとがき

若い日に尾崎翠「第七官界彷徨」を読んだとき、深い喪失感と澄んだ抒情とを感じて茫然とした。それは私には「底がぬけたような感じ」として感じられた。銀色に光るうすい水色をした、上の方はより白っぽく光る、光のなかのような水のなかのようなところにいて、足はつかない。そして私の位置が変わるのではなく、私をとりまくその世界全体が下降していくという感じであった。たいてい喪失感や抒情といっても底がある。しかしこの作品を読んで私が感受した喪失感や抒情はそうではなく、底を踏みぬいた感じであった。尾崎翠は死を描いている。それにしてもこの底のぬけたような深い喪失感はいったい何なのか。その問いから私は「第七官界彷徨」にかかる卒業論文に取り組んだ。

卒業論文では「喪失感」にかかわって「第七官界彷徨」における「詩」の問題を考えた。次に修士論文では尾崎翠作品における「詩」の問題をより深めて考えたく「地下室アントンの一夜」を論じた。修士論文執筆にあたっては、作品を論じるに際して参照しようと様々な詩論を勉強したけれども、当時、私が知りたいと思ったことに答えてくれる本には出会えなかった。徒手空拳のままに「地下室アントンの一夜」を論じた修士論文を提出して間もなく、書店でたまたま中井久夫『最終講義　分裂病私見』（みすず書房　一九九八）を手に取った。当時私は不勉強で統合失調症についてほとんど無知であったけれども、この本を読み、私の考えていたことはこの本に関わることではないかと、何度読んだか分からない。その後修士論文を読んでくださったある先生から、あなたの論じていることは統合失調症の問題だけれど、どうして統合失調症の理論で補強して論じていないのかと疑問を呈された。その先生は、私が統合失調症について無知のままに修士論文を書いたとは思っておられなかったのである。私は「詩」について考え、論じていたつもりだったけれども、そうではなくて統合失調症について考えていたようだった。あるいは「地下室アントンの一夜」という作品においては、「詩」と統合失調症の精神病理とが、密接に関係していたと言えるのだろう。それから私は統合失調症について学びはじめた。中井久夫先生の著作集を読みはじめたら、自分の知りたかったことが書かれていると夢中になってページを繰った。時間がかかったけれども「地下室アントンの一夜」にかかる修士論文を書き直し、統合失調症の理論を参照して、本書の第四章・第五章・終章のもととなった拙稿「尾崎翠の詩と病理――「こほろぎ嬢」「地下室アントンの一夜」を中心に――」(『和漢語文研究』第五号　京都府立大学国中文学会　二〇〇七)をまとめた。それから、研究をより深めるために博士後期課程に進学した。

「第七官界彷徨」を読んで感じた、この底のぬけたような深い喪失感はいったい何なのだろうという問い、そして「地下室アントンの一夜」についての修士論文を書き終えたあとに見えてきた「詩」と統合失調症の精神病理との関わりが、私の尾崎翠作品研究のテーマであった。私は尾崎翠作品を読みこむうちに、そこに喪失感や病からの回復のありようが描かれているように思われてきた。それには、私が「歩行」を最後まで読み通したときに感じる、末尾の詩の直前でカメラが大きくぐるっと回って場面が切り替わり、詩を読みすすめると「風」が吹いている以外に何も見えないような感じになること、また「こほろぎ嬢」を読むと、この主人公の女性が土人形にはりぼてをかぶせたような人物に見える一方で、この作品には尾崎翠の他作品とは異なるような、あえて言えば、「ふいおな・まくろおど」の造形によって、他の尾崎翠作品よりオクターブの高い美しさが倍音を響かせているように感じられることも関わっているように思われた。

尾崎翠の初期作品に書かれた一節「私にはたゞ生きて居るといふ其のことが嬉しいのだ。此の幼い私の前途にはどんなに生々した楽しい多くの時間が待つてゐることであらう」(「悲しみを求める心」『文章世界』一九一六・四)という瑞々しいすこやかさにあらためて目をとめた。なんと健康な人なのか。この一文はのちの尾崎翠が喪失や病からの回復のありようを描いたことと呼応するように感じられた。尾崎翠の後期作品には、地上の人間による「たましひは宇宙と広い」という感覚を基盤として喚起される爽やかさや歓喜、それらがかなわない場合の悲哀あるいはノスタルジア、そしてそこからの回復の様相が描かれているように思われた。


研究の過程でたいへん多くの方にお世話になった。先生方、皆様に、心より感謝を申し上げます。

出原隆俊先生には長年御指導をたまわってきた。京都府立大学で三回生の時に出原先生が大阪大学よりご来講され、近代文学の講義を受講させていただいて以来である。大阪大学での博士前期課程在学中には指導教員として御指導いただいた。一般企業での就職を経て京都府立大学の博士後期課程に進学したあとも引きつづきお世話になり、博士論文の公開審査にもおいでくださった。出原先生の長年にわたる真摯な御指導のおかげで、ここまで辿り着くことができた。

京都府立大学での博士後期課程在学中は、萬葉集研究者の山崎福之先生が指導教員を引き受けてくださり、博士論文主査の労をとってくださった。博士論文公開審査のあと、たくさんの付箋が張られ、多くの書き込みのなされた私の博論を山崎先生がお返しくださった。ニュートラルな視点からの真剣で柔軟なご意見を目のさめる思いで拝読した。

近代文学研究会では、出原隆俊先生、清水康次先生、関肇先生をはじめとする先生方や皆様にお世話になった。研究会では、作品にじっくりと向き合い、ひとつの作品世界全体を深く読みあじわうことの面白さや喜びを体験させていただき、多くの知見や研究への示唆をいただいた。

博士前期課程在学一年目の一九九八年、筑摩書房から『定本尾崎翠全集』が刊行された。また同年には、浜野佐知監督・山崎邦紀脚本による映画『第七官界彷徨　尾崎翠を探して』（旦々舎）が製作・上映されはじめた。同年に尾崎翠再評価の波が起こり始めていたように思われる。翌一九九九年春になってから浜野監督・山崎氏に初めてお目にかかり、映画を鑑賞した。尾崎翠という作家への敬意にあふれ「第七官界彷徨」の抒情とユーモアを伝える映画に感銘を受けた。

映画の製作・上映を受けて、二〇〇一年に尾崎翠の郷里鳥取で「尾崎翠フォーラム」が市民有志によって開催され、以後毎年開催されている。フォーラムに参加し、尾崎翠のご親族の皆様、土井淑平代表、北川扶生子先生、佐々木孝文氏をはじめ郷土の作家である尾崎翠を顕彰する皆様に長年お世話になった。映画上映会やフォーラムの場では、尾崎翠に関心を持つ研究者に限らず、尾崎翠の愛読者など多くの方に出会った。「尾崎翠の読者」ということだけが共通する、関心の方向や専門の異なる様々な方に出会い、多彩な刺激や示唆、貴重な御教示とお励ましをいただいた。

本書の「資料編」には、卒業論文を書いていたときから最近に至るまでの調査の結果として見つかった、尾崎翠の全集未収録作品や同時代評などの資料を収録している。森澤夕子氏、山崎邦紀氏は資料に好意的な関心を持たれ、また公開をうながしてくださった。

資料の公開に際しては、尾崎翠の令甥で著作権継承者の小林喬樹様はじめ尾崎翠のご遺族の皆様、橋浦泰雄の令息橋浦赤志様、大阪府高槻市正徳寺の御住職宇津木一秀様、網浜聖子様はじめ鳥取県立図書館郷土資料課の皆様に、ご厚意とご援助をいただいた。また尾崎翠の親友松下文子の令息松下雅信氏は筆者の突然のぶしつけなお問い合わせに御親切に応対くださった。皆様に、心より感謝申し上げます。

資料の調査や閲覧、本書への掲載に際して、京都府立大学附属図書館、大阪大学附属図書館、同志社大学図書館、京都大学図書館機構、国立国会図書館、鳥取県立図書館、京都府立図書館、日本近代文学館、神奈川近代文学館をはじめ、多くの大学図書館、公共図書館、博物館施設のお世話になった。司書や学芸員の皆様に御礼申し上げます。

心理学者の角本典子先生には、尾崎翠作品と統合失調症との関わりについて研究することへの貴重な御教示や示唆、また折にふれてお励ましをいただいた。

日出山陽子氏、佐々木孝文氏は、資料等に関する情報を惜しみなくお分かちくださるばかりか、折にふれて作品解釈について重要な御教示をくださり、長年にわたって筆者の研究をお励ましくださった。

本書をビイング・ネット・プレスにご推挽くださったのは宗教学者の吉永進一先生である。尾崎翠のよき読者でもいらっしゃる吉永先生には、「第七官」という言葉を調査する過程でご質問にうかがって以来お世話になり、お心ひろく研究会や研究調査に参加させてくださった。研究会や調査でご一緒させていただいた先生方や皆様には、初歩的な質問にもいつも御親切にご教示をいただいた。

ビイング・ネット・プレスの野村敏晴さん、埋田喜子さんには、つねに細やかなお心遣いをいただいた。装幀の矢野徳子さん、本当にありがとうございました。

最後に、尾崎翠研究の大先輩、日出山陽子さんの御高著『尾崎翠への旅――本と雑誌の迷路のなかで――』（小学館スクウェア　二〇〇九）には次のメッセージが掲げられています。（改行は／で示します）「尾崎翠に出会う旅のなかで／架けられなかったたくさんの橋があります。／私には不可能でも／いつか誰かが可能にしてくれるのではないか……／そんな思いから本書をまとめました。／（筆者注：一行空いて）尾崎翠を愛する方が／橋を架けなおしたり／尾崎翠に届く新たな橋を架けてくださったら／と、心から願っています」。また志半ばでがんに倒れ、二〇〇二年六月、二十九歳で帰らぬ人となった尾崎翠研究の仲間、故・塚本靖代さんを悼んで、山崎邦紀さんは次のように記されています。「塚本さんが、亡くなる一ヶ月ほど前の５月《（ママ）》初旬、矢川さんを長野の黒姫山に訪ね、インタビューしていたことを後で知った。堀ひかりさんによれば、塚本さんは今年転移が発見された後も、野溝七生子の生原稿を写真に撮って整理しながら、「できるところまでしておけば、次の人の役に立つから」と語ったという」。（山崎邦紀「追悼――塚本靖代さん、石原郁子さん、矢川澄子さん――」http://www.7th-sense.gr.jp/eiga/eiga3_video&panhu.html）。拙著が、尾崎翠とその作品に出会う方が橋を架けるときの役に立ちますよう願っています。

本書は京都府立大学平成二十六年度研究成果公表（出版図書）支援事業より支援を得て出版される。

◉資料編

一　新たに確認できた尾崎翠自身による書簡・作品

A　書簡

B　作品

作品についての注記

二　新たに確認できた同時代評および同時代人との関係を示す資料

A　同時代評

B　写真

C　尾崎翠に関係する作品・作者

＊　新出資料の漢字は新字体に改めたが、歴史的仮名遣いは残した。ルビは原則として省略し、明らかな誤植と見られるものは訂正した。なお新聞・雑誌記事に適宜句読点を補っている。

一　新たに確認できた尾崎翠自身による書簡・作品

A　書簡

尾崎翠からの橋浦泰雄宛て書簡三点。（「橋浦泰雄関係文書」鳥取県立図書館蔵）

1　昭和五年四月二十八日付、橋浦泰雄宛（手紙）（「井上製」原稿用紙）
2　昭和五年五月十七日付（消印は十六日）、橋浦泰雄宛（はがき）（官製はがき）
3　昭和五年九月十六日付、橋浦泰雄・夫人宛（手紙と為替）（便箋、詳細不明）

1と3の封筒の裏面には、日付および「市外上落合八四二（改行して字を下げ）岸方　尾崎翠」と住所と名前の記載がある。

1

橋浦様

御無沙汰申上げてをります

此度の郷里講演会につき村上さんから
秋田氏とあなたの御日取を知らせて参り
まして、生田氏と私にもその日取りを採るや
うとの事でしたので昨日生田氏を訪ひ、承
諾を得ました。就いて一つお願ひしたいこ
とがございます　村上さんの御注文では
各氏御一緒に山陰入りが社として好都合
とのこと、で、十五日東京駅御発ちの時間
お決まり次第私までお知らせ願ひ上げ
ます。私は一足お先に帰郷し、むかうで
お待ちすることに決めてゐますけれど、生田氏
にはなるたけあなた方と同道して頂いて、社
の好都合のやうにし度く思ひますので、
お手数乍ら　時間お知らせ願ひ上げます
一度伺ひ度く思ひながら多忙に紛れ手紙
でお願ひ申上げました

四月二十八日

尾崎翠

2

伺うつもりでゐましたけれど時間がありませんので、秋田氏の汽車の時間お決り次第生田氏へお知らせ願ひ上げます「牛区弁天町四十四」

十七日

市外上落合八四二

岸方　尾崎翠

3

絵の残金延引して済みません　取あへず同封の小為替二枚什七円お送り申上げます　御査収下さいませ

九月十六日　尾崎翠

橋浦夫人様

書簡の背景

1と2は、鳥取の自由社によって一九三〇年五月二十四日午後八時から鳥取市の県会議事堂で開催された文芸思潮講座に関する書簡である。一九三〇年五月二十二日付『因伯時報』には、尾崎は「諸般の準備のため」二十一日に帰鳥したとあり、二十六日夜に倉吉の成徳小学校でも同講座が開催予定とある。

3は文芸思潮講座に続いて六月一日から三日、鳥取商工奨励館にて開催された「橋浦泰雄作品頒布会」で、尾崎が橋浦の絵画を購入した代金支払いのための書簡である。

これらは現在所在が判明している、日付が最も古い尾崎翠の直筆書簡である。

この文芸思潮講座の講師として尾崎翠は生田春月（一八九二―一九三〇）、秋田雨雀（一八八三―一九六二）、橋浦泰雄（一八八八―一九七九）とともに招かれたが、春月はその直前の五月十九日に瀬戸内海で汽船から投身自殺した。1、2の書簡で尾崎は精神的に不安定だった春月に対する配慮を見せていると思われる。また文芸思潮講座での尾崎の演題は「反自然主義文学の各分野について」「表現派の作品二、三に就て」であったが、そのような事情のため「生田春月氏の追憶」に変更された。

文芸思潮講座は五月十四日付『鳥取新報』によると会費三十五銭でチケット事前購入制。尾崎は「本市高女出で現在中央雑誌界に一異彩を放つ女人芸術の同人として才学を謳はれる人」と紹介されている。講座翌々日の五月二十六日付『因伯時報』によると、講座の受講生は二百名であった。

書簡にある「村上さん」とは、講座で司会をつとめた社会運動家村上吉蔵（一八九七―一九八二）のことと思われる。村上は尾崎や橋浦と同郷の岩美町出身。橋浦らと共に鳥取出身の文学仲間で一九二一年に『壊人』（壊人社）を創刊したが、一九二二年一月わずか四号で休刊。その休刊と壊人社主宰の文化講演会の影響を受けて、尾崎も発起人として参加した第二次『水脈』が一九二二年十一月に創刊された。

橋浦泰雄は岩美町出身で、画家・民俗学者等として幅広く活躍した人物である。橋浦については鶴見太郎『橋浦泰雄伝　柳田学の大いなる伴走者』（晶文社　二〇〇〇）に詳しい。

「橋浦泰雄関係文書」は鶴見氏が調査、整理され、現在鳥取県立図書館に収められている。「橋浦泰雄関係文書」には様々な資料が含まれるが、書簡類は概算でも四千通を越え、柳田国男八十五通、有島武郎三十三通、中野重治六通等の重要資料が含まれる。膨大な「橋浦泰雄関係文書」の中から尾崎翠の書簡三通を確認されたのは鶴見氏であり、また橋浦泰雄の令息橋浦赤志氏は、資料の閲覧・公開についてご快諾下さった。この書簡の公開はお二人のご厚意によるものである。

なおこの書簡については、前述の鶴見氏のご著書と佐々木孝文「「永遠の妹」と「九百人のお兄さん」――大正・昭和の鳥取文壇と尾崎翠――」（『ファイ　人文学論集・鳥取』臨時増刊号　二〇〇一・六）に言及がある。筆者は佐々木氏から書簡や鶴見氏のご著書についてご教示頂いたことがきっかけで、この書簡の初めての公開に関わった。

これらの書簡が橋浦との間で交わされた一九三〇年の尾崎翠は、前年一九二九年の次兄の死、その前年一九二八年は親友松下文子が夫に帯同してベルリンに行く等、寂しいことの重なったあとである。その後の尾崎の文学活動の展開や鳥取出身者たちとの交友を知る上でこれらの書簡は貴重である。

一九三〇年の尾崎は、『女人芸術』に唯一の翻訳「モレラ」（アラン・ポオ作品）を発表し、名高い「映画漫想」を連載した。鳥取の文芸思潮講座のあと東京へ帰り、六月下旬に『女人芸術』三周年記念講演会でも「表現派漫想」という題で話している。また『女人芸術』『詩神』での座談会への出席、年末からの「第七官界彷徨」の執筆等、文学活動や交友関係に広がりと変化をみせた年であった。これら橋浦泰雄宛の書簡はその状況の一端を示すものである。

橋浦泰雄は有島武郎との強い信頼関係があったが、晩年の有島の「詩への逸脱」(『泉』一九二三・四)への強い共感を、尾崎は「女流詩人・作家座談会」(『詩神』一九三〇・五)で次のように語っている。「作家側から言ふと、有島さんが、晩年に唱へた「詩の逸《(ママ)》脱」あれをやつて見たいのです」「形は散文でも非常に言葉を惜んで、而もテンポを速くする。そこで詩への逸脱といふことを非常に思ふのです。有島さんの晩年の心境は非常に首肯るのです」。この座談会は鳥取での文芸思潮講座の時期と重なる。この時期でないにせよ、橋浦と尾崎との間で有島について語られたことがあるのかもしれない。また『泉』は有島の個人誌で、尾崎が『泉』を読むきっかけには橋浦が関わったとも考えられる。有島が自殺していることより、春月に対する書簡1、2での配慮は有島を想起してのことかもしれない。

尾崎と親しかった樺山千代は「先生のプロフィル」(『生田春月追悼詩集　海図』交蘭社　一九三〇)で、これらの書簡が書かれた時期に重なる春月自殺直前の五月十二日午後、樺山家で春月と尾崎と三人で交わされた会話の様子を書き留めている。春月が「しかし有島武郎はうまい事をやつたね、羨ましいなァ」「僕は四十までは生きたくない」と言っていたこと、その後まもなく春月が「宛のない旅」に出たことを尾崎から聞いた樺山は「間違ひがなければいゝが……」と、「思はず息をのんで心に手を合はせた」。また前年に春月に自殺のおそれがあると感じた樺山は、尾崎と相談して「加藤武雄先生に御相談に行かうか」などと語り合ったという。春月が亡くなったあと二人は春月を悼んで一日を過ごしたという。「一

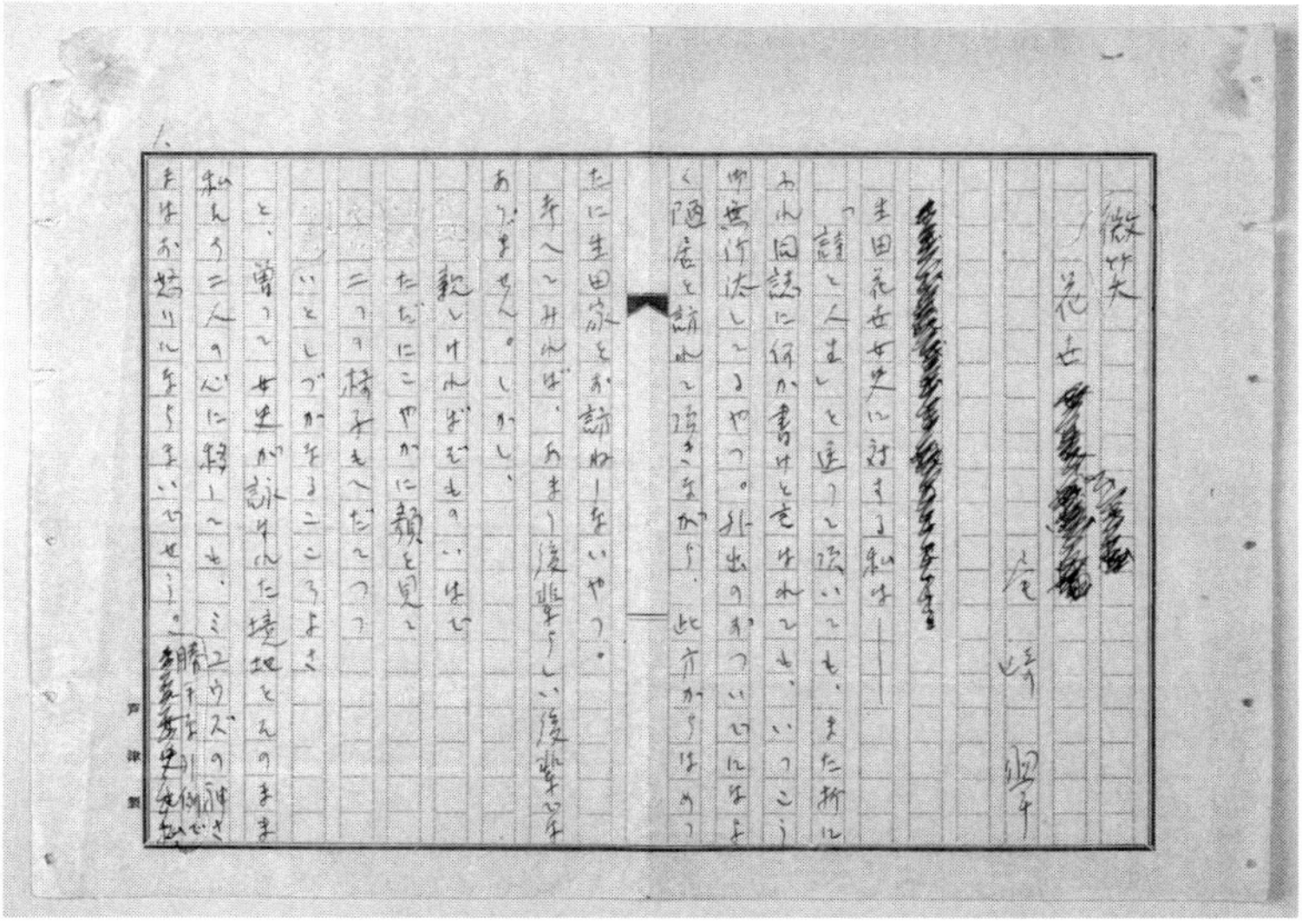

尾崎翠「微笑花世」（鳥取県立図書館蔵）

日尾崎さんと私とは先生を語つては泣き、泣いては語つた。その内にも私は、時には尾崎さんと一緒に「うらぶれたる老人」だとか「十九世紀の臭気がする」とか等に、お親しいまゝに先生に悪口を云つた事を思ひ出し、悔に心の疼くのをおぼへた。（その時先生はにこにこと気嫌《（ママ）》よく聞いたり反撥されたりしたのだつたが）」。

尾崎は春月夫人の生田花世（一八八八―一九七〇）とも親しく、春月に対する心配はたいていのものではなかったと思われる。花世と尾崎との交友は、尾崎の一九三二年の鳥取帰郷後も続き、尾崎は「微笑花世」という随筆を鳥取の歌誌『情脈』（一九三三・十一）に発表した。「真剣な話し手と静かな聴手――さうざらにある対人関係ではないであらう。花世女史と私とは、どうした加減からかそんな対人関係の一例を形作つてゐる」と花世を懐かしんでいる。

なお六月一日付『因伯時報』に「春月氏追悼

会あすロゴスで」という記事があり、目下帰鳥中の尾崎は春月と「親交」があったため追悼会に出席する旨が記載されている。会費は三十銭。そして六月四日付『因伯時報』には「春月氏追悼会　記念撮影と色残《(ママ)》を未亡人へ」という記事があり、次の通りである。（適宜句読点を付し、明らかな誤字はあらためた。この記事は元日本海新聞社編集局長大久保弘《ひろむ》氏（一九一四―一九八七）の残した資料に記載があり、資料を調査されていた佐々木孝文氏よりご教示をいただいた）。

「りてらり、そさえて」主宰で一昨二日午後八時よりロゴスで「生田春月氏追悼会」を催した。参加者は詩歌人及芸術愛好家等二十名、目下滞在中の橋浦泰雄、尾崎翠氏は春月氏と生前特別なる親交があつたので特に出席した。安田健三氏開会の挨拶を述べ、尾崎翠氏は厳格冷静無口であつた春月氏にもたつた一つのユーモラスな逸話があつた事や芸術に精進した苦しみ、その過程などを語つた。橋浦泰雄氏は春月氏の思想には虚無的なところ或ひは理想派的な一面などを持つて複雑であつたが、勇敢にわがプロレタリヤの陣営に来る確固たるものを持つてゐたことや、インテリの煩悶などを語つた。出席者も交々に詩、創作を通じての春月を語り偲び、それより一同の記念撮影と色紙に署名したがこれは花世夫人へ送ることになり十時半会を閉じた。（写真は生田春月氏追悼会）」。

春月の「たつた一つのユーモラスな逸話」とは、前述の樺山千代「先生のプロフイル」に記載のある、春月が花世に化粧され白塗りで「赤い縁のついた黒い道化の服」の姿で「チヤーリー（筆者注：チャップリン）の眸をもつて笑はれた」こと、また「お太鼓にしめ、手拭いで姉様かぶりをし、胸に林檎を入れて」女装をしたという逸話と思われる。

佐々木孝文氏によると、「りてらり・そさえて」は翌一九三一年に結成される「鳥取文芸協会」の前身の可能性があるとのこと、また鳥取文芸協会の主宰は杉森留三《とめぞう》であった。一九三四年、杉森留三遺稿詩集『白魂』に尾崎は序文を寄せている。それによると生前の杉森は詩集を出版したいという「一つの謙虚な願ひ」があり、「出版書肆の選定など生田花世女史のお手を煩はすことにして女史の快い御承諾をも得」ていた。

B　作品

a　『女子文壇』（婦人文芸社）一九一四（大正三）年三月号（第十巻第三号　二点ともに筆名は尾崎翠）
・短文欄（中村枯林選）「冬のよ」（選評有）
・和歌欄（若山牧水選）〝秀逸〟に二首

b　『女子文壇』（婦人文芸社）一九一四年八月号（第十巻第八号）
・紀行文「海と小さい家と」（筆名　尾崎みどり）（河井酔茗による選評有り）
・短　歌（若山牧水選）四首（筆名　尾崎翠）（目次には「短歌」ではなく「和歌」とある）
・詩　「こだちの中」（筆名　尾崎みどり）（目次には「木立の中」とある）
・散　文（ガルシン「赤い花」等について）（筆名　尾崎みどり）（「鈴蘭」欄に掲載）

c　『文芸雑誌』（植竹書林）一九一六年十月号（第一巻第四号）
・読者の投書コーナーに掲載された投書（筆名　尾崎みどり）

d　『若草』一九二七（昭和二）年九月号（第三巻第九号）

e
・「現文壇の中心勢力について」（筆名　尾崎翠）
『詩神』一九三〇年一月号（第六巻第一号）
・「影の男性への追慕」（「好きな男性！」の欄に掲載された。筆名　尾崎翠）
f
『愛国婦人』一九三〇年七月号（第五七九号）
・「母のための知識　西洋音楽の聴き方」（筆名　尾崎みどり）
g
『詩神』一九三一年七月号（第七巻第五号）
・「この人・この本」の欄に寄稿（筆名　尾崎翠）

a　**『女子文壇』一九一四年三月号**

〈短文欄〉冬のよ　鳥取　尾崎翠

やはり私は眠つてゐたのだ。

私の考への総てをFの指の上に注いで、

Fは左のべにさし指を青いうち紐で結んでゐた——それは控所の火鉢にFがその手を出した時私は発見した、その色——青！

私はFに私の心の中の或物を奪はれた様な心地がした。私は矢張今日の出来事に私の考への総てを与へて机の上に眠つてゐたのだ。

（評）幸福の静な眠である。

〈和歌欄〉◎秀逸　鳥取市　尾崎翠

小羊の眼の如くやさしき心もて自らを見たく思ふ日もあり

女といふこの名のいとゞかなしくも嬉しくもありけふのわが身に

b 『女子文壇』一九一四年八月号

〈紀行文〉海と小さい家と――あるときの短い旅に――　尾崎みどり

私はとう〳〵海に来た、小さい家をも見た。

あの長いながい沙の上を歩み、さうして潮の香をかいでは、海を眺め乍ら、私はとう〳〵此処まで来たのである。夏の日本海は、私の前にその青い色をひろげてゐる。

登り切つた太陽の下に、熱くほてつた沙をザラザラ踏んで、よほど疲れた身体が渡しの舟に乗せられた時、そして海につゞいた広い川の、ゆつたりした水がヒタ〳〵と舟にさゝやいで行つた時、私の体と心とはどんなに好い心持ちを感じ得たであらう。私の眼はどんなに美しい物を見たであらう。

海、海、夏の日本海、さう叫んだ心は更に私の身の此処まで運ばれた事をよろこんだ。奇蹟のやうな中にも絶えずうれしさはあつた。

渡場の若い漁夫にお金を払つて、私は又沙の上に立つた、海は左手に矢張り碧く光つてゐる、村にはいると私は急いでおり婆さんの家に行つた。

『お婆さん又来ました』

その声を聞くと婆さんはすぐ奥の方から出てきた。

『まあお嬢さんですかいな、能う来られましたなあ、お秀や、お嬢さんが来られただ』

裏からお秀さんが出て来て、婆さんと同じ事をくりかへして、私の来た事をよろこんで呉れた。

『まあ一度上つて休んでつかんせえな』

お秀さんはさう言ひ足した。

『え丶、又夜でもお祖母さんと一緒に来ますから』

私は婆さんの家を出た、お秀さんが祖母の家まで送ると言つてついて来た。

『明日は海布を取りに海に出ませう』

お秀さんは百何十軒の村を通つて祖母の家に着く間にさういふ事を言つた、私の知らない村の女とあいさつを取り交したりした。

お秀さんの歯は鉄漿で黒く染まつてゐた。


やがて村の一番上にある学校に隣《(ママ)》つた。祖母の家についた。

『お祖母さん只今』

やがて祖母が出て来る。

『この日盛りに来たのかえ、暑かつたらうなあ、お秀さんどうも御苦労さんでした』

『い丶え、又今夜は御ゆつくり話しに来てつかんせ婆さんも待つて居りますけえ』

お秀さんは帰つていつた、私は沙のバラ〱落ちる黄色になつた足袋を脱いで小さい袋を提げて上つた、祖父は隣室で村の老人と碁を打つてゐるらしい。やがて昼飯の膳が出ると、祖父と祖母と私と三人で食卓をかこんだ。幾年か口にした事のなかつた赤大根の酢のものが、私には珍らしかつた、海布も新しい好い香りを放つてゐた。

御飯が済むと祖母と枕を並べて横になつた、後の山から涼しい風が時々私達の上に吹いてくる。

『ほんとに暑かつたらうし、誰も連れは無かつたかえ』

『え丶、汽車を降りてからはズツと一人で。誰か魚うりの人でも有れば好いと思ひましたが一人もありませなんだ』

私はさう言つてゐる中にも、途中の景色を頭の中に描いてゐた。疲れが出てそのまゝ深く寝てしまつた。

夕餉が済むと老人達は又碁を打ちに来た。

私は祖母とおり婆さんの家に行く為め家を出た、帰りに暗くなると言つて祖母は角燈提げてゐた。矢張り老人の家には昔の道具を見る事が出来た。たそがれの色が遙かむかうにつと浮んでゐる海をも浸しかかつてゐる。その薄暮の海にむかつて私共は歩んで行つた。

人の声が浜からひゞいて来出した、子供の手をひいて家に帰つて来る幾人かの女に出あつた、今日の夜を海ですごす夫を見送つてのかへる（ママ）さであらう。その顔には何処となく淋しさがあつた。

『此の頃何が捕れるのです』

『いかが沢山捕れてな、——明日は浜がいかで一ぱいになる見事なものだ』

やがて海に白帆が見え出した。スルスルスルスルと気持よく浪の上をすべつてだん〲沖に出てゆく。

其処から婆さんの家に曲らうとする道で、私達はお秀さんに会つた。

『さあ行きませう婆さんが待つて居りませう』

三人がうす暗い家の門口に立つて、婆さんは奥の方から出て来た。

『汚い家でな、まあずーツと。お秀や灯を点して持つて来てな』

お秀さんがランプをつけて持つて来ると、四人はその周囲に坐つた。四人の間にはいろ〳〵な話が取り交された、海で死んでしまつた婆さんの夫の事、明日の浜のにぎはひ――それは皆私になつかしい声であつた。

『便利は悪うにも魚だけは都です』

さう言ふお秀さんの言葉も美しかつた。

その間海は絶えず私の耳元にさゝやいてゐた。

私はとう〳〵その家をのがれ海に出てしまつた。

私はうつむいて砂を行つた。

浜は静かであつた、夕方の白帆はいさり火となつて沖に浮んでゐる。若い漁夫よ、どうした思ひをして魚を釣つてゐるであらう、私はあの生々した海の魚の光るところが見たい。

白い海鳥の夢は安らかであらうか。私はその翼が見たい。私は黙して美しい物ばかりを思つた。

此処が私の憧れた海の夜であらうか、そして私は今真にその海に向つて立つてゐるであらうか。

さう考へさせられる程、あたりは静かで、又私の思ひはそれ程満ちてゐた。

何といふ嬉しい旅を私はしたであらう。

我に帰る尊いチヤンスを私に与へた旅よ。さうして海よ、あゝ海は、私の為めに進行曲《マーチ》を奏でてゐる。

『ゆけ、ゆけ、真の我に帰れ、そして一直線にそれに向つて走つてゆけ』

やがて私は迎へに来て呉れたお秀さんとあの室に帰つて来た、祖母は庭に下りて待つてゐた。

『又明日御ゆつくり』

『では明日は海布を取りにゆきませう』

婆さんとお秀さんとはさう言つた。

私は祖母と明日の海を思ひ乍ら、小さい角燈にてらされた小さい道を帰つてゆく。

後からは矢張り進行曲がひゞいて来た。

紀行文短評（抜粋）　河井酔茗
『海と小さい家と』（尾崎みどり）紀行文といへるか何うかは疑問であるが、心が能く動いて居る、そこに海辺の宿りらしい感じを受取ることが出来る。斯ういふ人は、しらず〳〵の間に自然に感化されて居て、そのことを自明するだけの理智は働かないのだが、他の自己の生活の上にあらはれて居る、それを看取するのが面白かつた。

〈短歌〉　鳥取　尾崎翠
夏とならば又見んと言ひし海のいろ憧れつゝも夏にあるかな
そのまゝに散りゆく身かや短かきはスヰートピーのよき匂ひかな

陽の下に散れば悲しさアネモネのもだして闇に散りにけるかな
何事もなさで送りし一日ぞ灯ともし頃は淋しきことかな

〈詩〉こだちの中　尾崎みどり

木だちの中
みどりはすこやかに生ひ立ち
しづかにさゝやく
やゝ愁ひたる心浸しつゝ
強き葉の呼吸よ
鐘もひゞくか
あゝ安らかに鐘もひゞくか
清くすみたる夕べの空気に
流れ入る鐘とこゝろ
永遠を夢みつゝ
木立の中
あゝ

みどりはすこやかに生ひ立つ

〈散文〉

赤い花が咲きました。

私は「赤い花」の主人公を思ひ出しました、思ひ出したといふよりも今まで絶えず私の心の底に忘れ得なかつた狂人の心がこの赤い花のけしを見て再び強く私の心に甦つたのです。自分が征服しやうと思つた赤い花を三つとも引き裂いて勝ち誇つた心のひらめきを感じると共に斃れた彼の狂人そして彼の戦利品を墓場まで持つて行つた狂人、

その尊い心は私の生命の中に強く〳〵共鳴りしてゐます。彼の戦利品――それは只赤い花びらでしたけれどもそれは彼の戦利品なのでした、

その生命と取り換へた尊い戦利品なのでした。

私はその花を見て大きくとも．小さくとも人は必ず一つの戦利品を墓場まで持つてゆかなければならないといふ事を教へられました。

私が今日一日を葬ると共に今日一日は私を葬ります。葬り葬られやうとしてゐる時私に来るものは徒費した一日を悼む心です、その心の後に来るものは疲労です、更に来るものは不安定な眠です、眠りから生れてくるものは次の一日です、さうした一日を迎へ迎へていつしかすごしてしまふのが人生かも知れません。（尾崎みどり）

c 『文藝雑誌』一九一六年十月号〈投書コーナー〉

文芸雑誌復活号御出しになつた御様子まことに嬉しい事と思ひます。

因 幡 尾崎みどり

d 「現文壇の中心勢力に就いて」尾崎翠 『若草』一九二七年九月号

日本の自然主義はその移入に依つて、明治に至つてなほ残されてゐた元禄文学の伝統を破つたところにその業蹟を認むべきで、自然主義の教へる所必ずしも永久不変の教義ではない。吾々は自然主義の移入に依つて近代人の仲間入りをした。恰度ロシヤが西欧思想や西欧文学の移入に依つて近代人の仲間入りをし、ロシヤ近代文学の曙に遭遇したやうに、日本文学の上の吾々の父親達は、自然主義の移入に依つて人生に対する新しい見方感じ方を学び、その上に立って日本近代文学の曙を開拓した。吾々は父親達の業蹟を忘れてはならない。けれど、同時に何時までも父親の遺産の諸々たる継承者であつてはならない。

現在の日本文壇の中心勢力は、何と言つてもやはり自然主義である。其処には父親の遺産をそのまゝ継承した多くの自然主義の後取り息子達があつて、父親の仕事をそのまゝ踏襲してゐる。彼等はあまりに後取り息子らしい息子である。彼等は遺産を守ることのみ知つて、身辺を省ることを知らない。そして二十年一日の如く踏襲的作品をものしてゐる。それは日常生活の瑣末な記録であり、日記の引きのばしであるに過ぎない。彼等が父親と異るところは、父親の開拓の努力の上に安逸に身を置いてゐる事と、父親より少しばかり手際が巧くなつた事である。日本文学は最近に至つて著しい発展を遂げたと言はれる。しかしそれは単に技巧の上の問題に過ぎない。

現在の日本文学の悲哀は、残骸となつた自然主義の固守である。それは作家の時代への感受性の欠乏を意味する。其処には国情、国民性、近代日本文学の年齢上の稚さと社会上の地位、権威ある批評の欠乏等の諸條件も省みる余地はあるにしても、現在の日本文壇の中心勢力をなす作家が時代意識から超越してゐることは、一目彼等の作品の示す通りである。

一時代又は一国の文学を真に人間に呼びかける文学とするものは、その時代又はその国の作家の時代意識である。化石した中世キリスト教の下に文芸復興期が生れ、理性の殻となつた擬古主義が独逸のスツルウム・ウンド・ドラングとなり、ロシヤ貴族の鞭の下に醸された農奴解放問題がロシヤ文学のあるものを生んだことは、その時代の芸術家達の時代意識の結晶に外ならない。

日本は特殊な事情の下に文芸復興期にも参与しなければ、スツルム・ウンド・ドラングの余波も受けなかつた。また幸か不幸か農奴解放の如き全国民の心臓を捕へる問題をも持たなかつたが——或は見出し得なかつたが、根本はそれ等外部の條件よりも、作家自身の内部の問題に帰すべきものと思ふ。『猟人日記』や『処女地』の問題はしばらく措いても、『父と子』の対立くらゐの問題は近代文学の領域内の日本にもありはしなかつたか。にも拘らず、吾々は近代日本文学中に『父と子』程度に時代と結びついた作品をしも発見することが出来ない。それは日本の作家達が如何に時代に対して呑気だつたかを示すものである。

遅れて近代文化の仲間入りをした日本は、総ての点に於てまだ模倣時代の程度の中に在るかも知れない。文化の遅れた国民が世界文化の水準に達しようとして、移入、模倣時代を通過することは当然である。ロシヤは西欧の文学、思想の移入模倣に出発して、半世紀に足らぬ中に、偉大なロシヤ近代文学を開拓した。現在の日本文学を省る時、模倣その事が日本人の仕事であるかの観がある。日本文学とロシヤ文学の発展の差の原因を考へる時、国情、国民性の相違や、中心的批評家の有無など種々の條件を数へることが出来るが、作家の時代への感受性の有無はその最も根本的な原因であると思ふ。

e 「影の男性への追慕」尾崎翠 『詩神』一九三〇年一月号

影とは一つの映写幕を通してのもの。現身以外のものの謂です。

一般論でのお答へは結極理想論に終りさうで、頂いたやうな標題への理想論は空想にまで翅を伸ばしさうで、さうなるとストリンドベルクの心臓弁膜にポオの脳味噌の襞を加へたり、チエホフの鼻眼鏡に佐藤春夫のネクタイを結んだり、チヤツプリンの肩にギルバアトの脚を継いだりしなければならず、結果は統一もなければ涯しもなくなりさうです。互ひにぶつかり合ふ個個の影を並べる所以です。

1 写真

ベエトオフエン＝数ある彼の写真の中、いちばん聾らしい顔をしたあれ。口が一文字に沈黙し、額に縮れ毛の束の垂れてるあれです。この写真の彼は渋く、辛《から》く苦く深い。バガデルの彼でなくシムフオニイの彼です。昔、友達がすこし遠慮さうに、私がベエトオフエンに似てると思つたことを私に告白しました。その時私が心中で思ひますには――どうぞ、どうぞ遠慮なんかなさらないで私だつて大分前から気がついてたんです。おまけに十二月十六日は彼と私の共通の誕生日なんだ。こんなのを（They are）

十二月十六日面《づら》といふんだ。さうとも。女にしちやあまり好い面ぢやない――

エルンスト・トツレル＝私は彼の写真を一枚だけ知つてゐます。この一枚による彼は、これもまた耳か発声器官にすこしくらゐは故障のありさうな頑なな表情。彼は無愛想で饒舌嘲笑癖があつて、二時間も話してゐた後でなければ能弁にならない。（それも対手及び話題による）しかし、若若しい頑固なまでの意志は時として情熱に変質されることを、彼の土人臭い額と口とが教へる。

2　幕の上

チヤアリイ＝吹雪に吹かれる幅狭の肩。パンを咬ふ髭待ちぼけの心臓。跛の藁沓。ポテトオ・フオオク・ポテトオ。杖。ズボン。帽子。――全身。全附属品。君が創る全世界。君が撒く全悲哀。

ジヨン・ギルバアト＝これはまた体軀の側線の異常な美しさで一九二九年（多分三〇年も）の感覚を衝く。上衣の脇からズボンを伝はり、靴の外側まで伸びてゐる強く、しかもしなやかなこの側線。第二の美しさは時として全身に、時として半身に、また時として四半身に漂ひ出る蛮性。第一、第二の美に比べて顔は最尾の美でしかない。しかも彼の顔は但しつきだ。即ち笑つた横顔は彼の美の中から除去しなければならない。何故なら横顔が笑ふ時彼の歯並は小心すぎ、上の前歯が細かすぎる。そしてこれは脚の線のしなやかな放胆さを破るから。

阪東妻三郎＝汚れすぎない程度の「きたなづくり」を施した顔。肩（殊にこれを横から見る時、厚味に乏しい猫背の魅力が頂点に達する）。そしてギルバアトのをすこしだけ柔かくした側線。

3　性格

エフゲニイ・バザロフ＝彼はギルバアトのお誂へ向きな箇処箇処を荒い鉋で削り落し、塩混りの泥水を、濃すぎないのを、三度ほどぶつかけて乾かした男です。しかし彼の幅広な、美しすぎない（或は柔かすぎない）響を持つた低音（これが男の声の最も美しいものです）を吐く声帯は、塩混りの泥水で変声させられることはありません。チヤアリイと彼は「私の好きな男性」の範疇に於てのみ親類で、他にどんなつながりも持ちません。

4　声

徳川夢声。伊達信。（解は前項に於けるバザロフの声参照）

以上の他頭脳、性癖、作品等の項目を予想してゐましたが、紙が狭いので他日に譲りました。

f「母のための知識　西洋音楽の聴き方」　尾崎みどり　『愛国婦人』一九三〇年七月号

音楽はどう云ふ芸術か

果てしない大空に星辰輝く宇宙を思ふとき、私達は広大無辺な空間と云ふものを考へます。筆にも口にも現せない遠い昔から連綿と未来永劫に流れ行く時の流を思ふとき、私達は永遠な時間と云ふものを考へます。この地上の悠久な山河も光年的な宇宙からは一粟にも過ぎず、幾年の時代と云ふものも永遠な時の流からはかげろうの命よりも一朝の露よりもまだ短いものでありませう。さはれ六尺の私達の肉体も広大なこの空間の一部を占めるものであり、私達の五十年の生涯もこの永遠な時の流の一部です。かく考へるとき私達の命は結局この時間と空間とが私達と云ふもの丶中に、重なり合ひ、結びつき、生命の栄光に火華を散しながら或は苦悩に打勝ち或は私達の仕事を切開いてゆくのでありませう。

私達人間がこの地上に現はれてから幾十万年、歴史があつてから数千年、その間に人間が造り上げた仕事は可成りに多いものです。その中に美術と名づけられ神聖視されて来た一つの部門を考へることが出来ます。美学者はこの芸術と云ふものを概念の上から三つの種類に分けてゐるやうです。一つは空間の芸術で、つまり美術と云はれる類の属するものです。造型的の芸術と云はれるものがこれです。一つは時間の美術で、これは音楽的なすべてのものの属する類です。そして今一つはこの両者が混合され綜合されたもの、種類です。たとへば劇のやうなもの丶属する種類です。

このやうに音楽を時間の芸術と云ひましたが、それは丁度美術がこの果しない空間を或は彫刻と云ふ形で或は画絵《(ママ)》と云ふ形で、色々の線やふくらみや色彩で、限つたり占めたり、彩つたりして、美術をつくり上げるやうに、時の流の上に色々の音色や音量やそれらの綜合によつて造り上げられた芸術が音楽なのです。たとへば絵をかくとき諸々の色彩をはたきつけ盛り上げるやうに、音楽の場合でも諸々の種類の音を必要に応じて自由に持つて来て盛り上げ刻みはたき付けるのです。彫刻や建築の場合に色々の各部分が空間を占めてその彫像なり建築なりを築き上げるやうに、音楽でも色々な形式が部分となり重なり合つて音楽を造り上げるのです。要するにこの広い空間の芸術が、造型的芸術であるならば、あの悠久永遠な時の流れの上に音を以て彩り刻み築かれる芸術に音楽と云ふものがあるのです。話が少し理屈ぼくなつて来ましたが音楽は理屈ではないのです。いくら理屈が通つてゐても理論が系統立てられても聞いてつまらなくては何にもならないのです。

音楽に接する態度

よく西洋音楽はどうしたら解るだらうと聞かれますが、結局解るとは何を云ふのか、解つた心算でゐる人達が案外解らず、解らぬと云ふ人が案外解つてゐるのかも知れません。芸術は解る解らないが問題であるより、それに接して心より面白く感じ思はず引き入れられて行くやうになればそれでいゝのでせう。受売の批評めきたる事や、屁理屈の一つも云ひたい為に音楽を聞くのでもなければ、それが音楽が解つたと云ふ証拠にもなりますまい。それより善き音楽を沢山に聞くことです。百の名批評を聞くより一つのよき音楽を聞いた方がよいのです。

数多い芸術の中で音楽程、理論の喧しい物はありません。従つて理論に引き廻はされ勝で、論語読みの論語知らずが多くなるのですが、種々の音の無数の組合はせ、縦に横に奔放な音の結合を考へる時、其処に兎に角音楽的な手法を考へないと、パレットの絵具を全部かき廻したやうな結果となるのです。例へば絵具の場合にしろ、色と色との混合、組合は自分で実験して見て誰にも教はらず、会得する事は出来るのです。所が音の世界になると、人間の耳の能力として、あの数限りなく多い音の組合はせを誰にも力を借らず、初めから実験して行つた日にはそれこそ、それだけで一生掛つてしまひます。此処に音楽では理論が大変に重んぜられて来るのです。言を代へて云ふなら音楽の手法には或所まで定まつた手法や、約束めきたる物が多いと云ふ事になるのです。程遠からぬ昔にあつては、音楽は科学だと思はれてゐました。合はせ得べき音の種類、対比され得る旋律の型など、皆厳重に研究され定められてゐて丁度日本の昔の音楽を始め諸々のものが完全に形式的であつたやうに、一歩もその規則から出づる事を得なかつたのです。かうした伝統を持つ位、西洋音楽の理論は或意味で科学的に研究されて来たのであつて、複雑な近代音楽も皆かうした理論の基礎の上に組立てられてゐるのです。理論の大切な事は丁度文学を書く人が言葉を知つてゐなければならぬやうなものです。音楽は此の理論で初めにいぢめられる結果、兎角術学者が出たがるのです。音楽を科学と思ひ規則から一歩も出られぬ厳重なものであるとする頭から、少しでも新らしい傾向のものに対する時、どう見てもそれは外道としか考へられぬのです。何れの芸術にしろ新らしい物が生れ出る時、必ずこれに対する非難や摩擦が起るのですが、取分けて音楽は理論の多い結果それが多いのです。ベートーフエンが連続四度を用ひた時辺りの理論家には殆ど気絶する位に響いた事でせう。音楽にも何にもなつてはゐないとしか思はれなかつたでせう。時の術学者の一人が堂々とその点を、『指適《ママ》』した所、ベートフエンは、誰がさう決めたのだらう。自分に誰がさうせよと命ずるのだらうと云つたと申します。

音楽の理論

音楽では理論が重んぜられます。而も理論は理論であつて音楽ではない。理論はあくまで音楽の為のものでなければなりません。個《ママ》定された道理ではないのです。あくまで相対的な方便的なものなのです。希臘の昔には一オクターブ違つた斉唱が多少危まれながら一番複雑な玄妙なハーモニーでした。中世に五度を見付けた時それはどの位大胆極りないものであつたか解りません。それが今はどうでせう。オクタープや五度のハーモニーを違つた音は音と《（ママ）》は考へられぬ位になつてゐます。理論は動く、理論はあくまで音楽あつての理論なのです。

況んや私達は素人です。たゞ音楽では理論が何時も根本になつて行くのを忘れずに、理論を通じて更に音楽を知るのです。その為に理論と云はれるものに一寸触れて見ませう。

学者達が音楽の要素として色々議論し合ふ中に、リズムと云ふ事が考へられます。音が流れて行くとき、或は長く或は短く、或は規則的に或は不規則的に、音の流を刻み、拍子をとつて流れて行きます。リズムは音楽から取り去る事の出来ぬものでせう。このリズムに乗ぜられて、高い音や低い音が宜しく塩梅されて連続して行きます。つまりふしが出来ます。改つてメロデイーと云ひます。音楽はこうして横へ前へ先へ流れ進んで行きますが、同時に竪の関係もあります。同時に鳴り合つて重り合つてゐる音がそれでこの関係をハーモニーと申します。

これらの複雑な組合はせを筋道を立て、理論或は手法として見ると三つになります。『和声学』とは諸々の音の調子を研究し、同時に重なり合ふ音の関係を知るのです。次に『対位法』と称せられる部分ですが、メロデイーはどんな原始的な音楽にでも先づ出て来るのですが、このメロデイーを同時に異つたものを二つ以上も奏すると非常に面白いものが出て来るのです。対位法はこれを研究するのです。今一つは、『楽式論』です。これでは音楽の型式を見るのです。進んで音楽は一つの大きな建築のやうなもので、個々の部分が次第に組み立てられて一つの纏つた音楽となるのです。ソナタとかシムフホニーとかロンドとか云ふのも皆形式の名です。この三つの外に例へば個々の楽器の性質などを見てゆく『楽器法』があります。音楽は歴史として見るとき音楽史があり、美学の対象に見るときには、音楽美学がありますΟ しかし音楽そのものゝ《ママ》に直接関係を持ち、そして基根となる大切なものは和声、対位、楽式の三つなのです。この三つの点から何時も音楽は進められてゆくのです。

g 「この人・この本」欄　尾崎翠　『詩神』一九三一年七月号

1 どうしても離せない本
2 求めたい絶版本
3 どんな本を、どんな人は《ママ》是非出して貰ひたい
4 会つた《ママ》ことで会つてみたい人

一、佐藤春夫氏の「退屈読本」芥川龍之介氏の「梅。馬・鶯」新潮社版の「チエホフ全集」
二、「二葉亭全集」の最後の版（後に出た縮刷版に洩れた翻訳が、初めの版には載つてゐるからです）
三、デイルタイの「体験と詩作」を訳して欲しいと思ひます。訳者にはさしあたり板垣直子女史を煩はしたいです。こんど逢つたらねだつて見ようかと思つてゐます
四、「機械」の作者。「アリストテレスの後裔」の作者。

＊作品についての注記

a、b　『女子文壇』は女子文壇社から一九〇五年一月から一九一三年八月まで刊行されていた女性向け文学投稿雑誌が知られている。しかし尾崎翠の投稿が見られるのは、女子文壇社から刊行されていた

『女子文壇』の廃刊後に刊行された、婦人文芸社から刊行されている同題の『女子文壇』であった。この二つの雑誌は関係はないらしいが、巻号が引きつがれ、選者等として活躍する人物は共通している。なお『女子文壇』一九一四年三月号の「投書欄懸賞募集規定」には、「甲種」として「小説（廿三字詰百廿行以内）」「散文（廿三字詰八十行以内）」、「乙種」として「手紙（廿三字詰五十行以内）」「長詩（三十五行以内）」、「丙種」として「短文（廿三字詰廿行以内）」「短歌（一人十首以内）」「俳句（一人十首以内）」「題画（本誌体裁に倣ふ五個以内）」とある。その「賞品目録」として甲種の一等二円から丙種の三等三十銭まで賞金が記載されているが「総て図書或は物品にて呈す」とある。尾崎が作家として身を立てようとした背景には、このような投稿雑誌での賞品の獲得があっただろう。

紀行文「海と小さい家と」は三月に鳥取高女を卒業した後、七月に岩美郡大岩尋常小学校に代用教員として勤める前に祖父母を訪ねた折の紀行文であると思われる。尾崎はこの勤務のために、岩美郡網代村（現・岩美町網代）にある母方の山名家の僧堂にひとりで下宿した。尾崎のまとまった長さの文章で活字になったものとしては、現在のところ「海と小さい家と」が最も古い。また短歌の選者である若山牧水が一九一四年四月に刊行した歌集の題は『秋風の歌』であり、尾崎翠好みの題名である。牧水の代表歌「幾山河越えさり行かば寂しさの終てなむ国ぞ今日も旅ゆく」は後年尾崎翠「歩行」にも影響を与えたと考えられる。あるいは「第七官界彷徨」などの男性登場人物が飄然として旅に出るというイメージの源泉の一人は牧水である可能性もあるだろう。

c　『文藝雑誌』は一九一六年四月から翌一九一七年四月まで刊行された。生方敏郎（一八八二―

一九六九）、生田長江（一八八二―一九三六）、森田草平（一八八一―一九四九）、武林無想庵（一八八〇―一九六二）が協力して日本文芸協会を組織し、中央文壇と地方の文芸愛好家を結びつけるべく発行された。この雑誌には若き日の川端康成（一八九九―一九七二）らも投稿していた。また尾崎の好んだ素木しづ（一八九五―一九一八）、小川未明（一八八二―一九六一）、佐藤春夫（一八九二―一九六四）らも寄稿していた。尾崎の投稿にある「復活号」の嬉しさとは、『文藝雑誌』の一九一六年六月から八月にかけての休刊、九月の復刊を指していると思われる。この項目については福田久賀男「解説」（『文藝雑誌』復刻版　不二出版　一九八九）を参照した。

a、b、c の新出資料より、尾崎翠は『文章世界』への投稿前後、様々な投稿雑誌に興味をもち、投稿していたことが判明した。

d　『若草』は宝文館発行の若い女性向けの文芸雑誌で進取の気質に富んでいた。一九二五年十月創刊、戦時統合により一時休刊、戦後再刊し、一九五〇年まで刊行された。「現文壇の中心勢力に就いて」で尾崎は「日常生活の瑣末な記録であり、日記の引きのばし」にすぎない作品を発表する「自然主義」の影響を受けたままである作家らを批判し、「作家の時代への感受性」を重要なものとして主張している。当時の尾崎は少女小説を書きつぎながらも映画台本原作「瑠璃玉の耳輪」を書き上げたり『婦人公論』編集部を訪ねるなど、作品の発表先を模索していた時期であったが、尾崎がその実作において、時代を「感受」し、「時代と結びついた」作品を提示する意図がはっきりとあったことがうかがえる。また尾崎はこの評論のなかでツルゲーネフの「父と子」を高く評価しているが、次項で紹介する新資料「影の男性への追慕」においても「父と子」の登場人物「エフゲニイ・バザロフ」を好きな男性の一人として挙げている。なお「父と子」は尾崎と親交のあった生田春月が著書『虚無思想の研究』（天弦堂書房一九一六）で一章をさいて論じている。

e　尾崎は「影とは一つの映写幕を通してのもの。現身以外のものの謂です」と述べている。「第七宮界彷徨」では登場人物が「一年中映画女優に恋愛をしてゐる」男性について噂する場面があるが、尾崎は「現身以外のもの」に心惹かれる状況に関心があったのだろう。なお芥川龍之介「片恋」（『文章世界』一九一七・十）には、映画の「幕の上」にうつる俳優に熱烈な片恋をする女性が登場する。一九一六年までは『文章世界』へ投稿していて、芥川を愛読していた尾崎は、この作品を読んでいた可能性もあるだろう。尾崎はベートーヴェンやエルンスト・トラー（Ernst Toller, 1893-1939）の写真を見て「聾らしい顔」「耳か発声器官にすこしくらゐは故障のありさう」と、耳鳴りに悩んでいた尾崎自身との共通点をあげている。また尾崎は「捧ぐる言葉――嗜好帳の二三ぺエヂ」（『女人芸術』一九二九・一）でドイツ表現主義の劇作家ゲオルグ・カイザー（Georg Kaiser, 1878-1945）へ賛辞を送っていたが、ここでエルンスト・トラーについても「好きな男性」として挙げていることから、尾崎が主体的にドイツ表現主義に関心を持って摂取していたことが看取される。

チャールズ・チャップリン（Charles Spencer Chaplin, 1889-1977）は尾崎翠の大ひいき役者で、ウィリアム・シャープとならんで尾崎翠の「私の神々」の一人として詩が捧げられ（「詩二篇　神々に捧ぐる詩」『曠野』一九三三・十一）「映画漫想」（『女人芸術』一九三〇・四―一九三〇・九）や小説「木犀」（『女人芸術』

一九二九・三）など何度も言及している。とくに『黄金狂時代』（*The Gold Rush*, 1925　同年日本公開）は「杖と帽子の偏執者　チヤアリイ・チヤツプリンの二つの作品について」（『因伯時報』一九三三・一・一）で絶賛し、チャップリンの「ユウモアとペエソス」を讃えている。ジョン・ギルバート（John Gilbert, 1897-1936）は「映画漫想（五）」（『女人芸術』一九三〇・八）で『肉体と悪魔』（*Flesh and the Devil*, 1927　一九二九年日本公開）を観た尾崎によって「鈍く」なったと言われてしまっている。

阪東妻三郎（一九〇一―一九五三）に関連しては、「映画漫想」での言及のみならず、坂東妻三郎プロダクションの公募に応じるために尾崎が一九二七年に書いた映画台本『琉璃玉の耳輪』がある。採用されるも残念ながら映画化には至らなかった。このあたりのいきさつは、森澤夕子「尾崎翠「瑠璃玉の耳輪」試論」（『同志社国文学』五十二号　同志社大学国文学会　二〇〇〇・三）、日出山陽子「「瑠璃玉の耳輪」が書かれた時期」（日出山陽子『尾崎翠への旅』　小学館スクウェア　二〇〇九　所収）に詳しい。阪妻プロから帰ってきた原稿は尾崎の親友松下文子が保管し、『定本尾崎翠全集』刊行の際に、初めて存在が明らかになった。また尾崎は新宿武蔵野館で徳川夢声の活弁を体験した。

ところで尾崎はこのエッセイで自分の誕生日を十二月十六日と述べているが、これは従来の尾崎翠年譜に記載されてきた誕生日、十二月二十日とは異なっている。

f　『愛国婦人』は愛国婦人会の機関紙として一九〇二年に創刊された。発行所は愛国婦人発行所。初め新聞紙の体裁であったが一九二一年より雑誌となり、毎月の刊行となる。大正末期には後にロシア文学者となる湯浅芳子（一八九六―一九九〇）が編集者をしていた。愛国婦人会は奥村五百子（一八四五―

一九〇七）が中心となって一九〇一年に設立。上流婦人を組織した愛国・報国運動が出発点であった。

尾崎翠の音楽への関心は、作品中では具体的には「影の男性への追慕」や「第七官界彷徨」等でベートーヴェンへの言及が見られる。また尾崎の在学した鳥取高等女学校では後に大阪音楽学校を創設した音楽教育者である永井幸次（一八七四―一九六五）が指導に当たったこともあり、進んだ音楽教育で知られていた。また尾崎は音楽の成績もよかったという。

尾崎と音楽家との交流では、従弟の田村熊蔵と鳥取出身の著名なバイオリン奏者・指導者である鷲見《すみ》三郎（一九〇二―一九八四）二人との交流が判明している。

田村は尾崎の母方の従弟で、鳥取一中を経て一九二二年東京音楽学校ピアノ科卒業。卒業後は横浜のカトリック系インターナショナルスクール、セント・ジョセフ・カレッジのピアノ科講師を経て一九二九年武蔵野音楽大学に赴任した。戦後は鳥取大学教授をつとめ、鳥取県の音楽振興に寄与した。尾崎が日本女子大学に在籍した頃から『女人芸術』に作品を発表した時期にかけて、田村は東京に在住しており、親しく往来したという。田村は「第七官界彷徨」の佐田三五郎のモデルの一人と従来指摘されている。また「瑠璃玉の耳輪」（一九二七）の舞台のひとつは「横浜南京町」だが、尾崎は田村を訪ねて横浜へ出かけることがあったのかもしれない。

次に鷲見三郎についてであるが、インターネットで鷲見三郎の妹にあたる渡部愛子氏による三郎についての回想が公開されている。昭和初年代に尾崎翠も住んでいた新宿区落合には三郎も住んでおり、愛子氏は三郎の下宿に人形づくりの勉強のため、「家事飯炊き婦もかねて」上京し、愛子氏は尾崎の家に「毎日のように入り浸って」いたという。

鳥取高女での授業や田村熊蔵、そして鷲見三郎・愛子兄妹との交流等から、尾崎は音楽について造詣を深めていったと考えられる。

「渡部愛子さん（三郎氏の妹）の思い出話」は次のページで紹介されている。（佐々木孝文氏のご教示による）。http://sumi-saburo-ms.jp/images/watanabeaiko.pdf#search

愛子氏の回想は次の通りである。

鳥取県出身の女流作家で尾崎翠さんって知ってるでしょう？

その尾崎翠さんのお住まいがすぐ近くで、私はずいぶんかわいがってもらったのよ。

毎日のように入り浸ってましたよ。

尾崎さんは鳥取県の岩美町の裕福な家の出で、当時は親友の松下文子さんと一緒に住んでおられた。私ときたら正真正銘の田舎娘で、オシャレどころか普段なんかかまいもしなかったんだけど、尾崎さんが女性としてのみだしなみとか心得とか教えてくれたり、この鬼瓦みたいな顔に化粧までして下さったこともあるのよ（笑）

涌島さん夫妻も近くにおられたので、よく行き来してました。涌島さんは三郎兄の上京のきっかけをつくって下さった人でもあるんです。

あの当時、鳥取県から東京に出て来てる人ってそう多くはなかったから、お互い連絡をとりあったり援け合ったりしてたんでしょうね。

尾崎が松下文子と一緒に落合で暮らしていた頃ということから、愛子氏が回想しているのは、一九二七年から一九二八年六月であると分かる。尾崎が「裕福な家の出」というのは、愛子氏の思い違いだろうか。地主の一人娘だった松下文子の実家の援助による二人の暮らしぶりが余裕のあるものであったことは、松下文子本人を含め当時を知る人の回想からもうかがえる。

愛子氏の回想からは、尾崎の女性らしさや細やかさ、また南宋書院を経営していた湧島義博と女性作家の田中古代子（一八九七―一九三五）夫妻が尾崎翠の近所に住んでいて、愛子氏だけではなく尾崎も、湧島夫妻と行き来があったであろうことが推測される。

またかつて長屋住まいであった米子の鷲見家には、兄弟がへそくりで買ったオルガンがあったという。「兄たちが楽器を弾くと、家族みんなが憶えて一緒に歌うの。そのうち自然と、音楽の好きな仲間も集まって来るようになる・・（ママ）」「賛美歌や世界の名曲ばっかりというわけじゃあなかったのよ。少し大きくなってからは、流行歌や今で云うポピュラー音楽のようなくだけたものもやるようになりましたね」「でもね、家庭音楽会はいいんだけど、その頃は長屋住まいだったから、近所じゅうに響き渡るんですよ。私たちはいい気分で弾いたり歌ったりしてるけど、誰でもがそれを快いものと聞いてくれるとはかぎりませんよね。（略）今から思えばずいぶん近所めいわくなことだったろうなと申し訳なく思います」

このような鷲見家の様子は「第七官界彷徨」のモデルの一つであったかもしれない。

本項目は稲垣眞美「解説」（『尾崎翠全集』創樹社　一九七九）、鈴木恵一『鳥取楽壇の歩み』（鈴木恵一編集・

発行　一九八二）を参照した。

g　代表作「第七官界彷徨」等を執筆していた時期の尾崎翠の関心がうかがえ、興味深い。

尾崎は佐藤春夫・芥川龍之介・チエーホフの本を挙げているが、佐藤春夫に対しては「捧ぐる言葉——嗜好帳の二三ぺエヂ」（前掲）において賛辞を寄せている。なお佐藤春夫は「のん・しやらん記録」を『改造』一九二九年一月号に発表しているが、そこには人間を植物へ変化させる手術が存在する世界が描かれ、植物に変化する人間も描かれる。また「彼は植物界において最も哀れな状態にある微小な生存の蘚苔類にならなければならない」という一節もある。また、一九一七年十月に創刊された『変態心理』には理学博士の松島種美が「植物の心理」（創刊号）、「植物の感情」（一九一七・十二）、「植物の変態心理」（一九一八・八）等を書いている。これからは「第七宮界彷徨」の物語内時間における時代の関心がうかがえる。

芥川龍之介については、尾崎翠作品では、「途上にて」（『作品』一九三一・四）に「芥川のかいた一つの立小便が澄んだ色をもつてゐる」とある。なお「芥川のかいた一つの立小便」については、奥野久美子氏から「文章」（『女性』一九二四・四）、小出一成氏から「上海游記」（一九二一年『大阪毎日新聞』『東京日日新聞』に連載）、「O君の新秋」（『中央公論』一九二六・十一）をご教示いただいた。これらのうちどの作品が尾崎翠のいう「澄んだ色をもつてゐる」かは断定できないが、「文章」の最後の場面がそれではないかと推測する。

チエーホフについて尾崎翠は「地下室アントンの一夜」を筆頭に、何度も言及している。また二葉亭四迷（一八六四―一九〇九）の翻訳を翠は読みたがっていたようだが、翠のロシア文学に対する関心は、一九一四年八月号の『女子文壇』に掲載されたガルシン「赤い花」について散文を書いた若い頃より継続していたようである。尾崎翠のチェーホフ、またロシア文学への関心については論文編第五章を参照されたい。

ヴィルヘルム・ディルタイの『体験と創作』（Wilhelm Christian Ludwig Dilthey, 1833-1911 *Das Erlebnis und die Dichtung*）は一九〇五年にまとめられた著作である。一九二九年に刊行された『ディルタイ論文集』（栗林茂訳　丸善）にはディルタイが一八八六年に行った講演「詩的想像力と狂気」（*Dichterische Einbildungskraft und Wahnsinn*）が収録されており、尾崎はこれに関心を持ったのであろうか。また尾崎が哲学書に言及するのは珍しい。「第七官界彷徨」について懇切な評を書いた板垣直子との交流の様子がこの短文からも推察される。ゲーテやベートーヴェン、またドイツ表現主義を好んだ尾崎翠は、直子とドイツ語圏の文学や芸術について歓談することがあったのだろう。

尾崎は「「悪魔」寸感」（『文学党員』一九三一・五）でも横光利一「機械」に触れて「氏の文章の尊さ」という賛辞をおくっている。なお「アリストテレスの後裔」の著者は中村正常（一九〇一―一九八一）である。当時の中村はナンセンスユーモア文学作品を次々に発表し、新興芸術派の代表的作家であった。「アリストテレスの後裔」は『隕石の寝床』（改造社　一九三〇）に収録されている。

二　新たに確認できた同時代評および同時代人との関係を示す資料

A　同時代評

a　『中央文学』の記事二点。一九二一年一月号「十二月の創作界」（著者不明）が尾崎翠「松林」に触れている。また、同年八月号「日本女子大学文科瞥見記」（S・A・C）に尾崎翠への言及がある。

b　生田花世「七月の文芸時評」（『若草』一九二七年九月号）

c　生田花世「昭和二年女流文芸概記」（『若草』一九二七年十二月号）

d　神崎清「前進する婦人と文学」（『創作月刊』一九二九年四月号）

e　飯島正「覚え書的創作月評」（『近代生活』一九三一年四月号）

f　樺山千代「尾崎翠」（『文学党員』一九三一年四月号）

g　佐々木英夫「真実の追求――三月同人雑誌創作評に托《ママ》して――」（『新科学的文芸』一九三一年四月号）

h　『近代生活』（一九三一年六月号）「私は推薦する」欄で保高徳蔵と逸見広が尾崎翠を推薦。また石坂洋次郎が『文学党員』の人々について言及している。

i　板垣直子「現今日本の女流文壇」（『文学』（岩波講座日本文学（第四回配本）附録　岩波書店　一九三一年九月）

j　板垣直子「女流文壇の概観（4）」（『都新聞』一九三一年二月二十六日）

k　川端康成「一九三一年創作界の印象」（『新潮』一九三一年十二月号）

l　「アドレス」欄に「尾崎　翠　東京市外上落合八四二　岸方」とある。（『詩と詩論』十四、一九三一年十二月）尾崎翠と『詩と詩論』については本書七七頁を参照のこと。

m　阪本越郎「文芸時評」（『新文芸時代』一九三一年八月号）

n　今井達夫「八月号同人雑誌展望」（『三田文学』一九三一年九月号）

o　十返一「通信」（『新科学的文芸』一九三一年九月号）

p　矢田津世子『ノート「Creation 1」』より　一九三三年十月二十日の記事

『諸雑誌抜萃文学集』（松岡嘉右衛門編　出版者・出版年不明　名古屋市立鶴舞中央図書館蔵）第一巻に尾崎みどり「無風帯から」（『新潮』一九二〇（大正九）年一月号掲載）が収録されている。

a　『中央文学』の記事

『中央文学』（春陽堂）一九二〇年三月号・六月号には尾崎のデビュー作「無風帯から」評等が掲載されている。（渡邉仁美「新出資料紹介」『尾崎翠フォーラムin鳥取2010　報告集vol.10』尾崎翠フォーラム実行委員会　2010）。このほかに、一九二一年一月号「十二月の創作界」（著者不明）には、前年十二月『新潮』に掲載された尾崎翠「松林」評が掲載されており、次の通りである。「犬と松林で戯れることを描いたものである。作者が女性であるとは思はれないやうな描写もあるかと思へば、ペットといふやうな甘い不愉快な仮名文字を僅か十頁の小品に五十個所から使つてゐるのが目障りでならなかつた、然し、ところところに旨い描写がある。熱い官能的な。動物と人間の普通性のやうなものの出てゐるところがある。（新潮）」。また一九二二年八月号「日本女子大学文科瞥見記」（著者　S・A・C）には、「目白の出身者として有名な人々」の一人として「尾崎みどり氏」も挙げられている。

b、c　生田花世の評（『若草』一九二七年九月号、十二月号）

「初恋」（『随筆』一九二七・七）について触れられている。「七月の文芸時評」では「（筆者注：網野菊に対して「この克明な末技的修練をい丶かげんして、天空海濶の生活人として生きつ丶、その結果としての作家たらんことをのぞむ。」とあることを踏まえて）これと同じことが、『随筆』所載の尾崎翠女史の作についてもいへる。その『初恋』といふ小説の作家に。この作家が女性であるといふことは、知らない人には分らないだらう。『初恋』は全然男性でしかありえない世界のことを――妹をお盆の月夜の下で美しく見て、恋したといふ兄の――男としての話であるが、一言にしていへば小品である。その田園の月明の夜の群衆の哀歓とその淫蕩の空気は相当に現れてゐるが、つかんだことが、ごく単純で、アツケない。かなり書ける人ときくのにかういふ作が、出たのは、なぜであらう。非常にいけないとはいはないが、小説として久々にして世に問ふには少々寂しい。」とある。花世の夫である春月と尾崎が同郷であるという縁あってのことかもしれないが、「第七官界彷徨」発表以前より、花世が尾崎翠に注目していたことがわかる。

d　神崎清の評（『創作月刊』一九二九年四月号）

『女人芸術』へ集結した女性作家の傾向を三グループに分けている。

尾崎翠は「中本たか子、大井さち子、素川絹子、城しづか、林芙美子、しの・たけじ、英美子、八木秋子、樺山千代」等のグループに分けられている。彼女らについて神崎は「いろんな角度に於て、インテリゲンチヤの多彩な感情や思想を代表する」「彼女達は確かに前進してゐる。だが、明確な社会的方面を辿つてゐない。その貴重なエネルギーは、華美な情緒や感覚の追求に浪費されがちである」等と評している。神崎清は高松市出身の評論家。一九二八年東京帝国大学国文科を卒業、明治文学史を専攻した。『創作月刊』は文藝春秋社発行の文芸雑誌。一九二八年二月から一九二九年五月にかけて、幅広いジャンルからの新進作家のための文芸誌として企画、発行されていた。

e　**飯島正の評**（『近代生活』一九三一年四月号）

「山下三郎氏の「少女」及び尾崎翠氏の「第七官界彷徨」は読書に疲れた僕を快い階調で開放して呉れた」とある。飯島正（一九〇二―一九九六）は映画評論家として知られるが、詩、小説、戯曲と幅広い創作活動を行った。『近代生活』は一九二九年四月から一九三二年七月にかけて、中村武羅夫を中心に創刊され、梶原勝三郎、飯島正らを編集発行人として近代生活社から発行された。初期にはモダニズム文学・プロレタリア文学どちらの陣営からも執筆が見られたが、一九三〇年にはプロレタリア文学側からの執筆が減少し、新興芸術派の機関誌的存在となっていた。

f　**樺山千代「尾崎翠」**（「作家のエスキース（2）」欄に掲載された。『文学党員』一九三一年四月号）

同居していた親友松下文子が一九二八年に結婚、夫に帯同してドイツへ旅立った後、尾崎翠は一人住まいをしていた。いつどこで知り合ったのかは不明で、松下が結婚したあとなのか、それ以前からなのか、尾崎は樺山千代と親しく交流していたらしい。この資料は二人の親交の様子や、親切で正直者、さっぱりとして温かい尾崎の人柄を伝えている。先述した逸見広宛ての尾崎翠の書簡でも「落合の春は悪くはありませんし樺山家に美酒もあります」と逸見に来訪を誘っている。

樺山（野村）千代は高知県出身。尾崎翠や板垣直子と同年の一八九六年生であり、文芸雑誌にも書いていたが、児童文学も発表していた。一九二七年には『イリアッド物語　ギリシヤ神話』という児童向け翻案物語を金の星社から出版している。『婦人文芸』一九三七年二月号の「編輯後記」に「野村氏（旧姓樺山）」とあり、姓が変わったことが分かる。のち一九四〇年、同じ高知県出身の大原富枝が樺山千代の杉並区永福町の家に一ヶ月間下宿する。（「大原富枝略年譜」『女性作家シリーズ3　佐多稲子　大原富枝』角川書店　一九九九）。戦後の大原は「ストマイつんぼ　第七感界の囚人」（『文藝』一九五六・九）で女流文学賞受賞。大原は『婦人文芸』『文芸首都』など、尾崎の鳥取帰郷後、尾崎の文学仲間が参加した雑誌にも参加しており、樺山や雑誌の執筆者たちから尾崎や「第七官界彷徨」について聞くこともあったのだろう。

「こんな人を女房に持つたらい丶なアと、私は時々、男でなかった事を後悔する」と尾崎翠について樺山は述べている。樺山は尾崎に銭湯で背中を流してもらったり、按摩をしてもらっている一方で、尾崎の髪を切ったりと日常的に往来があり、喧嘩をしても気持ちよく仲直りしていたようである。また「T氏」の留守宅に二人して勝手に上り込み「盗んでいきたいものもないわね」「蓄音機かこの豆煙管くらいのものかな」「いやにハイカラな椅子があるぢやない?」「どこからかつぱらつて来たのかな?」と会話を交わしている様子からも、二人が男性作家たちと気楽でさっぱりと交流していた様子がうかがえる。

春月関係の資料として先述した「先生のプロフイル」でも、樺山千代は「私の唯一の心の友尾崎さん」と尾崎翠について述べている。「先生のプロフイル」は同時代の作家仲間が尾崎翠の人柄を伝える数少ない貴重な証言であると思われるが、日出山陽子氏「「映画漫想」執筆の頃の尾崎翠」（前掲書　所収）以外にはほとんど触れられていない資料なので、ここで尾崎に関わる内容を引用・紹介したい。「先生のプロフイル」では樺山千代と尾崎翠の次のような会話が書き留められている。

「貴女は中味がさうでなくつてエロに誤解される事を悲観してゐるけれど、私のやうに、別に女性的でないつもりもないのに、やれ男性的だの中性だのつて云はれる事もづい《ママ》ぶん損よ」尾崎さんは云つた。

「だつて、その方がまだい丶わ。それによくつきあつてみれば貴女の女性らしさは誰にもすぐ分る事ですもの。パ、（奥栄一氏）にしろ、先生（春月氏）にしろさう云つてらしてよ」

「さう云へば同じ事があなたにも云へるわ」

このやりとりから、尾崎翠と奥栄一に交友があったことが分かる。奥栄一は和歌山県新宮出身で佐藤春夫とは新宮中学校の同級生であった。『民衆の芸術』創刊に参加し、詩や翻訳、評論等を発表した。

佐藤はもとより春月や辻潤らとも親しく、堺利彦の売文社にも関わり、女性運動家奥むめお（一八九五―一九九七）の夫であったが後に離婚した。「男っぽい」と評されていたらしい尾崎翠本人の自覚は「別に女性的でないつもりもないのに」というものであり、また身近に接した樺山や先述した渡部愛子氏の尾崎評をふまえると、周囲からも実際は「女性らしい」人物だと思われていたことが分かる。ジェンダーについて先鋭的な感性をあらわす「アップルパイの午後」（『女人芸術』一九二九・八）などの作品もあり、「男っぽさ」が評され、ときにトランスジェンダーではないかとも評される尾崎翠であるが、この当時の本人の自覚がそうではなかったことには注意されてもいいだろう。また尾崎は病人の看護がうまく、子供を可愛がったというケア役割が得意で好きであったらしいことなどは、周囲から「女性らしさ」として映っただろう。

さて樺山の文章に戻ると、春月、樺山、尾崎の三人は春月と尾崎が一緒に参加するはずだった講演会について次のような会話を交わしていたことが書き留められている。

> 先生（引用者注：春月）は二階に上られると、何時ものやうに、木に布を張つた粗末な長椅子に、全身を投げかけるやうにぐつたりと腰を下ろされた。尾崎さんは郷里に一緒に行く筈になつてゐる講演の題をうかゞつたり、外国作家の話をしたりした。先生は演題が「知識階級の行動」である事を云つて、他の話にも一々細々と返答をなすつた。今考へるとさうした話は大分お辛かつたやうに思ふ。
>
> それから話はいつか砕けて来た。

「講演がすんだら大いに遊んでらつしやいよ。ね、尾崎さん、先生のトランクの中へはいつて行つて豪遊して来るとい丶わ」

「ハ、、、、それも面白いわね」

尾崎さんは歯の美しい口許で大きく笑つた。

「いや僕が尾崎さんのトランクにはいつて行く方が似合つてるやうだ」


また春月が「しかし尾崎さんはい丶な、すきつとしてゐて——」と「本当に尾崎さんが羨しいやうに言ったら、尾崎は「恐縮だわ」と「くすぐつたさうに笑つた」とある。

次のような記述からも尾崎と樺山の親しさがうかがえる。


私はよく先生（引用者注：生田春月）が見えると奥氏《（ママ）》が尾崎さんを迎へてゐた。奥氏が見えれば時にお酒もともにいたゞいた。そんな時尾崎さんが交じれば私は有頂天になつてはしやいだ。

「野郎が優勢だつたのが味方が出来たものだから——」さう云つて奥氏は笑はれた。

「女房が夫に甘へるやうだね」

と、先生も尾崎さんに縺れ《（ママ）》かゝる私を面白さうに笑はれた。


児童向けではあってもすでに著書があり、尾崎よりはおそらく交流範囲の広かったと見られる樺山千代によって、尾崎の人間関係や作品発表媒体が広がった可能性もあるのではないだろうか。またあまり社交的ではなかったと言われる尾崎は、樺山と一緒に人と交わるのであれば気持ちが楽だったのではないだろうか。樺山の当時の動向は十分に調査できていないが、樺山の動向を追うことで、尾崎翠に関する昭和初期の状況が新たに判明する可能性があるだろう。

g　佐々木英夫「真実の追求——三月同人雑誌創作評に托《ママ》して——」（『新科学的文芸』一九三一年四月号）

「傾向的といふよりはより個性的な境地の開拓に進みつつある作家」として、中島直人『狂った転轍機』、十和田操『肉附の仮面ラグー伝』、玉木泰三『摩耶子夫人』とともに尾崎翠『第七官界彷徨』を挙げている。また「尾崎翠氏の『第七官界彷徨』、これも今月の作品での秀れたものの一つだ。本号に発表されてゐるのは全作の一部分であるが、これだけでも作者のユニークな作風を知るに充分だが、私は完結を待つて改めて批評したいと思ふ」とも述べている。

『新科学的文芸』は一九三〇年七月創刊、一九三三年二月終刊。編集兼発行人は近重憲太郎、実質的な編集責任の推進者は中河与一。尾崎翠は一九三一年八月号（第三巻第八号）に「地下室アントンの一夜」を発表した。佐々木英夫（生没年不詳）は『新科学的文芸』のほか、伊藤整の編集したクオタリー『新文学研究』（一九三一年六月創刊、一九三二年五月終刊）や『文学生活』（一九三六年六月創刊、一九三七年六月終刊）等に文芸評論を発表している。

h　「私は推薦する」欄の評（『近代生活』一九三一年六月号）

保高徳蔵は尾崎翠らを挙げて「以上の四氏は、いずれも明日を約束される作家として」嘱目していると述べている。保高徳蔵は早稲田大学英文科卒。読売新聞記者、博文館編集者を経て、一九二八年「泥濘」が『改造』の懸賞小説に当選。一九三三年に『文芸首都』を創刊した。『文学党員』にも作品を発表した白川正美が鳥取にいたため、白川は鳥取に帰郷した尾崎を『文芸首都』の鳥取支部会に誘ったが、尾崎は『文芸首都』に作品を発表しなかった。

　逸見広は、尾崎翠について「朗らかな健康さの点に於て」「広く紹介したいと思ふ」と述べており、「第七官界彷徨」を読むことをも勧めている。また逸見は尾崎翠と風間真一の二人を推薦することについて「他にも嘱目してゐる作家はあるが、右二者は目下の私に一番身近なため自信を以つ（ママ）て紹介出来るのである」とも述べる。逸見は「《文学党員》の半年」（『詩と詩論』十二　一九三一・六）でも尾崎について「『第七官界彷徨』の好評の故に」「会ふ人毎に尋ねられた」と書いている。なお『KAWADE道の手帳　尾崎翠』（河出書房新社　二〇〇九）で早稲田大学図書館所蔵の尾崎翠から逸見広に宛てられた書簡五通が紹介されている。これらの書簡は「第七官界彷徨」が『文学党員』に発表された前後の状況を伝えており、樺山千代と尾崎との親交の一端もうかがえる。逸見広（一八九九―一九七二）は早稲田大学独文科卒。『悪童』で一九三七年度上期芥川賞候補。

i　板垣直子の評（『文学』一九三二年九月、『都新聞』一九三二年二月二十六日）

二点ともに単行本『文芸ノート』（啓松堂　一九三三・二）にも収録されている。なお「現今日本の女流文壇」は『文芸ノート』に収録されるにあたり「女流文壇」と改題され修正されている。「女流文壇の概観」は、『都新聞』に一九三二年二月二十三日から二十六日の四日、四回にわたって連載され、翠への言及は四回目にのみある。なお『第七官界彷徨』の単行本は、『文芸ノート』と同じ啓松堂から、一九三三年七月に刊行された。尾崎と交友のあった城夏子『白い貝殻』と林芙美子『わたしの落書』も同年三月にやはり啓松堂から刊行されていた。『第七官界彷徨』の単行本化には、板垣直子など、尾崎の友人らが関係している可能性もあるだろう。

板垣直子は日本の先駆的な女性文芸評論家として活躍した。「第七官界彷徨」全篇が掲載された『新興芸術研究』を刊行した板垣鷹穂《たかお》（一八九四―一九六六）は夫である。

直子は「現今日本の女流文壇」で尾崎翠を懇切に論じ、高く評価している。尾崎が同時代から受けた最も懇切な評は、直子によるこの評と白川正美「現実に関する二三の反省――尾崎翠女史の文学に関心しつつ」（『日暦』一巻二号　一九三三・十二）であろう。以下引用は『文芸ノート』に収録された「女流文壇」による。直子は「第七官界彷徨」について「傑作」「現文壇への顕著な寄与であり、日本のユーモア文学の最大収穫の一つに数へられる作品である。これ程細やかに練りあげられた、朗らかなユーモア文学を、私は日本に於て他に知らない。漱石などのユーモア文学より、遙かに感触のこまやかさがある」と絶賛している。

直子はまず尾崎翠の経歴から紹介している。「大多数の作家が、作家的技量の優秀さよりも、自己の文学の旗標によつて、より多く文壇に地歩を占めてゐるかに見える現代日本の文壇に、最近尾崎翠が、ユーモア文学によつて第二次的進出を企てた事は、極めて有利な一歩であつた。（引用者注：改行）彼女は以前に、「無風帯から」その他を「新潮」に発表して、相当の注目を惹いた。然るに私的運命は彼女を大切な時期に文壇から遠ざけた。（「現今日本の女流文壇」では「それらは当時の自然主義文学の轍を踏んでゐて、なほ文壇に彼女の生命をつなぐべく、個性の表出に於て稀薄であつた。」という一文があるが、「女流文壇」では削除されている）。彼女は必然的に、文壇の外に再び試作時代を持つた。彼女が自己の境地を、ナンセンス的ユーモア文学にあることを悟つたのは、其後であつた。昭和三年の夏に発表された随筆「詩人の靴」は、彼女の転化後まもなくの作である。此作品と最近の傑作「第七官界彷徨」とを比較する時、前者がユーモア文学として、未だ著しく未熟である事が解るが、傾向は同様である。なほ彼女の創作過程を明らかにする為には、我々は彼女の孤独な試作時代の多くのストックによらねばならない。が我々は未発表のストックを見る事を許されない」。

直子のいう尾崎の「私的運命」とは何を指しているのか判然としないが、「無風帯から」を発表したことをきっかけとする女子大退学の事であろうか。尾崎自身は「自己の境地を、ナンセンス的ユーモア文学にあることを悟つた」ということを書き残してはいないが、尾崎と交流のあった直子の証言として重要であろう。そして「未発表のストック」が何処かに現存していることが望まれる。

直子はつづいて「第七官界彷徨」を絶賛する。「「第七官界彷徨」は、現文壇への顕著な寄与であり、日本のユーモア文学の最大収穫の一つに数へられる作品である。これ程細やかに練りあげられた、朗らかなユーモア文学を、私は日本に於て他に知らない。漱石などのユーモア文学より、遙かに感触のこまやかさがある。あの作品の、気分のすなほさ、ナンセンスの朗らかさ、会話と構図の構成技術の確実さ、文章の上のこまかい注意とその円熟さ、それらはユーモア作家としての彼女の技量を十分立証してゐる。更にあの長い作品が、全然ナンセンスの上に築かれてゐる事、しかも異様なる分裂心理などを持つて来た事は、全くユニークである。（「現今日本の女流文壇」では次の部分があるが「女流文壇」では削除されている。

「彼女の愛読するチエホフも井伏鱒二も、皆有意味を描いてゐる事に注意すべきである。井伏より彼女の文章は、ユーモア文学として、より円熟し、そのユーモアも、井伏より垢抜けがしてゐる」）が、言葉の用法に於て、井伏の影響と見られるものを散見することは、極く少ないが争はれない」。

井伏鱒二（一八九八—一九九三）の第一作品集『夜ふけと梅の花』は一九三〇年に新潮社から刊行されており、この作品集に収録されている「朽助のゐる谷間」等の言葉の用法と「第七官界彷徨」に共通するところを直子は指摘していると思われる。城夏子も尾崎が井伏作品を好んでいたことを書きとめている（城夏子　前掲書　本書「論文編」第一章）。一九三二年には井伏と尾崎は知りあっていたという。

最後に直子は次のようにまとめている。「彼女のユーモアは、人生に対する彼女の態度から生れてゐるのではなく、ユーモアの為のユーモア文学である。「正常心理の世界に倦きた」が、時代問題に切り込んでゆく趣味を彼女は持たない。事を執念深く追及してゆくねばり強さと、言葉の使用に就いての作家的な敏感さが、孤独な彼女をユーモア文学に導いたのではなからふか。然し以上の事柄は、彼女がユーモア文学に道を求めた性格的必然性であるが、かゝる無欲な、澄んだ、朗らかなユーモア文学が、時代的傾向に彩られた各種の作家の対立してゐる落付《(ママ)》のない転換期の現文壇に、その反動として生れて来る社会的根拠のある事も見のがしてはならない」。

橋浦泰雄や生田春月などの鳥取人脈、生田花世や林芙美子、また『女人芸術』に集う左翼女性作家や芸術家たちとの関係より、「時代問題に切り込んでゆく」作家や運動家、いわゆる主義者たちと尾崎翠との間に交流が無かったはずはない。「第七官界彷徨」を書いた頃、左翼の人物から部屋を貸すように頼まれた尾崎翠が「かんかんに憤つて追ひ払つた」というエピソードも大田洋子（一九〇三—一九六三）

が書き残している（「東京へ来た時分」『文芸情報』一九四一・六月下旬増大号）。芸術家肌でいささかも大衆的ではなかったという尾崎の「潔癖と強さ」を大田が尊敬をこめて回想していることを日出山陽子氏は「書くことへの思いと惑い——大田洋子と私」（前掲書　所収）で論じておられる。板垣直子が「転換期の現文壇」への「反動」として尾崎の文学をとらえているのは重要な観点であろう。

j　川端康成の評

川端康成（一八九九—一九七二）による尾崎翠評については、「一九三一年創作界の印象」（『新潮』一九三一・十二）のほかに「一つの整理期」（『婦人サロン』一九三一・十二）がある。後者については末國善巳編「尾崎翠参考文献目録」（『尾崎翠作品の諸相』専修大学大学院文学研究科　畑研究室　二〇〇〇）で紹介されている。他の先行研究においても川端による尾崎翠評について言及があるが、川端による二つの評のどちらを指すかが不明であることより、ここであらためて紹介する。

川端は「一九三一年創作界の印象」において、同人雑誌の作家の中で注目される作家で、商業雑誌に掲載された作品より「反つてすぐれた新しさ」のある作品を書いた作家の一人として尾崎翠を挙げている。また「一つの整理期」においては、「女流作家」について「尾崎翠氏の「第七官界彷徨」の外は特に力強い現れはまだ明日のことである」と述べている。

l　阪本越郎「文芸時評」（『新文芸時代』一九三一年八月号）

「こほろぎ嬢」について「メルヘンハフトでよみにくい」と評している。阪本越郎（一九〇六—

一九六九）は詩人・ドイツ文学者。永井荷風（一八七九―一九五九）の従弟であり高見順（一九〇七―一九六五）の異母兄である。『詩と詩論』同人でもあったことから同誌でも逸見広によって紹介されていた尾崎翠に関心を持ったのであろうか。

『新文芸時代』は一九三一年一月から十月にかけて金星堂から刊行されていた同人雑誌。伊藤整らの『文芸レビュー』『新作家』の後身として創刊された。尾崎と交流のあった人物では衣巻省三（一九〇〇―一九七八）が同人の一人に名をつらねている。

m　今井達夫「八月号同人雑誌展望」（『三田文学』一九三一年九月号）

今井は尾崎について「第七官界彷徨」を読んで以来「僕のひゐき作家なのである」と述べている。またその後「歩行」「地下室アントンの一夜」を読んだが、今井には「第七官界彷徨」が最も魅力的であったようで「連続的な題材」「作品の列に於いて一作毎に発展を示さない」と不満を述べている。なお今井は尾崎の「次の作品」に「求反性分裂心理が何故に起るか、それと今日の社会状勢とを結び付けた点で、作者がいかなる解釈を持つてゐるか」が「現はれて来ることを僕は希望する」と述べる。

今井達夫（一九〇四―一九七八）は小説家。慶應義塾大学を一九二六年に中退。博文館、時事新報社を経て文筆活動に入る。一九三〇年より慶應義塾大学文学部を中心として発行された『三田文学』に小説や評論を発表していた。

n　十返一「通信」（『新科学的文芸』一九三二年九月号　掲載）

「本日「新科学的」八月を店頭からアガなつたので簡単な走り書を、はるか、とどけます（略）同人外の「尾崎翠」氏の作なども、やはりかなりと思います」

「通信」は「新科学的トピック」欄への掲載。本格的なデビュー前で香川県高松市に住んでいた十返の投書と見られる。「同人外の「尾崎翠」氏の作」は、「地下室アントンの一夜」である。

十返肇（一九一四―一九六三）は香川県出身の文芸評論家・作家。「一（はじめ）」は本名。『新科学的文芸』を耽読していた（十返肇「「新科学的文芸」のころ」十返肇『わが文壇散歩』現代社　一九五六　所収）という十返は、『新科学的文芸』終刊後に中河が一九三三年七月に創刊した『翰林』同人となり、「文芸時評」を連載した。

o　矢田津世子『ノート［Creation 1］』より（一九三三年十月二十日の記事）

「尾崎翠氏の「第七官界彷徨」をよんだ。これは特異なテーマで有る。特異なテーマは、その特異のみの故だけでも、興味にひきずられてよむ事が出来る」とある。『矢田津世子全集』（小澤書店　一九八九）所収。「解題」に「最後に採録した「ノート」は、現存している三冊のノート（いずれも未発表）を、すべて翻刻した」とある。

矢田津世子（一九〇七―一九四四）は秋田県出身の作家。一九三六年「神楽坂」が第三回芥川賞候補作となる。尾崎翠は一九三三年七月に刊行された『第七官界彷徨』愛読についての礼状を、高見順へ一九三三年九月十三日付で書いている。そこで高見らと一緒に雑誌『日暦』（一九三三年九月創刊）に参加した作家大谷藤子（一九〇三―一九七七）について「大谷藤子姉のお手紙でお話を折々伺つてゐますので」と触れており、一九三二年に鳥取へ帰郷した後の尾崎が、大谷と手紙の遣り取りをしていたことが分かる。一九三三年当時の矢田は大谷と親交があった。あるいは矢田は大谷から薦められて『第七官界彷徨』を読んだのかもしれない。尾崎が高見へ手紙を書いた直後の九月十六日、鳥取市のレストラン・ロゴスで『第七官界彷徨』出版記念会が開かれた。そこには『日暦』に参加し、鳥取師範に赴任していた白川正美も出席していた。白川は『日暦』一九三三年十一月号（一巻二号）に「現実に関する二三の反省――尾崎翠女史の文学に関心しつつ」を発表した。このような背景を考慮すると、矢田津世子の「ノート」の記事は『第七官界彷徨』が『日暦』周辺の作家に関心を持って読まれていたことの傍証の一つである。なおこの資料は日出山陽子氏が確認されたものであるが、御多忙の日出山氏にかわって筆者が紹介させていただくことになった。

p　『諸雑誌抜萃文学集』第一巻

この本には目次も奥付もなく、前書きや後書きもなく、『新潮』などの諸雑誌から作品を切り抜いて製本されている。この第一巻には表紙もない。編者の松岡嘉右衛門は名古屋市内に住んでいた人で、『諸雑誌抜萃文学集』を図書館に寄贈したらしいことが判明している。以上について名古屋市鶴舞中央図書館レファレンスの中谷有希氏よりご教示を頂きました。記して深謝いたします。

写真１

B　写真

１　一九三〇年五月二十四日、鳥取での自由者主催による文芸思潮講座の折の写真。向かって左が橋浦泰雄、中央が尾崎翠、右が秋田雨雀。裏面には次のように記載されている。

（横書きで）１９３０．５．２４日
於鳥取．自由者主催
文芸講演会　歓迎会場
（その下に縦書きで　向かって左から。表の写真に合わせてその真裏に名前を書いたと思われる）
秋田雨雀氏
尾崎翠氏
橋浦泰雄

２　一九三〇年五月二十四日午後八時から自由者主

写真２

催で開催された文芸思潮講座の前、午後四時より鳥取市のロゴス階上で開催された歓迎茶話会での写真。写真向かって左奥が橋浦泰雄。その隣の女性が尾崎翠。写真裏面には次のようにある。

ロゴス階上にて
鳥取芸術家の招待
にて講演の後、茶話会

千九百三十年
於鳥取市

茶話会の参会者は二十名。一九三〇年五月二十六日付の『因伯時報』には次のようにある。「（筆者注：秋田雨雀・橋浦泰雄の話のあと）尾崎氏の帰鳥の挨拶あり、次いで参会者交々立つて自己紹介をやり、中には秋田氏へロシヤ農村問題、インテリの使命、トロツキー失脚等について質問も出た。然し固苦しくないまことに和気藹々裡に歓談して午後六時に散会した」。この後八時から講座があったようなのだが、橋浦の写真の裏には「講演の後、茶話会」とある。

写真1・2は尾崎翠からの橋浦泰雄宛書簡について報告する際に、橋浦赤志氏からご提供いただいたものである。写真1はすでに知られていた写真ながら現存が確かめられた資料のなかでは最もはっきりと写っている。また写真2は写真1と同時にご提供いただいたが、これまで知られていない写真であった。写真1は『郷土出身文学者シリーズ⑦　尾崎翠』（鳥取県立図書館　二〇一二）の表紙にも掲載され、よく知られている。しかしはっきりと写っているため資料として貴重と判断して、本書に掲載させていただくことを橋浦泰雄の令息橋浦赤志氏からご快諾をいただき、あらためて公開させていただけた。橋浦赤志氏の度々の御厚意に深謝いたします。

3　一九一六年二月上旬　背景の建物より仏教大学（現・龍谷大学）大宮学舎にて撮影されたものと思われる。

（写真）二列目右から三人目が尾崎哲郎、四人目が宇津木《うつき》二秀《にしゅう》

（写真裏面）

「大正五年度壬寅会役員紀念撮影

（大正五年二月上旬）」

二列目右から三人目について写真裏面に

写真３（下は拡大）　右が尾崎哲郎、左が宇津木二秀

「旧　庶務
　尾崎講演部理事」と

ある。

　3の写真は大阪府高槻市の正徳寺で吉永進一氏らによって発見された。正徳寺は哲郎の隣に写っている宇津木二秀が住持した浄土真宗本願寺派の寺院である。二〇〇八年以来、吉永進一氏、大澤広嗣氏、中川未来氏はじめ研究者諸氏を中心として、正徳寺に残されていた宇津木二秀の資料調査が現在も進められている。調査の途中報告は

吉永進一・中川未来・大澤広嗣「国際派仏教者、宇津木二秀とその時代」（『舞鶴工業高等専門学校紀要』四十六号　二〇一一）に纏められ、論考の要旨には次のように宇津木が紹介されている。「宇津木二秀（1893～1951）は西本願寺の僧侶であり、龍谷大学などで教鞭をとった英文学者である。大乗協会や神智学の大乗ロッジの運営に携わり欧米人仏教者と接し、西本願寺の翻訳課主事として仏典、仏教書の英訳を行い、戦争直前には東南アジアへ調査旅行を行うなど、国際的に活躍した仏教者であり、その生涯は日本仏教の国際化を映し出す鏡でもある。本論文では、彼の経歴、資料の概要、そして神智学やアジアとの関わりについて論じる」。

川崎賢子『尾崎翠　砂丘の彼方へ』（岩波書店　二〇一〇）第二章「兄の知と妹の変奏」では尾崎哲郎について次のように紹介されている。「二兄・哲郎（一八九二―一九二九）は、真宗本願寺派の仏寺の出身である母方の縁で、鳥取市の養源寺の養子に迎えられ、龍谷大学に学び、二〇世紀初頭の新しい仏教思想の息吹に触れた。哲郎は、一九一〇年代半ばには若き学僧として『六條学報』（仏教大学＝現・龍谷大学内大学林同窓会編）にたびたび寄稿している。その間に姓が父方の「尾崎」から母方の「山名」に変わっていることが確認される。尾崎（山名）哲郎の寄稿した『六條学報』を手にとると、明治の新仏教の学徒が、同時代の西洋哲学に深い関心を寄せ、真摯にかつ批判的にそれを学び取った様子がみえてくる」。

なお「哲郎」という名前も一九一六年の得度を契機に「哲朗」と改名されるが、本書では「哲郎」で統一して記載する。（哲郎の改名については、山名哲朗「本邦得度些談」（『六條学報』一七八号　一九一六・八参照）。

尾崎哲郎は一八九二年生まれであり、宇津木とは年齢も学年も一歳違いであるが、二人は壬寅会講演部で一緒に活動していた。壬寅会は大学内の教職員と学生との懇親などを目的として一九〇二年に設立された。仏教大学(現・龍谷大学)の講演部は活発に運営されていたようで仏教大学の学術雑誌『六條学報』誌上でも講演部の活動報告がたびたび掲載されており、哲郎の活発な様子がうかがえる。哲郎の入部前であるが『熱舌』(仏教大学壬寅会講演部編纂　興教書院　一九一〇)という講演録集も出版されている。一九一六年に卒業論文「感無量寿経隠顕義」を提出し、大学を卒業した哲郎は考究院(大学院)に残り研究を続けていた。哲郎が『六條学報』に発表した最後の論考は「聖徳太子と親鸞聖人」(第二三一号　一九二一・二)と思われる。『定本尾崎翠全集』年譜によると、哲郎は一九二五年三月、博多の本願寺別院の役員として赴任中に倒れ、両足が麻痺して歩行困難となり頭脳障害を併発、病床の人となり一九二九年に死去した。

他方一九一七年に大学を卒業した宇津木は、薗田宗恵(一八六二―一九二二)のアメリカ視察に随行して渡米。薗田は一八九九年に本山の命で最初の北米開教師としてサンフランシスコで布教し、一九一七年当時は学長。宇津木はそのまま本願寺海外研究生としてアメリカに留まる。ハリウッドの「高等学校大学予備科」で語学研修を受けている間、同地のクロトナ神智学々院に参加する。南カリフォルニア大学を修了、イギリス、ヨーロッパを経て一九二三年三月帰国、四月から龍谷大学予科講師。翌一九二四年五月から鈴木大拙夫妻らと共に神智学の大乗ロッジを結成している。このロッジは大谷大学と龍谷大学の教員を中心に組織された。大拙は一九二一年に大谷大学の教員となり京都へ転居していた。

川崎賢子「尾崎翠と安部公房を結ぶ線」(『尾崎翠フォーラム in 鳥取２０１１　報告集 vol. 11』尾崎翠フォーラム実行委員会　二〇一一)によると、尾崎翠の親友であった松下文子は、日本大学専門部宗教科で三年間学び、専門は「真宗」、一九二五年五月に最優等の成績で卒業している。「七十名の男性中紅一点で銀時計　きのう日本大学宗教科を首席で出た松下ふみ子嬢」という記事が『読売新聞』一九二五年五月十八日にも掲載されている。松下文子は「結婚前、京都大学の哲学科の学生とそれこそ一生に一度の恋愛」をしたが、（「尾崎翠のこと」　尾形明子『女人芸術の世界』ドメス出版　一九八〇　所収）、一九二八年に親の決めた相手と結婚した。

このような松下文子を、尾崎翠は兄の哲郎に紹介したり、あるいは二人は一緒に京都を訪れはしなかったであろうか。帰国した宇津木と哲郎が再会したことはあっただろうか。尾崎翠はフィオナ・マクラウドやグレゴリー夫人（Lady Isabella Augusta Gregory, 1852-1932）、シング（John Millington Synge, 1871-1909）など、松村みね子によって翻訳されたケルト文芸復興にかかわる文学を読んでいたようだが、松村みね子はこのような翻訳を鈴木大拙夫人ビアトリスの導きによって進めていた。尾崎翠の「神々」の一人であったウィリアム・シャープ／フィオナ・マクラウドの松村への紹介者であった鈴木ビアトリスに、尾崎翠の人間関係は案外近かった。なお一説によると尾崎と松下は京都でビアトリスに会ったことがあるというが、筆者は資料を確認していない。

遺漏もあろうかと思うが、筆者の確認した哲郎の論文やエッセイを次に挙げる。

尾崎哲郎「因通寺御遠忌に詣で丶」（『慈光』第十一号　一九一四・六）
尾崎哲郎「中道の理論と実際」（『六條学報』第一七一号　一九一六・一）
山名哲朗「本邦得度些談」（『六條学報』一七八号　一九一六・八）

山名哲朗「仏祖釈尊と唯我独尊の絶叫」（『六條学報』第一八三号　一九一七・一）
山名哲朗「賢首家の権実観」（『六條学報』第一八六号　一九一七・四）
山名哲朗「覚如上人とその時代」（『六條学報』第二〇二号　一九一八・九）
山名哲朗「報恩記」（『六條学報』第二〇〇号紀年『真宗法要研究号』一九一八・六）
山名哲朗「華厳経世間浄眼品の梗概」（『六條学報』第二〇五号　一九一八・十二）
山名哲朗「聖徳太子と親鸞聖人」（『六條学報』第二三一号　一九二一・二）

この写真の発見は「近代宗教のアーカイブ構築のための基礎研究」（科学研究費補助金（基盤研究（B）課題番号：二三三二〇〇二三　研究代表者　大谷栄一）による研究成果の一部である。写真を公開させて頂くに際し、正徳寺御住職宇津木一秀様よりご快諾を頂きました。また吉永進一先生、大澤広嗣氏、中川未来氏はじめ正徳寺の調査に関わる皆様から様々なご教示を頂きました。記して深謝いたします。

C　尾崎翠に関係する作品・作者

1　高橋丈雄「三部屋」

高橋丈雄（一九〇六―一九八六）「三部屋」は『小説』一九三三年七月号に掲載された小説である。『小説』は矢崎稲門堂、のち小説社発行の文芸雑誌。一九三三年三月から九月まで刊行された。編集発行人は尾崎一雄（一八九九―一九八三）。尾崎や高橋、杉本捷雄（一九〇五―一九七〇）ら『文学党員』に執筆したメンバーが参加した。

高橋は一九三六年四月、文芸雑誌『エクリバン』（第二巻第四号）に小説「月光詩篇——黒川早太の心境記録——」を発表しており、これは高橋と尾崎翠との間に生じた一九三二年夏の出来事を題材に書かれたものだという。この作品は山崎邦紀氏、布施薫氏によって確認され、『尾崎翠フォーラムin鳥取2006　報告集vol.6』（尾崎翠フォーラム実行委員会二〇〇六）に掲載された布施薫氏による「〈恋びとなるもの〉と尾崎翠と——高橋丈雄の小説「月光詩篇——黒川早太の心境記録——」について」で詳しく紹介されている。

「二部屋」は「荒れはてた暗い二階」の三畳の二部屋に隣人として住んでいて、破れた襖越しに口喧嘩ばかりしている男女二人の会話を軸とした作品である。「月光詩篇——黒川早太の心境記録——」（以下「月光詩篇」と略称する）に先行し、深刻な作品ではないが、「二部屋」と「月光詩篇」との女性登場人物の造形には類似点が見られる。次に例を示す。

- 「二部屋」の女性登場人物は「北さん」。「月光詩篇」に登場する女性作家は「北山馨」。「北」が共通する。また女性の「年齢が老けて」いるという設定も共通している。
- 友人のように親しい間柄の男女であるが、じつは女性が男性を「片恋」「片想ひ」しているのに男性が気付いていていない（気付いていていなかった）。

・女性登場人物が「女」を「蔓草」に例える。
「二部屋」：「男のかたは豚のやうに幸福で、女はみな蔓草のやうに不幸ですわ」

「月光詩篇」：『男はみんな獣よ』『女は？』『蔓草だわ』

・女性登場人物の「失恋」の多さ。
「二部屋」：
突然、彼が訊いた。「きみ、失恋したことなんかないでせうね」
彼女は狼狽のあまり、五度恋愛して、一度もうちあけることができないうちに忘れられてしまつた事実をつい述べてしまつた。
「月光詩篇」：
何しろあの女はおそらく失恋が好きと見えるからなあ。四度ばかり失恋した話をおめえに語ってきかしただらう。

・女性の身内の不幸話に対して男性が張り合う。
「二部屋」：
「あたしの伯母さんはくびをくくつて死にましたの」
「おれの伯父貴は火事で焼け死んだ」
「あたしはたつた一人の弟を亡くしましたわ」

「おれだつて妹を亡くした」
「弟は崖から落ちて死んだんです」
「妹は一年間病床にゐた」
「弟の死に目にあへませんでした」
「妹の葬式にまにあはなかつた」（略）

「月光詩篇」：
『あたしの兄さんは発狂して死んだぢやないのオ！　兄さん……」
叫びざま嗚咽まじりの身悶えが再びはじまつた。
『妹は婚約者から裏切られたぢやないのオ！』
まるでわたしにその罪があるやうに訴へる。（略）
『動揺してる！　動揺してるウ……』
『さうやつてさんざ俺を苦しめるがいい。おまいは俺を発狂さす気だらう。松沢行きは存外俺の方だぜ。ふふふツ。きみの血統には発狂した人が幾人あるんだい。兄さん一人ぢやないか。俺の方は三人もゐるんだぜ』

「二部屋」を初めて読んだ読者が女性登場人物「北さん」から尾崎翠を連想することはおそらくないであろう。しかし「二部屋」と「月光詩篇」とを比べると、二つの作品に登場する女性には類似が見られる。そうであれば高橋丈雄は「二部屋」の「北さん」を造形するにあたって尾崎翠に取材した部分があったのかもしれない。しかし日出山陽子「幻の尾崎翠作品――「短篇作家としてのアラン・ポオ」」（前掲書所収）によると、一九三四年ないし一九三五年初旬頃まで、鳥取へ帰郷した尾崎翠と高橋には音信があったようだ。高橋は東京で尾崎翠が再び作品を発表できるよう協力していたと考えられるので、「二部屋」を発表した当時の高橋が、高橋と尾崎翠との関係や尾崎翠の人柄について読者が誤解しかねない作品をわざわざ発表するとも考えにくい。「北さん」の造形は尾崎翠に取材した部分があったかもしれないが、同時に「北さん」の造形は、後に「月光詩篇」の「北山馨」の造形に活かされたとも考えられるだろう。一九三三年七月は『第七官界彷徨』の単行本が発行された月であるが、偶然にも同月に「二部屋」は発表されたのであった。

2　林芙美子「独身者の風」

林芙美子「独身者の風」は『若草』一九三二年十月号に掲載された短篇小説であり、これまでの林芙美子全集や単行本には未収録の作品である。『若草』には女性作家が多く登用され、少女小説の流行にも寄与した。

「独身者の風」は、「町の分教場」の教師である二十六歳で独身女性の「みや子」が淡い片恋をしていた相手が、転勤で町から去ったことで失恋する物語である。この小説には「独身者の味気なさが冷々《しみじみ》と身内を秋風のやうに吹き抜けて」「半音づゝ間違つたオルガンの音」といった、「こほろぎ嬢」や「第七官界彷徨」などの尾崎翠作品から摂取したとおぼしき表現が見られる。また「みや子」が失恋をする相手の名前は「小野九平」であり、「第七官界彷徨」等の男性登場人物「小野一助・二助」「土田九作」などに類似する。

林芙美子と尾崎翠との関わり、また昭和七年の林芙美子の動向については日出山陽子「林芙美子が描く尾崎翠——賛美と不可解」（前掲書所収）に詳しいが、一九三〇年に刊行された『放浪記』でベストセラー作家となっていた林芙美子は、一九三二年にはすでに多忙であり、尾崎翠に限らず他の作家の作品や表現から摂取して執筆することもあったのかもしれない。

3 「ムッシユ浜田」

『曠野』一九三四年四月号に掲載された尾崎翠「春の短文集」の「2　電文」の全文は次の通りである。


ムッシユ浜田、御入選オメデタウゴザイマス。二階ナル古ボケタワガ窓ヲヒラキ草色ノ空気ヲ肺イツパイニ吸ヒ、ココロノ祝杯ヲ挙ゲタラ、世ハ春ニナツテヰマシタ。君ガ工房ノストオヴハ、仕事疲レ春ヲシヅカニ寛イデヰルデセウ。

オラガ春ハ、秋カラ持越シノ三時十三分デス。


この「ムッシユ浜田」なる「工房」で仕事をしていて、作品をコンテストに出品している人物は、鳥取の画家、浜田重雄（宜伴）（一九〇〇—一九八三）であると考えられる。浜田は尾崎と交友があり、一九三三年九月に鳥取で開催された『第七官界彷徨』の出版記念会にも出席していた。

『短歌新聞』一九三四年一月十五日号（四巻一号）三三ページの「鳥取」という欄で村田薫吉（一八九九

—一九七八）が一九三三年の出来事として、尾崎翠の『第七官界彷徨』の出版記念会、浜田重雄の独立美術入選祝賀会がロゴスで行われたことを報告している。尾崎翠のいう「ムッシユ浜田、御入選オメデタウゴザイマス」とは、浜田重雄の一九三三年「独立美術協会」第三回展入選のことではないだろうか。なお翌一九三四年の「独立美術協会」展には浜田は出品していないようである。

村田薫吉は歌人で『曠野』同人・編集発行人。鳥取の新短歌・口語短歌の中心的存在であった。

三谷巍「郷土の画家と作品――浜田重雄――」（『郷土と博物館』第三十五巻第一号　通巻第六十九号　鳥取県立博物館　一九八九）によると、浜田重雄が一九三三年「独立美術協会」第三回展に出品した作品は「石膏のある生物」である。この作品は鳥取県立博物館に所蔵されており、『浜田重雄（宜伴）画業回顧展』（鳥取一中黒鳳会編　一九七七）にも掲載されている。鳥取県立博物館のホームページでも見ることが出来る。（http://digital-museum.pref.tottori.jp/contents/art701_detail.asp?cd=00110&mode=）

浜田重雄は鳥取市出身の洋画家。一九一八年東京美術学校入学。藤島武二（一八六七―一九四三）に師事する。同級に佐伯祐三（一八九八―一九二八）、二年上級に鳥取県東伯郡出身の前田寛治（一八九六―一九三〇）がいた。浜田は生涯前田寛治を畏敬した。一九二四年津山高等女学校へ赴任、一九二五年鳥取一中へ赴任。戦後は鳥取西中・北中の校長、一九五〇年から一九六五年までは鳥取大学美術科教授を歴任、創作者として活動するのみならず後進育成・美術の普及と振興にも務めた。前田や佐伯をはじめパリから帰国した画家達が一九二六年に結成した「一九三〇年協会」は、一九三〇年「独立美術協会」創立に伴って大部分の会員が同会に加わり解散したが、どちらの会もフォービズムを基調とした。浜田が一貫してフォービズムの精神をつらぬく一方で、画の秩序を重んじ、デッサンを重視し、教え子への指導にもこれを徹底したのは、前田寛治の影響とも評される。浜田は倉吉で一九二〇年に創立された「砂丘社」に一九二六年より参加し、一九二七年、恩田孝徳（一九〇二―一九六〇）、川上貞夫（一八九七―一九七七）とともに鳥取砂丘社を創立する。「砂丘社」は中井金三（一八八三―一九六九）や前田寛治はじめ画家を中心として結成されたが、絵画に限らず文学音楽等芸術一般の運動にすると結社主旨を謳い、展覧会のみならず音楽会、舞踏会などの文化的催しも開催した。鳥取砂丘社では「一九三〇年協会」「独立美術協会」の主要なメンバーの作品を招待した展覧会も開催され、後年鳥取から「独立美術協会」への出品が多く続いた。

尾崎翠が浜田重雄を「ムッシユ浜田」とフランス風に呼んだのは、浜田の尊敬する前田寛治や一九三〇年協会の人々がフランス帰りで作風はフォービズムを基調としており、浜田もこの影響を受けて活躍していたことに、敬意や親しみをこめてのことだったのではないだろうか。浜田の同級生であった佐伯祐三は下落合の住人でもあり、上落合に住んだ尾崎翠の家の近所でアトリエを構えていた。

参考文献：浜田重雄については、前出の三谷巍氏の論考のほか、『浜田重雄（宜伴）画業回顧展』（前掲）、瀧悌三『前田寛治』（日動出版部　一九七七）、鶴田憲次『因伯　青春の系譜　鳥取一中の巻』（鳥取西高等学校同窓会　一九七八）を参照した。「石膏のある生物」の所蔵先と収録図録について、鳥取県立図書館郷土資料課長網浜聖子氏よりご教示をいただきました。記して感謝申し上げます。

＊本編は、「尾崎翠の橋浦泰雄宛て書簡」（『尾崎翠フォーラムin鳥取２００２報告集vol.２』尾崎翠フォーラムin鳥取２００２実行委員会　二〇〇二）、「全集未収録の尾崎翠作品」（『尾崎翠フォーラムin鳥取２００３報告集vol.３』尾崎翠フォーラムin鳥取２００２実行委員会　二〇〇三）、「尾崎翠に関する資料の紹介」（『尾崎翠フォーラムin鳥取２０１３報告集vol.13』尾崎翠フォーラムin鳥取２０１３実行委員会二〇一三）に掲載された拙稿を修正・補足したものである。また「尾崎翠に関する資料の紹介」は、二〇〇九年度京都府公立大学法人若手研究者育成支援費による研究成果の一部である。

＊『尾崎翠フォーラムin鳥取２００３報告集vol.３』で紹介した尾崎翠作品や同時代評の一部は、『定本尾崎翠全集』（筑摩書房　一九九八）、尾崎翠作品集『迷へる魂』（筑摩書房　二〇〇四）、『ＫＡＷＡＤＥ道の手帳　尾崎翠』（河出書房新社　二〇〇九）に紹介・収録されている。

【付記】

本稿脱稿後に次の二点の同時代評を確認したので紹介したい。

・坂本義男「尾崎翠さんのこと」（『散文』第二巻第一号　散文編輯所　一九三四・一）
・笑「第七官の世界」（『撫順図書館報』第九十七号　撫順図書館　一九三八・九）

いずれも長文で好意的な評である。坂本の評は大坂透氏のご教示による。坂本は鳥取出身で尾崎と高橋丈雄双方とよき交流があり『浪漫古典』にも参加。後年『日本海新聞』に「尾崎翠さんと高橋丈雄氏のこと」を全三回（一九七七・五・二十四―二十六）連載した。山崎邦紀氏のご教示によると後年米子商工会議所専務理事をつとめた。「尾崎翠さんのこと」で坂本は帰鳥した折に尾崎を訪問し、その健在を確かめている。また尾崎と高橋の特質や作風の共通点、相違点を論じ「尾崎さんの草臥れは十九世紀の虚無を通り越した生の不安なのである」と尾崎の芸術を論じる。珍しいのは尾崎が「理知の作家」であることより鷗外に似ていると評する点である。そして尾崎と井伏鱒二とを比較し「諷刺的な諧謔性において表面相通ずる」が「尾崎さんが観念の作家であるのとは反対に、井伏氏はどこまでも、現実主義の作家である。しかも井伏氏の芸術は、尾崎さんのそれよりもずつと明るく、それでゐてかなり冷たい」と論じる。最後に尾崎が「「第七官界彷徨」の続編を計画してをられるといふ吉報」を報告する。坂本の議論は小倉千加子「尾崎翠の彷徨《さまよ》える魂」（『月刊Ａｓａｈｉ』一九九一・一月号　朝日新聞社）の議論に通じていよう。「孤独感が徹底している。しかし不思議なことに、尾崎翠は温かい。根源的な明るさと豊かさがちゃんとある。（略）彼女の辿り着いた孤独は、その理性の結果である。」

「笑」とは撫順図書館司書のペンネームらしい。こちらは尾崎と井伏、またチリコフ（*Чириков Е.Н* Evgenii Nikolaevich Chirikov, 1864-1932）を並べて論じている。板垣直子の評に当時の文壇状況への「反動」と「第七官界彷徨」をとらえる観点があったことと通じる評である。

- 『北海道詩人集』（鈴木雅輝・東郷克郎編、伊藤整　序　山雅房　一九四二）に松下文子の詩「春浅く」「秋初む」の二篇が収録されている。旭川出身の松下を介して、伊藤整（一九〇五―一九六九）や左川ちか（一九一一―一九三六）等の文学圏と尾崎翠との接触の可能性が見えてくる。

【著者略歴】
石原深予（いしはら・みよ）
1975年、京都府出身。京都府立大学大学院文学研究科博士後期課程単位取得認定退学。博士（文学）。2010-11年、中国・西安外国語大学東方語言文化学院日本語学部外国人教師。現在、京都府立大学大学院学術研究員。
著書に『前川佐美雄編集『日本歌人』目次集：戦前期分』（私家版、2010年）、『郷土出身文学者シリーズ⑦　尾崎翠』（共著、鳥取県立図書館、2011年）、『近代仏教スタディーズ（仮）』（共著、法藏館、2015年刊行予定）がある。

尾崎翠の詩と病理

二〇一五年三月一〇日　初版第一刷発行

著　者　石原深予
発行者　野村敏晴
発行所　株式会社 ビイング・ネット・プレス
〒二五二-〇三〇三 神奈川県相模原市南区相模大野八-二-一二-二〇二
電　話 〇四二（七〇二）九二一三
ＦＡＸ 〇四二（七〇二）九二一八
装　幀　矢野徳子＋島津デザイン事務所
印刷・製本　株式会社 三秀舎
ISBN 978-4-908055-08-9 C3095